猎冰

DRUG WAR

郭国松 —— 著

SPM 南方传媒 | 广东人民出版社

· 广州 ·

图书在版编目（CIP）数据

猎冰 / 郭国松著. —广州：广东人民出版社，2023.3
（2024.2重印）
ISBN 978-7-218-16475-5

Ⅰ.①猎… Ⅱ.①郭… Ⅲ.①长篇小说—中国—当代
Ⅳ.①I247.5

中国国家版本馆CIP数据核字（2023）第037655号

LIE BING

猎 冰

郭国松 著

版权所有 翻印必究

出 版 人：肖风华

策划编辑：向继东 钱飞遥
责任编辑：钱飞遥
责任技编：吴彦斌

出版发行：广东人民出版社
地 址：广州市越秀区大沙头四马路10号（邮政编码：510199）
电 话：（020）85716809（总编室）
传 真：（020）83289585
网 址：http://www.gdpph.com
印 刷：广州市豪威彩色印务有限公司
开 本：787毫米×1092毫米 1/16
印 张：25 字 数：336千
版 次：2023年3月第1版
印 次：2024年2月第2次印刷
定 价：45.00元

如发现印装质量问题，影响阅读，请与出版社（020-87712513）联系调换。
售书热线：（020）87717307

目录

CONTENTS

第一章

警方在凶杀现场发现过去从未见过的高纯度新型化学合成冰毒，这意味着，过去对传统的制毒原料的控制失去了作用，"潘多拉盒子"将被彻底打开。

发明新型化学合成冰毒的刘大枭，被毒品黑道上称为"鸦片战争一百多年来才出一个的天才"，这催生了他在毒品市场称霸的野心。

宽阔的野牛河自西向东穿过城市的中心，这座繁华的热带城市因此得名"野牛城"。至于它真正的名字"福东市"，远没有"野牛城"的名气大。

天还没完全黑下来，路灯却已亮起。湿热的空气中，混杂着汽车、摩托车的尾气和人体的汗臭味。到处都是来去匆匆的下班人流和车流，不时有女人奔跑着追赶公交车，全然忘记了优雅。

位于野牛河北侧的渔人码头，是野牛城最高档的海鲜餐厅。迎宾小姐将刘大枭和跛佬带到足以容纳十几个人的大包间。这是刘大枭的习惯，即使只有两个人，他也要摆出这种豪气。

其实，那时候他还没有摆阔的资本，不管黑道白道，也没有几个人知道他是谁。

身材高挑的迎宾小姐涂着血红的嘴唇，从高开衩的旗袍下露出的雪白大腿，即使再有修养的男人，也忍不住偷偷地瞄上一眼。

迎宾小姐微笑着递上名片。"陈小妹，这名字好。人家经常说的邻家小妹，说的就是你。"刘大枭很会撩妹。他接过名片，放肆的目光从她的大腿向上移动到脸上，"我怎么没见过你？"

"我刚来这里没几天，叫我阿妹就好了。"阿妹落落大方地说，"先生以后再来可以提前打电话给我，把座位给你们留好。"

阿妹退出去。跛佬拿出"高希霸"雪茄，抽出一支递给刘大枭。

"哦，我喜欢的'高希霸'。"刘大枭接过雪茄，放到鼻子前闻了又闻，连连点头说，"嗯，味道很正。"

"托人从香港带回来的。"跛佬说着，又从包里拿出木盒装的未开封的"高希霸"雪茄送给刘大枭。

两人点上雪茄，站在窗边抽烟。

放眼望去，在包间的右侧，野牛河静静地流过，河对岸，五颜六色的霓虹灯照亮了河面；在他们的左侧，是一百一十八层的野牛城地标建筑环球金融中心，幽蓝色的玻璃幕墙，在薄暮中直插云端。

这时，身着黑色制服的女经理带着女服务员进来。面对这样的豪客，餐厅自然不敢怠慢，大堂经理亲自侍候。刘大枭是熟门熟路的食客，对女经理递上来的菜谱看也不看，便点了加拿大龙虾刺身、帝王蟹、鲍汁鹅掌、清炒芦笋，每人一份清炖海参。

服务员倒好了茶水，出去，关上门。

"我带了'路易十三'。"跛佬从酒红色的盒子里取出酒瓶，放到桌子上，略带歉意地说，"只是没有女人陪老大，下次提前安排。"

"'高希霸''路易十三'，都是我喜欢的。"刘大枭咧着嘴大笑，下巴的肥肉挤成一堆。他拿起"路易十三"的瓶子，仔细看了看，其实他根本没喝过这么高档的酒，但假装很内行地说："在野牛城，能喝'路易十三'的人，非富即贵。至于女人嘛，那是下半身的需求。"

刘大枭三十七岁，身高一米八，看上去像一根立柱，面如满月，经常有人说他长得很像大和尚。单从外表看，你就知道，这是绝顶聪明的人，举手投足之间，充满了狂妄和自信，敢想敢干，心狠手辣。

跛佬真名梁火仔，比刘大枭大十二岁，身高只有一米六五，瘦削的脸，高颧骨，秃顶，右腿先天残疾，走路一瘸一拐；两只硕大的招风耳，就像脑袋上一边插了一把扇子；那双鹰一样的眼睛，凶光毕现，时刻在盘算着对手。这个在毒品市场上混迹多年的老手，不仅神通广大，贩毒网络遍及很多地方，而且杀人不眨眼。

如果不熟悉他们，从表面上看，两人称兄道弟，还以为是老朋友。实际上，他们的内心里却是各打各的小算盘，彼此用语言试探着对方。

菜还没上来，他们坐下来喝茶，跛佬开门见山地抛出了他的话题。"我那天说跟着枭兄干，怎么样？"跛佬使劲地抽着烟，眼睛眯成一条缝，从眼角的缝隙中盯着刘大枭，似笑非笑地说，"拉上兄弟一起发财，钱也不是哪一个人能赚完的。"

"真想跟我干？"刘大枭依旧是满脸的笑，他摸着下巴堆积的肥肉，话中有话地说，"没啥阴谋吧？"

"在野牛城，谁敢在枭兄面前玩阴谋？"跛佬这话既是恭维，也是潜台词，表明他非常清楚刘大枭是什么人，"我是真心想找兄弟合作。"

正说着，女经理领着服务员进来，把龙虾刺身摆在玻璃转盘上，又把调料放好。女经理熟练地打开"路易十三"，小心翼翼地倒进高脚玻璃杯内。"二位，请慢用。"她微笑着做个手势，便退出去。

两人端起杯子，像亲密无间的老朋友，碰杯。

刘大枭夹起龙虾刺身，蘸了点芥末，被呛得眼泪都出来了。"哇，够劲！"他赶紧去喝茶，抽出纸巾擦了擦眼睛，"其实，野牛城这地方，玩这东西我是初来乍到，你才是老手。"

"都是兄弟，说客套话就见外了吧。"跛佬手里夹着雪茄，并没有动筷子。他想干脆就把意思挑明了："我是想，你有技术，我有市场，两人结合，不就通吃了吗？"

对刘大枭来说，这倒不是客套话，做毒品他既没有资历，也没有势力，当然也就谈不上控制地盘。他当然明白，这个行当的另一面就是黑社会，首先你要有团伙，有了团伙之后，还要跟其他团伙和平相处，不触动别人的利益。而这并不容易。团伙之间时不时就会发生火拼，那种生态环境跟自然界的狮子老虎争地盘的情景有点相似。刘大枭就仗着手中拥有别人都不掌握的冰毒配方，贸然闯进了杀机四伏的毒品市场。

跛佬可就不同了。他是野牛城最大的贩毒团伙老板白寡妇麾下的得力干将，控制着当地大半的毒品生意。他想投靠刘大枭，一方面是慢慢厌烦了老板白寡妇。女人嘛，总是心眼小，对于跛佬这种奸诈阴险的人，既要利用他在毒品市场闯荡，又对他充满戒备之心。以跛佬的老谋深算，他当然能感受到白寡妇对他的不放心。这让他很不爽。另一方面，刘大枭手中的冰毒配方，跛佬深知其中的价值，倘若两人合伙，不仅可以摆脱白寡妇，而且能赚到更多的钱。

他们正说着，那个女经理又进来了，她的身后跟着服务员，端着帝王蟹。她很熟练地将整只蟹肢解，又给每个人的盘子里放一条蟹腿，加了茶水。"请慢用，有需要随时召唤小妹。"

"要干就干大的，"刘大枭抓起蟹腿，豪气地说，"我手里的技术价值连城，赚点小钱没啥意思。"

"那当然，我来投靠枭兄，就是要干大买卖。"跛佬把雪茄放在烟灰缸边上，端起杯子，与刘大枭碰杯。

"我知道你是干大事的人，不过……"刘大枭欲言又止，他下意识地看着玻璃门，压低声音说，"在野牛城势力最大的就是你的老板。要是我们两个合伙，就容不得她。把她收拾了，野牛城不就是我们的天下吗？"

"你是说那娘们儿？"跛佬放下酒杯，身子前倾，表情诡异地问道，"刘兄的意思，是想让我交个投名状？"

刘大枭大笑："你是白寡妇的左膀右臂，那女人又很风骚，正是如狼似虎的年龄，平时估计也很寂寞，没准跟你还有一腿呢，下得了手吗？"

包厢内，两人推杯换盏，谋划着罪恶的计划。

野牛城搏击俱乐部，红色的招牌看上去很显眼，两头健硕的公牛，怒目圆睁，头对头顶着，仿佛打得难解难分。

来搏击俱乐部的大都是散打、拳击、武术的业余爱好者，周末时，约好了对手，来这里打上几个小时，既是健身，也是乐趣。唯一的专业队员是野牛城体校的少年散打队，他们几乎每天都在这里训练。俱乐部当然是想挣钱，隔一段时间就会举行散打比赛，尽管选手们的水平很业余，却也能吸引很多观众买票观看。

皮特是这里的常客，散打的水平也比其他人更胜一筹。

不过今天是周一，人不多，除了少年散打队，只有两组练习散打的业余学员，戴着蓝色的头盔和手套，不断发出夸张的喊叫声。教练在旁边指导，不断纠正他们的动作。

每个训练场地都用护栏围着。十几个像半截树桩似的沙袋用铁链吊着，时不时有人过来踹上几脚。

皮特光着膀子，穿着宽松的红蓝相间的短裤。他就一个人，没有戴头盔和手套，也不像其他人那样有陪练。

他端着马步，对沙袋连续出拳，嘴里发出"嗨嗨嗨"的叫声。

满头大汗，他停下来，走到旁边的小桌子，用毛巾擦汗，又从包里拿出矿泉水，喝了几口。

歇息片刻，他走过去，怒目圆睁，运气，突然凌空飞起，双脚踹在沙袋上，然后一个漂亮的姿势，侧趴在地板上。相邻的那两组业余学员不约而同地停下来，大声喊道："好！再来一个！"

皮特站起来，没有理他们。他走到桌子旁边坐下来，擦了擦汗，把东西装进包里，像有满腹的心事。他点上一支烟抽完，背起有耐克标志的包走了。

出了搏击俱乐部，皮特开着他那辆二手的黑色桑塔纳回到公安局。

局长陆锵的办公室，门开着。皮特把包扔在沙发上，坐到陆锵办公桌对面的椅子上。

"你从哪里冒出来的？满身的臭汗。"陆锵放下手中的文件，抬起头说，"我起码有三个月没看到你了吧。"

陆锵是从检察院副检察长任上调来担任公安局局长的。直筒子性格，骂起人来，真让人担心会打起来。慢慢地，大家都知道他就是脾气火暴，心肠却很软，一阵急风暴雨似的发泄，骂完就完了，不记仇，背后也不整人。敢在他面前反抗的，公安局大院里只有皮特。因为姓陆，皮特怼他的时候，给他起了个外号"老六"，久而久之，"老六"这个昵称就在大院里流行起来，下属们当面称呼"陆局"，背后都叫他"老六"，他也挺喜欢。

陆锵拿起桌上的三五香烟，把烟从盒子里倒出来，递给皮特。

"不抽。我只抽'红双喜'，便宜。"皮特自己抽出"红双喜"烟点上，猛吸了两口，靠在椅背上，两眼盯着陆锵说，"我是来跟你辞职的。"

老六猛地把烟盒摔在桌上，指着他呵斥："你别跟我闹了好吧！你不觉得这样太过分了吗？"

"我没跟你闹。我就是不想干了。"皮特面无表情地说，"老六，求求你放我走吧，你也省点事。"

"唉，皮特——真是别扭，每次听着你这洋鬼子的名字我就不舒服——我说伙计，你真是不知好歹呀！"老六站起来，手敲着桌子，"三年前，你执行抓捕任务时出事，甚至还有人说要追究你的刑事责任。我去跟相关领导解释，做了很多工作。你扪心自问，我老六有什么对不起你，就是把你的职务撸掉了，那是没办法呀。正因为我欣赏你的才能，还有人品，才始终护着你、迁就你。可是你这样破罐子破摔，整天吊儿郎当，惹是生非，我对公安局的其他人怎么说？"

"好吧，我谢谢你的人情。"皮特叹了口气，"只是……我实在不愿意在这里混下去，像个行尸走肉，谁看我都不顺眼。"

老六把剩下半截的烟使劲摁在烟灰缸里，气呼呼地说："谁看你不顺眼？是你看别人不顺眼好吧，连我这个局长你都没放在眼里。"老六真的火了，他背着手来回走动，好像有很多话要说，话到嘴边又打住，大概怕伤了皮特，"这三年多，你不上班，整天喝得醉醺醺的，像个浪子，老婆也跟你离婚了。你说，唉，我真不知道怎么说你……曾经那么优秀的人，顶天立地的汉子……"

两人都不再说话，仿佛是对峙。为了皮特的事，他们没少吵过，以至于再吵已经找不到新鲜的词儿。以老六的脾气，他当然憋着一肚子怨气，只不过对皮特有点例外，最难听的话他还是忍着没说出来。

老六抽出两支烟，扔了一支给皮特，也不管他抽不抽。"在这个院子里，无论专业素质还是人品，你都是数一数二的，当年为了你的事，我对其他领导也是这样说的。可是，你就这么沉沦下去，看着我都觉得痛心。"老六手里举着打火机，却忘了点烟，他像个苦口婆心的长者，试图说服皮特，"人的一生，哪有一帆风顺的，邓小平三落三起，成大事的时候已经七十多岁。你呢，也就三十五岁，年轻得很，哪里摔倒就哪里爬起来，几年后你皮特不又是一条好汉吗？"

"这就是命，轮到了，只能认命。"皮特右手抓住乱糟糟的长头发，一口接一口地抽烟，颇有些伤感。

"别给我胡扯！什么命？谁的命好？"老六倒了一杯水给他，换了个口气，"我看这样吧，你去休假半个月，找个地方散散心，把心态调整好，换个人回来。在我的职权范围内，尽可能给你重新安排面子上过得去的职务，就算有人背后指责我偏袒你，也要把你扶起来。或者这样，你现在反正是单身，去基层待几年如何？你自己选个喜欢的派出所，当副所长怎么样？"

皮特耷拉着眼皮，没有说话，抓起他的包，转身往外走。

"你等一下。"老六从办公桌后边的柜子里拿出一瓶茅台，"这瓶茅台酒，放在这里好几年了，你拿去吧。"

茅台酒的盒子已经很旧了，皮特面无表情地接过酒，放进包里，也没说感谢。老六送他到办公室门口，还不忘多说一句："酒也可以喝，别喝太多。哪天有空我陪你喝两杯。"

回家拿了几件换洗的衣服，皮特开着他的破车，去了城南三十多公里外的野牛城山庄，打算在这里待上半个月。

山庄三面环山，山坳里是个大水库，有十来艘游艇，游乐设施简陋单调。对外号称度假村，其实也没有客房。平时来玩的人很少，只有到了周末，才会热闹起来。

老板阿满是皮特的好朋友，他在这里住上十天半个月，也不会有人嫌弃他。

虽已夏末，却还是酷暑时节。来到山庄的第二天下午，天气闷热，一丝风也没有，看上去要下雨的样子，成群的鸟儿在水面上低飞。皮特和阿满在水库里游了几圈，便上岸往回走。

两人顺着石板路往上走，来到半山坡的亭子里，坐在那里抽烟闲聊。

女茶艺师正在泡茶。"你回去吧，我们自己来。"阿满对茶艺师说。

茶艺师给他们每人泡好一大杯茶，便走了。

"局长让你休假，其实你每天都在休假。哪里也别去了，就在这里待着，我陪你。"阿满说，"虽然没有沙袋给你打，但是每天可以去水库游两个小时，散散步、钓钓鱼，晚上少喝点酒。"

"半个月之后呢？我还去上班吗？"皮特理了理湿漉漉的长发，无精打采地说。

"做生意你不懂，又不喜欢求人，不上班你还能干吗？"阿满看着他，似笑非笑地说，"公安局还是个体面的单位，局长对你挺不错的，你整天像个大爷，换个领导，早就收拾你了，你能怎么样。"

纷繁的思绪，剪不断理还乱，皮特无奈地摇了摇头。"你说这人哪，有时候还真是命中注定，大红大紫的时候，突然当头一棒。"他把烟头放在烟灰缸里，用茶水浇灭，端起茶杯，像是自言自语，"我现在这个落魄样子，开着二手的破车，一人吃饱全家不饿，跟无家可归差不多。"

也难怪皮特感到失落，几年前，他可不像现在这般潦倒。他是正统的公安大学刑侦专业硕士研究生，业余时间练出一身散打的硬功夫，未受过训练的人跟他徒手搏斗，哪怕十对一，也休想占到他的便宜。在特警大队工作两年，正好老六上任，他太喜欢皮特，将他破格提拔到刑侦支队下属的五大队，先担任副大队长，一年后当上大队长。

五大队是负责重案的刑事侦查部门，内部经常称他们"O记"。那时候的皮特，屡破大案，风光无限，再加上年轻、高学历，要不了几年，就是刑侦支队长、分管刑侦的副局长、未来的公安局局长、前途无量。没想到突如其来的意外事件——皮特带着两名刑警到开发区调查案件，回来的路上，下着雨，途经一个刚建好还没有装红绿灯的路口，与一辆无牌的泥头车相撞，他驾驶的轿车失控翻滚，后座的警察被甩出去重伤不治。他和右座的同事受伤也很严重，在医院住了一个多月。

闹出这么大的事，公安局内部反应强烈，纪委书记建议提请检察院逮捕皮特。老六的怒火简直就是排山倒海，他不顾皮特正躺在医院的病床上，近乎破口大骂。皮特目光呆滞，躺在那里一言未发。

骂完了，老六去向市委书记汇报，又去找检察长，摆出数不清的理由——出了重大车祸，皮特是大队长，又是他开车，当然有比较大的过错，但主要责任在泥头车司机。最后，皮特被撤销大队长职务，给予党内严重警告处分，变成普通警察。整个公安局大院里，有人替他惋惜，也有人暗中看笑话。

从野牛城公安系统的"明星"，到备受指责的普通警察，巨大的落差让皮特仿佛掉进了冰窟窿。真正让他无法释怀的还不是自己的前途，而是因为他的疏忽，年轻的同事失去了生命。事发那段时间，皮特经常提着酒去看望去世的同事。他独自坐在同事的墓前，摆上两个酒杯，斟满，碰杯后一饮而尽，另一杯轻轻地洒在墓碑上。

皮特像变了个人似的，郁闷，彷徨，整天找人喝酒。开始还有人陪他喝，然而每次都喝得酩酊大醉，渐渐地，朋友们也都躲着他，他想找个人喝酒都不容易。他就提着酒，找个小馆子，来一盘炒田螺，或者干脆就是花生米、拍黄瓜，一个人坐在那里喝，直到烂醉为止。

妻子是公务员，自然受不了，她去找老六。其实，老六也很担心，怀疑他是不是受了刺激，精神不正常。跟他谈过多次，皮特多半沉默应对。只有一次，老六说要找个精神科的医生给他看看，皮特当场就跳起来，指着老六骂道："你才是精神病呢！"老六看在眼里，痛在心里，却束手无策。这样人不人鬼不鬼地过了一年多，妻子忍无可忍，和他离婚，带走了刚上幼儿园的女儿。

说起这段经历，皮特自嘲道："出了这事，我还真有点宿命论，相信人的一辈子，成大事靠命运，小成功靠机会，加上小聪明。"

"那是你给自己的堕落找理由。"阿满倒掉壶里的茶叶，换成大红袍，"这几年你来我这里也不多，每次来我都劝你，把过去的包袱放下，重新来过。你过去是老六的爱将，现在他其实还在暗中保护你，所以你也不能做得太过了。再说，你才三十多岁，专业那么优秀，我相信将来还有出人头地的机会。"

在公安局大院，老六和皮特已经超越了传统的上下级关系，两个脾气火暴的人，有时候好得像亲兄弟，但是，一言不合就会吵起来。光是皮特这个与美国电影明星相同的名字，就不知道被老六奚落过多少次。有一次皮特急了，恶声恶气地怼了老六："你好无聊，动不动就拿名字恶心我！我祖宗十八代就姓皮，难道你姓六就比我姓皮的好听了？"

老六，皮特给局长起的外号，就是从那时候开始在公安局大院里流行起来的。

"我也想过回去上班，甚至打算去基层派出所，比局里还清静。"皮特一脸茫然地说，"可是，我知道很多人用鄙视的眼光戳我的脊梁骨，私下的议论还能有什么好听的话？"

"这也不奇怪。你在乎别人的眼光干吗？"阿满说，"你那臭德行我还不知道，骨子里就很傲慢，看不起人，还要挂在脸上，生怕人家不知道你看不起他。"

两人漫无边际地闲聊着，天色突然暗下来。"走吧，要下雨了。"阿满站起来，"厨房准备了松茸炖土鸡汤，还有红烧甲鱼，晚上我陪你喝点红酒。"

"老六送给我一瓶茅台，晚上喝了吧。"皮特背上包，两人一前一后地向山庄走去。

西边的天空涌上来黑压压的乌云，光线越来越暗，一道耀眼的闪电划过，随即是惊天的雷声，在山谷里回荡。

两人加快了脚步。这时，皮特的摩托罗拉手机响了。"是老六。这时候打电话找我干吗？"他看清了号码，接听电话，"老大，有事吗？"

电话那头，老六问他在什么地方。"我在城南，野牛城山庄，"皮特有些不耐烦地说，"你不是让我休假嘛，我在这里住几天。"

老六似乎急得火烧眉毛："犀牛路派出所接到线人的情报，晚上九点在城市花园有毒贩子交易……"

"哎呀，就是两个吸毒的小杂碎，让派出所去看看不就完了嘛。"没等老六说完，皮特粗暴地打断他，"要是觉得能捞到大鱼，那也该禁毒支队派人去。"

闪电就在他们头顶上，像无数条毒蛇在狂舞，惊天的炸雷一个接着一个。转眼间，乌云已经覆盖了大半片天空。

"你别跟我那么多废话啊。现在有三个案子出现场，都在下面的县里，除了我和政委，没有人能派出去。"听得出来，老六是真急了，"你马上给我赶回来，禁毒支队民警张晓波老婆生孩子，他在医院，我把他调去配合你。"

"真是岂有此理！"皮特挂断电话，满脸不高兴地嘟哝道，"好不容易出来，又被他临时抓差。"

"别那么多牢骚，动不动就怼老六，你这样对不起他。"阿满提醒他，"你现在还是警察，有报警，还真不能当儿戏。赶紧去，要是没有大事，处理完了再回来。"

两人一路小跑，回到山庄。皮特进屋换了衣服，从餐厅穿过时，一名女服务员正端着托盘，皮特看到有包子，伸手抓了两个。

又是一道疯狂的闪电，仿佛带着尖锐哨音的炸雷就在头顶上轰响，大暴雨随后倾泻下来，空气中弥漫着泥土的味道。阿满站在停车场，瞬间被浇成了落汤鸡。他上去拍打车窗，喊道："这雨太大了，注意安全，别开得太快！红烧甲鱼给你留着！"

"我还要找老六辞职，这活不是人干的！"皮特猛踩几下油门，那辆破旧的桑塔纳轿车发出怒吼，猛地急转弯，呼啸着消失在连天的雨幕中。

雨下得很大，刘大枭和跛佬收起雨伞，警惕地走进城市花园小区。他们要去见野牛城的大毒枭白寡妇。

对跛佬来说，白寡妇现在还是他的老板。但城市花园的这套房子他以前也没有来过，或许是有刘大枭这样不太熟悉的人过来谈交易，白寡妇换了个新地点。跛佬只是这么猜测，他不能确定老板是什么意思，干这行的都很谨慎，疑神疑鬼。

之所以想跟刘大枭见面，也是因为跛佬把他吹得神乎其神，这让白寡妇产生了合作的兴趣。如果真的像跛佬所说，可以大批量生产冰毒，每个月至少能供几百斤货，价格又低，就能满足东南亚那两个大客户，也就意味着滚滚财源。

刘大枭心里其实也在提防着，毕竟带他来的是跛佬这种杀人不眨眼的魔鬼。不过他一番权衡后，相信风险不大，跛佬正在图谋他手中的技术，没有设圈套对他下毒手的动机。再一想，刘大枭身边无一兵一卒充当保镖，他只能单枪匹马跟着跛佬来见白寡妇，倘若这是个陷阱，那也只好认了。

跛佬左右看了看，上前按门铃。这是可视门禁装置，里边没有人说话，但显然有人在看着他们。铁门打开了，两人走进大堂。跛佬伸手去按电梯，被刘大枭挡住，示意他走楼梯上去。

进门的时候，刘大枭就在悄悄观察，城市花园大门口和大堂内并没有监控装置。他担心电梯内有摄像头，这是他干这行以后养成的习惯，到哪里都不坐电梯，不管多高，都要走楼梯上去。

拉开楼道的防火门，光线昏暗，跛佬看清了901房，轻轻敲门。有个年轻男子打开门，跛佬看他有点面熟，却叫不上名字。

他带着他们进入靠里边的那间房。门虚掩着，他敲了一下，推开门说："老板，客人来了。"声音不大，带着马仔对老板常见的那种低声下气。

他们进来的是这套房子的主卧，大约有三十平方米。房间内的陈设也很简单，没有床，在进门的左侧，靠墙摆着酒红色的真皮沙发，玻璃茶几上放着茶具，罐装的西湖龙井尚未开封；沙发的旁边，是齐胸高的玻璃鱼缸，两红三白的五条金龙鱼游来游去；沙发的正对面，靠墙的柜子上放着索尼电视；再往里边，紧挨着的是两个大衣柜和衣架。

白寡妇坐在单人沙发上，手里夹着烟。她穿着低胸的白底碎花连衣裙，脖子上挂着一条有心形吊坠的项链，宝蓝色钻石耳坠，披肩长发，身体丰润，两个乳房把裙子撑起来，露出诱人的乳沟。

听到马仔的声音，白寡妇站起来。"刘老板，你好啊，你可真是贵客。"白寡妇与刘大枭握手，用放肆的眼光打量着眼前这个仅见过一面的神秘男人，"要不是跛佬带着，我还真认不出来呢。"

"一年多不见，白姐可是越来越美了，这身打扮，真像个大明星。"刘大枭把手抽回来的一瞬间，分明感觉到了那双柔软纤细的手有一种让男人难以自持的诱惑。尽管他嘴里称呼白姐，其实刘大枭比她大多了。

"女人就喜欢听恭维的话，所以很容易就能被男人哄上床。"白寡妇是见过世面的女人，她嘴上这么说，也不过是说说罢了。能把她哄上床的，可不是一般的男人。

二十八岁那年，她的老公贩毒被抓，判了死刑。她当时刚生完孩子，也没有任何证据证明她跟老公的贩毒团伙有关联，居然躲过了牢狱之灾。过了两年，原来四散逃亡的几个铁杆马仔陆续回到野牛城，聚集到老板娘身边，拥戴她做了女毒枭。过去的网络和人脉，再加上神通广大的跛佬，让白寡妇如鱼得水，很快就重新控制了野牛城的毒品市场。

而这一切马上就要结束了。跛佬的双肩包里，装了消音器的手枪已经上膛。白寡妇对近在眼前的死亡浑然不觉。跛佬是她的人，他带来的客户，她自然不会怀疑。

刘大枭是情场老手，要毁掉这样的尤物，他忽然有点儿怜香惜玉。不过，这个念头仅是一闪而过。无毒不丈夫，想仁慈是干不了毒品买卖的。"白姐可真是会开玩笑，"刘大枭附和着她的话说，"野牛城怕是没几个男人能入白姐的眼吧。"

"哎呀，人老珠黄，我哪有这么大的魅力。"被男人当面夸赞，没有哪个女人不开心。白寡妇春风满面，做了个优雅的手势："请坐。你一个人大摇大摆地来了，对白姐可是够信任的。"

"很荣幸，能私下见到白姐这么美貌的女人，也不是每个人都有的福分。"刘大枭在三人位沙发上坐下，掏出雪茄烟，向白寡妇示意，对她极尽恭维。

"哦，雪茄太厉害，我受不了，只能抽清淡的。我知道，女人抽烟让人讨厌，我已经很少抽了，一天半包。"白寡妇坐在单人沙发上，点了一支"铁塔猫红酒爆珠"，慢条斯理地说，"听说刘老板手里有上等的好货？"

"我想跛佬都跟你说了，那我也不瞒白姐。"刘大枭跷着二郎腿，身体放松地靠在沙发上，"我发明了神秘配方的冰毒新技术，要是我们能合作，我敢说，连金三角、金新月的那些大老板也会找上门的。"

"神秘配方，听着就很有诱惑力。"白寡妇娴熟地吐出漂亮的烟圈，并没有表现出惊讶。她带着疑问的口气说："你的新技术我很感兴趣，能跟白姐说说吗？"

"抱歉，白姐，我很尊重你，但是，这个方子是绝对保密的，我不能介绍更多的东西。"刘大枭放下二郎腿，坐直了身体，"我只能说，纯度能够达到百分之九十七，其他地方都做不出来，绝对不是以往那些劣质货能比的。"

"百分之九十七，这么神奇？"这么说，白寡妇似乎有些在意，她从来没听说过这么高纯度的冰毒，便问道，"那就说简单的吧，你每个月能给我多少货？”

"你想要多少？"刘大枭像是手里握着好牌，真的在跟对手谈判，"只要白姐有销路，想要多少都没问题。"

"带来了吗？"白寡妇又问道。

"带了，不多，昨天刚做出来的。"刘大枭指着跛佬说，"把货拿出来，请白姐亲自品尝。"

跛佬打开双肩包，子弹已经上膛的手枪就在包里。他拿出两包冰毒，双手递给白寡妇。

她拉开茶几下边的抽屉，拿出红色的玻璃盘子和工具，用镊子夹起一块晶莹剔透的冰毒，举起来仔细看了看。"嗯，不错，看起来就是好货。"她带着发自内心的赞赏，毫不掩饰她的欣赏。

"老板，我们做了很多年的生意，确实没有见过这么高纯度的好货。"跛佬就站在茶几的对面，他两眼盯着白寡妇雪白的乳沟，用目光在那里画好了圆圈，寻思着子弹进入的角度。

白寡妇将冰毒片放在玻璃盘子里，熟练地用刀刃碾成粉末，放在锡纸上，用打火机从下面加热，把鼻子贴近，轻轻地吸入雾气。在冰毒的作用下，白寡妇仰面倒在沙发背上，情不自禁地叫起来，双手不停地摩擦脸部。"哦，太棒了，好爽啊！"

另一侧，刘大枭嘴里叼着雪茄，嘴角浮现出死神般的冷笑。此刻，两个男人的眼光不约而同地集中到白寡妇的胸脯上，她仰着头靠在沙发上，一对高耸的乳房塞满了两个男人的眼眶。

跛佬不声不响地从包里掏出带有消音器的手枪。刘大枭眼珠子转动，在跛佬正要举起的手枪和白寡妇的胸口之间移动。

最后一秒钟，跛佬改变了主意，将目光从白寡妇的胸部移开，对着这个沉浸在兴奋中的女人的脑袋开枪。

"这么漂亮的女人，可惜了。"刘大枭站起来，若无其事地将盘子里的两袋冰毒装进口袋。

"投名状，够意思吧？"跛佬看着还在冒烟的枪口说道。

"兄弟，这才是真兄弟。"刘大枭拍了拍跛佬的肩膀，用手指着外边，这是提醒跛佬，客厅里的马仔也要顺便处理掉。

跛佬打开门，向站在大门内侧的马仔招手。马仔似乎听见了房间内传出的轻微闷响，只不过他压根想不到那是带有消音器的手枪发出的声音。刚走到房间门口，跛佬朝着他的胸部连开两枪，马仔手扶着墙倒在地上，在墙上留下一道鲜红的血痕，一直延伸到地面。

"买一送一。"跛佬把枪放进双肩包里，又低头查看马仔的尸体，确认他死了，"你让我杀白寡妇交投名状，我杀了两个。"

"什么话都别说了，从现在起就是兄弟。"刘大枭弯腰捡起地上的两枚弹壳，又走到卧室，把茶几旁的弹壳也捡起来，装进口袋。

收拾停当，正要出门，刘大枭又回过身，顺手抓起衣架上的毛巾，把刚才坐过的沙发擦了一遍，又把茶几的边缘反复擦了几下，显然是担心留下指纹。

"走吧，趁着下大雨。"刘大枭扔下抹布，向门口走去，"让警察来给他们收尸。"

雨下得正猛。刘大枭掀开窗帘，雨打在玻璃上，外边的街道和灯光模糊成一片。两人转身朝门外走去。

暴雨中，皮特开着他的桑塔纳来到城市花园。

他刚停好车，发现张晓波从出租车上下来。天很黑，两人在大门口会面。走近才看清楚，还有个辅警，张晓波认识，是犀牛路派出所的。"你们派出所没人吗？"皮特憋了一肚子火，劈头盖脸地对那名辅警说。

"这两天区政府在鲨鱼路搞强拆，闹得很厉害，派出所其他人都被调去了。"辅警似乎很委屈的样子，"所长让我来给你们帮忙。"

"你赤手空拳能帮啥忙？"皮特掏出手枪，退出弹夹，检查了子弹，然后又装上去。"晓波，你带家伙了没？我这还是半路上内勤给送了一把枪。"

"我带着呢。"张晓波说，"我在医院，也是跑回局里拿的。"

"听老六说，你老婆在医院生孩子是吧？"皮特漫不经心地问道，说不清是关心还是随便问问，"生孩子是大事。啥时候生啊？你跑这来，医院那边呢？"

"那怎么办呢？也没有规定说警察的老婆生孩子就可以不出警。"张晓波用手拍了拍左腋下的手枪，得意地说，"我来的时候刚推进产房，最好能生个小警察。"

"没出息。"皮特笑着说，"走，进去看看。901对吧？"皮特在前，三个人进了城市花园。电梯里，皮特像是想起了什么，对辅警交代说："兄弟，注意安全啊，要是遇到开枪，你要赶紧躲到旁边去。"

电梯门刚打开，借助楼道内昏暗的灯光，皮特看得很清楚，901房有人正要出来。

里边的人显然也看到了他们。房门刚推开，那人探出半个身子，发现电梯内有人出来，转身缩回去，"砰"的一声关上门。

"有人！"张晓波大声喊道。

就在门被关上的一瞬间，皮特毫不犹豫地举枪射击。子弹打在门锁上，火花四溅。

张晓波冲上来，对着门猛踢一脚，没有踹开。

"闪开！"皮特退后几步，腾空跃起，将门踹开。

屋里黑咕隆咚，皮特不敢贸然冲进去，他朝房间内连开数枪。

"掩护我！"皮特紧贴着墙进入房间。张晓波侧着身子，向黑暗的客厅里不断开枪。皮特摸索着往里边走，脚下突然被绊了一下，发现是一具尸体。

"有人被杀了！"皮特惊叫道。他听到厨房那边有响声，对着厨房就是两枪。他冲进去，看到垮在一旁的窗子，探头向外看，隐约见有个人顺着下水管往下滑，眼看就要到地面。厨房在整栋楼的背后，没有灯光，地面上有一排大树。他趴在窗台上，举枪射击，那人闪身躲进大树后面，没有打中。

"我们下去追！"皮特对辅警说，"你保护现场，用对讲机呼叫指挥中心。"

楼下哪里还有人的影子。皮特拿着枪，和张晓波追出去。顺着城市花园后边的那条路，追到十字路口，失去了目标，只好返回。

再回到城市花园的时候，老六接报后带着增援的刑警和两名法医来到现场。皮特认出来，那个漂亮的女警，是刑侦支队的技术员苏可，另外几个人，他只是面熟，却叫不上名字。他这个人本来就傲慢，即使是刑侦支队的警察，大部分人他也从不打招呼，更不会记住他们的名字。后来这两三年，他几个月才去一趟办公室，很多面孔已经陌生了。

"怎么搞成这样了？"老六无厘头地咆哮着，"杀了几个人？凶手呢？"

"什么叫搞成这样了，它本来就是这个样子。"皮特本来就憋着满肚子的火，当场就给顶回去，"明明是杀人案，你们没当回事。有个凶手顺着水管跑了，我和晓波下去追也没追到。"

"别跟我废话！"老六气呼呼的，把手里的烟头狠狠地摔在地上，对皮特命令道，"你带法医上楼勘查现场，我安排人设卡堵截！"

警察们手里举着枪，杀气腾腾地上了九楼。被踹开的房门倒在旁边，那名辅警手持对讲机站在楼道里。楼上楼下，被惊动的住户跑到九楼围观。"我听到有枪响，杀人了吗？"有个胖女人问皮特。他拉着脸，懒得理她。

"也没看到什么迹象，突然就杀人。这社会，真不知道出了什么问题。我看要认真反思，不能眼睛只盯着钱。"说这话的是住在楼下的中学老师，喜欢评论时事政治，很多人都认识他。有时候买菜回来，在楼下碰到了，很多大叔大妈围着他，问他国内国外的热点问题。比如，美国打伊拉克，是不是要控制中东的石油？

"901住的是什么人？怎么突然就打起来了？"还是前面那个胖女人。显然，没有人能回答她的问题。

皮特和苏可穿上鞋套，进了901房间。空气中弥漫着令人作呕的血腥味，那个在客厅里被杀的男子，侧身倒在墙边，张着嘴，印着骷髅头像的白色T恤衫被血染红，他的身下有很多积血，鲜血流进木地板的缝隙中。皮特用手掩着嘴，蹲下来查看。

在苏可不断拍照时，皮特走到紧挨着男性死者的那间卧室，他吃惊地发现，沙发上有一具女尸。"这里还有个女的被杀！"皮特喊道。苏可走过来，在门外边看了看，示意皮特别进去。她拿出照相机，对着房间拍照，然后几个人才进入房间。

"我的天，太恐怖了！"苏可被眼前的凶杀现场吓着了，尽管杀人案现场对她这个技术员来说是常见的事情。"真的，我从来没见过这么残暴的凶杀现场。"女尸倒在沙发靠背上，子弹从鼻梁上打进去，面部被打烂，已经看不清死者的真面目。她的左手死死地抓住沙发扶手，血还在不停地涌出来，沙发上积了一摊血，又从沙发流到地板上。

这时候，浑身湿透的张晓波气喘吁吁地赶回来。"老六还在安排堵卡，他让我回来，调查楼层的住户，看能不能摸到线索。"

楼道里围观的人群还在那里议论，那个业余时事评论家终于有机会把他的才能发挥到极致。大家围着他，听他滔滔不绝、驴唇不对马嘴地分析案情。皮特从屋里出来，不耐烦地摆摆手，对围观者说："各位邻居都回去吧，不要影响破案，如果有线索可以向公安局反映。"

皮特、张晓波随着胖女人进了903房间。男主人看上去四十来岁，有一个不到十岁的男孩。

"你们差不多门挨门，平时见过901的人吗？"皮特一句客气话也没说，像审讯似地问道。

"以前见过两次，"胖女人说，"房东有五十多岁，秃顶，感觉人挺好的，没想到能出这么大的事。"

"最近一次见到房东是什么时候？"

"哎呀，这个还真记不清楚，反正从去年到现在，这一年多都没见过他。"

"901平时都有什么人？"

"我是没看到有人进出，我敢肯定那房子平时没人住。"胖女人转头又问她的丈夫，"你有没有见过那家人？"

"没有。"男人摇摇头回答说。

楼上楼下挨家挨户问了个遍，未得到有用的线索。

两人又回到901。苏可让男法医和辅警将沙发上的女尸搬下来，平放到地板上。她把钢尺放在血泊旁边，换了几个角度，把沙发上的血泊拍下来。

皮特走到客厅，站在窗子边上，边抽烟边在脑子里快速梳理这起突如其来的案件。雨渐渐停了，有两辆警车停在楼下。他感觉脑子里乱麻似的，努力去梳理刚才的枪战过程。原本以为不过是两个"瘾君子"，抓回去交给治安大队处理，他还去继续休假，过一段神仙生活，没想到撞上了惊天大案。不过他回头又想，这么大的杀人案，放在过去，只能是他的五大队接手调查，而现在已经与他无关，熬到天亮就走人。

随着一阵杂乱的脚步声，皮特从房间里走出来，老六和刑侦支队长吴森林带着两个刑警来了。从堵卡现场回来，老六卷着裤腿，皮鞋上沾满泥巴，衣服也湿透了。几个人手忙脚乱地穿上鞋套，进了房间。

"有什么重要证据？"老六低着头，仔细打量地板上的男尸。

"这房间肯定很多人来过，提取的指纹要花几天整理。茶几上的这个盘子，白色的粉末，还有使用的工具，应该是在检查冰毒，还有些没有碾碎。"苏可将盘中的毒品、一把小刀，连同盘子全放进证据袋。"房间里有十三个弹壳，暂时还不知道是我们的警察还是凶手留下的。"

皮特立即取下弹夹，把子弹退出来，数了数，说："我开了七枪。"张晓波说他开了六枪。

"那弹壳都是我们的。"苏可说，"凶手连弹壳都带走了。"

皮特忽然想起来，既然是线人提供的情报，那线人在哪里？追问之下，吴森林说，当天下午，犀牛路派出所所长罗国斌打电话给他，说有线人提供情报。

"赶紧把国斌叫来。"老六吼道。

吴森林赶紧用对讲机呼叫罗国斌。那边回答说，鲨鱼路拆迁现场还有很多人围着，大暴雨都没有把人群冲散，气氛紧张，他们暂时不能离开。

"你赶紧给我过来！"老六一把抢过对讲机，厉声说道，"不务正业，以后警察不准参与拆迁！"

现场的取证仍在进行中，地上的血已凝固，变成了褐色。照法医的说法，两具尸体，现场勘验恐怕要通宵。老六进去看了卧室里的女尸，出来对吴森林说："去搞点东西吃，晚上还没吃饭呢，都十二点多了。"

"两具尸体躺在这里，吃得下吗？"皮特皱着眉头。也难怪，他离开刑警岗位已经三年了，太长时间没见过这样的血腥场面，现在让他对着两具尸体吃饭，有点不习惯。

"谁说吃不下去？亏你还是刑警出身。"老六没好气地说，"有种你别吃。"

这时，犀牛路派出所所长罗国斌骑着摩托车赶来，他身上还穿着雨衣。901门口的走廊里，罗国斌的雨衣铺在地上，用饭盒装着的几个菜放在雨衣上，老六和所有办案人员蹲在地上吃盒饭。皮特没有吃，站在电梯口抽烟。

"不吃拉倒，让他饿着。"老六扭头问罗国斌，"线人在哪里？"

"线人叫张继成，在南山小区租房子住，没有电话，平时有事都是见面说。"罗国斌说，"过去是个小毒贩子，以贩养吸的那种人。"

一群人风卷残云，将盒饭吃完。见皮特不吃饭，苏可将饭盒中的一只鸡腿递给他："吃点东西，要通宵呢。"

"这么大的案子，应该让刑警队来办吧？"皮特将烟头熄灭，从苏可手里接过鸡腿。

"你小子想开溜是吧？"老六扔下饭盒，站起来，抽出一支烟点上，"这案子我就交给你主办。你是刑警，出了杀人案，关键时刻想跑，没门！"

这下把皮特激怒了，他把鸡腿狠狠地摔在地上。"奇怪，还赖上我了，真是不讲道理！"

众人惊愕地看着他和老六。这样当面顶撞，很容易就把老六的火暴脾气点起来，引发两人的冲突。可出乎意料的是，老六这次却像对待恋爱中乱发脾气的女朋友，口气一反常态的温和："这么好的鸡腿被你糟蹋了，还是小苏给你的。摔完了是吧？摔完了就去干活，分头行动，连夜把线人和房东找来，尽快查清两个死者的身份。"

本来剑拔弩张的激烈冲突，经老六这么一说，在场的人都笑起来。只是他们体会不到，老六对皮特，那是真爱，甚至是超越上下级关系地迁就他。

"老罗，我们两个去找线人。"皮特也挺知趣，没再对着干，转身和罗国斌下楼走了。

碰到皮特这样的对手，刘大枭和跛佬能跑掉，那是他们的运气。

听到枪声，刘大枭慌忙躲进客厅东侧的一间卧室。他拉开窗子，探头向外观察，看到窗子外面刚好有空调室外机。客厅里不断传来枪声，容不得犹豫，他从窗子爬了出去。

客厅的西侧，躲在厨房的跛佬已无退路。他去推窗子，那个向外推的窗子却只能推开半边，出不去。情急之下，他爬上窗台，用瘸了的那只脚猛踹。窗子被踹掉，挂在那里，跛佬抱着窗外的下水管道慢慢往下滑。刚下到地面时，有人往下开枪，子弹就擦在他的耳朵边上。他重重地摔倒在地，滚到大树后边，爬起来，一瘸一拐地奔跑，也不知道方向在哪里。

刘大枭脚踩在空调室外机上，手抓住室外机的连接管线，接连下了两层，再往下已经没有能搭脚的东西。情急之下，他看到有个窗子半开着，掀开窗帘一角，房间里没有人，只听见哗啦啦的流水声。他推开窗子，侧着身子进入房间，又把窗子关紧，拉上窗帘，将房间的灯关掉。

房门开着，客厅里亮着灯，能听到洗手间里传出"哗哗"的流水声。

他看清了这间不大的房间，原来是卧室。米老鼠图案的床单，床上随便扔着几件女装，衣柜旁边的衣架上挂着两件连衣裙和衬衣。他意识到自己闯进了女孩子的房间，甚至能闻到房间内散发着年轻姑娘身体特有的味道。

刘大枭探出头，没看到客厅里有人，他把房门轻轻地关上，拿着手枪，惶恐地站在门后。

过了好久，门被推开。"灯怎么不亮了？"一个身上裹着浴巾的女孩进来，她说着，伸手打开灯，猛然看到有个陌生男人站在房间里，她被吓得大叫，试图退回客厅。

"再叫我打死你！"刘大枭关上门，举着手枪低声喝道。

女孩身上裹着浅蓝色的浴巾，头发湿漉漉的，被刘大枭用手枪顶着，吓得浑身发抖。

窗外传来此起彼伏的警报声，刘大枭意识到公安局后续的大队人马来了，他关了房间的灯，挟持着女孩坐在床边。

就在女孩进来的瞬间，刘大枭原本准备掐死她。但是出乎他的意料，女孩并没有歇斯底里地乱喊乱叫，也没看到家里还有其他的人。女孩很紧张，双手紧紧地抓住浴巾，面对枪口，虽然瑟瑟发抖，却很冷静。这让她捡了一条命。

"家里还有其他人吗？"刘大枭小声地问道，"你爸妈呢？"

"他们不在家。"女孩说，"出去有事没回来。"

"你别骗我，"刘大枭显然不相信女孩的话，"房间里还有谁？你要是敢骗我，一枪打死你！"

"我没有骗你。"女孩从容地说。

刘大枭把门拉开，探出头向客厅张望，然后出去把灯关掉。

"别怕，我不会伤害你。"刘大枭放开她，眼睛盯着窗子。他能够清晰地听见楼上有人大声说话，不断闪烁的警灯映在窗帘上。

他在飞快地思考如何离开这个房子。可是，女孩子看上去很漂亮，被浴巾半遮半掩的胸口，让他顿时产生了非分之想。

"你是怎么进来的？还拿着枪。"黑暗中，女孩紧张地说，"你赶快走吧，我保证不会跟别人说。"

"吓着你了吧。我是无意中进来的，和你家的人无冤无仇，不用怕。"刘大枭把手枪换到另一边。

女孩还没有从恐惧中缓过来，她往旁边挪了挪，想离他远一点。"你骗我的。你来我们家想做什么？"

他走过去，将窗帘掀开一角，看到楼下停着三辆警车，关了警报器，警灯在不停地闪烁。

他回到床边坐下，犹豫不决。刘大枭判断，女孩没有太大的威胁。但是，对他这个不速之客，女孩的冷静反而让他捉摸不透：女孩可能想先稳住他，再找机会报警？再说，女孩的家人要是回来怎么办？如果警察逐户搜查，岂不是瓮中捉鳖。

"我真不是故意进来的，是突然发生了想不到的事。"刘大枭继续和女孩周旋着，"你不用紧张，我马上就会走。"

两人就这样在黑暗中僵持着。他迅速理清思路，确认眼前最重要的是稳住女孩，现在无论如何不能出去，等到夜间，自然能找到离开这里的机会。

女孩紧紧地抓住浴巾。她可是一丝不挂，那个小浴巾脱开了，后背都露在外边，她也顾不上，好在房间里没有灯。"你把我吓坏了。我猜你是从窗子进来的，对不对？"

"有人追杀我，他们有很多人，就在楼上。我一个人，打不过他们，翻窗子逃跑，看到你的窗子开着，就进来了。"刘大枭一边应付着，一边警惕地盯着房门，生怕有人突然进来。

"你怎么惹上那些人的？"女孩或许对他的话产生了好奇，不停地追问。

"这个……怎么说呢，"刘大枭一时没想好怎么编故事，便敷衍说，"说来话长，你还是不要知道的好。"

"要真是这样，很危险，你还是赶快走吧。我穿上衣服，出去给你看看。"

"我现在不能出去。你也别出去。"刘大枭无法判断女孩的真实意图，不可能让她出去。他能想象到，此时楼上楼下到处都是警察，这时候下楼很容易被发现。窗帘上不断闪过的警灯亮光提醒他，此处绝非久留之地，要想办法尽早脱身。尽管如此，他对女孩的敌意渐渐消除了，再加上她家里没有其他人，这让他有时间思考如何离开这里。

就在这忐忑不安的处境下，这个只裹着浴巾的年轻女孩，让刘大枭难以控制身体内的欲望。他一只手握着枪，另一只手从身后拉起浴巾，去抚摸她的后背。女孩赶紧往旁边躲开，声音颤抖着说："不要这样。你不要挨着我。"

"你身上好香啊，我都不想走了。"刘大枭得寸进尺，挑逗说，"我就住在你这里，陪你睡怎么样？你家里真的没人吗？"

"我跟你说了，我爸妈真的不在家。"女孩愈发冷静，"你别为难我。要是你现在不想走，我可以陪你聊天，等到天快亮的时候你再走。"

女孩的温和态度让刘大枭感到踏实了很多，他把手枪塞到枕头底下。"我还没问你名字呢。"

"你叫我阿妹就行了。"女孩说，"你呢？"

"阿妹？"刘大枭突然想到了什么，黑暗中，他仔细看着女孩的脸，"你在渔人码头上班吧？"

"对呀。"女孩似乎也很惊讶，"你是谁呀，怎么会记得我？"

"我老是去那里吃饭。不过，去那里的客人多，你可能不认识我。"刘大枭放松下来，抚摸着女孩湿漉漉的头发，"我是枭哥。每个人都这样叫我。"

"还有这么巧！枭哥，毒枭的枭吗？"

"你可真会说话。不是毒枭，是枭雄的枭。"

阿妹被逗笑了。她盯着刘大枭的脸，拉了拉浴巾，想把露出来的半个胸脯遮住。早已欲火焚身的刘大枭再也控制不住，他一把抱过阿妹，粗暴地和她接吻。

阿妹拼命抵抗着黑暗中的陌生男人。"啊，不要，你不要欺负我！"阿妹猛地推开他，"你要这样，我会喊人的。"

刘大枭也没再坚持，他放开阿妹。那一瞬间，掐死她的念头再次从脑子里跳出来，不过，他终究没有下狠心，想留着她日后再联系。

天快亮的时候，刘大枭悄悄地从位于六楼的阿妹家出来，从负二层的车库里溜走。

回到家里，刘大枭仍心有余悸。他从冰箱里拿出啤酒，几乎是一口气喝下去，算是给自己压惊。那条大狼狗就蹲在他的面前，一动不动地看着主人，看得他心里有点儿发怵。

快到中午的时候，跛佬也回来了。"给老子吓个半死，也没睡觉。我还以为你被抓了呢。"

"就这点事，还能把你这种杀人不眨眼的魔鬼吓住？"刘大枭故作镇定地说，"我躲在渔人码头那个小骚货的房间里，不过没睡到她。"

"吹牛吧。我跑到朋友家，躲着不敢出来。"跛佬说，"还不是你让我交投名状，麻烦惹得有点大。"

"警察开了好几枪，差点被打死。他们怎么会知道？"

"那个房子是我们固定的交易地点，去过的人也不多，白寡妇开始不肯去，自从她老公被杀了，那娘们儿就很小心。我说有我跟着，绝对安全她才去。"

"我怀疑有内线给警察通风报信，不然他们不可能找到那里。"

"除了白寡妇，就那个死了的马仔，他知道当天晚上我们要去那鬼地方。"

两人坐在客厅里抽烟、喝啤酒，复盘昨天晚上的经过。想来想去，无法判断内线藏在何处，又是何人。以跛佬的经验判断，内线只能是白寡妇身边的人。既然白寡妇已死，跛佬与刘大枭结成新的联盟，也就不必再担心那个团伙的内线。

刘大枭打开客厅的后门，带跛佬进入与客厅相连的后院。"上次来我没让你看，今天让你开开眼界，参观我的冰工厂。"刘大枭说这话颇有些炫耀。他心里很清楚，跟跛佬合作，可不是控制一个小马仔那么简单，要让他崇拜，才肯卖命。否则，刘大枭的老大地位也不稳定。

与客厅相通的后院，顶上是封闭的，与主建筑连为一体。其实，用来做"冰工厂"的后院，也在刘大枭家的大院子里，外边还有很高的围墙。

巨大的铝合金钢锅，各种型号的玻璃器皿，纵横交错的管道，大号的耐高温烧瓶。靠墙边放着很多蓝色和白色的塑料桶，上面贴着手写的编号。

"见世面了，"跛佬嘴里叼着雪茄，兴奋的表情溢于言表，"从十五六岁就在道上混，从来没看过这东西是怎么做出来的。"

"不要说野牛城没有，你能在中国找到第二家，我就服你。"

"我们兄弟合作，目标就是要做野牛城的头号大毒枭。"

"不能把目光局限在野牛城，这地方还是小了点。我手上有先进技术，只要你能找到销路，我们再去找新地方，生产线的规模要比这里大得多。这地方只是实验室。"

"亲兄弟，明算账，开始干之前，也要把条件讲清楚。"

"你是说赚了钱怎么分？这好办，除掉成本，我们对半分。我的技术，虽然跟你平分有点亏，但说心里话，我做这一行也不全是为了钱。"

"干这活，向来是卖货的人风险大，分分钟都有掉脑袋的可能。"

没有哪个毒枭把脑袋拴在裤腰带上不是为了钱，刘大枭也不例外。但是，不管是对菲律宾毒贩子奥古斯丁，还是新入伙的跛佬，他总是说，做毒品不仅为赚钱，还要检验自己的化学天才能力。那不过是抬高自己的说辞而已。

刘大枭是土生土长的野牛城人，家住市郊的河湾镇。野牛河从城中心穿过，一路向东，流出市区后，突然向东北拐了个弯，然后又折回，继续向东，形成一个宽阔的河湾。河湾镇因此而得名。

河湾里原来有个村庄，住着十几户人家，大集体的时候，学习苏联的模式，搞统一整齐的大型集体农庄，不允许分散居住。河湾里的人大部分都迁走了，只剩下刘大枭一家和另外两户迟迟未搬走。没想到，集体农庄的事半途而废，这三户人家就在老宅子住了下来，从此也没有人再来赶他们。

十八岁那年，刘大枭参加高考，无奈心比天高，分数却不理想，只能读大专。亲戚朋友都劝他复读，权衡再三，他选择离家不远的南方化工学院。虽然只是个大专，但刘大枭就是冲着当地工资最高的美国杜邦公司去的。阴差阳错，毕业后外资企业他没去成，却考上公务员，进入福东市中级人民法院法警大队，第四年被提拔为副大队长，副科级。

那天，法院开庭审理毒品犯罪案件，刘大枭带着五名法警押解被告人，负责法庭的安全。通常，法院在审理这类案件时如临大敌，有时候还会派手持微型冲锋枪的特警在外围警戒。这次却有点例外，被告人是两名刚出校门不久的年轻大学生，在制药厂工作。按照他们的供述，最初纯粹是因为好奇，从简单的试验开始，去研制毒品，没想到真的做成了，由此开始冒险，做毒品赚钱。也许是运气太差，两个书生气十足的年轻人，第一次出手便被警察抓了个正着。

法庭上，两人哭得稀里哗啦。穿着法警制服、坐在前排的刘大枭却被他们供述的制毒经过所吸引。他听得很仔细，也记住了那些让外行听起来生僻、拗口的原料名称，终于明白"甲基苯丙胺"原来就是冰毒，这得益于他大学所学的化学专业知识。

刘大枭就像着了魔似的，欲罢不能。他去东郊的化工城悄悄地观察了几次，从一家挨着一家的商铺门前走过，发现那两个倒霉蛋在法庭上供述的制毒设备、化工原料，在这里不费吹灰之力就能买到。这让他既兴奋又有点紧张。

他先买来很少的原料和简单的设备，摸索着做试验。或许是旁听时记得不准，反复试验了一年多，做出来的冰毒很粗糙，纯度不够，他知道是配方和技术不熟练的原因。

那时候，刘大枭还住在老屋里，母亲和妻子、儿子，全家四口人，都住在一起。"试验室"就设在老屋靠西头的那两间空屋里，平时锁着门，谁也不让进，夜深人静时，他自己偷偷地躲在房间里做试验。对化工专业毕业的刘大枭来说，化学试验是再寻常不过的事情，他在学校那几年学到的专业知识悉数派上用场。多次试验后，他发现那两个大学生的配方有很大的缺陷，增加几种原料后，做出来的冰毒，不仅能够使人的神经在短时间内获得更高强度的兴奋，而且结晶体看上去更加透明，纯度更高。

冰毒做出来了，如何卖出去才是大难题。刘大枭既没有销售毒品的网络，也不认识这个行当的任何人，贸然去找买主，没准就撞在警察的枪口上。五十克冰毒就是死刑，越想越觉得害怕。思考再三，他自信比那两个大学生聪明，如果真的遇到了警察的眼线，凭他的机智和辨别能力，应当能够发现危险。

他想到野牛城最大的皇后夜总会。这种灯红酒绿、纸醉金迷的地方，各色人物混杂，纵情酒色，自然少不了毒品。五十克是一条生死线，刘大枭异常谨慎，只随身携带十克冰毒。每次他都是一个人坐在喧嚣的夜总会大厅的高脚凳上，来一扎生啤，边喝酒边观察。那个长得很像舒淇的女歌手，穿着勉强包住屁股的超短牛仔裤，上身是文胸，外面套一件敞开的皮马甲，披散着亚麻色的长发。她把麦克风连同架子抱在手里，动作夸张，声嘶力竭地唱着夹生的粤语歌。

大厅中央，很多人挤在那里跳舞。刘大枭的眼睛在烟雾弥漫的大厅内搜寻，他不经意地扫过每一张陌生的面孔，看谁都像毒贩子。那段时间，他天天晚上泡在皇后夜总会，终于发现了有价值的目标——有几个年轻人，大概六七个，他们不去包厢，就在大厅里喝酒、跳舞。这些人似乎特别陶醉，眯着眼睛，不停地扭动身子、甩头，那情景，像是不由自主。刘大枭听说过摇头丸，他断定这几个人的疯狂是摇头丸的作用。

女歌手停下来，大厅里响起连地板都在震颤的电子打击乐。刘大枭上场了。他模仿他们的样子，跺脚、甩头，把手举过头顶，故意用身体碰撞他们，完全进入了癫狂状态。那伙人中，有个留着络腮胡子的家伙，左边的胳膊上文着一条凶残的鳄鱼。他显然注意到了刘大枭，用他肥大的屁股猛撞过来。"哥们，跳得不错，过来喝杯酒！"他一闪身，向刘大枭发出了邀请。

络腮胡子和刘大枭离开舞池，两人坐在旁边喝啤酒。那人自我介绍说，他叫阿强，经常来夜总会找朋友玩。刘大枭判断他就是个吸毒的，最多也就是以贩养吸的那种人，有点瞧不起阿强。只是，刘大枭两眼一抹黑，急于认识毒品圈子里的人，以便寻找更多的信息。他把内心的鄙视隐藏起来，与阿强称兄道弟，最后给了他十克冰毒，一千元，这是他第一次把自己亲手做的毒品卖出去。

后来又在夜总会见过阿强几次，通过他又认识了小毒贩子华仔。阿强的言谈举止虽然很粗俗，但似乎在毒品市场还有些路子，刘大枭觉得有利用的价值。他半真半假地向阿强吹嘘用新技术研制的冰毒，目的就是通过他去投石问路。果然，再次见面的时候，阿强带来了棕色皮肤的菲律宾毒贩子奥古斯丁，这是刘大枭没有想到的。

中文说得还磕磕巴巴的奥古斯丁是个大毒贩子，在东南亚有毒品交易网络。他从阿强那里得到刘大枭做出来的冰毒后，大为惊讶。这是他从未见过的冰毒，纯度和效力远远超过任何一种毒品，凭直觉，他断定遇到了高手。

毒品市场杀机重重，陌生人很难得到对方信任，稍有大意就可能赔上性命。奥古斯丁甩开阿强，对刘大枭反复试探后，相信他既不是骗子，也不是警察的卧底。"我们合作，你开个价。"奥古斯丁说。

"第一，技术是我的，给多少钱也不卖；第二，技术保密，你不能强迫我公开冰毒的配方。"刘大枭也不含糊，首先提出限制条件，"至于赚钱怎么分，你看着办，我也不是为了钱。"

"配方保密？"奥古斯丁似乎不明白这句话的意思，"对我也保密吗？"

"对所有的人都保密，当然也包括你奥古斯丁先生。"

"你跟我合作，为什么还对我保密？"

"你想，我发明的技术，每个人都知道了，谁都会做，那还有什么价值呢？"

"我明白了，真聪明。你是想把技术控制在自己的手上。不过没关系，只要你能把产品做出来。"

总算谈好了合作的条件，最后是找地点建"冰工厂"。找了好几个地方，奥古斯丁看上了一家倒闭的工厂，有单独的院子，现成的厂房。但刘大枭认为那里不安全，最好的地方还是他的老宅子。

"这地方多好，私人住宅，很隐蔽。流动的河水，预示着源源不断的财运。"

"这倒是好地方。"奥古斯丁忽然眼睛一亮，只是没想到刘大枭会在他的老宅子里生产冰毒，"还有另外两家人怎么办？"其实，相距不远的另外两家人，老人已去世，年轻人要么读书离开，要么出去闯荡，老房子年久失修，逐渐废弃了，就剩下刘大枭一家还在这里住着。

奥古斯丁倒是很豪爽，拿出五十万元现金给刘大枭。"旁边那两家，你把它买下来。你家的房子拆了重建。"奥古斯丁也不跟刘大枭商量，便自作主张地说，"你也要辞职，我们一心一意地干。跟着我，不会亏你的。"

没费多少口舌，刘大枭把另外两家的破房子，连同宅基地全买了下来，一共有三亩多地。他把旧房子拆了，重新建了一栋三层半的小楼和院子，坐北朝南，房子后边是野牛河，前面是大片开阔地和老宅子留下的大树，遮天蔽日。

红砖砌出的外墙，衬托着周围的树木，红墙绿树，屋顶黄瓦，四面屋角上翘，看上去气势恢宏，是他非常喜欢的皇家建筑气派。

新房子建好后，刘大枭也办了辞职手续。他站在楼顶的天台上，极目远眺，越看越相信这是一处风水宝地，又是祖辈居住的老宅，如今落在他的手上，仿佛上天赐给他的好运。他忽然想到，小时候父亲为什么给他取名刘大枭，由于父亲去世得早，他没有来得及追问，母亲也不清楚，留下永远的谜。而现在，他成了毒枭，冥冥之中，命运早有安排。

紧接着，刘大枭又在镇上买了两处房产，一处给他守寡二十多年的母亲居住，另一处给他的老婆和儿子。

"冰工厂"开工那天，刘大枭和奥古斯丁先给供奉在客厅内的佛像上香，然后虔诚地跪下，三叩头，算是开工仪式。两人戴上防毒面具和橡胶手套，开始生产冰毒。

"你不是说保密吗？"奥古斯丁以为刘大枭根本不会让他看到冰毒的生产过程，"为什么还让我看？"

"保密也不是把它藏在裤裆里。"刘大枭说，"你是我的合作伙伴，可以看我怎么生产，但你不会知道原料配方。"

奥古斯丁这才注意到，制毒车间内放着十几只半人高的大桶，蓝色、黑色、白色，里边装的正是制毒用的化工原料。奇怪的是，每只桶上都没有原料的名字，只有编号。奥古斯丁不便多问，他心里明白，这是为了防止他知道原料名称。

按照比例调配好的原料被放进搅拌机，机器发出轻微的轰鸣声，管道内可以看到有液体状的东西缓缓流动，然后立即有蒸汽散发出来。"最后一道程序，蒸馏、提纯，就完成了。"刘大枭打着手势说。

奥古斯丁看得很仔细，他要评估刘大枭的操作是否专业。两个多小时后，关闭电源，刘大枭打开密封的不锈钢桶，里边是白色晶体。两人从后边的房子出来，取下防毒面具和手套，奥古斯丁的短袖T恤、后背全都湿透了。

他们走到客厅，坐着喝茶。"现在我告诉你，这是最新配方的化学合成冰毒，就像现代工厂的那种生产线，日夜不停地大规模生产。"刘大枭拿起毛巾擦汗，脸上掩饰不住得意的神色，"这是你从来没见过的冰毒，到底好不好，我马上就让你亲自品尝。"

等到室内的有毒空气散尽，两人又进去。刘大枭用镊子夹起白色的晶体，放在玻璃上，用刀片熟练地将它碾成粉末，又拿来吸毒的工具递给奥古斯丁，示意他当场吸食。奥古斯丁用鼻子轻轻地吸入，浑身就像触电似的，面部扭曲，两只手不停地挥舞，猛地吸气，龇牙咧嘴地怪叫着："哦，这……这种感觉很猛，够刺激！"

一旁的刘大枭却是含而不露的样子，似笑非笑地看着有些失态的奥古斯丁。

"天才，你绝对是个天才！"奥古斯丁慢慢平静下来，他用冷水反复洗脸，连声夸赞道，"从鸦片战争到现在，一百六十多年才出一个你这样的天才。我断定，世界毒品市场要发生革命。"

"我没有骗你吧？"听到这样的话，刘大枭并没有显示出激动的样子。但他心里明白，已经完全征服了这个菲律宾毒枭。

"从开始我就没有怀疑你是骗子，只是我没想到，阿强给我的冰毒是你亲手做出来的，所以，我冒险也要来见你。"奥古斯丁道出了实情和未来的初步计划，"你生产的货不要留在内地，我全都带走。我有安全的渠道，从中国香港、菲律宾卖到美国、欧洲去。不在内地卖，就不会惹麻烦。"

"一八四〇年，西方列强用鸦片战争打开了中国的国门，"刘大枭站起来，挥着手，像演讲似的，"今天，我要用工业化生产的化学合成冰毒打开西方的大门。"

"不过，你说这话我没法恭维你。"奥古斯丁忽然换了一种口气说，"做毒品的人，不管走到哪里，都是人民公敌。你可千万小心谨慎，不能轻狂。"

两人又回到客厅，刘大枭打开两罐啤酒，递给奥古斯丁。"那当然。我开个玩笑而已。"刘大枭意识到话说得过头，有点尴尬。他本想趁着奥古斯丁刚吸了冰毒，脑子还处在亢奋的状态，吹嘘自己的本事。

"我做毒品，只想赚大钱。"奥古斯丁也是毒品黑道的老手，他看准了刘大枭的心理，不想让他失望，便说，"有你的技术，我们有条件成为古斯曼、坤沙那种级别的世界大毒枭。"

"古斯曼是谁？"刘大枭过去听说过的大毒枭就是金三角的坤沙，比他还有名的毒枭他真的不知道。

"南美哥伦比亚的大毒枭。"奥古斯丁说，"警察根本不敢动他，每次都是出动军队，声势浩大，就是抓不到他。"

那天晚上，两人长聊到深夜。第二天，奥古斯丁带着十公斤冰毒走了。"如果顺利的话，要不了多长时间，我会再回来中国。"奥古斯丁又留下五十万元现金，提醒说，"趁这段时间，你再多准备一些原料，抓紧生产，等我回来，想办法从海上把货运出去。"

没想到，奥古斯丁这一走，杳如黄鹤，再也没有回来。

在居民楼内枪杀两个人，这样的大案子，整个野牛城公安局都被震动。

皮特本来是被老六半路抓差，可这两天他丝毫没敢懈怠，带着张晓波摸查外围情况。按他的设想，老六很快就会组建专案组，到时候他就可以脱身，继续去度假村过一段悠闲的日子，回来再跟老六掰扯去留问题。

案发第三天，老六火急火燎地把皮特叫到办公室。"这两天摸排的情况怎么样？"老六劈头就问，"说说你的看法。"

"你是真想把我套牢？"皮特拿起老六桌上的三五牌香烟，抽出一支，点上。

"你再跟我瞎扯淡，我真的不客气了！"老六横眉冷对，看得出来，要是皮特再跟他讲价，他真的会发飙。出了特大命案，公安局局长多半是睡不着觉的。

"别威胁我。"皮特嘴里含着烟，斜躺在老六对面的椅子上，用他过去经常招惹人的话说，"不过说个心里话，这样的大案，还真需要我这样的老枪。"

"那就对了嘛，正好出来露一手！"

"苏可那里证据还没出来。从现场来看，这案子不难破，穷凶极恶的杀手，在市区住宅内杀人，又跟毒品有关，多半会留下很多线索。"

"那我就点将了，让你挂帅破这个案子。"老六突然来劲了，他好像发现了神探，敲打着桌子说，"这是恶性凶杀案，不光是全局里的人都在看着，市委胡书记也有批示，要求限期破案。你可要给老哥长脸，给自己争面子，领头破个大案，过去几年的郁闷、晦气一扫光，未来的福东市公安局，你还是大明星，还像以前那样出风头。"

把这样的大案交给三年没上班，看上去完全不在状态的皮特，对老六来说是很大的冒险。他当然意识到案子破不了的后果，反复思考权衡，最后还是决定走这步险棋。老六的身上没有常见的那种官僚气，直来直去，这时候把皮特派上去，他用的是无人能看懂的哀兵必胜战术。别看皮特在挫折中沉沦了三年，他的刑事侦查专业素质在这个大院里还是数一数二的。老六心里有底，相信自己不会看错人。

两天后，公安局的小会议室，参加会议的有老六和皮特，还有分管刑侦的副局长赵黎明、刑侦支队长吴森林、禁毒支队长梁胜军、技术员苏可、民警张晓波，都是专案组成员。

"我先宣读一项人事任命。"老六手里拿着红头文件，晃了晃，"经局党委研究决定，并报市委组织部批准，任命皮特同志为福东市公安局刑侦支队第五大队副大队长。"

众人鼓掌。皮特站起来鞠躬。"我要感谢老六和所有局领导，但是，我不当副大队长，继续当个刑警，立功赎罪。"这条硬汉，遭遇那么大的打击，没流过一滴眼泪，此刻居然红了眼圈。他咬着嘴唇说："这几年做了很多对不起这身警服的事，向在座的各位同事道歉。大家这么信任我，我就从头来过，重新证明自己。等到案子破了，感觉我皮特值几斤几两再说。"

"嫌官太小是吧？"老六眼一横，"不当也要当，这是命令。"

"你这也太欺负人了吧，"皮特苦笑道，"不是官大官小，是我没资格。"

"哎哟，你这种傲慢的人，居然还谦虚起来，太阳从西边出来了。"老六的话引来哄堂大笑。

"你们两个别斗嘴了。今天这几个人，对你都是比较友好的，我才说句直爽的话。让你当副大队长肯定是委屈，但即使是这个小官，也是破例，是老六给你争来的。案子破了，再给你扶正，谁也没话说。"赵黎明的话，那真是要用语重心长来形容。见现场有点沉闷，他话锋一转："你必须请客，到渔人码头吃一顿才算数。"

其他人也跟着起哄，皮特只好答应。

"本来要在全体人员大会上宣读任命决定，但是有紧急任务，阵前点将，我就提前宣布了。"老六也是煞费苦心，借着城市花园的案子，把皮特扶起来。他说："城市花园发生的恶性杀人案，省厅和市委、市政府领导高度重视，要求我们尽快破案。经过研究决定，成立'9·11专案组'——我还没在意呢，居然还是9月11日发生的案子——那就'9·11'吧。我担任组长，赵黎明、吴森林、梁胜军、皮特任副组长，专案组成员苏可、张晓波，其他人员根据办案需要随时调派。"说完了，也许是为了明确皮特的权力，老六又补充说："我们四个都是挂名的，专案组主要由皮特负责。"

赵黎明说："目前急需判断破案的方向，小苏先介绍证据方面的进展。"

"证据鉴定还没有全部做出来，我先说有结果的证据。"苏可打开文件夹，"和我们自己保存的指纹档案比对，两个死者的指纹都有匹配对象，男性死者叫张继成，以前因为贩毒被拘留过，有他的指纹；女性死者叫白洁，五年前她丈夫王四海贩毒被判死刑，她当时也被抓，取了指纹。"

"王四海的老婆？"赵黎明伸手从苏可那里拿过鉴定报告，惊讶地说，"谁会对她痛下杀手？"

"显然是跟毒品犯罪有关，在白洁那间屋里，还有个玻璃盘子，残留了一点毒品。那就先把王四海案件相关的人员再捋一遍。"皮特转而问道，"对了，我们的资料库有多少指纹档案？"

"四万六千多枚指纹，都是多年办案积累的。"苏可说，"现在全国公安系统的犯罪资料库还没有联网，暂时只能各自为政。"

"现场还有其他有价值的指纹吗？"皮特继续追问道，"屋里的人是在我们赶到时匆忙逃跑的，一定会在现场留下指纹。"

"现场提取的指纹很多，也很乱，正在组织人抓紧比对。"苏可从文件夹中取出几份鉴定报告，然后逐个介绍说，"在东侧卧室，窗玻璃被砸破，窗台上提取到一枚清晰的鞋印，窗子和空调室外机上提取到同一个人的五枚指纹，厨房窗子和外墙的下水管上有同一人的七枚指纹。这两个地方的指纹很可能是凶手逃跑时留下的，暂时没有找到匹配的对象。"

"这剧情太荒诞了，居然是王四海的老婆。"赵黎明清楚地记得，五年前的那个深夜，他带队突袭王四海的老巢，抓了王四海和六七个马仔，没想到，他的老婆又在野牛城做大了。"王四海的案子还有两个同案犯，好像在第三监狱服刑。"

"会议先到这里。"老六端起茶杯，"走，马上去三监找那两个马仔。"

第三监狱就在老城区。老六、赵黎明、皮特、张晓波赶到时，事前接到电话的监狱方已经将两个服刑的犯人提到审讯室。穿着蓝灰色囚服的犯人阿南有点紧张。老六亲自审问他，皮特记录。赵黎明、张晓波和两名狱警站在旁边。

"你别害怕，不会找你麻烦。"老六看出了阿南的紧张，"我们在调查别的案子，如果你能提供破案的线索，可以立功减刑。"

阿南木然地坐着，怯生生地看着他们。

"你认识王四海吗？"老六问道。

"他是大老板，我没见过真人。"

"你是他的马仔，一次也没见过他吗？"

"我是最底层的小马仔，不可能见到大老板。当时就让我送毒品，被你们抓住了，判十五年好冤枉。"

"那你的上线是谁？"

"上线是个东北捞仔，叫韩成虎，那次被公安抓去打靶了。"

"还有个叫白洁的女人，听说过吗？"

"没有，从来没听说过。"

阿南被狱警带走。没有从阿南口中得到有用的信息，老六心有不甘，他总觉得这个家伙还有很多东西没说。

"这不奇怪。"皮特说，"有些毒贩子判死刑都不说，就是拿命买家人的幸福。"

正说着，王四海案件的另一名犯人刘长河被监区长和狱警带进来。老六背着双手站在旁边抽烟，他把问话交给皮特。

"家里有人来看你吗？"皮特先从犯人最脆弱的心理开始进入话题，"你这年龄，应该是上有老下有小。"

"父母都去世了。有个儿子，我被抓那年才三岁，后来跟他妈妈一起走了。"刘长河面带伤感地说，"只有一个大哥，在外地做生意，回家过年的时候会来看我。"

"想儿子了吧？"

刘长河不停地吞咽口水，叹了口气："想啊，经常梦见儿子被人欺负。"

"争取立功，早点减刑出去。"皮特绕了个小圈子后转向正题，"五年前，你的老板和你们几个人被抓，还有些人跑了，审讯的时候你们不肯说，现在希望你能提供线索。"

"四五年前的事，当年该说的都说了，也没什么别的好说的。"

"不，我看了你的案卷，你还有很多东西没说清楚。替别人扛着对你有好处吗？王四海已经被枪毙，他的老婆刚刚也死了，整个团伙彻底覆灭，别指望外边还有人帮你家人。"

"一条道上的兄弟，就是知道也不敢说。这一行很黑，谁出卖兄弟，就杀谁家里人。很多人宁死不说，也不是能得到多少钱，就是怕家人遭殃。"

"没那么可怕。"老六插话说，"我就是要线索，对外是保密的，谁也不知道是你说的。"

刘长河显得心事重重，犹豫不决。

"大胆地说，不用顾虑。"站在旁边的监区长说，"我是证明人，只要线索有价值，我保证给你申报减刑。"

"老板有个大马仔跛佬，毒品送到哪里，跟谁接头，都是他安排，他可能会知道很多事。"犹豫很久，刘长河从监区长那里得到鼓励，果然说出了有价值的线索，"这个人看上去其貌不扬，但是非常毒辣，兄弟们都怕他，我当时也没敢说出来。"

"跛佬真名叫什么？"皮特问道。

"我们平时都不说真名字。我就知道他叫跛佬，是个瘸腿，秃顶，个子很矮，尖嘴猴腮，长得活像个猴子。我记得他不是本地人，老家在哪里不太清楚。"

从第三监狱出来，皮特心里顿时有了点方向感。他暗自琢磨，既然跛佬这个人外观特征如此明显，只要他还在毒品这条道上混，没有离开野牛城，公安局那么多线人，找到他应该不是太困难的事。

奥古斯丁走后，刘大枭又去化工城购买原料，添加一部分设备，做好扩大产量的准备，每天盼星星盼月亮一样盼着奥古斯丁赶快回来，助他早日成就毒枭之梦。在苦苦等待的将近一年时间里，刘大枭没有收入，越来越感到手头拮据。

举棋不定之时，他本来想去找阿强，想来想去，还是有点看不起那家伙，只好作罢。现在，他有了跛佬这样的合作伙伴，终于摆脱了奥古斯丁留给他的阴影。眼下最紧要的是抓紧生产冰毒，变成现金。

案发十多天后，从惊恐中平静下来，刘大枭开始恢复生产。夜深人静，当他关闭电源，两人取下防毒面罩时，标志着他们合作的首批冰毒顺利下线。刘大枭把刚做好的冰毒装在盘子里，坐在桌子前，把台灯的灯罩拿下来，夹住冰毒，对着灯光仔细观看。

"太棒了！"刘大枭按捺不住兴奋，站起来打了个响指，"比上次奥古斯丁带走的那批货还要好。你来看看。"

跛佬先把冰毒放在专门检验冰毒纯净度的灯光玻璃上观看，然后娴熟地碾碎冰毒晶体，谨慎地用舌尖舔起少许，用舌头来回舔着嘴唇品尝，立即兴奋地大叫："好货！好货！上等的绝品！"

桌子上放着喝剩下的半瓶五粮液，冰箱里还有花生米，刘大枭剥了两个皮蛋，两人碰杯。那一刻，不管是刘大枭还是老毒贩子跛佬，两人都得意到忘乎所以。"野牛城以后就是我们的天下，"两杯白酒下肚，跛佬放出狂言，"谁他妈不服，就是第二个白寡妇。"

相比之下，刘大枭却很谨慎。以他在法院工作的经历，他心里很清楚，城市花园的那两条人命，还是枪杀，警方必然高度重视，稍有不慎就可能撞上枪口。"非常时期，千万不能轻举妄动。"刘大枭警告说，"警察这时候就像热锅上的蚂蚁，急于破案，恨不得挖地三尺，到处找线索。"

"没有你想的那么严重，"跛佬不以为然，"不就是杀两个毒贩子嘛，为民除害，公安局还得感谢我们呢。"

"你知道警察怎么破案吗？"刘大枭自认为懂得警察的破案手法，炫耀说，"被杀的不只是两个毒贩子，而是白寡妇这样的女人，她在毒品市场有很大势力，又年轻漂亮，风韵犹存。寡妇门前是非多，警察很可能被误导，找不到破案的方向。"

"你的意思是说，又是毒品，又是漂亮寡妇，警察被搞昏了头？"

"从两个方面分析。我和毒品市场其实没多大关系，野牛城谁也不认识我，警察做梦也找不到我的头上；你是白寡妇的干将，就算能查到你的线索，也找不到你杀白寡妇的理由。"

"大老板五年前被拉去打靶，六个兄弟陪葬，活着的都跑得无影无踪，警察想找我也很难。"

"在这里必须听我的。最近这段时间不能在野牛城造次，任何夜总会、桑拿店、按摩店都不能去，无论如何也要忍耐半年左右。"

论起江湖经验，跛佬的阅历比刘大枭资深得多，手法也更老道，他当然有自己的想法，只是他不想跟刘大枭争论。

半瓶酒喝完，刘大枭将刚做好的冰毒分成一公斤的白色小袋，外边套上印着"食品添加剂"名称的帆布袋，封口。

"刚闯了大祸，你可要慎之又慎。"刘大枭在不断敲打跛佬，生怕他有什么闪失，"先搞十来斤吧，赚几个散银子再说。"

"野牛城最近很危险，不在这里玩。"跛佬把冰毒装进黑色的拉杆箱，又在上面放了一层圆饼状的普洱茶，"我拿回老家，顺便再联系那边的大客户。"

"普洱茶有什么讲究？"刘大枭好奇地问道，"你的经验比我丰富，我知道你们有很多手段。"

"这东西讲究大了，普洱茶是用动物园的老虎尿泡出来的，专门对付警犬。"跛佬也不隐瞒，他正好借机在刘大枭面前展示能力，"我要坐长途车，说不定路上就会碰到警察检查，如果没有线人告密，他们通常不会开包检查，有时候会让警犬闻。这是真正的狗不理，只要狗闻到了，跑得比兔子都快。不信把你家的狼狗牵来，撒腿就跑了。"

"完全是土法炮制的生物武器，应该拿去给萨达姆对付美国人。"

"就我这一条半腿，在道上走了二十多年，没湿过鞋，你以为我是吃素的。"

天亮后，跛佬带着十斤货走了。刘大枭不敢想象，跛佬出去会是什么结果——像奥古斯丁那样消失得无影无踪，还是落入警察的手中？他站在门口，看着跛佬渐渐远去的背影，想象着各种可能的情况。

新房子变成"冰工厂"后，他就把可怜的老母亲打发到镇上新买的旧房子里，有时候走到镇上，顺便带点东西给老太太，跟她闲聊几句。刘大枭的弟弟也在镇上住，老太太大部分时间都住在小儿子家。只是刘大枭兄弟俩关系不好，平时也不来往。

妻子阿芳是个贤惠的女人，对他言听计从，从来不会打个折扣。刘大枭从法院辞职后，对妻子说，法院工资太低了，一个月才千把块钱，还不如辞职做生意。至于建新房子的钱是从哪里来的，阿芳也不问。刘大枭说要做生意赚大钱，新房子这里每天人来人往，很吵，让她带着三岁的儿子虫仔到镇上居住。

他独坐在楼顶上，抽烟、喝酒，望着不远处的野牛河发呆。正值汛期，河水猛涨，不断漂来草和杂物，那是上游下大雨的原因。成群的鸟儿在河面上嬉戏。有渔民乘小舢板在河里打鱼。

本来他可以继续生产冰毒，就是心里不踏实，担心跛佬出事，懒得打开机器。唯一给他带来欢乐的是那条大狼狗。

百无聊赖，刘大枭突然想到阿妹，顿时来了精神。

给跛佬定下的规矩，自己却先忘了。他开车进城去找阿妹，先去商场精心挑选了一条项链，傍晚时来到渔人码头。阿妹正在门口接待客人，见到刘大枭，紧张得有些慌乱，赶紧把他领到包厢。

"你怎么来了？我在上班，要是让经理发现就麻烦了。"阿妹关上门，小声说道，"那天晚上太突然了，你现在没事了吧？以后别来找我，我很害怕。"

"干吗这样说，我又不是坏人。"刘大枭从包里拿出新买的项链，还有一张银行卡，放在袋子里，轻声细语地讨好说，"给你买的项链，卡上有两万块钱，你拿去买衣服，密码是你手机最后六位数。"

"我不想要你的礼物。"阿妹左顾右盼，显得很为难，"你赶快走吧，别人看到了不好。"

刘大枭留下礼物后走了。

接下来的几天，他满脑子都是阿妹的影子，也没有心思做其他的事情，就试着打阿妹的电话。正巧，这天她休息。刘大枭开车到市内，约阿妹去看了一场电影。散场后，纠缠很久，终于把阿妹带回乡下。

虽然是乡下，面对坐落在小河湾的这栋红墙黄瓦的三层建筑，巨大的院子，遮天蔽日的大树，普通市民家庭出生的阿妹还是被吓住了。"这是你家吗？真是个大土豪啊。"阿妹好奇地说，"你带我去河边玩水吧。"

从河边转了一圈回来，刘大枭再也忍不住了，粗暴地将她摁倒在沙发上。他像一头饥渴难耐的狼，仿佛要把她撕成碎片。阿妹大叫着反抗，在刘大枭的手臂上咬了一口，最终还是让刘大枭得逞了。

阿妹似乎也接受了。自那以后，刘大枭时不时就会把她带来，疯狂过后，耐着性子，陪她到院子后面的野牛河玩水。

几天后的深夜，刘大枭已经睡着，狼狗突然开始狂吠。他一骨碌从床上爬起来，伸手从枕头下摸出手枪，上膛。到楼下，却发现跛佬回来了。他喜出望外，整天悬着的心顿时放下来。

跛佬打开拉杆箱，里边是用白色塑料袋包着的现金，全是未开封的百元大钞，堆在桌子上。刘大枭兴奋地拿起几沓钞票，在手里颠来颠去，似乎又找到了当初奥古斯丁给他带来的那种满足感。

"没见过这么多钱吧？"跛佬揶揄道。

"就这点小钱，老子还瞧不起呢。"

"别装，我知道你现在很缺钱。"跛佬像是饿急了，他拉开冰箱，没有吃的，开了一罐啤酒，"这几天生产了多少？那边的老客户抢着要。那些土鳖，哪里见过这样的货。"

"整天提心吊胆，哪有心情生产。"刘大枭说，"路上顺利吗？我真怕你肉包子打狗，有去无回。"

"我估计最近公安局有可能会在出城的地方设卡查车，我把车停在平山镇，从半路上拦的长途车，路上没遇到麻烦。"跛佬脱了上衣，光着膀子坐在那里喝啤酒。

桌上共有十二沓现金，刘大枭分五沓给跛佬。"去掉两万成本，每人五万。"

"现在就分钱？"

"我不给你保管钱，货款回来不过夜，这样你心里也踏实。"

"也好，谁也不欠谁的。"

刘大枭去外边的菜园里摘了西红柿和豆角，炒了两个菜，还有几个皮蛋。两人坐在客厅里喝酒。"我说得对吧，这种高纯度的冰毒绝对抢手，就是没有大买家，我的新技术优势发挥不出来。"

"我老家那边货很缺，价格涨得厉害，要是每个月真能送二百斤货过去，不用一年我们就发了。"

"只要你有销路，货不成问题，别说每个月二百斤，两千斤都搞得出来。"

"既然把白寡妇干掉了，野牛城的地盘也不能荒废。这几天我探探风声，给两个靠得住的老客户送点干货过去。"

"等睡醒了，下午我再去买点原料。有两种原料快用完了。"

两人边喝边聊，想象着将来控制野牛城毒品市场的前景。不觉间，天已经蒙蒙亮。

对城市花园杀人案线人的调查却让皮特始料不及——线人居然是在现场被杀的马仔张继成！当天下午，正是他给犀牛路派出所所长罗国斌打电话，说晚上七点有毒贩子在城市花园交易。张继成有两个身份证，另一个名字叫黄少成，随他继父的姓；张继成在公安局有案底，城市花园出事的那套房子就是用黄少成的名字租来的。看来，这家伙是脚踏两只船，两边下注。

线人和他的老板白寡妇同时被杀，皮特一时梳理不出头绪。这时，苏可送来几份检验报告。"现场提取的冰毒可能有问题。"

"冰毒不就是冰毒嘛，能有什么问题？"皮特没有理解苏可的意思。

"冰毒里没有检出麻黄碱的成分，"苏可谨慎地说，"这和我们以往查到的冰毒完全不同，很可能是刚出现的新型冰毒。"

"你别给我创造新名词。"皮特仍然一头雾水，"冰毒里没有麻黄碱，那是用什么东西做的？这个要跟老六汇报。"

听了苏可的解释，老六打电话把禁毒支队长梁胜军叫过来。"你们见过这种冰毒吗？"老六劈头盖脸地问道。

梁胜军把检验报告反复看了几遍，摇摇头："这个……我还真下不了结论。"

对于禁毒部门来说，冰毒本来不是什么新鲜的东西，它的化学名称叫甲基苯丙胺，也经常被称为"安非他命"，主要成分是麻黄碱，冰毒不过是它的俗称罢了。看上去，甲基苯丙胺就像被碾碎的冰块，纯净洁白，晶莹剔透。那些制毒者梦寐以求的麻黄素，也是制药厂的主要原料之一，药店里卖的各种治疗感冒的药品，无一例外都含有麻黄素。

"这里边至少有五种以上化学成分，"苏可说，"根据我个人的初步分析，怀疑是用新的化学原料合成的冰毒。"

"这些生僻的名字，都是化学原料吧？"老六看着检验报告问道，"到哪里能买到这些原料？"

"市场上很容易就能买到。"苏可解释说，"你看，这都是化工企业常用的原料，我估计东郊的化工城就有。"

"过去我们对麻黄素的控制甚至比枪支还严。"老六背着手，忧虑地说，"如果用化学原料能轻而易举地合成冰毒，市场上随便都能买到，还是合法的，那就意味着从源头控制制毒原料的手段不起作用了，这是很危险的信号。"

"我倒是没想那么多，市场上是不是出现了新型冰毒，那是公安部禁毒局要去研究的事。"皮特说，"现在还没法判断案发现场的冰毒来源，是毒贩子在野牛城生产的，还是从外地流入的，只有案子破了才能搞清楚。"

老六把手一挥，说："去化工城。"说完就起身往外走，也没说让谁跟着他一起去。结果，皮特、苏可、梁胜军只好都跟着他走。

到了楼下，老六冷不丁地问道："张晓波不是在专案组吗，人呢？"

"我让他去医院了。"皮特说，"他老婆在医院生孩子，都出院了，他这么多天都没回家，到现在还没看到孩子呢。今天我让他回去看看吧。"

"应该的，是我太官僚了。"老六就是这样的人，一句话触到他的心窝里。他说："抽个时间，你代表我去他家里慰问一下，最近案子的事，有点忙，没顾上照顾老婆孩子。别忘了带点礼物，拿发票回来报销。"

化工城坐落在野牛城东部郊区。进入大门，便可见到那些进货的车横七竖八地停在路边，有的正在装货，半人高的原料桶被搬到车上。大大小小的店铺，经营的化工原料名字就贴在橱窗的玻璃上。

一辆蓝色小货车正在装货，店铺门口放着几个半人高的化工原料桶。皮特眼睛直勾勾地盯着站在旁边的车主，生硬地问道："你买这些东西干吗？"

就算皮特火眼金睛，也看不出这个正在进货的男子与其他店铺门前正在装货的人有什么不同。那人正是刘大枭。

"我买它干吗关你屁事！"刘大枭正在忙着，也不知道这几个身着便服的人是什么来头。他当然也想不到，那是正在追捕他的警察，便随口回了一句粗话。他马上就意识到不妥，赶紧缓和语气："塑胶厂进货，有什么好奇怪的。"

眼看就要引起冲突，看那气势，皮特挨骂后就要动手抓人。"走啦，别惹事。"苏可拽着他的衣服，笑着说，"要是你自己来这里，估计会惹很多麻烦，看谁都像毒贩子。"

走了不远，几个人站住了。皮特回头看着那个正在装货的人，面带怒容。"我看那家伙放在地上的原料，至少有两种是检验报告上提到的毒品成分。"

"你看前面那几家店门口，也有很多原料在装车，我们也不能把买货的人抓起来。"老六说，"这怎么得了，制毒原料随便就能买，就像去菜市场买菜，什么都有。"

皮特一行人在化工城漫无边际地转悠着。走到一家经营化学仪器的店铺前，老六走进去，众人跟在他身后。皮特拿起一个大肚子的工业烧瓶，悄悄地跟老六耳语。店老板走过来问道："老板想买烧瓶吗？你们看的这是大号的高强度钢化玻璃烧瓶，各种型号的都有。"

从化工城出来，四个人还站在马路边上议论，总觉得这里隐藏着很多问题，可又不知如何是好。上千家店铺，都是合法的销售企业，但是，对他们所销售的原料的去向，没有人能够说得清楚。

"这里从原料到设备都能买到，我建议胜军那边想办法在化工城安置几个眼线，盯住大的档口。"皮特看着那些从化工城进出的车辆，对旁边的禁毒支队长梁胜军说，"这地方绝对是个黑点，我们过去可能没注意这里。"

"安排线人不是一天两天能做到的，"梁胜军回应道，"再说，目前也不能确定城市花园案发现场的冰毒原料就来自化工城。"

"化工城这里确实需要重视，这个回去再专题研究。"老六说，"当务之急是查找跛佬的线索，把白寡妇的团伙成员摸清楚。"

就在他们到化工城走马观花实地查看时，张晓波赶回家，抱着刚出生的儿子亲了又亲，向老婆表达歉意。在家里停留不到半个小时，他又匆忙出来，向不远处的地铁站走去。

转了三次地铁，张晓波来到瞎哥家。当年他就是公安局掌握的线人，平时与张晓波对接。正是瞎哥提供了王四海贩毒团伙的准确线索，福东市公安局才把他们连锅端了。

在城郊接合部的村子里，张晓波顺利地找到了瞎哥。

毒品是个博命的行当，黑暗、残酷，毒贩子最恨的不仅是警察，还有给警察提供情报的线人，不要说暴露身份，即使被怀疑，也是死路一条。所以，缉毒警察手上掌握的重要线人，多半都是单线联系，对本单位的同事也保密。

瞎哥曾经也是个小毒贩子，左眼被打瞎，后来成了警方的线人。王四海团伙被剿灭后，瞎哥彻底离开毒品行业，自己开了个化工品商店，卖油漆、天那水之类的东西。时隔几年，见张晓波突然来找他，多少有点不安。

"生意怎么样啊？"店里只有瞎哥，张晓波看着挤得满满的货架问道。

"这两年房地产市场好，油漆生意不错，"瞎哥指着停在店门口的白色丰田轿车，"去年底刚买的车。比干那个好多了，起码不用提心吊胆。"

"没什么大事。顺便来看看你过得好不好。"

"没想到张警官还记得我。你可能有事吧？"

"有点小事。王四海团伙留下来的麻烦。有个叫跛佬的人，以前好像没听你说过。"

"跛佬，是有这个人，我还有印象。"瞎哥想了想说，"以前没说，是因为我没觉得他算什么，公安局把王四海抓住，他肯定也跑不掉。"

"在王四海手下，跛佬算什么层次的人物？"

"我说不上他的级别。我是跟着另外的大马仔，和他没有直接来往，就是吃饭赌钱见过几次。"

"对他的具体印象？"

"也说不太清楚。我跟的那个大马仔直接叫他跛佬，我不敢这样叫，称呼他跛叔。我记得他个子不高，又黑又瘦，头顶都秃了，颧骨很高，走路跛脚还挺厉害。"

"他是哪里人？"

"肯定不是野牛城本地人，我也听不出来。他说本地话，说得不顺，一听就是外地人。"

"还有谁和他有来往？"

"我知道和他有来往的两个人，包括平时带我的大马仔，都判了死刑。其他的还有谁，我记不起来。"

"你能不能想办法帮我们打听这个人？"

"不好意思，张警官，我现在和这条道上的人没有任何来往，心里很踏实，不想再像以前那样总是担惊受怕。"

从瞎哥那里离开时，张晓波一路上都在琢磨跛佬，搜肠刮肚，反复梳理过去的线索。在他的记忆中，过去经历过的那些缉毒案件，从未听说过跛佬的名字。

天已大亮。院墙后边的野牛河有船只经过，发出"突突突"的轰鸣声。

又是通宵生产冰毒。刘大枭取下防毒面具和橡胶手套，到二楼去冲凉。下来的时候，见跛佬光着膀子，躺在客厅的沙发上喝啤酒。

"有多少？"跛佬有气无力地问道。

"估计三四十斤吧。"刘大枭说。

"你自己干，也没个帮手，效率太低。"跛佬半躺着，把脚放在玻璃茶几上，"还是赶快教我，别小心眼。要是我也会，两个人干，起码能生产一百多斤。"

"就这几十斤货，你能卖出去就不错了。"刘大枭没有回应跛佬说他"小心眼"。他端着咖啡，在客厅里边走边说："昨天遇到的事没来得及跟你说。我去化工城买原料，正在往车上装货，来了几个人，有个像我这么高的男的问我买这个干什么，我骂了他一句。"

"那个人是做什么的？干吗这样问？"

"我也说不清是什么人。还好我当时反应很快，马上说是塑胶厂进货。我老是在琢磨这件事，普通老百姓不会闲得蛋疼，说话的口气很像警察。"

"警察也没什么，只是随便问问。"

尽管是偶然相遇，刘大枭当时确实被吓出一身冷汗。如果被他们揪住不放，反复盘问，买那么多化工原料，无法说明合法用途，当场就会露馅。夜里生产冰毒时，刘大枭老是在想这件事，越想越觉得后怕。

用鸡蛋煮了方便面。他在思忖着如何回答跛佬刚才的话。

他知道，这是一个奸诈凶残的亡命之徒，不是随便可以敷衍的人，只能用共同的利益把他绑在一条船上。

"你刚才说我小心眼。记得你刚来的时候我就说过，这个技术是我独家研究出来的，我不会告诉任何人。"刘大枭吃着面条，心里想，跛佬上次可能没有理解他的话，否则他就不会再问这种让两个人难堪的事。他索性把话挑明："化学合成冰毒以前就有，但是做出来的冰毒很差，我研究了新配方，相信没有人能做出我这样的冰毒。你是聪明人，掰着脚丫子想一想，要是我把配方都告诉你，那你就会再教别人，别人也同样会传给别人，要不了多长时间，全世界都知道了，还值钱吗？估计比红薯还便宜。"

"你的意思是，把配方绝对控制在你自己手里？再铁杆的兄弟也不说？"跛佬似有不快，放下端着的面条，较起劲来，"我们已经是兄弟了，如果还把我当外人，那以后怎么合作？"

"我说跛佬，别往极端的地方理解。"刘大枭尽量轻描淡写，他不想引起跛佬的不快，"这是保护技术不外流的特殊手段，不得已而为之，目的不是要防备你，而是为了赚大钱。"

"听起来你说得有道理，仔细一想，你还是对我不放心，在防备我。"

"道理很简单，毒品新技术出来，知道的人越少，就越值钱。当初菲律宾佬对我那么好，给我一百万，这房子都是他拿钱建的，我也坦诚地跟他说，配方不公开，但丝毫不影响两个人的合作。对你也是这样，我的技术，你的市场，赚钱对半分，很公平。这样的合作不是很好吗？"

"我跟他不同。我是交了投名状的，为了跟你合作，身上背着两条人命，最后连配方都不让我知道。你买回来的那些原料，本来都有名字，你把标签撕掉，换上编号，像搞间谍活动一样防着我。"

"你想歪了，我反复说，不是防备你，是为技术保密。道理我都讲明白了，你还是怀疑我。"

跛佬显得很不高兴，没再说话，扔下饭碗去冲凉。刘大枭当然看出了跛佬心里的不爽，但他不想继续这个话题，争执下去只会更僵。他把跛佬看得很通透，这个长得像猴子的外地男人没有更多的追求，只要能赚到钱，就能满足他的全部需要。有了钱，自然就有女人，就能过上纸醉金迷的生活。他也不会为了获得制造毒品的配方，让两人的关系闹到分道扬镳的程度。

昏睡了一整天，太阳快落山的时候，跛佬起床，打开冰箱，又在厨房翻找，弄出很大的声音。没找到能吃的，他去菜园摘了两个西红柿，在客厅里边吃边踱步。

刘大枭听到了动静。他穿着大短裤，赤裸上身，伸了个懒腰。"晚上我们到镇上吃饭吧。"刘大枭想以此缓和跛佬的情绪，"这段时间很紧张，过得像苦行僧，没有女人，连肉都吃不上。"

"不吃了，我把昨天晚上的货带走。"跛佬还带着情绪，说话阴阳怪气，"晚上我要去找女人，管他什么警察。这里真是乏味。"

"你准备把这批货带到哪里去？"刘大枭有些不放心，他用略带警告的语气说，"我说了，这是非常时期，忍一段时间，千万别为了女人惹事。"

"我不是不懂事的三岁孩子，"跛佬明显气不顺，但他也不想跟新的合作伙伴闹翻，毕竟那两条人命不是闹着玩的。关键是利益，至少刘大枭能给他带来金钱，他还没有找到比这更容易赚钱的搭档。只是，他的情绪一时转不过来，生硬地回应道："货拿到哪里去，这你就别问了，反正我也不会拿着这点东西跑了不回来。"

听到这话，刘大枭差点就急了。他使劲吞咽口水，蹿到嗓子眼的火被压了下去。他换个口气："路上可要小心啊，我们还有大事要做。"

跛佬走后，刘大枭左思右想，越想越觉得跛佬太不可捉摸，配方对他保密，很可能成为两人内心里无法消除的阴影，随时可能因为这件事爆发冲突。不过，即使跟跛佬翻脸，也不能告诉他冰毒配方，这是刘大枭的底线。他身负两条人命，有这个筹码，也不用担心被他出卖，唯一要防备的就是他下黑手。

打定了主意，刘大枭去找小兄弟阿龙，做个帮手。他必须随时提防着跛佬。阿龙原来是保安，好赌，又喜欢喝酒，喝醉了就打架，被开除了。他家里很穷，父母都在农村，正需要钱。

刘大枭在家里炒了两个菜，一瓶剑南春，阿龙喝了大半，说话时舌头有点僵硬。"再找不到事做，只能去抢银行、贩毒。"阿龙眼睛盯着空酒瓶，似乎意犹未尽。

"最近手头有点紧吧？"刘大枭这句话无疑戳到了阿龙的痛处。他从保险柜里拿出两万元现金给阿龙，还故意让他看到保险柜里一沓沓未开封的钞票，然后带着他到后院，直接告诉他，这就是冰毒生产线。预想之中的恐惧表情并没有出现在阿龙的脸上，想不到没费吹灰之力就把他拉下水。

"枭哥给我这么多钱，可是这东西我也不懂啊，到哪里去找买主呢？"两万元对阿龙不是小钱，收了钱，首先想到的就是要帮人做事。他摸不着头脑，便问道："枭哥是想让我送货还是找客户？"

"找客户的事专门有人干。你哪里也不用去，每天跟着我，给我当助手和保镖。"刘大枭说，"我的合作伙伴跛佬，出去一趟，回来就是几十万。跛佬是把好手，也是杀人不眨眼的魔鬼，没准哪天把我也杀了。他有枪，你要多长个心眼，发现他有什么反常，我们先下手为强。"

"明知道他是这种人，干吗还要跟他合作？"

"他手上的市场很大，要成大事，还真要依赖他。"

就在刘大枭暗中布防时，跛佬正在跟本地的毒贩子水哥做交易。水哥是个大胖子，脖子上挂着手指粗的金项链，两个手臂上，左边文着眼镜蛇，右边文着鳄鱼，头顶上，一撮长头发扎起来，有点像日本的相扑运动员。

水哥和跛佬坐在茶几边上喝茶。跛佬将一公斤装的五袋子冰毒从包里拿出来，旁边的马仔伸手接过去，放在桌上。

"十斤，刚做出来的，绝对的上等好货，请水哥看看。"跛佬赔着笑脸，还不忘炫耀似的说，"只有我能提供这种货，全中国找不到第二家。"

"有这么牛？"水哥打开一包冰毒，先是放在像手电筒的手持检测仪上检查纯度，再放进玻璃盘内碾碎，用舌尖轻舔。刚才还端着架子的大胖子顿时像癫痫发作，不停地摇头、吹气，夸张地叫着，"哎哟，好货，果然是好货！"

"纯度达到百分之九十七，水哥以前没听说纯度这么高的货吧？"面对这样的客户，跛佬显得小心翼翼，他欠着身子，坐在沙发的边上，观察着胖子的表情，"水哥是老客户了，这个价钱在外边买不到的。"

"货是好货，"水哥抽出纸巾擦了擦眼睛，把工具放在茶几上，"不过呢，水哥今天要做一件很薄情的事。"

"我有怠慢水哥吗？"

"你他妈装傻呀，我前天才听说白寡妇死了，她还欠我一笔债呢。你是她的大马仔，今天这批货就替她还债，以后我们继续做生意。"

跛佬站起来，情绪有点激动。"水哥，冤有头，债有主，白寡妇是老板，我不过是替她干活，她都死了，欠你的债也不该让我还吧？"

"当时那批货也是你送来的，你也在耍滑头骗我。"

"其实就是纯度有点差，说白了是以次充好，就算损失两成，也不过五万块。今天这批货值三十万。"

"废话别说了，我也不知道你现在的老板是谁。帮我带个话，能做出这样的好货，那是高手，有机会我去拜访他。"

"你这个衰佬也太无耻了吧，以后谁还敢跟你做生意？"跛佬怒不可遏，气愤地端起一杯茶泼到水哥的脸上。旁边的马仔冲上来抓住跛佬的右手，水哥挥拳打在跛佬的脸上，顿时鲜血直流。

"狗娘养的，在我这里你还敢动粗，活腻了吧？"水哥气急败坏地骂道，"要不是看在我们以往的交情上，今天我就让你走不出这个门。"

跛佬一口唾沫和血水吐到水哥的脸上。马仔掏出手枪指着跛佬，水哥做了个手势，马仔收起手枪。"好，算你狠！"跛佬提着空包，转身走了。

走到路边的公共厕所内，跛佬洗干净脸上的血污。他用手摸了摸被打得有些红的面部，只觉得血往头上涌，胸口堵得厉害。他强忍着怒火，孤零零地走出公厕。想来自己在黑道上混了二十多年，见过各种事、各种人，从来没有受过这样的侮辱。

回到刘大枭的住宅，跛佬照实说了在水哥那里受到的欺辱。本以为会得到些安慰，未曾想，刘大枭根本不相信会发生这样的事，两人发生激烈争吵。

"扯淡！这货是我的，你和白寡妇的事，跟我有什么关系。"刘大枭用手指着跛佬，轻蔑地说，"我跟你说，我们合作做事，有福同享，有难同当，别把我当傻子玩！"

"你以为我贪了这批货款是吧？"跛佬也不示弱，他噌地站起来，瞪着两眼说，"要想骗你，带几十斤货到我老家就不回来了，真是不识好歹的东西。"

"二位哥，都消消气，别伤了和气。"阿龙被突如其来的冲突搞蒙了，赶紧劝和。他推着跛佬走到院子里，想把他们两个暂时隔开。

院子里有石桌、石凳，跛佬手撑着腰，气呼呼的。阿龙拿了矿泉水递给跛佬，又给他点了雪茄烟。跛佬蹲在石凳上，抽完烟，从凳子上下来，走到门口，恶狠狠地骂道："你是个小人，怪我有眼无珠，看错人。"

"信不信老子掐死你？"刘大枭被他激怒，从客厅里冲出来，情绪失控，上去掐住跛佬的脖子。阿龙赶紧拉开刘大枭。

跛佬大口喘气，用手摸着脖子。"老子带着投名状入伙，你连配方都不让我知道。我终于明白了，你就是把我当成跑腿卖货的马仔，干最危险的事，从来就没有把我当兄弟。"

　　"对，我是老板，这有什么好说的！"以刘大枭的城府，他本来不会轻易被激怒。但这一次，他似乎未能忍住，毫不掩饰地表现出对跛佬的厌恶。他手点着跛佬的脸，冷冷地说："你来跟我合作，本来就是另有企图，只是碰到了我这样的人，你很难达到目的。"

　　"不想跟你吵。十斤货，你的一半我会还给你，老子离开野牛城，不跟你玩。"跛佬狠狠地朝地上吐了一口痰，"衰佬，呸！"然后发动车子，猛踩油门，绝尘而去。

第二章

利用线人掩护，皮特假扮购买毒品的老板，设圈套成功诱捕两名毒贩。

一审被判死刑后，两个马仔供出背后的大毒枭刘大枭。

对毒枭老窝的第一次突袭，狡猾的刘大枭却从隐藏在水下的地道逃出重围。

皮特依然在苦苦寻找跛佬的线索。

当他从电话里听说张晓波从过去的线人那里打听到跛佬，顿时有一种喜出望外的感觉。虽然是个死线索，缺少查下去的路径，但起码可以与正在坐牢的刘长河的说法相印证，王四海的团伙中确实有跛佬这个人。

暂时找不到更好的线索，只能用最原始、有时候也最有用的手段——梳理过去的案件。因为皮特以前不是缉毒警察，加上三年多没上班，他对野牛城的毒品犯罪案件知之甚少。

已经是凌晨零点多，皮特和张晓波还在办公室，从桌子到地板，到处堆着一摞摞的卷宗。两人把最近七八年来野牛城所有的贩毒案件卷宗全部搬来，准备梳理一遍，从中寻找线索。皮特嘴里叼着烟，蹲在地上，仔细翻看案卷中的审讯笔录，那是重点。

张晓波在另一边，坐在地板上，靠着墙，仔细翻看卷宗。茶几上扔着饭盒，旁边还有半瓶泸州老窖，烟灰缸里塞满了烟头，房间里烟雾弥漫。

这时，苏可敲门进来。她不光是专案组成员，有时候也被临时调派去办理其他刑事案件。深更半夜，她和两个法医刚从一起杀人案现场取证回来，处理完手上的事，看到皮特的办公室还亮着灯，就知道他又没回家。

"老天爷，大半夜的，你们两个这是干吗，边抽烟边喝酒？！"苏可推门进来，扑脸的烟雾，让她皱起眉头，喘不过气来。她赶紧打开窗子，揶揄道："这是老办公楼，烟雾报警器估计失效了。"

"老六限期我们六个月破案，也没说除掉睡觉时间。"皮特吐掉嘴里含着的烟头，打了个哈欠，站起来，牢骚满腹，"这个案子，我真不该接，估计要被老六搞死。"

"那你就六个月不睡觉？也不回家？"苏可蹲在地上，收拾那些散乱的案卷。

"对刑警来说，白天和黑夜本来就没啥区别。"他自嘲道，"我在家里和在办公室，不都是一个人吃饱全家不饿嘛。"

"还有晓波呢，老婆刚生了孩子，也该多回家看看。"苏可说，"破案不是一天两天的事，也不能玩命吧。"

"我倒没什么，老婆也习惯了。"张晓波把看过的案卷翻过来放到地上，"孩子主要是我妈在管，要不然我也没这么洒脱。"

"我这人就是苦命，心里有事，老是惦记着，坐卧不安。"皮特边收拾桌上的饭盒，边说道，"压力好大，老六这么抬举我，我总得像个人样，不能让同事笑话。"

苏可随手从地板上拿起案卷翻了翻。"这都是几年前的案子。"

"野牛城就这么大，这几年发生的贩毒案件，也许能找到跟跛佬有关的蛛丝马迹。"皮特说，"大海捞针，能不能捞到，全靠运气。"

苏可被烟呛得不断咳嗽。她掩着鼻子说："刚从现场回来，好饿，去吃个夜宵吧。"

"好啊，我请客。"皮特爽快地说。

"吃完夜宵还继续干吗？"张晓波问，"要不你们去吃吧，我就不当电灯泡了。"

"说什么呢！"皮特眼一横，"晚上放假，你回家吧。"

离公安局不远的大排档，桌子就摆在人行道上。张晓波走了。皮特和苏可要了皮蛋瘦肉粥、烤生蚝、生菜和两份甜点。

"请大美女吃饭，太寒酸了吧？"这个孤傲清高的男人，沉沦三年，第一次有女同事跟他吃饭，简直受宠若惊。

好像直到这个时候，皮特才发现苏可的美貌。过去偶尔在办公楼擦肩而过，他从来没有仔细打量过刑侦支队最漂亮的女技术员——个子不高，皮肤白皙，一张精致的面孔，鼻梁挺直，光亮的大额头，嘴唇圆润，说起话来柔声细语。苏可是烟台人，融合了北方姑娘的白净和南方女子的温婉，很讨人喜欢。从福东大学技术侦查专业毕业后，直接进入福东市公安局。

"那下次请我吃渔人码头的深井烧鹅吧。"苏可抿嘴一笑，"找到有用的线索了吗？"

"还真找到线索了，四年前的案子，有个家伙就在跛佬手下混过。"

"这么大的凶杀案，又涉及毒品犯罪，也不能都压在你一个人身上。我和晓波都是专案组成员，有些不太重要的事，出去核实线索这些活，我们都能干。"

"以前破案从来没有感觉到多大压力。这个案子让我有点焦虑，夜里做梦都在破案。"

"破案有时候要靠运气，有些案子好多年都没破，突然就被其他案子带出来了。"

皮特给苏可盛了一碗皮蛋瘦肉粥，这是他唯一能表示的殷勤。

第二天，皮特开着老爷车似的桑塔纳，和张晓波一起穿过老城区狭窄的巷子，去找一个叫邱阿方的人。他因为贩毒，被判刑三年，半年多前刚刑满释放。

两人很顺利地找到邱阿方的家。老城区的房子，外观很破旧，楼道里光线昏暗，贴满了"疏通下水道""办证"之类的小广告。皮特出示警官证，进入邱阿方家里。逼仄的客厅里，放着中间凹下去的双人沙发，对面柜子上，摆着一台十四英寸的康佳彩电，生活过得似乎不宽裕。

两名警察突然找上门来，邱阿方既没有表现出丝毫的恐惧，也看不出任何令他不快的反应。"其实，被你们抓的时候我已经洗手不干了。当时谈了个女朋友，不想再干这一行，太危险。判我三年，坐牢两年九个月，出来开个小店，勉强能应付生活。你们又来找我干吗？"

"不是要找你什么麻烦，"皮特开门见山地说，"想找你了解跛佬的情况。"

"那个衰佬，我确实认识他，以前跟他混过几天。"邱阿方说，

"有一次他怀疑我偷货,我忍无可忍,和他吵起来。都知道他是个心狠手辣的屠夫,不会饶过我,就跑了。"

"后来有见过他吗?"

"再也没见过。"

"你知道他的老板是谁吗?"

"怎么可能让我们知道大老板呢,他绝对不会说的。我只知道跛佬不是野牛城人,是哪里人我说不清楚。"

这也是个断头的线索。显然,不管刘长河、瞎哥,还是邱阿方,他们的层级都太低,对跛佬仅仅知道一点皮毛。

从闷热潮湿的巷子里出来,皮特显得有些沮丧。这段时间,不管野牛城哪个派出所抓到毒贩子,皮特都会第一时间赶去审讯。哪怕就是个吸白粉的小烂仔,他也要反复审讯,直到他确认被审讯的人毫无价值,才会放弃。

"也不排除另一种可能,"平时沉默寡言的张晓波说,"老板、老板娘都死了,他如果不是本地人,说不定会离开野牛城。"

皮特右手握着方向盘,左手夹着香烟。他没有说话,心里也是同样的想法。问题是,老六给他的时间只有六个月,跛佬要是去了外地,想找到他可艰难了。

连续两天,跛佬的黑色丰田轿车就停在白天鹅花园对面的路边,旁边是工地,被临时围墙挡着,看不到车辆和建筑工人进出,像是已经停工多日。

小区门口人来人往,既有路过的行人,也有出入小区的居民。跛佬靠在方向盘上,侧着身子,几乎目不转睛地盯着小区的大门,生怕漏掉了什么。副驾驶座位上放着望远镜,还有矿泉水、面包和香烟,他偶尔拿起望远镜观察对面小区六楼的一扇窗户。

又是一整天。光线渐渐暗下来,路灯亮起,跛佬的轿车还是停在原地未动。这条路叫响尾蛇路,单向两车道。不过,跛佬的车停在工地一侧的人行道上，不影响过往车辆的通行。

　　整个白天，跛佬时刻在盯着路对面小区的大门，早已疲惫不堪，呵欠连连。他从车里出来，蹲在人行道上吃面包，又喝了点水，然后拿起望远镜，往对面小区六楼的那个窗子看了看。能看到房间里有灯光，被窗帘遮住，看不到人。晚上十一点多，窗子里的灯光熄灭，跛佬躺在车里迷迷糊糊地睡着了。

　　第三天，天刚蒙蒙亮，一辆救护车响着警笛路过，跛佬被吵醒。他揉揉眼睛，打开车门，在路边活动腿脚，又吃了面包。透过昏黄的路灯，跛佬拿起望远镜，看到对面的那扇窗子没有任何动静。

　　天已大亮，路灯熄灭，马路上的车越来越多，野牛城苏醒了。

　　九点刚过，跛佬一眼就看到从白天鹅花园大门出来的人，正是他苦等了三天的目标。那人上了停在门前的银色奔驰轿车，跛佬立即发动他的丰田车，在前方不远处掉头，很快追上了奔驰。他从右侧慢慢靠上去，用手挡着脸，看清楚右座上的人就是水哥。

　　是的，他只需要扫一眼，便能认出那个打得他满脸鲜血的男人，这口恶气他是咽不下去的。长这么大，除了他继父，没有人敢这样打他。

　　跛佬放慢速度，隔着两个车位，紧紧地跟着奔驰车。在顺发大酒楼门口，奔驰车停下，水哥和一个女孩从车里下来，两人向酒楼走去，奔驰车随后离开。

　　顺发大酒楼的早餐在野牛城很有名，前来进餐的人络绎不绝。看到水哥走进去，跛佬把车停在路边，他把看上去足以乱真的硅胶人脸面具套在头上，又戴上棒球帽，从右侧工具箱内拿出手枪，上膛。一切准备停当，跛佬拨通了110报警电话，故意用蹩脚的河南话说："响尾蛇路顺发大酒楼有大毒枭杀人！"

　　见来个跛脚的男人，又是秃顶，尖嘴猴腮，站在门口的两名漂亮女咨客也懒得搭理他。跛佬目不斜视，右手插在兜里，紧紧握着上膛的手枪，没有理会那两个女孩，跛着一条腿，径直朝里走。而她们显然没看出他戴着硅胶面具。

大堂里，跛佬老远就看到水哥和那个年轻的女孩坐在靠里边的座位上。水哥低着头翻看菜牌，女孩在洗杯子倒茶。

跛佬若无其事地走到水哥身后，突然用左手勒住他的脖子，右手迅速掏出手枪，顶着他的右耳部开枪。食客们被这骇人的一幕吓傻了，人们尖叫着，夺路而逃，伴随着杯盘摔碎的声音，有人摔倒，也有人就势躲在桌子底下，一片混乱。

坐在水哥身边的女孩，原本清秀端庄的瓜子脸，在极度的恐惧中扭曲变形，说不上像西瓜还是南瓜，两只眼睛和嘴巴在五官上已经不成比例。她起身试图往外跑，被椅子绊倒，摔到地上，想爬起来，两条腿却不听使唤。

混乱中，跛佬不慌不忙，把手枪咬在嘴里，掏出小刀，割下水哥的右耳，一瘸一拐、从容不迫地走出酒楼。众目睽睽之下，跛佬发动汽车，猛踩油门，绝尘而去。

有胆大者探出头向外张望，见杀手走了，食客们才陆续从桌子底下爬出来，战战兢兢地聚集在酒楼门口。不少人依然惊魂未定，有个七八岁的女孩吓得大哭。

"杀人啦！赶快报警！"终于有人回过神来，拨打110电话报警。

其实，在杀人之前，110就接到了报警，警察正在赶来的途中。

刺耳的警报声由远而近。

一辆警车紧接着赶到酒楼，从车上下来两名手持冲锋枪的警察，他们把酒楼的大门堵住，拉起一道警戒线，喝令所有的人不准进出。

"有人被杀了！"酒楼的大堂女经理冲着警察没头没脑地大叫着。

几分钟后，来了一辆救护车，一男一女两名医生进入酒楼。水哥趴在地上，他的身下积满了鲜血。男医生把水哥的脑袋搬过来，翻开他的眼睛，用手电照着看了看，确认已经死亡。

这时，皮特开着他的桑塔纳，带着苏可、张晓波来到案发现场。

常规情况下，这种杀人案用不着皮特的人马出场，他的专案组正在全力侦破城市花园的涉毒杀人案。但是，110接到的报警是"大毒枭正在杀人"，那是跛佬打的电话。老六闻讯后下令，让最先赶到顺发大酒楼的民警保护好现场，等待皮特的专案组先去了解案情。

皮特扒开人群挤进去，果然看到有个男子倒在地上，鲜血流了一地。酒楼内一片狼藉。特警在尸体周围拉起警戒线，把食客们拦在警戒线之外。

两名医生还站在那里。苏可简单问了医生，蹲在地上检查尸体，翻开双眼皮。"已经死了。"苏可左右搬动死者的头部，仔细查看，"子弹从一侧打进去的，贯通伤，右耳朵被割掉。"

拍照之后，尸体被平放在地上。皮特在椅子下面发现一枚弹壳，他戴着手套，拿起弹壳。"很明显，是仿五四式手枪子弹。"皮特手指着警戒线外的人，对张晓波说，"去外边问问谁看到了杀人，凶手长什么样。"

穿黑色制服的大堂经理被带过来。这位三十来岁的女士显然还未从恐惧中缓过来，她的脸色煞白，呼吸急促，不断地吞咽口水，想缓解紧张的情绪。

"你看到什么了？"皮特问道。

"我都看见了，"她哆哆嗦嗦却又语速极快地说，"当时，我就站在这里，对，就是这个桌子。我正要给这位先生写菜，没想到，谁也没想到，从后边上来一个人，勒住他的脖子，开枪把他杀了。我被吓得半死，吓死我了。"她手里还拿着圆珠笔和菜单，左手捂着胸口，大口喘气。

"当时有几个人？"皮特迫不及待地继续追问道，"我是说凶手是几个人？"

"就一个人，我绝对没看错。"女经理连说带比画，"那个人，哦，个子不高，戴个棒球帽，走路一瘸一拐，好像是个瘸子。"

"你说什么？"皮特瞪大两眼，盯着她问，"瘸子？那家伙是瘸腿吗？"

"反正走路朝一边歪，这样的，很明显。"女经理模仿那人的动作，全然没想到有那么多人在围观。她提高声音说："他走到这里，就是这个位子，用左手勒住这位先生的脖子，我吓住了，不知道他要干吗。我看他从右边的口袋里掏出手枪，直接对着他的头开枪，声音很大。我看就像哪个电影里的职业杀手，很熟练。"

"耳朵是怎么割掉的？"

"他开枪的时候，我吓得捂住两只眼，没看到。不知道其他人有没有看到。"女经理说，"听到枪响，吓死人的，谁还敢看。他跑出去的时候我看到了。其实他不是跑，就是一瘸一拐地慢慢走出去的。"

正在问话时，皮特听到有警车的警报声。老六和刑侦支队长吴森林来到现场。"又杀人了。"老六俯下身子查看尸体，皱着眉头说，"在酒楼大堂里开枪杀人，太张狂了吧！"

吴森林抬头环视整个大厅，他发现大厅斜对角有两个摄像头。"你看那里，希望摄像头正常运转。"吴森林手指着摄像头说。

被控制在大厅里的食客逐个登记姓名和身份证后离开，两名手持冲锋枪的警察守在门口。苏可留在现场，和另一名法医提取证据。

回到公安局，老六马上让技术人员播放从顺发大酒楼提取的视频。画面还算清晰，从杀手进入酒楼，到杀人后离开，前后不到两分钟。

"这不是趁人不备偷袭，是从容不迫地走过去，从后边勒住脖子，对着脑袋一枪要命。"看得出来，老六对杀手表现出的凶残极为震惊，"我想起曾经哪个有名的案子。对了，就是香港陆羽茶室凶杀案，杀人的手法和这个如出一辙。"

"要说杀人的风格，倒是很像电影《这个杀手不太冷》的莱昂，冷酷、干净、利落。"皮特接着说，"这不是一般菜鸟的心理素质。"

"从视频上看，这家伙是个瘸腿。"老六做了个暂停的手势，"那天我们去三监，正在服刑的那家伙，叫什么来的？他过去是王四海团伙的马仔，他说王四海手下有个人叫跛佬。把视频倒回去多看几遍，杀手走路明显的一瘸一拐，是不是？"

"对，目击者说，开枪的人就是个瘸腿。"皮特说，"杀人之前，110接到报警，说有大毒枭在顺发大酒楼杀人。要是跟毒品犯罪有关，就不大可能是巧合，又冒出来一个瘸腿毒贩子。野牛城哪有那么多贩毒的瘸腿……"其实，在顺发大酒楼听大堂经理描述杀手走路时的样子，连续几次重复"一瘸一拐"，他就怀疑，那人会不会是跛佬。

"马上去三监。"老六打断皮特的话，"是不是跛佬，让他辨认不就搞清楚了嘛。"

"还有个叫邱阿方的刑满释放人员也认识跛佬。"皮特收起笔记本说，"晓波那里还掌握一名线人，和跛佬也熟悉。"

正准备出门，在顺发大酒楼跟水哥吃饭的那个女孩被张晓波和两名刑警带回来。女孩身穿白色的T恤衫和牛仔裤，头发染了几缕棕色，或许是惊吓过度，一直在哭，两眼红红的。

老六坐在那里，没有移动身子，他示意就在会议室问话。

"叫什么名字？"皮特问。

"吴小红。"女孩回答。

"你认识被打死的那个人吗？"

吴小红点点头。

"他是做什么的？"

"我也不知道，就是在夜总会唱歌认识的，我们都叫他水哥。"

"他住的地方你知道吗？"

"知道，在白天鹅花园。"

"杀水哥的人你以前有没有见过？"

"没有，从来没见过。"

老六站起来。"带着吴小红，先去白天鹅花园，回来再问。"

白天鹅花园在野牛城算得上高档住宅，楼盘占地很大。水哥的房子位于六层，张晓波拿出从水哥身上搜到的钥匙，打开门。这是一套三居室的房子，室内装修豪华，客厅里用原木装饰，正中间是棕色的真皮沙发，正对着五十英寸的索尼彩电，靠墙放着红酒柜。三个房间，两间是卧室，放着双人大床和衣柜；另一间房布置得像办公室，但没有桌子，靠南侧墙边摆着与客厅颜色相同的真皮沙发，玻璃茶几上摆着喝茶的杯具和茶叶。

引起老六兴趣的是墙角那个半人高的灰色保险柜。"打电话叫特警大队来两个人，带工具把保险柜打开。"老六说。

苏可从各个角度对房间内的物品拍照。皮特带人首先搜查卧室，衣柜下边的抽屉里，乱七八糟地塞着避孕套、"大力神"神油和黄碟，没有发现有价值的东西。看上去，这套房子也不像有全家人居住的迹象，似乎只有一个人偶尔住几天。

很快，两名特警赶到，用角磨机打开了保险柜。里面有整沓未拆封的现金，经过清点，共五十三万元；旁边的格子里是一个白色帆布袋子，苏可戴着手套，拍照后把它取出来，拉开帆布袋，还有一层塑料袋包着。"这是什么？冰毒吧？"皮特问道。

"对，是冰毒。"苏可打开袋子，闻了闻，"五袋，应该有十来斤。"

"那水哥显然也是毒贩子。"原本黑着脸的老六突然笑起来，"帮我们杀了三个毒贩子，这个人必须找到，我请他吃饭。"

"我有点纳闷，"皮特调侃道，"这段时间野牛城的毒枭们怎么了？好像在搞并购重组，毒贩子们在争夺地盘。"

张晓波仍在协助苏可取证，给被扣押的物品贴上编号。

老六和皮特站在窗子边上抽烟。他们想的是，先是白寡妇和马仔被杀，接着是水哥，杀人的手段都很残忍，那么，白寡妇和水哥到底有什么关系呢？

"杀人之前打电话报警，这是玩的哪一出？"老六百思不得其解，"打电话的人出于什么动机？想挑衅警察？"

"公安局最近也没有抓重要人物，不存在挑衅吧。"皮特想不出有什么理由可以支持这种怀疑，"如果不是疯子，没有哪个凶手杀人之前先报警，主动招惹警察。"

但是，杀手为什么要把水哥的耳朵割掉呢？皮特反复揣测杀手的动机，假如这个瘸腿的杀手就是跛佬，会不会是这样的逻辑——跛佬是白寡妇的得力干将，白寡妇被杀，跛佬为他的老板报仇？

顺着这个没头没脑的思路往下想，越想思路越乱。

听到有汽车刹车的声音，刘大枭从二楼下来，发现是跛佬回来了。

在跛佬离开的这几天，刘大枭有点儿后悔。冷静一想，跛佬或许真的被人暗算了，区区三十万元，为这点小钱起贪心，不是他的性格。刘大枭觉得那些话太伤跛佬的面子。当时两人都在气头上，互不相让，谁也不想向对方道歉。他想，跛佬不至于彻底翻脸，或许过几天，给他个台阶下，两人握手言和。毕竟，他们有更大的合作计划。

事实很快证明刘大枭想错了。尽管已经杀了羞辱他的仇人水哥，跛佬的怒气却丝毫未消。他气急败坏地冲进客厅，取下双肩包，从包里拿出一沓一沓未开封的百元大钞，扔垃圾似的狠狠地摔在地板上。"十五万，这是你应该分的钱，我一分钱不欠你。"跛佬拎着双肩包，转身出了客厅。

"跛佬，你别这么暴躁，坐下来我们聊聊。"刘大枭紧跟着追出去，试图安慰跛佬。只是，他却不肯说出向跛佬道歉的话，不管这个瘸了一条腿的丑陋男人有多么重要，他也不能向他低头。

"去死吧，跟你这种小人没什么好聊的。"跛佬愤怒地说。刚走了几步，他又站住，从兜里掏出用纸巾包住、被血渗透的东西，扔在刘大枭面前。

"跛佬，你去哪里了？能不能听我说？"

"老子杀人了，去公安局投案自首。你有先进技术，我没有，祝你早点发财，暴尸街头！"

看着跛佬的车卷起一股尘土，刘大枭无奈地摇摇头。直到跛佬的车消失在公路的转弯处，他才想起刚才那个纸巾包着的东西。捡起来打开，原来是人的耳朵。

"怎么是人的耳朵？"站在一旁不知所措的阿龙吓得张大嘴巴，"跛佬从哪里把人的耳朵割下来了？"

"看来是真的跟我翻脸了。这个屠夫，说不定还准备杀我呢。"

"那怎么办？我们只有一把手枪。"

"以前跟菲律宾佬混的时候认识两个人，还不错。我现在就去找他们。"

要说不怕，那是他在阿龙面前硬撑的假象。刘大枭当时并不知道，跛佬割下水哥的一只耳朵，还特意送给他看看，是为了报仇。他最直接的感受是威胁，以跛佬的冷血和凶残，随时都可能杀了他。他把那只血肉模糊的耳朵扔给了大狼狗，却感到脊背发凉。

只有他自己心里才明白，在野牛城的毒品和黑道领域，他是初来乍到者，没有属于他的领地，势单力薄。他掌握的冰毒制造技术是他的护身符，也是他唯一的筹码。但是，跛佬不仅没有得到他的技术，两人还闹翻了，很可能会找机会下毒手。

遍寻野牛城，刘大枭能找到的帮手，只有阿强和华仔——真的，这个城市再也找不到第三个人，阿龙没有把毒品卖出去的渠道，他充其量不过是给刘大枭跑腿的小马仔。刘大枭本来是通过阿强认识菲律宾大毒贩子奥古斯丁的，两人开始合作的时候，他却没让阿强入伙。他从骨子里看不起阿强和华仔，这两个人是从吸毒开始的，以贩养吸，慢慢发展成小毒贩子。在刘大枭的眼里，他们都是狗肉，档次太低，上不了正席。

可是现在，刘大枭需要他们来防范跛佬的黑枪。他把阿强和华仔请到野牛城最高档的皇后夜总会，这实在是太给他们面子。刘大枭要了五公斤装的两桶生啤。要是平常，少不了每人一个陪酒的小姐，但今天不是时候，不方便让其他人在场，连"公主"也被刘大枭赶了出去。包厢内，只剩下刘大枭、阿龙、阿强、华仔四个人。

"你们三个都是我好兄弟，"刘大枭端起酒杯，摆出老大的架势，"从今天起，我们就是'四大金刚'。"

四个人手挽着手，一口气喝光了杯子里的啤酒。

"好久不见，枭哥的生意做大了，"阿强放下酒杯，为刘大枭点烟，"弟兄们终于有个大老板做靠山。"

"后悔没有早跟着枭哥发财。"华仔接过刘大枭手中的空杯，倒满。

"听说野牛城最大的毒枭白寡妇被人杀了，我手上有全世界最先进的技术，现在正是抢占地盘的好时机。"刘大枭跷起二郎腿，坐在三个马仔中间，"你们两个加盟，加上阿龙，都是我的臂膀，要发财谁都挡不住。"

刘大枭今天如此客气，让阿强、华仔这样的小毒贩子受宠若惊。阿强说："让我们几兄弟做什么，枭哥只管吩咐。"

"这段时间野牛城腥风血雨，听说了吧？"刘大枭故作高深地说，"这些情况我都了如指掌，所以，现在该我们出场了。"

"看电视说，顺发大酒楼有人被杀，手枪顶着脑袋杀的，耳朵都被割掉了。"华仔说，"听说是做白粉的黑道老大干的，黑吃黑。江湖上的传言，说得很玄乎。"

刘大枭示意阿龙把包拿过来。他从包里拿出五万元，交给阿强。"我手里只有一把手枪。阿强和华仔你们两个到中缅边境，去搞两把枪来，长的短的都行，最好有一把AK47，关键时刻火力很强。"刘大枭举起酒杯，跟他们逐一碰杯，"没有枪怎么可能有话语权，你们说是不是？在道上混，关键时刻没有枪不行啊。"

第二天上午，刘大枭交代阿龙去餐馆买了几个好菜，两瓶山西汾酒。菜摆好之后，桌上并排放着四个碗，每个碗里都倒了白酒。中午十二点整，刘大枭做个手势，华仔杀了一只公鸡，把鸡血淋在酒里，阿龙点着香，四个人跪在神像前，手里举着血酒杯子。刘大枭先喝，接着是阿强、华仔、阿龙，一饮而尽。

喝完血酒，四人并排跪下，三叩头。

"我们四人今天结为拜把子兄弟，有福同享，有难同当，不得背叛。"刘大枭提高声音问道，"兄弟们能不能做到？"

三人齐声说："能做到！"

"还有一个冷血的规矩，"刘大枭用冷酷的眼光扫过三个人的脸，"被警察抓住，家人和孩子全包，其他人出钱养，谁出卖兄弟，杀谁全家！如果后悔，现在退出还来得及。"

阿强带头表态："谁出卖兄弟，杀谁全家！"

接着是华仔："谁出卖兄弟，杀谁全家！"

阿龙声音有些颤抖地说："谁出卖兄弟，杀……杀谁全家！"

"好！够义气。"刘大枭说，"作为大哥，我要平等地对待每个兄弟，用我的技术让大家发财，有钱、有地位、有女人。"

喝光两瓶白酒，接着又喝啤酒。四个人喝得醉醺醺的，不胜酒力的阿龙酩酊大醉，吐了一地。

天气很热，皮特还是开着他的桑塔纳，和苏可、张晓波去第三监狱，让犯人刘长河辨认枪杀水哥的凶手。车里没有空调，苏可背着手提电脑包坐在后座，不停地用纸巾擦汗。"要是得了感冒，坐这个车倒是很好，跟洗桑拿差不多。"苏可半开玩笑地抱怨道，"你就不能把空调修好吗？"

"这车十三年了，我估计修好了也没用，发动机带不动空调。"皮特带着歉疚的口气说，"真是秋老虎，今天三十八度，还不如让你们两个坐老六的车。"

老六的车就在后边跟着。早上刚到办公室，皮特就去向老六汇报昨天晚上对水哥另一处住宅搜查的情况，还有当天目睹水哥被杀的那个女孩租住的房子也被翻个底朝天，没有找到与案件相关的线索。

老六收起笔记本和烟盒，又拿起内线电话："去第三监狱，把车开到楼下等我。"

"就是辨认凶手，你就别去了，我和苏可、晓波去。"见老六又要亲自出马，皮特脱口说道。见老六没吭声，他又补充说："你只管坐镇指挥，有重大情况向你汇报。"

这话也只有皮特才敢说。赵黎明、吴森林、梁胜军都是破案的内行，可是他们从来不敢随意改变老六的主意，没有人能料到那是什么后果，挨一顿骂是很常见的事。

虽然老六是专案组组长，但皮特并不想让他直接参与破案。公安局局长挂帅破案，他说什么，别人也不敢随便否定。可他不一定都是对的，这会让下属无所适从。但老六不知道哪根神经兴奋起来，非要亲自参加，皮特也没法阻止他。

"这么热的天，你以为我不想待在有空调的办公室里指挥你们干活？"下楼的时候，老六说，"我是为了你。这三年多你都没有正常上班，突然冒出来，还领衔侦破大要案，我怕有些人不配合。有我出马，谁都不敢对你使绊脚。"

老六要来提审犯人，监狱方面自然不敢怠慢。监狱长早已在会议室等候，又特意让人准备了西瓜。"吃，赶紧吃，吃完了再干活。"老六也没客套，风卷残云般吃了两块西瓜。

"你们几个不是刚下车嘛，怎么都热成这样了？"看到皮特的短袖警用衬衣背后湿了一大片，再看苏可和张晓波的衬衣，也被汗水浸透了，监狱长颇有些不解。

"我们野牛城经济发达，公安局也不穷，公务车都有空调。"老六洗了把脸，调侃道，"他不肯要公务车，觉得开个破车出来办案，可以显示人民警察艰苦朴素的作风。"

皮特只顾着吃西瓜，苏可则忍不住笑起来。

在空调房里吹干了衣服，监狱长带着老六他们几个人进入监区。再次见到犯人刘长河，他不像上次那么紧张，还主动搭话："大领导来了，是不是要给我减刑啊？"

"你提供的线索确实对破案有价值。"老六也很高兴，当场表态说，"我说话算数，不过减刑不是我说了算，还要走法律程序。监狱长也在这里，请你们按照程序提交减刑报告给法院，这属于重大立功，建议按规定减刑。"

"我看没问题，马上就安排人去做。"监狱长说，"这对其他服刑人员也是鼓励。"

在会见室，苏可打开电脑，播放顺发大酒楼的杀人现场视频，让刘长河观看。他看得很认真，连着看了三遍。"你看这个人是跛佬吗？"皮特问道。

"身高、走路的姿势，特别是那个一歪一歪的样子，很像跛佬。"刘长河眼睛盯着视频中的杀手，"就是脸不像他，戴个帽子，也看不到有没有秃顶。"

"年龄呢？"皮特又问。

"反正让我看，这个人的年龄跟跛佬也差不多，不到五十岁。"刘长河说，"他长得很丑，比猴子还难看。这个人长得不像他，我也说不清是什么原因。"

"你对跛佬印象很深吗？"老六似乎不太放心，提醒说，"会不会时间长了，记忆模糊？"

刘长河双手放在膝盖上，坐得笔直，他扭头去看监狱长，对方点点头示意，意思是有话只管说。他大声说："报告警官，我绝对不会认错的，就是扒了皮，我也能认出他的骨头。"想了想，他又补充道："我想他的骨头肯定是黑的。"引得众人大笑。

苏可收起电脑，一行人出了监狱。临走时，老六又跟监狱长说，别忘了给刘长河办理减刑手续。

视频中的杀手到底是不是跛佬，皮特本来以为经过刘长河辨认后，当时就能够确定。现在，似是而非，从破案的角度，还不能完全确定就是跛佬，他们只好接着去找邱阿方。这是专案组在野牛城能找到的第二个认识跛佬的人。

邱阿方不在家，他在离家不远的街上开了个五金小商店，卖的是街坊邻居需要的螺丝、水龙头、拖把、塑料盆之类的日用品。他的妻子打电话把邱阿方叫回来。

看了视频，邱阿方右手下意识地摸着脑袋，好像拿不定主意："这个人，有点奇怪，我看走路的样子就是他，那个姿势，一个模子出来的。身高也像，就是脸对不上。跛佬的脸很好认，只要见过就不会忘。他脸上没有肉，皮贴在骨头上，两个颧骨很高，尖下巴，眼睛比正常人的小很多，三角形的，两个大招风耳。"又看了一遍视频，他接着说："我记得应该是右边的腿比左边的腿要短，走起路来就这样，还是个罗圈腿，很好认。"

听到这里，皮特让苏可将视频定格后放大。"你仔细看看，这个人不就是招风耳、罗圈腿吗？"

"还真是招风耳，罗圈腿也很明显。"邱阿方看清了，但他仍不敢肯定这就是跛佬。毕竟，那张脸根本不是跛佬，而是从未见过的陌生人。

"既然这么多特征都像跛佬，为什么面相不是他？"老六疑惑地问道，"他还能整容吗？"

"我明白了！"苏可合上电脑，留着下半句没有说出来。

从邱阿方家出来，皮特着急地问道："你明白什么了？"

"我怀疑他可能戴了面具。"苏可说，"那么多特征都像他，这个人肯定就是跛佬。"

"我想的是他会不会整容，就是没想到他戴面具。"老六说，"哎呀，还是小苏脑子灵光，这大脑门的女孩子就是聪明。"

"你以为大脑门里边装的是糨糊，"皮特顺着老六的话说，"不然人家技术侦查专业研究生是怎么读出来的。"

被两个男人称赞，苏可有点不好意思。她其实是在听到老六随口说出跛佬整容的时候，突然灵机一动，想到了某部好莱坞犯罪片中的角色。尽管她一时想不起来是哪部电影，但她清楚地记得，那是汤姆·克鲁斯主演的，他从作案现场出来，伸手扒下脸上的硅胶面具。她是做技术侦查的人，对这个细节特别留意。

对皮特来说，案件的侦破有了实质性的进展，尽管没看到面部，但专案组所有的人都确信，在顺发大酒楼枪杀水哥的人就是跛佬。

两天后，水哥被杀案的物证鉴定报告全部出来了。

鉴定报告提供了两个至关重要的信息——在水哥房间保险柜中发现的冰毒内层塑料袋上发现清晰的指纹，从枪杀现场遗留的弹壳上提取到指纹；这两处指纹与城市花园厨房下水管上的指纹相同，证明是同一个人留下的。更重要的是，两个案件涉及的都是新型化学合成冰毒。

老六召集专案组全体成员开会讨论案情。不等其他人发言，皮特便直奔主题："水哥被杀现场的弹壳上的指纹、从他的住处搜出来的冰毒袋子上的指纹、白寡妇被杀现场厨房下水管道上的指纹，都是同一个人留下的。我想，这三处物证上的指纹，在逻辑链是这样的——"说到这里，皮特起身走到会议室前方，把白板拉过来，擦掉上面的文字，接着陈述，"目前，我们已经知道的情况是，进入顺发大酒楼杀人的只有这个跛脚男子，经过熟悉的人辨认，除了面部可能化妆或者戴了假面具，暂时认不出来，其他所有的特征与跛佬完全吻合，基本上能确定，杀水哥的就是跛佬，那么，弹壳上的指纹应该也是跛佬。由此可以推测，这三处指纹都是跛佬留下的。"皮特边说边用粗水笔在白板上写下关键词，并画线连接。他继续说道："在水哥住处的冰毒袋子上发现他的指纹，证明跛佬与水哥有毒品交易；白寡妇被杀当晚，我带人到现场，看见有人利用厨房外边的下水管逃走，我还开了两枪，水管上的指纹也是跛佬留下的，说明当晚他到过白寡妇被杀案现场。"

"这个分析完全正确。"老六站起来，高兴得自己拍了几下巴掌，顺着皮特的话说，"现在我们完全可以下结论，两起案子是同一伙人干的，符合并案侦查的条件。下一步，你们的头等任务还是寻找跛佬的线索。既然他的外观特征这么明显，就是在野牛城挖地三尺，也要把他找出来。"

"老六和皮特的分析很有道理，我完全同意。"副局长赵黎明说，"我看有必要写个报告给省厅，发通缉令。"

"通缉谁？跛佬吗？"皮特当即提出反对意见，"虽然现在基本确认杀水哥的就是跛佬，杀白寡妇也跟他有关。但是，我们连他的名字都没搞清楚，现在发通缉令，除了打草惊蛇，能有多大实际意义？不过，给其他兄弟公安机关发个协查通报倒是可以。"

"我是考虑跛佬外观特征很明显，公开发布通缉令有助于让群众举报。"赵黎明是分管刑侦的副局长，听了皮特的话，他也没再坚持，便说，"皮特说得也对，那就暂缓，等摸清跛佬的情况再说。"

"案件发展到目前的局面，我还有个革命浪漫主义的想法……"皮特的话引来众人好奇的目光，话还没说完，就被老六打断了。

"你又搞什么名堂？"老六没好气地说。

"我们现在叫'9·11专案组'，听着就别扭。"皮特说，"我建议搞个代号，作为先例，以后凡是特别重大的刑事案件，都要有个代号。"

"还搞代号，007电影看多了，这又不是间谍行动。"对皮特看似无厘头的提议，老六也不反对，反而先入为主，"那就叫'正义之剑专案组'，斩断一切妖魔鬼怪。"

"你拉倒吧，土得掉渣。"皮特根本不给老六面子，当即反对。他说："从城市花园到顺发大酒楼的两起杀人案，都和新型化学合成冰毒有关，而且非常血腥残暴。对我们来说，寻找这个杀人和毒品犯罪团伙，注定是一场恶战，建议就叫'猎冰'，也是让专案组励志的名字。"

老六笑起来。他把烟头摁在烟灰缸里，显得很有兴致。"你捣鼓出这么个玩意儿，有点意思，我还挺喜欢。'猎'，既是动词，也是名词猎人，代表正义；'冰'嘛，当然是邪恶势力。缉毒是最危险的工作，因为我们每次面对的都是亡命之徒，有很多警察牺牲了，出于保护家人的考虑，也不能公开宣传，媒体的报道，只能一笔带过。"

"嗨，我本来想制造点轻松的气氛，被你上纲上线，又搞得很沉重。"皮特回到正题，"单纯从顺发大酒楼的杀人现场来看，如果是跛佬，这个人不光是凶残，而且很狂，我相信他藏不住。"

"我也顺便提醒在座的专案组成员，尤其是皮特、苏可、晓波你们三个，看看水哥被杀的视频就知道，跛佬是凶悍残忍的对手，任何时候都不能侥幸和大意，战术上重视敌人。"老六手点着桌子，加重语气说，"不管是摸排线索，还是抓人，必须带枪，而且不能少于两个人。"

随着跛佬这个重要线索被发现，老六对案件的侦破进展感到满意。他发现，皮特虽然三年多没有参与任何刑事案件的侦破，甚至连办公室也很少来，但是给了新的职务，尤其是信任，他很快就进入了当年的状态，之前的担心都是多余的。

会后，按照老六的要求，苏可将两起案件现场提取的冰毒样品送往省公安厅检验，再报送到公安部禁毒局。

案发后，老六就不止一次地说过，杀人不过是寻常的刑事案件，在哪里发生都不奇怪。但是，在白寡妇和水哥被杀现场，同时提取到了过去从来没有见过的高纯度新型化学合成冰毒，对公安部门打击毒品犯罪来说，是非常重要的信号，它意味着市场上可能出现了新的毒品生产技术。

阿强和华仔从云南回来，背着很大的旅行包。

这两个人出门，刘大枭心里总是悬着，毕竟是出去买枪。好在他们两个顺利地买到枪，又安全地带回来。阿强从包里拿出用油布和硬纸板层层包裹、分成几个包装的东西，打开后，是被拆散的枪支零件。刘大枭狂喜，熟练地组装好手枪，接着又组装AK47。

"帅，简直帅呆了！"刘大枭抚摸着组装好的AK47，兴奋之情溢于言表。

"枪贩子说，AK47是从缅甸搞来的，八成新，绝对军用品。"阿强当面表功说，"手枪是仿六四，新的，两支枪花了三万七千块钱。"

"干得不错，每人奖励五千块。"刘大枭拉开AK47的枪栓，击发，又去检查手枪，"有了枪，野牛城的地盘就是我们的。"

阿强把牛皮纸包装的子弹拿出来，摆在桌上。"长枪子弹四百发，手枪子弹三百发。"阿强又把子弹清点一遍，"本来想多买点子弹，那家伙说手上暂时没货，我们也不能再等。"

阿龙拿起手枪，想玩又不敢，战战兢兢。"我不会用，能不能到山上练习打枪？"

"会的，以后我们每个月上山训练一次。"刘大枭从阿龙手里拿过手枪，又收起AK47，放进包里，加重语气说，"顺便把规矩说清楚，我们现在有三支枪，是我们的'镇宅之宝'，我会慢慢教你们怎么用。没有特殊需要，任何人平时出去都不能带枪，不然碰上警察就麻烦了。"

在三个马仔面前，刘大枭是绝对的老大，不像跛佬，他们没有野心，只是想跟着他发财。所以，他不用像提防跛佬那样，时刻睁着"第三只眼睛"。但问题的另一面也明摆着，他们资历太浅，要积累跛佬那样的人脉和经验，绝非一日之功。

别看喝鸡血酒时那么狂热，刘大枭的心里是冷静的，他打算花点时间培养他们。这样培养出来的人，才会对他忠心耿耿。他们是既制毒又卖毒，没有试错的机会，任何的鲁莽都可能万劫不复。

刘大枭带着阿强和华仔参观制造冰毒的车间。这两个小混混哪里见过这样的场景，自然是打心眼里佩服得五体投地，这正是刘大枭需要的效果。他需要建立毒品帝国，他就是这个帝国之王，所有的人都要向他臣服。

"从来没见过，太先进了！"阿强连连感慨，"枭哥，那我们什么时候开始干？"

"兄弟们先别急，钱有得赚，我这机器打开，就是印钞机，数钱数到你手软。"刘大枭何尝不想马上打开机器，日夜不停地生产，只是他没有畅通的渠道。对他们两个能否把货安全地卖出去，他心里其实根本没有底。"你们两个能联系到多少客户？要不这样，我这里还有十来斤存货，先拿去探探路，不要着急。"

"我有几个客户，"阿强说，"我知道他们也是从别人那里拿货，有时我也帮他们卖。"

刘大枭打开保险柜，里边有五袋分装成一公斤的冰毒，他又重新分装成五百克一袋。"每次拿两袋，吊吊他们的胃口，就说这是用新秘方生产的，纯度接近百分之百，全世界都找不到的极品。"刘大枭就像导演给演员说戏，把编好的台词教给他们，生怕有什么闪失。他耐心地口授技巧："要察言观色，判断是不是有诈。要非常冷静、机智，遇到紧急情况沉着应对。"

"那几个货胃口都不大，每次最多两斤。"阿强说，"要找大客户，还要另外想办法。"

几天时间，五公斤货被阿强和华仔顺利地卖了出去。正如刘大枭所料，市场上没有人见过这种高品质的冰毒，阿强和华仔手上掌握的那些小贩子突然口气大了起来，少量的货已经无法满足，有个家伙甚至提出要十公斤，而且紧追着不放。刘大枭判断，他们的背后可能有识货的大老板，这让他暗中窃喜，与跛佬翻脸后受挫的信心开始恢复，他决定开机生产。

干到凌晨两点多，生产了十几公斤冰毒，刘大枭停下来。他想，这已经够他们卖的。

没想到，只用了五天时间，十几公斤冰毒就被阿强和华仔变成了现金。

他忽然想，是不是低估了他们两个的实力？不过有一点是他坚信的，那就是市场对这种高品质的冰毒有巨大的需求。他准备适当加大出货量，在检验两个新入伙的马仔的同时，也可以顺便试探市场的反应。

开发区分局打电话报告，抓到了毒贩子，那家伙对办案的民警说，愿意当线人引诱其他毒贩子立功赎罪。案件报到皮特那里，他做梦都想抓到跛佬，自然不会放过这个信息。

"忽悠吧，我跑去问问就行了。"张晓波并没有当回事，"估计就是个小混混，最低档的街头瘾君子，你以为抓到了大鱼。"

"话不能这样说。"皮特说，"有经验的老刑警都知道，破案这东西，十次有九次是扑空的，往往就那一次机会，案子可能就破了。"

"两个案子死的人都和毒品有关，我们的破案思维总是围绕着毒品转圈子。"张晓波谈到对案件的分析，忽然提出新的思路，"我有个想法，不是总说'寡妇门前是非多'，再加上水哥的耳朵被割掉，会不会和情杀有关？"

这样的思路皮特不是没想过，但他很快否定了。"虽然不排除这种可能性，但是，从案发现场来看，还是跟毒品直接有关，不像是为了女人。"

急匆匆赶到开发区公安分局，已经接近中午。办案民警把嫌疑人带到审讯室，双手左右铐在铁椅子上。这家伙肥胖，脑袋滚圆，两只小眼睛滴溜溜地四处转悠。皮特打量他，就知道这是个脑子贼精的江湖老手。

皮特拿起审讯笔录，得知这家伙卖假钞时被抓。他漫不经心地掏出烟点上，又拿着烟盒向那家伙挑逗。"想抽吗？"皮特冷冷地说，"毛人国对吧？跟军统特务头子毛人凤还是兄弟呢。"

张晓波把烟点着，放到毛人国嘴上。

皮特嘴里叼着烟，眯着眼睛问那个胖子："听说你想立功赎罪？"

"是，警官。我要是立功，能不能抵罪？"毛人国嘴里含着烟，使劲地点头。

"当然可以。不过还要看你立的什么功。"

"我认识两个毒贩子，我可以把他们骗出来，你们去抓。这个算不算立功？"

"两个什么样的毒贩子？街头白粉仔我不感兴趣。"

"经常卖货，有时候能带好几斤冰毒。我感觉他们也许有点来头。"

皮特使了个眼色，张晓波给毛人国打开手铐，又给他一份盒饭，和警察们坐在审讯室里吃午饭。皮特要慢慢地盘问他，判断这家伙说的话是不是可信。

"你跟这两个毒贩的关系怎么样？"皮特问道，"做过生意吗？"

"还挺熟的，我以前经常找他们买毒品，后来我出去打工两年多，就没再干。前天晚上，我跟朋友到皇后夜总会去玩，碰到他们了。他们还在搞毒品，问我有没有路子，他们可以大量供货。我手里暂时联系不到客户，说等几天，我去问问。"

"好，阿毛，我相信你说的话。按你现在的犯罪事实，至少要判七八年。如果你答应做我们的线人，可以将功抵罪，判轻刑，或者缓刑。如果立大功，可以不起诉你，明白吗？"

"警官，我是真心的，说的都是实话。只要不让我坐牢，干什么都行。"

"既然以前也干过贩毒的事，那就不用我教你怎么做。从现在起，我就是你的老板，大老板，我要买二十斤冰毒，你带我去见那两个毒贩子。"见毛人国惊恐的表情，皮特拍拍他的肩膀说，"不用怕，我们会策划一整套行动方案，会具体教你怎么做，你只要保持冷静，心里别慌，配合我们就行。"

张晓波似乎不太放心，他是有过五年缉毒经验的警察，深知这里面的黑暗，如果毛人国所说的毒贩有点分量，绝不会轻易上钩。换句话说，很容易到手的都是没有多大价值的小喽啰。"你有两年多没跟他们来往，对方可能会起疑心，没准还会故意设圈套试探你。"张晓波向他面授机宜，"要沉得住气，不要让对方看出破绽，必要的时候，你也可以主动为难他们，比如，故意说货不好，往死里砍价，不要太积极。总之，见风使舵，察言观色。"

这本是无意的巧合，阿强和华仔带着两公斤冰毒到皇后夜总会，正好碰上很久不见的毛人国。他们过去在毒品买卖上时有合作，阿强知道毛人国有些渠道，对于急于寻找客户的这两个人来说，圈子里的每个客户都会让他们眼睛放光。而毛人国呢，吃喝嫖赌，手头拮据，搞了点假钞，很久也没卖出去，意外撞上了做毒品买卖的朋友，心里一阵狂喜。他满口答应下来，还真打算去找买主，却在卖假钞的时候被抓住。其实，他出去打工两年多，跟过去的很多客户早已失去联系。

第二天上午，毛人国报告说，那两个毒贩子约他带人出来看货，交易地点定在闹市区的江南春茶楼。

出发之前，皮特特地找了一家高档发廊，把本来就有点长的头发做了精心修饰，颇有明星的气质。又专门去野牛城度假村，从朋友阿满那里借了一条小拇指粗的金链挂在脖子上，手指上还有天鹅蛋戒指。他上身穿着鳄鱼牌T恤，下身高档休闲裤、运动鞋，戴着墨镜，一副十足的老板派头。

上午十点多，毛人国拉着棕色的旅行箱在前，皮特在后，两人进了门面古色古香的江南春茶楼。身穿旗袍的小姐在前引路，两人来到一间包房，轻轻敲门。阿强拉开门，坐着喝茶的华仔站起来，两人满脸堆笑地跟毛人国握手。

"这是我老板唐先生。"毛人国两边相互介绍道，"这是我的朋友阿强和华仔。"

皮特点点头，跟阿强和华仔握手。"幸会。听阿毛说，手上有上等好货。在野牛城，现在能买到好货不容易。"皮特也不想跟他们绕圈子，直接说明要货。

"唐老板真是识货，"阿强故作高深地说，"不要说在野牛城，就是金三角也买不到。"

"是吗？那我倒是要看看。"皮特问，"货带来了吗？"

阿强突然大笑起来，指着皮特说："我看唐老板很像警察。我没说错吧？"

在隔壁的包房内，苏可戴着耳机，正在监听皮特与阿强他们的对话。装钱的旅行箱拉杆中间，事前已经被秘密安装了无线话筒。三名身着防弹衣的便衣警察守在包房里，随时准备出击。

在茶室对面的停车场，张晓波带着两名特警应急，对付可能出现的意外。

"你的眼力真好。"皮特冷笑着，点上雪茄，反唇相讥，"我怎么看你有点像警察呢？"

"那就是两伙警察，大水冲了龙王庙。"阿强龇着满嘴的黄牙，"不好意思，我要搜身。"

"你要对我搜身？"皮特怒目而视，"你这不是侮辱我吗？"

"哎呀，都是兄弟，千万别误会。"毛人国见状，赶紧上前解围。

"这样吧，"阿强把胳膊举起来说，"要是唐老板觉得我不尊重你，那你先搜我吧。"

皮特向毛人国使了个眼色，"那我就不客气了。"毛人国上前，对阿强和华仔搜身。

"这回没问题了吧？"阿强阴阳怪气地说，"这也是江湖规矩，唐老板可能不太习惯。"

皮特把雪茄放在桌上的烟灰缸内，很不高兴地说："我就这件薄薄的T恤和休闲裤，还能藏住枪吗？"

阿强蹲下来，拉起皮特的裤脚，看了看，又撩起T恤，检查皮带，轻轻摸了他的胳肢窝。"好了，冒犯唐老板。"

"你确定老子不是警察？别看走眼了。"皮特强忍着笑，"货在哪？"

"不好意思，别见外。唐老板带钱来了吗？"

"没问题，我做事从来不耍滑头。"

毛人国转动密码锁，打开拉杆箱，里面全是未开封的崭新百元大钞。阿强蹲在地上清点，共三十万。

"唐老板够意思。"阿强伸手从华仔手里接过双肩包，从中拿出一小包冰毒，"纯度百分之九十七，我敢说，唐老板从来没见过这么好的货。"

皮特打开小包，用镊子夹住一片冰毒，对着灯光仔细查看。"是好货。不过，也没有你吹的那么高纯度。"

"唐老板尝尝吧？"

"我看不必要，大家讲的是信用。敢骗我？我也不是吃素的。"

"要真不是警察，你就尝尝。"

"你这是小人心理，我很鄙视你这种人。"

皮特让阿毛拿出工具。不得不说，皮特演得很像，设计很周密，连查看冰毒纯度的工具都带了。

面对阿强的逼迫，皮特容不得丝毫犹豫。他熟练地将冰毒碾成粉末，放在锡纸上，用打火机加热，靠近鼻子，轻轻地吸入冰毒气雾。其实，皮特本来不懂这些操作，也是临时被禁毒支队人员培训的。

皮特强装镇定，却没想到这种冰毒的威力如此之强。瞬间，他的脸部扭曲，不断地喘着粗气，嘴里大叫着，在房间里不停地转圈。"哦，这简直是烈性炸药！"

这是皮特第一次吸食毒品。虽然他有多年的刑警生涯，但毒品是什么味道，吸食后身体有哪些直接的反应，他也只有理论上的认识。明知道很危险，却不能惧怕，他必须装出道上老手的样子，一招一式，让对方看不出破绽。

阿强和华仔眼睛死死地盯着他，想从表情上观察眼前的唐老板是不是可靠。

现场暗中对峙的气氛很紧张。皮特很久才缓和下来，他还是不停地摇头，用纸巾擦眼泪和鼻涕。这不是装出来的，而是身体的真实反应，逼真地骗过了两个毒贩子。"有多少货，老子都要，现钱。"

"唐老板是可以做大买卖的好朋友。不过，今天货没带来，过几天吧，麻烦你再跑一趟。"

"你什么意思？玩老子是吧？"皮特怒不可遏，抓住阿强的衣领，华仔也冲上来，毛人国急忙上去把两人拉开。阿强一声未吭。"阿毛，走，骗子！"皮特大为光火，转身离开茶楼。

面对事前未曾料到的变故，相邻房间的苏可和对面停车场的张晓波也很紧张，不知道发生了什么。

出了门，皮特见华仔他们没有跟出来，便低头对着拉杆箱中的话筒说："都别动，也不要跟踪，他们很可能暗中有人反跟踪。"

茶楼门口的停车场，皮特和毛人国上了黑色的奔驰轿车，毛人国驾车，头也不回地走了。

"阿强看你小腿，是要看有没有勒痕，警察喜欢把枪绑在小腿上。"毛人国在圈子里混过多年，知道很多黑道的秘密，"看皮带，是因为有时候警察大意，用的还是有警察标志的皮带。"

"真够狡猾的。"皮特虽然是刑警出身，但毒品犯罪案件都是禁毒支队负责，其他人很少接触。听毛人国说起这样的黑道秘密，他庆幸自己当时的表现恰到好处，料他们没有看出破绽。

"他让你尝冰毒，不光是故意整你，也是想看你是不是警察。没吸过毒的人，一般是不敢碰毒品的。"

"我们也没做错。他们还想怎么玩？"

"疑神疑鬼吧。有时候要反复试探，怕中圈套。如果是警察，没有多年的贩毒经验，装得不像，容易被看出来。"

过了路口，皮特用对讲机说："各行动小组，计划取消，撤回。"

奔驰车停在路口等红灯时，毛人国的手机响了。"是阿强。"毛人国见皮特点头，按下免提键，接听电话，"你妈的，搞什么鬼？"

"没办法呀，掉脑袋的事，到处都是圈套。"电话里传出阿强的声音，"你们到假日酒店负二层停车场，西南角，白色日产，车牌尾号376T，后备厢底下用透明胶粘着车钥匙，你去打开车门，把货拿走，钱放在车上，再把车门锁住，钥匙放在原处。我们都是讲信用的，三十万现金，一分不能少。"

"熟人！玩这些有意思吗？"毛人国看着皮特，伸了下舌头，假装不满，故意提高声音说道，"你要是再忽悠我们，以后再不跟你来往！"

皮特赶紧通过对讲机下达命令："各小组注意，交货地点改在假日酒店负二层停车场。"

这其实都是刘大枭的安排，货根本不在阿强他们手里，他和阿龙开车早就来到假日酒店地下停车场，把货放在那辆日产轿车后备厢，然后躲在附近的车里观察。待安排停当，阿强和华仔在茶楼向对方试探虚实后，故意要了个小招数。

皮特他们走后，阿强和刘大枭在电话里分析，确认是安全的，便通知他们去新的地方取货。刘大枭设计的这套反侦查战术，目的就是让毒资、毒品和人分离，避免双方人员一手交钱、一手交货时人赃俱获。在面对最坏的结果时，至少可以留下狡辩的理由。

留给皮特的只有半个小时。在前往假日酒店的路上，皮特紧急调兵遣将，将之前埋伏在茶楼内外的特警分成三个小组，第一组假扮酒店保安和停车场收费员，堵在出口；张晓波带领第二组，开车进入停车场，隐蔽在负二层通向负一层的通道口附近，伺机行动；第三组进入负二层，等待目标出现；苏可坐镇酒店的监控室指挥。

各小组布置到位后，皮特带着毛人国，仍然开着那辆奔驰轿车，直奔负二层停车场西南角的日产轿车。两人顺利地找到目标，毛人国弯下腰，从后备厢下边拿到钥匙，打开后备厢，有个购物袋，装着东西。皮特拎着袋子进入奔驰车内，开包一看，确定是冰毒。他们把现金放进日产的后备厢，锁住，钥匙用胶带粘住放回原处，然后驾车离去。

不远处，与很多车辆并排停放的另一辆丰田越野车内，刘大枭和阿龙躲在车的后座，偷偷地盯着放着毒品的日产轿车。尽管交易是在他眼皮子底下完成的，而且那天在化工城与皮特有过相遇，但此刻他并没有认出来。

酒店监控室内，目标恰恰处在监控的死角，这显然是刘大枭事前仔细观察后选择的停放地点。唯一与目标之间没有障碍物的摄像头距离太远，而且对着其他方向。好在这个摄像头可以三百六十度旋转。苏可把它调好后，尽管距离有点远，却仍然可以清晰地看到目标周围的活动。

皮特乘坐奔驰车离开酒店后，穿过两条马路，确认没有人反跟踪，便进入附近的地下停车场。他换了一辆黑色的奥迪，把上衣脱下来，穿上休闲衣服。车上还有两名特警。其中一名特警驾驶奥迪大摇大摆地来到假日酒店负二层，停在距离目标车四五十米远的车位。司机停好车后离开，径直走向通往大堂的电梯，皮特和另一名特警隐藏在车内。

两个男人窝在车后座，憋闷得透不过气来。皮特暗自思忖，能一次提供十公斤冰毒，已经不是以贩养吸的街头混混的层次。只是他无法确定，上午那两个家伙会不会再玩什么花招。

地下停车场不断有车辆进出，看不出有任何异常。一个多小时过去了，从电梯内走出两个男子，正是阿强和华仔。两人边走边观察停车场的环境，走到日产轿车旁，华仔从车后取出钥匙，打开后备厢，将装着现金的包拿出来，两人进入车内。

"发现目标！"苏可从监控镜头中看到两人进入车内，立即通过对讲机发出警报，"目标进入车内！"

紧接着，日产轿车启动，缓缓离开车位，向负一层通道驶去。

与皮特隐藏在奥迪车后座的特警爬进驾驶室，发动汽车。就在日产轿车从前方转弯，刚刚进入通向负一层的通道时，奥迪车猛地加速追了上去；看见目标出现，在负一层待命的张晓波和两名特警也发动汽车，迎面堵住了日产车。阿强知道中计，猛地推开车门跳出来，却发现前后都是黑洞洞的枪口。

"有意思吗？"阿强见脖子上戴着大金链子的"唐老板"举着手枪，知道反抗是徒劳的，便束手就擒。

"没意思。"皮特用蔑视的口气说，"我的枪从来不会绑在小腿那里，也不用警察皮带。"

张晓波举着上膛的手枪对着车内的华仔："双手抱着头，出来！"车门两边的特警分别用冲锋枪指着车门，华仔只好抱着头出来，被铐住双手。

暗藏在负二层停车场的车里，刘大枭目睹了喝过血酒的两个马仔被抓。刹那间，愤怒与沮丧混杂在一起，他用拳头狠狠地砸在前排座椅上，牙齿咬得咯咯响，额头上青筋凸起，两眼僵直，眼珠子像是要从眼眶里爆出来。

他和阿龙猫在那个狭小的车后座，什么话也没说。阿龙被吓得头也不敢抬。等到警察们全部撤离现场，刘大枭才开着车离开。

成功诱捕了两个毒贩子，皮特趁热打铁，立即开始审讯。

阿强双手被铐在椅子上，见皮特进来，抬头看着他。

由于愤怒，他拧着嘴巴，像要吃人似的。

看上去，阿强的年龄比华仔要小几岁，一头散乱的长发，长脸上长满络腮胡子，右手臂上有一道伤疤。

"看在我们刚做完生意的分上，给你抽支烟吧。"皮特故意奚落他，走过去，把烟放在阿强的嘴上，被他吐掉。

"少玩这些花招！"阿强愤愤地说。

"不识好歹！"面对被他搜过身的阿强，皮特居高临下地端着架子，毫不掩饰地摆出胜利者的姿态。"警察在审讯之前通常都要例行公事地宣传政策，现在虽然不讲坦白从宽，抗拒从严，但是，如实供述犯罪行为，积极检举他人，还是会得到从宽处理的。"

"别跟我说这些，没用。"阿强当场顶撞说。

"嘴还挺硬。"皮特问，"叫什么名字？"

"在道上混的人，叫什么名字不重要。谁也不会在意你叫什么名字。"

"别跟我油嘴滑舌，这里是公安局。"

"公安局我见多了。"

"我不跟你斗嘴。十公斤冰毒，够你死一百次！"

"那你也只能让我死一次，我还赚九十九次。"

皮特忍着直往上蹿的怒火，拍拍阿强的肩膀："我跟你说，公安局可不怕你这样的人。识时务，冲动是会吃亏的。"

短兵相接的冲突，让审讯难以进行下去。皮特走出来，站在走廊抽完一支烟，和苏可、张晓波去另一个房间审讯华仔。

"叫什么名字？"皮特问道。

"你对我的名字感兴趣吗？"华仔口气嚣张地说，"想审问我，先报上你的名字。"

"没问题。我是福东市公安局刑侦支队警察皮特，名字都会写在审讯笔录上。"

华仔歪着头，瞪着两眼说："我的名字也可以告诉你，刘国华，其他的你就别问了，问我也不会跟你说。"

"刘国华，我还是耐心地提醒你，对抗不会让你得到便宜，只会吃更大的亏。"皮特耐着性子，试图软化他，"我希望你能认识到自己所犯罪行的严重性，坦白犯罪事实，揭发后台老板，争取立功赎罪。"

"你们好卑鄙呀，用线人来挖坑。我当时就怀疑你们是警察。"

"警察可以利用所有的合法手段来侦查。出来混，总是要还的。"

"是很愚蠢，我承认。可是没办法，想赚钱。"

"既然你承认自己确实愚蠢，愿赌服输。说吧，毒品从哪里来的？"

"从别人手里买的。"

"别人是谁？"

"我怎么知道？是他来找我的。"

"刘国华，废话我也不跟你说了。你最多三十岁吧，有父母，应该还有孩子，要是扛到底，那就等着上刑场吃枪子；如果把大老板交出来，至少可以保住命。好好想想吧，我也懒得跟你啰唆。"

"落到你们手里，要打要杀随你便。"

两个人同时激烈对抗，这是皮特始料不及的。审讯被迫停下来。

从事缉毒工作的警察都知道，不同于其他刑事犯罪，对于毒贩子来说，玩的就是死亡游戏，五十克是生死线，一旦越过了这条红线，贩毒数量达到数公斤以上，除非有特别重大的立功，抓到了重量级的毒枭，否则，就与认罪态度没有多大的关系，死刑几乎是唯一的结果。做这种搏命的买卖，身处底层的小毒贩子大都受过洗脑教育，被灌输"死了我一个，富了全家人"的观念，宁死也不肯供出背后的大老板。

"凭我的直觉，这两个货不像'骡子'，他们背后肯定有老板。"皮特说的"骡子"是毒品黑道上的俗称，是指那些专门给大毒贩子长途运输毒品的人，大多数都是来自社会底层的穷苦人，冒着生命危险干上几票，赚一笔钱，就能拿回家盖房子、结婚。

"从他们交易的方式来看，也不是'骡子'。"张晓波说，"我审讯过的'骡子'多了，他们反而不会这样拼死对抗。其实，真正的'骡子'也不了解太多东西，给谁送货，收货的人是谁，他们是看不到人的，毒贩子在幕后操控。"

"嘴越硬，对抗越激烈，越是有料。谁都怕死，别看他们开始很嚣张，最后都会举手投降。"皮特虽然受挫，但仍然很自信，他对开发区分局刑警队副大队长说，"拜托安排一辆警车，把他们两个押回去，我要连夜审讯。"

火药味十足的审讯持续了三天，始终未能撬开两个人的嘴，阿强连名字都不肯说。

好在华仔供出了自己的真名实姓，皮特和张晓波根据户籍资料找到了他位于老城区的家。两居室的老房子，老婆经营服装商店，专门出售那些真假难辨的"剪标"外贸尾单成衣。有个儿子，九岁，正在读小学，看上去家境尚可。

一番摸底后，皮特判断华仔的老婆有可能认识阿强。果然，经过秘密辨认后，确认阿强真名叫任海强。

"任海强，我刚从你家里回来。"皮特直接叫了他的名字，"你老婆刚下岗，孩子还小，你难道不为他们想想？"

"你什么意思？找我老婆也没用，我做的事她不知道。"阿强满不在乎，拒不供述毒品的来源。

"火气不小嘛。明天我们再谈。"

出了审讯室，皮特把手里的打火机狠狠地摔在走廊上。"干吗发这么大脾气？"苏可正好从楼梯走上来，她蹲在地上，把摔烂的打火机捡起来，放进旁边的垃圾桶。她把检验报告递给皮特。

"又是新型化学合成冰毒。"皮特说，"走，跟我去找老六。"

"这两个家伙从哪里能搞到十公斤新型化学合成冰毒？"看完检

验报告，老六说，"我不相信就是打游击的小毒贩子，背后肯定有大鱼，想办法让他们开口。"

"这次的冰毒和前两起案件的冰毒成分一模一样。"苏可说，"这是突然出现的新型化学合成冰毒，我判断，很可能来自同一个地方。"

"那就今天晚上接着审。"皮特说完走了。

当天晚上，分成两个小组，皮特和苏可审讯华仔，梁胜军和张晓波审讯阿强。面对审讯，华仔有一搭没一搭，东拉西扯，任凭皮特如何绕圈子，就是不说正话。阿强则干脆低着头，不管你问什么，死活不开口。

别以为华仔和阿强在等死，他们之所以死扛着，底气来自刘大枭。当初他设计这种交易方式时，已经把风险分析得很清楚，即使被警察抓住，由于车上没有毒品，死不承认，证据链不完整，法院也很难判决。刘大枭吹嘘说他在法院有关系，花点钱就能捞出来。华仔和阿强并不懂法律，他们能做的就是扛到最后，等待刘大枭想办法"捞人"。

这几天，刘大枭如坐针毡，他无法料到接下来会发生什么事情。警察也许随时都会找上门来。不过，他很快又否定了这种可能性。理由是，两人出事已经好几天，警察那边没有动静，反过来就证明阿强和华仔没有出卖他。

"枭哥，你不是说法院有关系吗？"阿龙无精打采地说，"能不能花点钱把他们两个捞出来？"

"关系是有，就是怕不起作用。"刘大枭说，"这不是卖点毒品那么简单，还有命案，这时候去捞人，搞不好偷鸡不成蚀把米。"说到命案，刘大枭从来没有跟阿龙说过白寡妇被杀的事，阿龙也不敢问。

在法院工作多年，刘大枭自然认识不少人，但想来想去，他放弃了找关系的打算。刘大枭总是说，他这个人从来就很自信，甚至连他自己有时都会暗中抱怨自信过头了，成了狂妄自大。而这一次，他却自信不起来。

回想当初他要去交货现场，阿龙一再提醒他太危险，他却执意要去。他跟阿龙解释说，之前每次也不过一两斤，这次带着十公斤货出去，不是小数字，几十万元，他不太放心。别看他们喝了血酒，跪在地上发过誓，成了拜把子兄弟，但刘大枭生性多疑的性格，对阿强和华仔很难完全放心，更何况根本不了解这两个原本不上档次的小混混的底细。

想来想去，刘大枭打算按兵不动，静观其变。他跟阿龙分成两个班，夜晚是最危险的，他值夜班，阿龙负责白天。AK47是用来值班的，手枪则放在他的枕头底下。"如果有警察来，他们肯定会先派人侦查，说不定还会让居委会那几个老娘们儿编个理由上门来看看。"刘大枭心里很紧张，表面上却假装很镇定，"注意观察附近有没有可疑的人，要是看到有人在这附近东看西看，我们也好提前应对。"

"枭哥，我有点害怕。"阿龙本来没有那么紧张，听了刘大枭的话，反而被吓住了。他胆怯地说："要是华仔、阿强把我们咬出来，警察肯定会派很多人把这里围住，我们两个人哪里能打得过他们。"

"有什么好怕的？我跟你说这些，只是为了预防万一，让你多留心。"此刻，刘大枭身边没有人，无论如何不能让阿龙离开。他知道阿龙很害怕，便换了个口气，给他壮胆："我早就设计好了对付警察的手段，他们做梦也想不到，万无一失。"

在房子的四个角上，安装有红外线摄像头，可以居高临下地监控整个院子。装上不久就发现，摄像头的质量有问题，图像不稳定，放在客厅的显示屏上，波纹不停地上下滚动。他找人修过，没过多久，问题又出现了。和跛佬闹翻后，他本来打算叫人过来维修监控系统，最后又被其他事拖住了。不过，摄像头还能勉强看到模糊的画面。

夜深人静，万籁俱寂，风吹动树叶，发出轻微的沙沙声，偶尔传来一两声狗叫。阿龙睡着了，刘大枭对着监视屏幕，看久了头昏脑胀的。他上去二楼，把AK47斜靠在二楼走廊的栏杆上，坐在那里抽烟冥想。自从跛佬走后，他就再也没抽过雪茄。坐了一会儿，他又起来，显得心事重重，边抽烟边在走廊里来回走动，眼睛时不时地看着远处。那条肥硕的德国大狼狗跟在身后，多少给了他一点安全感。

西北方的不远处，有一大片灯光，照亮了夜空。那是野牛城，距离这里不过二十多公里，有一条公路从附近的河湾镇通向野牛城。野牛河从他家的房子后面流过，在河的北侧，河堤很宽，铺了砂石，可以通车。房子在河的南岸，河堤长满了杂草和灌木，也不能通行机动车，连行人都稀少。

表面上强装镇静，那是给阿龙看的。刘大枭的心里完全是另一种感觉。他知道自己是在赌博，赌阿强和华仔不会出卖他，至于赌输了会是什么后果，他根本没想清楚，也无法想象。除了手上掌握的化学合成冰毒技术，他其实什么都没有，短时间也找不到能依靠的人。如果被迫离开野牛城，老婆阿芳和儿子虫仔怎么办？他不敢往下想，只能把一切寄托在那两个家伙身上，相信他们不会出卖他。

他坐在走廊里，地上扔满了烟头，每隔半个小时，他都会把AK47背在肩上，带着狗下去巡查，从前院到后院。后半夜很凉爽，月亮挂在西边的半空，透过院墙外的树枝，斜照在院子里。这个星光璀璨的夏夜，在刘大枭的眼里，却暗藏着杀机。

院子距离附近的住宅有点远，刘大枭总是怀疑院墙外有警察。他走到朝南的大门那里，侧过脸，把耳朵紧贴在门缝上，仔细听外边有没有声音。相比之下，院子后面的河堤才是最危险的地方，没有门，两米多高的院墙，在里边完全看不到墙外。他蹑手蹑脚地把木梯子斜靠在院墙上，慢慢爬上去，探头向外边张望。

白天，刘大枭从保险柜里拿出二十万元现金，送给带着孩子住在镇上的妻子阿芳和他的母亲。他要做些准备，应对可能出现的不测，就算逃走，也要给他们留下一笔钱。

软硬兼施，各种能用的手段，包括通宵达旦地高强度审讯，全都派上用场。这两人像是事先商量好了一样，口气出奇地一致，就是死扛，咬着牙拒不招供。最后一次从审讯室出来，皮特终于死心了。"成全这两个家伙吧。"这意思是说，要把阿强和华仔的案件移送给检察院起诉。

皮特的肚子里，仿佛被乱蹿的火苗烧灼，他是有火发不出来。回到办公室，拉开小冰柜，除了两碗康师傅方便面，什么也没有。他点上烟，打开窗子，站在窗边使劲抽了几口，想不出更好的办法。原本抱着很大的希望，最后却未能从两个毒贩子嘴里得到有价值的东西。皮特心里很窝火，却无可奈何。

当了那么多年刑警，他不知道审讯过多少死硬的犯罪分子，从来没有哪个家伙能扛到最后不开口。他感到无计可施，决定放弃。

移送起诉的报告很快完成了，先送给皮特过目。他把苏可、张晓波叫来办公室。

"逮住两个携带十公斤新型化学合成冰毒的毒贩子，居然没有得到任何线索。"皮特感到沮丧，连连叹息，"总觉得这事干得挺窝囊，就这样给他们送上刑场，我很不甘心。"

"我们也没做错什么呀。"张晓波说，"只能说遇到了不怕死的毒贩子。"

"我现在有点后悔，还是做错了。"皮特自责道，"我太急于求成，如果再沉稳一点，说不定能钓到大鱼。"

"用什么手段？"苏可问道。

"不在停车场动手，秘密跟踪他们。"皮特说，"他们总要回家吧，我就放一条长线。"

苏可笑了笑："你这是事后诸葛亮。办案不可能是你想象的那样完美。把两个毒贩子抓回来，当场招供，抓住背后的老板，城市花园的案件就破了。"

"我们为什么不能把每个环节做得更好呢？"皮特仍然无法释

怀，他太想有成就了，"不怪你们。还是我考虑问题简单化，做事太粗糙。"

正说着，皮特不断打哈欠。他用手掩着嘴，却控制不住，仍然哈欠连天。

"你怎么了？是不是又纠结得通宵没睡觉？"苏可说，"破案也不能玩命，要不然，案子还没破，你的身体就垮掉了。"

案子移送给检察院后，因为没有口供，拖了两个月才起诉到法院。

开庭那天，皮特本来不想去旁听。两个最终要送上刑场的毒贩子，对他来说已经没有价值，去法庭上听什么呢？听他们狡辩，岂不是又被羞辱？老六却不同意，让皮特带着专案组成员去旁听，禁毒支队正副支队长都去了法庭。

案件是公开开庭审理，允许公众旁听。福东市中级人民法院最大的法庭，座无虚席。

这是被称为"零口供"的案件，而且是死刑案，检察院想利用它宣扬程序正义。它的潜台词是说，即使没有口供，铁证如山的事实，也照样可以判处死刑。皮特不以为然："刑事诉讼法本来就是这样规定的，又不是检察院和法院创造的。"

"你别拆人家台，反正也不影响公安局。"老六警告他，"别忘了，我还是政法委书记呢。"

当地有影响的媒体和中央媒体来了很多记者，还有受到邀请的人大代表和政协委员，他们和公检法部门的人员坐在旁听席前两排。

就在旁听席的最后一排，皮特真正的对手刘大枭也来了。他今天穿得很正规：短袖白衬衣、黑色西裤，像个官员。

开庭后，法官下令："带被告人任海强、刘国华！"

这是死刑案件，阿强和华仔戴着脚镣手铐，走路的时候只能弯着腰，自己提着脚镣。两人被法警带进法庭，不约而同地向旁听席上观望。阿强一眼就看到了坐在后排的刘大枭。

目光相交的瞬间，刘大枭面无表情，阿强却露出诡异的笑容。坐在旁边的阿龙有点紧张，他侧脸看着刘大枭，又用脚轻轻地碰他。刘大枭却旁若无人、目不转睛地看着被告席上的阿强和华仔。

法官按照例行的程序，对两名被告人解除械具，查明身份，告知权利，然后询问两人是否收到检察机关的起诉书。面对法官，这两个在审讯阶段死硬到底的毒贩子倒是回答得很痛快："收到了。"

走完例行的程序，两人被分开审判，阿强被带下去，先审华仔。

公诉人宣读起诉书之后，法官问："被告人刘国华，对检察机关指控你涉嫌贩卖毒品罪是否认罪？"

华仔犹豫不决。法官重复刚才的提问。

"不认罪。"华仔回答。

法官："简单陈述你不认罪的理由。"

"理由嘛，"华仔一副无所谓的表情，"肯定是因为没有犯罪，那些毒品跟我无关。"

华仔被带下去，阿强被带上来。两人作为同案犯，这样分开询问他们是否认罪，是为了防止相互串供。

同样的问题，法官又问阿强："被告人任海强，对检察机关指控你涉嫌贩卖毒品罪是否认罪？"

阿强想都没想，脱口而出："我没有罪。"

法官问他不认罪的理由，阿强狡辩说："我根本不知道毒品长什么样，也不知道毒品是从哪里来的。"

法庭上一阵骚动。相比阿强和华仔的拒绝认罪，他们的辩护律师出言却很谨慎。面对死刑指控，家人出面聘请的两个年轻律师，只是表示将为他们做罪轻辩护，而不是拒绝认罪。

"不认罪怎么办？"苏可贴在皮特的耳朵边上小声地问道。

"他们跑不掉。"皮特说，"铁证如山，往哪里跑？"

嘴上这么说，皮特心里的怒火分明蹿到了嗓子眼上，见过各种各样的犯罪分子，不管是抵赖还是狡辩，都是常见的垂死挣扎手法，玩不了几个回合，最后都会败下阵来。但是，分明人赃俱获，这两个毒贩子却死不认账，皮特实在猜不透他们到底要玩什么花招。最可能的解释是，两人明知道难逃死刑，干脆对抗到底，保护幕后老板，至少可以让家人得到几十万元。

坐在旁听席最后一排的刘大枭淡定自若。这时候，从刘大枭的表情上，你看不出恐惧、紧张，或者情不自禁地兴奋，好像他就是普通的旁听群众，案子跟他压根就没有一点关系。

对于要不要来旁听，刘大枭也是纠结了很久，最后还是横下一条心，决定去旁听。不为别的，就是想向阿强和华仔传递明确的信息——我刘大枭和你们是喝过血酒的结拜兄弟。在听到两人拒绝认罪的表态后，他暗暗感到高兴，至少验证了自己的判断——这两人是靠得住的，不会背叛他，这让他悬着的心暂时放了下来。

审判进行得很不顺利，阿强和华仔像是经过充分的密谋，以不变应万变，对所有的证据一概不承认，即使当庭播放的视频显示他们到地下停车场开走那辆放着赃款的轿车，仍然抵赖说，都是警察故意做的局。

休庭的时候已经是中午十二点半。走出法庭，皮特才详细说明他们跑不掉的原因："虽然没抓到大鱼，但这两个小麻虾是没有活路的。有毛人国作证；有电话录音；有我们暗藏在拉杆箱里的窃听器录音；有假日酒店地下停车场的监控视频……"

"冰毒袋子上还有刘国华的指纹。"苏可补充说，"这种技术性的证据，不可能赖账吧。"

"对，我们是靠技术打败他们的，有这些铁证，即使零口供，也照样给他们定罪。"皮特掏出烟，一看苏可的眼神，又放回口袋里，"我们可能遇到了强悍的对手，不光是斗勇，关键是斗智，要把技术用到位。"

走出法院大门的瞬间，他忽然停了下来，苏可、张晓波也跟着站在原地，猜不到他要做什么。其实他什么也不想做，只是心里不甘，明知道这两个家伙背后可能有大鱼，却无法下网。

坐到车里，皮特忧心忡忡地说："知道今天是什么时间吗？三月十号，距离案发六个月，老六给我们的破案时间到了。"

"我都忘了。"苏可顿时像泄气的皮球，她无助地看着皮特，又回头看看后座的张晓波，"那怎么办呢？我们也很努力，案子没破，也不是哪个人的错。"

"苏可说得对，我们也没有错。"张晓波说，"其实，水哥被杀案成功侦破了，白寡妇和马仔被杀，已经证明和跛佬有关，也算破了一半吧。"

皮特带着负荆请罪的态度去见老六。老六听完哈哈大笑，打电话把"猎冰"专案组全体成员叫来开会。

"案发六个月，实际上，水哥被杀的证据出来之后，案件就破掉了。"老六说，"跛佬是杀人凶手，这个没有疑问。白寡妇是不是他杀的，新型化学合成冰毒是不是他做的，还是说有个团伙，抓到他就能解开全部谜团。我这样说，老赵你同意吗？"

"我完全同意。"赵黎明说，"案件的侦查转向第二个阶段，那就是追捕。死要见尸，活要见人，必须抓到跛佬。"

对皮特和他领导的专案组来说，不管老六是真心的，还是为了给他打圆场，至少在六个月的破案期限内完成了任务，不会背着思想包袱。但是，皮特坐在会议室，却无精打采，不断地打呵欠、流口水，精神恍惚。尽管他极力掩饰，苏可还是看出了问题。

"不对，你这不是疲劳，有点像毒瘾发作的症状。"苏可说得很直白，在座的人大为惊讶。

"我自己也有感觉，已经持续好久了。"皮特说，"我估计就是诱捕阿强和华仔时，被他们逼着吸毒的原因。"

"你怎么不早说呢？"老六站起来，着急地说，"赶紧去治疗，不能再这样拖延。"

"太可怕了，这种新型化学合成冰毒的毒性很强，吸一次就能上瘾。"苏可说，"我马上送你去福大附一。"

福东大学附属第一医院精神科医生为皮特做了检查，不仅心电图明显异常，而且多个关键指标不正常，结论为甲基苯丙胺中毒的初期症状，需要住院治疗。

考虑到安全，医院安排了单人病房，公安局派两名便衣特警守在门口。

"你好傻呀，逼着你吸毒，你就不能找个理由拒绝吗？"皮特正在输液。苏可看了挂在吊瓶上的输液单，其中有盐酸美沙酮注射液。她当然知道，那是戒毒的药物。

"他们就是用这种残酷的办法试探我。那种情况下，根本不能退缩，不然，就会被那两个小子怀疑。"皮特轻描淡写地说，"应该问题不大。这点付出值得，可惜的是没有撬开他们的嘴。"

晚上，老六、赵黎明也来了。医生说，症状不算严重，药物治疗后，心理上做一些调整，很快就能恢复。

眼看开庭已经过去了两个月，每天高度紧张的刘大枭未发现异常，渐渐放松下来，开始设计新的计划。失去了跛佬，两个小兄弟又被抓，刘大枭左思右想，不知道如何才能找到能帮助他进入毒品市场的可靠伙伴。

这段时间，原来的白天夜里两人轮流值班改为夜间值班，阿龙负责上半夜，下半夜很危险，刘大枭自己守着。白天，他回到镇上，去看了母亲和妻子、儿子。乡下老宅离镇上不到三公里，他却很少过去看他们，妻子早就习惯了，从不在他面前抱怨。她或许知道老宅这边有些不方便，有时怀疑丈夫是不是包养了女人，想问却又怕发生争执，干脆就不提，也不来老宅这边。她唯独没想到，那里是毒品工厂。

每天看着阿龙和大狼狗，无聊得发慌，刘大枭又把阿妹接来。

他喜欢阿妹撒娇的样子，也只有她的出现，才能让他把那些烦心的事抛开。在他的眼里，少言寡语的妻子纵然贤惠，可是情商太低，从来不懂得讨自己的男人开心。阿妹就不同。她年轻漂亮，风情万种，是那种情商很高的女人，就算再铁石心肠的男人，也能瞬间被她融化。

午饭时间，刘大枭和阿妹边吃饭边调情，阿龙只好看着电视屏幕来化解尴尬。

电视里正在播放午间新闻，屏幕上突然出现法院审判阿强和华仔的新闻：今天上午，福东市中级人民法院对一起毒品犯罪案进行公开宣判，以贩卖毒品罪判处被告人任海强、刘国华死刑，剥夺政治权利终身。宣判后，两人不服一审判决，当庭提出上诉。

刘大枭下意识地放下手中的筷子。阿妹不明就里，随口问道："怎么了？"

"哦，没事，没事。"刘大枭赶紧掩饰紧张的表情，"吃完饭阿龙送你回去，我要出去办点急事。"

阿龙送阿妹出去后，刘大枭把放在后院的七八公斤成品冰毒，还有一部分半成品，全都倒进厕所冲走。他又把放在墙边的那些半人高的原料桶逐个打开检查，一时犹豫不决，不知如何处理。还有那些制毒的设备，他最喜欢的是那几个大号的工业用高温玻璃烧瓶，都是花了很多钱买回来的，万一要丢弃，真是太可惜。

阿强和华仔被抓后，几种可能的结果，包括对他们父母和老婆、孩子的生活，刘大枭都做了设想。但他唯独没有想到这两个人会被判死刑。他自认为对法律还是懂得不少，这个案子在证据上是有瑕疵的，至少证据链不完整，法院通常不会判处死刑，最极端的结果只能是死缓。只要能保住命，将来就有运作的余地。

事情到了这个地步，刘大枭很后悔当初没有给他们请有水平的律师。他不是心疼钱，是怕暴露，被警察盯上；家人首先是不懂，而且请有名的律师，尤其是给可能判处死刑的毒贩子辩护，律师都是咬着牙开价，家里根本出不起这笔钱。到了开庭前几天，在法院的催促下，家里只好匆忙请了两个年轻律师。刘大枭在法庭上也看到了，律师不过是走个过场，他精心设计的毒品和毒资分离，买卖双方没有一手交钱一手交货的情节，律师连提都没提。其实，律师并非刘大枭认为的水平不够，而是面对铁证如山的证据，实在找不到为他们开脱的理由。

"还有二审呢。"事情到了这一步，刘大枭还在阿龙面前假装很沉着，"二审比一审法官水平高，把关更严，说不定还能改判。"

"要是二审也判死刑呢？"阿龙半斤八两的话戳到了刘大枭的最痛处。

"天无绝人之路，大不了离开野牛城。"刘大枭勉强挤出生硬的笑容，"我手里有技术，怕什么？换个地方，你我兄弟很快就会东山再起。"

这是刘大枭的个性，他不会在别人面前认输，何况是他的小兄弟阿龙。真实的想法只有他自己才明白。他已经输了，销毁成品和半成品冰毒，就是做了最坏的打算，只不过他不会直接告诉阿龙。

自从看到阿强和华仔被判死刑的新闻后，刘大枭又紧张起来，恢复之前的全天二十四小时值班。

轮到刘大枭值夜班，趁着阿龙睡觉，他把保险柜打开，把钱全都拿出来。还有五十多万元，他用塑料纸包住，放进袋子里。他在做逃跑的准备。

福东大学附属第一医院门诊部，正是上午来看病的高峰时段，挂号窗口那里排着四列长队，大厅里就像超市，川流不息的患者、家属、医生、护士，每个人都是匆匆忙忙。

此刻，皮特正躺在门诊部的单人小床上输液。头天夜里发高烧，吃了退烧药，还是未退烧。到医院拍了胸片，医生说肺部有炎症，需要在门诊输液。

皮特总以为自己的身体像铁板似的，很多年都没有生过病，没想到，刚出院不久，又来医院。

护士刚换上第二个吊瓶，加了头孢。皮特迷迷糊糊地躺在狭窄的小床上，手机响了。是苏可打来的。"你没在办公室吗？"苏可焦急地问道。

"什么事？"他撑着胳膊肘子坐起来，"有点发烧，在医院输液呢。"

"刚才看守所打电话来，华仔说要立功，有重要的线索举报。"

"你赶紧报告老六，让晓波也过去，我马上到，在看守所碰头。"

挂断电话，皮特叫来护士。"对不起，护士，我有急事，请你把针管拔下来。"

"那不行，还有一瓶，输完才能走。"护士看了输液单，不容置疑地说。

"我真的有急事！"皮特站起来，他大概觉得这句话还不够，便亮出身份，"我是警察，临时有紧急任务！"

"警察怎么了？到医院都是病人。"护士看也没看他，径直走到旁边的病床，给病人换药。皮特把固定针头的胶布撕下来，拔掉针头，手按着胳膊，转身跑出病房。护士在后边追着大叫："哎，你别跑，你这人怎么这样啊！"

十点多钟，路上车辆不算多，皮特开着那辆桑塔纳，见缝插针，一路狂奔。他打算去把空调修好，野牛城这天气，开车出门，没有空调，坐进去就是满头大汗。

皮特刚停好车，老六、苏可、张晓波乘坐的警车也到了。

"你住院干吗不打个招呼？"老六穿着警服，帽子拿在手里，"这小子不会临死前耍我们吧？"

"不是住院，发烧，在门诊输液。估计还是上次住院折腾的，身体没有恢复过来。"皮特手里拎着上衣，见手臂上还有残留的胶布，慢慢撕下来，"耍我们？不至于吧，死到临头，哪还有这种心情。"

审讯室内，华仔耷拉着脑袋，完全没有了之前的神气。一审被判死刑，华仔双手被铐，与脚镣连着。他提着脚镣，弯着腰，稍微一动，脚镣就发出"哗啦哗啦"的响声。

张晓波将他铐在铁椅子的两侧扶手上。皮特走过去，把香烟放到华仔的嘴上，点着。他自己也抽出烟，刚准备点火，被苏可抢了过去。"别抽了，你还在发烧呢。"苏可不由分说，也不知道为什么要去管他。

"伙计，想通了？"皮特带着蔑视的口气，拍了拍华仔的肩膀。

"警官，我想通了。"华仔哆嗦着抽了几口烟，猛地吐掉烟头，"能保住我的命吗？"

"那要看你拿什么条件来交换。"皮特很冷淡，不紧不慢地说，"一开始你跟老子玩清高，我还真以为你视死如归呢。现在主动权在我手上。"

"我交代老板是谁，这个条件可以吗？"华仔知道这是他唯一的救命稻草，生怕有闪失，不敢再兜圈子。

在场的人都听到了这句话。两个被判了死刑的毒贩子，公安局长亲自督阵，就因为他们拿来的十公斤高纯度新型化学合成冰毒，谁都知道这两个小子的价值。

"说吧，华仔。你现在只剩下半条命，没有多少讨价还价的筹码。"皮特故意掩饰住心中的惊喜，装着不在乎的样子说，"多大的老板，能换你一条命吗？"

"老板是刘大枭，那天开庭他也来了。"华仔抬头看着皮特，急于立功卖命地乞怜，"他肯定没有逃跑，你们现在去就能抓住他。"

"他居然敢来法庭，太狂妄了吧！"皮特早就料到对手非同寻常，却想不到他竟然胆大包天，亲自到法庭旁听。

老六背着手，烟含在嘴里，烟灰不断地掉到地上。

"那天放到车上的冰毒，是从其他地方买来的，还是自己生产的？"皮特又问，"你必须有重大立功才能保住命，不能再隐瞒任何犯罪事实。"

"不是买的，就是在刘大枭自己家里生产的。"看得出来，华仔是真想立功，有问必答，"刘大枭说，他有先进技术，做出来的冰毒全世界独一无二。我们拿出去卖，毒贩子都说是好货，追着要货。"

"你是说冰毒是在家里生产的？"

"在他家院子后边，还有个院子连着，里边就是做冰毒的地方。还有很多机器、原料。"

"有多少人？"

"我知道的就我们四个人。其他人都不懂技术，只有他才懂。"

听到这里，皮特侧过脸去看老六。"你认识跛佬吗？"老六扔掉烟头问道。

"我没见过跛佬。听刘大枭提到过，他说我和阿强要是有他那样的渠道就好了。"华仔说，"平时就是他把冰毒做出来，我和阿强拿出去卖。还有个小兄弟叫阿龙，帮着干杂活，不出来卖货。"

在另一间审讯室，阿强被法警带过来。这家伙的精神也崩溃了。皮特把华仔刚才供述的问题复述一遍，问阿强："华仔说的是真话吗？"

"都是实话。"阿强说，"刘大枭不让我们知道他的冰毒配方，只有他一个人控制。"

"那为什么一开始死扛着不说？"

"刘大枭说和市里领导有关系，法院也有人，就算出了事也不用怕，他花点钱，托关系判个三五年，很快就能出来。"阿强语气急促地说，"我们喝血酒发过誓，谁乱咬杀谁全家，我哪里敢说。"

对华仔和阿强的审讯继续进行，老六和皮特交叉发问，两个家伙供出了他们知道的所有事实。皮特意识到，第一个谜底或许已经解开，刘大枭就是野牛城出现的新型化学合成冰毒的源头。但是，这两个人对白寡妇被杀、水哥被爆头一无所知。

虽然还有很多谜未能解开，但老六对案件发生的快速反转还是感到兴奋，他要自掏腰包请皮特他们吃午饭，把赵黎明和吴森林也叫来，饭桌上讨论抓捕刘大枭的方案。

午饭安排在渔人码头。他们走进去时，咨客阿妹迎上来，将他们引到包房"香港厅"。任凭这些警察们想象力如何丰富，也断然想不到，眼前这个穿着旗袍的漂亮女孩，会是他们苦苦寻找的大毒枭的情妇。

老六让苏可去点菜。"这个案子很有意思。"老六说，"四个人喝了血酒，表面上是为了义，其实是刘大枭用这种方式对他们进行精神绑架，最后使其对他忠心耿耿，即使被抓也不能把他供出来。"

"也别说，我开始还真以为这两个小子不要命了，拿命给家人换钱。没想到是等着刘大枭找关系保他们。"皮特把阿妹留下的名片折叠成方块，惬意地敲打着桌子。他说："晓波，我们下午去河湾镇派出所，先摸清刘大枭的基本情况。"

"尽快行动，免得夜长梦多。"赵黎明说，"这两个小子被判了死刑，刘大枭说不定会逃跑。"

"今天晚上我们带阿强和华仔去现场侦查，回来就制定抓捕方案。"在审讯阿强和华仔时，皮特就已经在心里设计如何抓捕刘大枭的方案。说到这里，他忽然感到有些费解："刘大枭有那么狂妄吗？手下两个马仔被抓，难道他就不怕被供出来？"

"这有什么奇怪的。"赵黎明说，"毒品和犯罪团伙自有他们的一套规则，他们的行为方式不是常人的思维能想象的。"

午饭很丰盛，全是海鲜。老六"吧嗒"一下嘴："工作日，不能喝酒。"苏可要了一大瓶可口可乐，大家用饮料碰杯。

公安局户籍处调出了刘大枭和家人的户籍资料。他和家人的户口是分开的，他是集体户口，家人的户口都在河湾镇。

当天晚上，皮特、苏可、张晓波和四名特警押着阿强和华仔，悄悄地来到刘大枭住宅外围查看地形。

从野牛城到河湾镇二十多公里，宽阔的省道正好从刘大枭的老宅正前方穿过，距离不到两公里。野牛河在这里转向东南，形成宽大的河湾，在河湾南侧，有一栋单门独户的建筑，距离它较远的地方，零星地分布着农民的房子。

两辆车停在路边的小树林里。此时，深夜一点多，城市郊区很安静，路上偶尔有车辆经过，他们关了车灯。阿强和华仔的手被铐着，腿上绑了绳子，由特警押着。张晓波还不放心，又把自己的左手与阿强的右手铐在一起。

没有月亮，借助微弱的星光，远远看去，那栋住宅被高大的树木遮住，朦胧的夜色中，看上去就像一座小山。"就是那个房子吗？"皮特指着正前方被大树遮住的房子问道。

"对，就那里。"阿强说。

皮特用望远镜观察，看不清房子。"这不是红外望远镜，看不到什么东西。"透过夜幕，皮特放下望远镜问道，"房子是什么结构？"

"房子有三层，一楼后门连着后院，上面是封起来的，做冰毒就在那里。我看到客厅里有个电视屏幕，能显示房子四面的情况。"

"你是说装了监控摄像头？"

"我听刘大枭说过房子很安全，有好几个摄像头。我没看到摄像头装在哪里。"

"现在里边还有几个人住？有狗吗？"

"就他和阿龙两个人，他老婆孩子不在这。院子里有一条大狼狗，很凶。"

"阿龙是什么人？"

"我也不太了解，他的小兄弟吧，很年轻。"

"你们被抓，他还敢住在这里吗？"

"那天他还到法庭旁听呢。你们别小看他，他很狂的。"

夜间对住宅的观察显然有很多局限，房子四周的情况也没有摸清楚。考虑对手有三支枪，其中一支是攻击力很强的AK47，皮特丝毫不敢怠慢。

第二天上午，皮特和苏可、张晓波再次来到附近，三个人化装成种菜的农民，从东西两面接近目标。皮特穿着短裤、T恤，头戴草帽，挑着两个篮子，手里拿着工具，和农妇打扮的苏可，走到房子西侧二三百米外的菜地，边摘菜边观察。苏可在皮特的掩护下偷拍房子和周围环境的照片，又假装到河边洗菜，查看房子后边的地形。

张晓波在房子的东侧，田里本来就有人干活，正好帮他掩护。院子东侧都是开阔的菜地，没有可以遮挡的地形地物。

由于野牛河在这里转弯，河面很宽阔，水流湍急。院墙外边，大概是很少有人走的原因，大约三米宽的河堤长满了杂草和灌木。苏可又偷拍了不少照片，最后三个人挑着菜离开。

公安局会议室内，老六主持会议，皮特向参与抓捕刘大枭的全体人员讲解行动方案。苏可将在现场拍摄的房子和周围环境的照片，通过投影显示在大屏幕上。

"这个本来是农村住宅，房子很新，三层，四周是两米多高的院墙，背后是野牛河。"皮特站起来，用手指着照片上的房子，"我们通过两个毒贩子的口供，加上现场侦查，了解到房子里有刘大枭，还有个叫阿龙的年轻人，有一支AK47和两支手枪，一条狼狗。房子大门朝南，前后都有窗子，东西两侧没有窗子，房子的四面很可能有隐藏的摄像头。"

"院墙外边有什么可以掩护的障碍物？"老六问道，"从侧面还是后面更容易接近目标？"

皮特说："除了院子后边是河堤外，其他的三面院墙外都是空地，再远一点是农田，都是蔬菜地，藏不住人。考虑到目标有长枪，而且在楼上，居高临下，对行动队员很不利。所以，必须是夜间，要是老天爷帮忙，来一场大雨，可以掩盖声音，避免惊动狼狗。行动开始后，让供电部门拉闸断电，切断房间内监控设备的电源。"

"天气预报后天起连续两天有大到暴雨。"苏可插话说，"要不要再等两天？"

"就需要这样的天气，再等两天也没问题。不过这几天要密切监控房子里人员的动静，防止他逃跑。"皮特继续说，"按照方案，分成四个小组，第一小组：老六带四名特警把守目标正门；第二小组：老赵、晓波带两名特警潜伏在东墙外；第三小组：我带两名特警在西墙外；第四小组：森林带两名特警控制院墙后边。供电切断后，房子的东西两侧就成了盲区。行动开始后，第二、第三小组从东西两侧用软梯翻墙，进入院子，到位后发动突击，第一小组用定向爆破炸开正门，从正面向房子射击，压制对方火力，便于我和老赵的两个小组进入房子。"

"这个方案我看可行。"老六似乎还有些不放心，又追问道，"如果出现意外情况，有预案吗？"

"我想最大的意外，就是我们还没有完全到位，就被里边的人发现，或者狗叫，提前暴露。"皮特果断地说，"不管哪一种情况，只要出现意外，立即开始强攻。"

"对，必须把目标压制在房子里，不能让他们跑出院子。"老六说，"我们有十几条枪，如果院子里的人负隅顽抗，抓不到活口，死的也要。"

"我也要参加。"苏可突然说，"我是专案组成员，干吗没有我呢？"

"刘大枭有长枪，很可能发生枪战，枪林弹雨，应该是我们这些老爷们儿去闯。"老六和蔼地说，"你负责刑侦技术工作，不能上前线，在后方负责联络调度。"

见此情景，皮特也说："院子里就两个人，我们这么强的阵容，哪里用得着你上去。"

苏可虽有不甘，却也只能听从安排。

围捕方案确定后，就等着老天爷帮忙创造条件。

三天后，吃过中午饭，皮特就感到天气反常、闷热，完全不像初夏的天气。苏可打电话询问气象局，那边回复说，根据天气预报，当天夜间十一点到凌晨两点期间，将有大到暴雨。果然，晚上十点多，天空乌云密布，电闪雷鸣，眼看着一场大暴雨就要来临。

事不宜迟，四个小组迅速集结到河湾镇派出所。按照老六的要求，这个加强版的专案组现场由皮特担任总指挥，苏可在镇派出所负责后方协调工作。行动即将展开，皮特就像侦察兵执行任务，挨个检查全体队员的武器、防弹衣。"我们每个人都要记住，先保护自己，才能消灭敌人。"

闪电烧灼着闷热的空气，雷声一阵接着一阵，但就是光打雷不下雨。皮特看着枕戈待旦的行动队员，焦躁不安。零点刚过，倾盆大雨呼啸而至，皮特呼叫苏可，下令断电。整个河湾镇顿时一片漆黑。

房子里，虽然已是半夜，刘大枭和阿龙都没有睡觉，两人光着膀子，坐在客厅里喝酒聊天，AK47就靠在旁边的椅子上。刘大枭时不时会看一眼四块电视屏幕，那是四个不同方向的监控视频。"枭哥，要不你去睡吧，反正我也睡不着。"阿龙白天值班，晚上也经常陪着刘大枭聊天。

"看样子要下大雨。夜里还是我来，熬过这段时间就好了。"刘大枭走到门口，外边很安静，他又回来继续喝酒，"阿强和华仔上诉之后，我看想办法给他们请个大牌的律师。一审的律师太差了，不敢说话。"

"怎么请律师？"阿龙问，"是我们直接去找律师，还是拿钱让他们家里人去雇律师？"

"我们不能露面。"刘大枭话音刚落，伴随着雷声和闪电，大雨落在院子里。他刚站起来，发现电视屏幕闪了一下，监控画面便消失了。他不敢开灯，摸索着走进厨房，拉开冰箱，才发现是停电。"又停电，他妈的。雨太大，我们出去看看。"

两人穿上雨衣，刘大枭把AK47挎在肩上，阿龙拿着手枪，顺着走廊走到东侧的墙边，从房子后面绕了一圈回来。那条大狼狗跟在他们身后。"这么大的雨,我去看看后院是不是又漏水。"刘大枭说的后院,就是制造毒品的车间。

暴雨中,皮特把四个小组分成两部分,他和老六的两个小组猫着腰,从西边的菜地里匍匐前进,顺利地来到西墙外;赵黎明和吴森林的两个小组,沿着东侧的野牛河河堤,分别潜伏到东墙和后墙外。

漆黑的雨幕中,闪电像魔鬼的爪子,在夜空中狂舞;惊天动地的炸雷,似乎就在这栋房子上空狂轰滥炸。这正是皮特想要的环境。他也担心,如果楼上有人观察,闪电可能让他们在一瞬间暴露。

皮特和老六的两个小组来到西墙外后,老六带着特警顺着墙边向大门那里移动。分别时,老六还不忘叮嘱皮特:"十万个小心啊,不能出现意外。"

"你那里是正面,更危险。"皮特拉着老六的手,两人似乎在互道珍重。要说不放心,老六才是皮特最操心的人。考虑到对方有火力强大的AK47,皮特一开始不让他直接参加抓捕行动,在外围负责指挥调度。但老六根本不听,非要亲自参战。

这时,耳机里传来声音:"二组到位。""四组到位。"待老六的小组到达正门的消息传来后,皮特下令:"开始行动!"

暴雨丝毫没有减弱的迹象,此起彼伏的雷声掩盖了行动时的声音。皮特率领的第三小组,两名特警搭人梯爬上院墙,悄悄地放下软梯,皮特从墙外固定后,墙上的特警顺利下到院子里;另一名特警爬上院墙,端着冲锋枪,趴在墙上警戒,皮特最后也翻过围墙,进入院内。

雨突然小了。特警在前,皮特在后面紧跟着。他们手里举着枪,紧贴着墙,等待发起进攻。在闪电划过夜空的一刹那,皮特看到院子里停了一辆轿车,中间有张桌子和几个凳子。突然,狗叫了一声——狗叫声好像从楼上传来,它只叫了一声,又安静下来,只有雨声。皮特示意前面的特警不要动。

东侧赵黎明率领的第二小组,前面的特警和张晓波顺着软梯进入院子后，第二名特警从软梯上刚下来，一道耀眼的闪电划过，狼狗顿时跳起来狂吠不止。

"打！"皮特大喊一声，东西两侧的特警手持冲锋枪，向正门的走廊内扫射。院内枪声大作，老六指挥两名特警架人梯，俯身在院墙上，用冲锋枪从正面向楼内射击，楼房前面的玻璃窗立即被打碎。特警将定向爆破装置固定在铁门上，轰隆一声，铁门被炸垮，五个人弯着腰冲了进去。埋伏在院墙后边的吴森林小组，迅速翻过围墙，举枪对着后面的窗子扫射。

短暂的对射之后，四个小组成员全部进入走廊两侧，用火力封锁了大门。皮特判断刘大枭被逼进房间内，但是，没有灯光，他们不敢贸然进入房间，只能在门外向里边连续射击。稍微停顿后，发现里边已经没有声音。"冲进去！"随着皮特的命令，门两侧的特警用冲锋枪向房间内一阵猛烈扫射，冲了进去。

皮特右手举着手枪，进入客厅。老六和赵黎明也进入客厅，其他人在门外警戒。特警打开手电筒，里边没有人。皮特通过对讲机命令："立即送电，我们已经进入房间！"随后，他伸手去按墙上的开关，客厅内只有微弱的灯光亮起。这才发现，吊灯已经被打烂，只剩下一个灯泡。

"搜查楼上！"皮特举着手枪，跟着特警小心翼翼地沿着楼梯上二楼搜索。二楼的门开着，特警们一梭子子弹打进去，随即冲进房间，踹开两间卧室，检查床底和大衣柜，同样没有人。

接着是三楼和楼顶，特警们搜查一遍，不见人影。

皮特从楼上下来。客厅内，到处是被打烂的东西，吊灯的玻璃碎片散了一地。"这家伙人间蒸发了？"老六很纳闷，"房间里明明有人朝我们开枪，怎么人都没了呢？"

皮特想起审讯华仔时，他说客厅后面有房子，是制毒的车间。果然，在客厅北侧有个铁门，皮特推了一下，没有推开。他随即拿出平时飞踹沙袋的功夫，凌空一脚将铁门踹开，同时向里边扫射。皮特和两名特警冲进去，满是刺鼻的气味，到处是半人高的蓝色、白色塑料桶，有些装着原料的桶被打烂，液体顺着弹孔向外流淌。"狼狗。"苏可指着墙角，一条灰色的大狼狗蜷缩在角落，瑟瑟发抖。它大概是被吓坏了。皮特过去摸摸它，感觉它抖得厉害。

"把柜子拉开，"皮特命令道，"把所有的家具都移开。"

两名特警将靠在墙边的铁皮柜子移开，地面上有个盖子，刚好嵌入地板。皮特用手枪柄去敲，传来空洞的声音，掀开，是个圆形的洞口。

"有地道！"皮特惊呼，"刘大枭从地道跑了！"

众人把目光移到这个黑洞洞的地道口。老六抬脚把凳子踢飞，那不只是极度的愤怒，还有失望。

狼狗突然叫了一声，它竖起两只耳朵，机警地听着周围的动静。刘大枭像触电似的，伸手抓过AK47，到走廊里观察。雨下得太大，闪电划过夜空时，刘大枭飞快地扫过院子周围，没有发现异常。"这狗就是太敏感，有时候莫名其妙叫几声，也没看到人。"阿龙摸摸狼狗的额头，把手枪掏出来。

"狗的耳朵比人敏感。"刘大枭端着AK47，把雨衣帽子拉上去，"我还是不放心，再去转转。"刚走到走廊东头，一道闪电划破雨幕，刘大枭和狼狗同时看到了东墙边上有人。于是，一个跳起来狂叫，一个伸手去拉枪栓上膛。刘大枭本能地向后退，同时漫无边际地开枪。东西两侧和正门顿时响起密集的枪声，刘大枭立即意识到已经被警察包围。

他哪里知道，因为天太黑，警察们怕误伤自己的人，不管是正面还是东西两侧，枪声虽然密集，却都是向上打。要是正面横扫，刘大枭和狼狗当场就会被打成筛子。

刘大枭边开枪边撤回房子里。他躲在客厅大门一侧，连开数枪后，与阿龙退到客厅后边的小院子，反手把门关上。他把靠墙的柜子移开，掀开盖子，露出地道口。"快进地道！"两人进入地道后，刘大枭探出身子，狼狗跑过来，"呜呜"地叫着。他顾不了那么多，慢慢将柜子移到地道口上挡住。

地道内伸手不见五指，洞壁上的小洞内，放着逃跑时备用的手电筒、绳子、工兵小铁锹、塑料袋、打火机。刘大枭摸到手电筒，让阿龙拿着。"枭哥，去……去哪儿？"阿龙吓得脸色铁青，说话直打哆嗦。

"跟着我。"刘大枭将AK47和手枪装进塑料袋，扎住，用绳子绑在身上，又把装着现金的尼龙袋拴在阿龙的腰带上，两人弯着腰往前跑去。

地道宽约一米，往前走不远是斜坡，尽头被水挡住。"憋一口气，游过去！"刘大枭猛地将阿龙推下去，"赶快呀！"

阿龙两手扒着洞壁，哭丧着脸哀求道："我害怕呀。"刘大枭不由分说，把阿龙按到水里，他自己也跟着潜入水中。

或许是上游降雨的原因，野牛河的水位很高。刘大枭憋着气，从水下浮出来，阿龙连呛了几口水，死死地抓住河边的小树，喘着粗气。院子里不时传来枪声，刘大枭扒开灌木丛，从里边拉出黑色的摩托艇，小声地招呼阿龙："抓住它。"两人一左一右，扒住摩托艇两侧，顺水向下游漂去。

在河边这栋住宅居住过的菲律宾毒贩奥古斯丁、跛佬、华仔、阿强、阿龙，谁都不知道房子下边有地道通向河岸。当初房子建好后，刘大枭就设想过紧急情况下如何逃跑，想来想去，他觉得地道是最安全的应急出口。奥古斯丁带着第一批冰毒离开后，趁着这个时间，刘大枭挖掘地道。他不能找任何人帮忙，必须绝对保密。好在河岸边都是黏土，没有石头，挖起来并不困难，也不会塌方。三个多月后，终于挖出一百三十多米长的地道。在接近河边时，地道向下挖深，呈斜坡状，让出口淹没在水下，从外边根本看不出来。

地道建好后，刘大枭又去买了一艘运动员用的小型摩托艇，长一米五，在水面上可以达到七八十公里的时速。地道出口就在房子正后方的水下，河岸边平时也少有人经过，他沿着河边栽种了很多灌木丛，在河岸接近水面的地方挖个洞，将摩托艇放在洞里，外边用茂密的灌木丛遮住。隔一段时间，他就会进入地道检查，潜水出去，再到房子后边的河岸上看看，防止有人发现隐藏的摩托艇。

从地道里进出，刘大枭也是反复演练了很多次，证实紧急情况发生时完全可以做到。

一道闪电从河面上划过，暴涨的河水打着漩涡，水天相连，分不清水和天的边界。住宅的方向，仍然能听到零星的枪声，那是警察们正在搜查。

两人紧抓住摩托艇，向下游漂去，渐渐脱离警察的视线。

刘大枭翻身爬上摩托艇，拉住阿龙的手，将他从河水中拉上来，骑在摩托艇上。"抱住我的腰！"刘大枭随即发动了引擎。

摩托艇咆哮着，溅起冲天的浪花，在滂沱大雨中向下游驶去。

第三章

亡命天涯

　　倾盆大雨中，警方紧急调动快艇，沿着野牛河连夜搜索，却不见刘大枭的踪影。

　　刘大枭在寺庙里躲藏数天后，杀了拒绝和他一起逃跑的马仔阿龙，独自踏上逃亡之路。

"这到底是怎么回事？"面对黑洞洞的地道口，老六暴跳如雷，"侦查两次，居然没有人发现地道，你说，你们是干什么吃的！"

皮特早已被淋成了落汤鸡。很久没有看到老六如此愤怒，他一声未吭，带着张晓波和几名特警，直接从围墙翻过去。"哪里有地道？"吴森林也是丈二和尚摸不着头脑，"根本没看到有人跑出去。"

"顺着河边检查，找地道出口。"皮特用手电筒对着河岸，张晓波和几名特警钻进树丛里搜查，没有发现地道口。

"回去！"皮特仿佛想到了什么，他和张晓波又进入院子里。老六还站在地道口，特警端着冲锋枪对准地道，生怕有人从里边窜出来。皮特也不理会老六，他双手撑着地面，跳进地道入口。

"危险，你不能下去！"老六眼疾手快，把他拉住。

"我先下去看看。"张晓波说着跳进地道。

"王超你们两个也下去，小心有埋伏。"赵黎明让两个特警将冲锋枪换成手枪，拿着手电筒，小心地进入地道，皮特跟在后面。

地道内很狭窄，无法站立，弯着腰行走也很困难。两名特警索性匍匐前进，最前面的特警拿枪，他身后的特警用手电照明，皮特、张晓波紧随其后。四个人很快到达地道的尽头，发现有水。"我明白了，"皮特转身往回走，"地道口在水下。"

岸上的人打着手电，张晓波腰上系着绳子，下到河水中，顺着河堤向前搜索，果然找到了地道出口。更多的特警陆续下水，张晓波深吸一口气，潜入水中，穿过地道，很快又原路返回，终于摸清了地道的结构。"是通的，可以进到地道里边。"张晓波从水里出来说。

"赶紧布置沿途堵截。"老六通过对讲机呼叫指挥中心，"我是陆锵。我们在河湾镇围捕贩毒团伙，有两个重要毒贩逃跑，主要方向，河湾镇以东的野牛河下游，刑侦支队、禁毒支队、沿途所有派出所全警出动，盘查野牛河两岸可疑人员。逃犯的情况稍后会有详细通报。"

雨小了很多，陆续有调派的技术人员赶到现场。从房子里临时拉出电线，两盏一百瓦的灯泡挂在树枝上，将院子照得雪亮。

皮特站在走廊里，地上都是打碎的玻璃。他从口袋里掏出烟盒，已经被雨水淋湿透，随手扔在地上，又把手枪里的子弹退出来。

"这么危险的枪战，老六和我们一样冲到最前面，你别顶撞他。"苏可见皮特气呼呼的，生怕他跟老六争执，便走过来低声提醒他，"这是出了变故，谁都没想到。"

"老六和皮特都冷静一下，刘大枭终究是跑不掉的。"赵黎明试图缓和紧张的氛围，赶紧打圆场，"客观地说，皮特和专案组成员没做错，事前到院子周围侦查，抓捕方案设计得也很周密。我们派出四个小组包围院子，里边只有两个人，就是长了翅膀也飞不出去。但是，我们没有进入房间，没有发现地道，谁也想不到刘大枭这么狡猾，地道的出口在水下。让刘大枭跑了，只能说出了意外。"

"老赵你别说了，让他跑了就是我们没做到位，这个责任我来承担。"皮特用衣袖去擦脸上的水，心情沉重地说，"我是今天抓捕行动的总指挥，这里要做现场勘验，请你们都回去。"

老六很生气，铁青着脸，也没再说什么，转身上车。见车上放着一包三五烟，又下去，把烟送给皮特，然后和赵黎明、吴森林走了。

院子里到处是弹壳，外墙上布满了弹孔。

"刘大枭应该是从河里跑的，到哪里能搞到船？"皮特着急地问道。

"公安系统没有船。"张晓波说，"野牛河归渔政部门管，他们应该有船，我去联系。"

半夜三更，还下着雨，张晓波紧急协调渔政部门派船。但是，渔政管理没有公安机关的应急机制，不知道打了多少电话，折腾将近两个小时，才从市区方向调来一艘冲锋舟。

皮特和张晓波登上冲锋舟，全速向下游驶去。

此时，凌晨三点多，雨时断时续，天很黑，高速行驶的冲锋舟让人睁不开眼睛。皮特和张晓波俯身紧贴在两侧，打着手电巡查河面。野牛河本来就很宽，三四个小时的大暴雨，洪水卷着杂物，浊浪翻滚，能见度只有十来米，手电光照过去，白茫茫一片，看不到岸边。

在连天的大雨中，刘大枭驾驶摩托艇，玩命似的以最快速度向下游狂奔，几乎要飞起来，阿龙趴在他身后，双手死死地抱住他的腰。雨点砸在脸上，没有头盔，刘大枭完全睁不开眼睛，只好降低速度，依靠闪电辨别前方的河面。

通过闪电瞬间发出的亮光，刘大枭看到河的北岸都是山，他把速度降到最低，在河中心转了几圈，想辨别这是什么地方。

"枭哥，这是哪里？"趴在后面的阿龙，颤抖着坐起来，没头没脑地问道。

刘大枭也不知道这是什么地方，他估计跑了三十公里左右，至少能暂时甩掉警察。这也是他当初设计地道时考虑好的，就算被警察发现，把整个住宅包围，他们也绝对想不到水下的地道出口，只要能从地道里逃出来，以摩托艇的速度，等警察找到地道，他就有足够的时间脱离危险。

回想起从地道逃出来的惊险过程，刘大枭不禁有些得意，他佩服自己的设计太完美，天衣无缝。

"从这里上去吧。"刘大枭思忖着，等警察反应过来，必然会沿着野牛河搜捕，半夜三更，在河面上高速行驶的摩托艇很容易被发现。他必须抢在警察大队人马拉网式搜捕之前远离河岸，躲进山里。这一带，方圆数百平方公里，重峦叠嶂，大山连着小山，无边无际。

摩托艇慢慢靠在岸边，两人收拾好东西，把枪和钱都装进包里。"丢了一把手枪。"直到这时，刘大枭才想起来，还有一支手枪放在柜子里。

"丢就丢了，反正还有两把枪，也够用了。"阿龙倒是无所谓，他背起袋子，两人从摩托艇上下来，然后将它推离岸边，让它顺水漂走。

"漂得越远越好，把警察引到下游。"刘大枭看着摩托艇顺着水流，在风雨中向下游漂去，很快消失在夜幕中。

"枭哥，我们去哪？"阿龙跟在后面，总是在问，"警察会不会追来？"

"别老是问，谁知道去哪。"刘大枭不耐烦地呵斥道，"上了贼船，这辈子就别想再回野牛城。"

"那怎么办？我是家里的独子，两个姐姐出嫁了，父母谁管？"

"我那个苦命的老妈还活着，有老婆、孩子，还有阿妹，这女人太让我喜欢了。我这一大堆牵挂，你那算什么嘛。"

暴雨停了，还飘着零星的小雨。离开野牛河岸边后，没走多远就进入山里，刘大枭走在前面，树林里水淋淋的，辨不清哪里是路，深一脚，浅一脚，只能顺着两座山之间的低洼处行走。

越往山里走，越没有方向感，有时候，刘大枭爬到山顶上，用灯光来辨别大致的方向。这方圆几百公里，没有比野牛城更大的城市，黑暗的夜晚，能看到远处的灯光，那便是野牛城。

两人不敢停留，朝着野牛城相反的方向走。天亮后，刘大枭发现四周群山环抱，山顶上云雾缭绕，无法判断此时身在何处。山上虽然安全，但没有路，翻山越岭让身体不堪重荷，疲惫至极。两人只能沿着山脚走。山下其实也没有路，只是稍微比山上节省体力。

"我走不动了。"阿龙扶着树，有气无力地说。

"这是逃命，走不动也得走。"刘大枭不管他，头也不回地向前走，阿龙只好跟上来。"能从警察的包围圈里逃出来，你不觉得很庆幸吗？还好我警惕性很高，稍微有点疏忽，我们就成了警察的枪下鬼。"

"枪响的时候，我想肯定完蛋了。"阿龙喘着气，从地上捡了一根两头已经腐烂的树枝当拐杖，"我都不知道还有个地道，怎么不告诉我？"

"你得佩服我吧？别看喝了血酒，关键的地方我还是留了后手。就算华仔和阿强两个狗杂种把我们出卖了，房子底下的地道他们不知道，隐藏在河边的摩托艇他们更不知道。我估计警察回去要拿华仔他们两个出气。"

接连翻过两座山，刘大枭感觉饥肠辘辘，两腿发软。他坐在倒下来的枯树干上，脱下上衣，擦了擦脸和手臂上的泥巴。这是初夏，他想山里现在还没有地瓜之类的作物。休息片刻，边走边找吃的，没有看到任何能吃的农作物。山上偶尔能看到野果，阿龙想吃，刘大枭阻止他，怕有毒。

接近中午，他们从山沟里出来，隐约看见前方的山坳里有房子。

"枭哥，你看那里，"阿龙兴奋地指着前方的房子说，"看样子有人住。"

"有点像寺庙。会不会是福光寺？十三岁的时候，我跟我妈一起把我父亲的骨灰送到寺庙里。"

"那不是每年清明节都要来？"

"不常来，我记着好像来过三四次，我妈有时不顺心的时候也会来。"

"我都不知道这里有个庙。离我们那里有多远？"

"离野牛城很远，有四五十公里吧，我也说不准。有一条进山的小路，以前每次来，路上走两天，在山上过一夜才回去。"

福光寺不大，坐落在马蹄形的山坳里，三栋青砖灰瓦的房子，加上前边的门楼，四周是青砖围墙，院子里长着看上去有些年份的松树，古朴而幽静。

看不到有人进出寺庙。刘大枭很谨慎，他不敢直接进去，而是绕到正门前的树林里，远远地观察寺庙的动静。过了很久，两人慢慢走出树林，来到福光寺门前。门虚掩着，刘大枭朝里边看了看，没见到人。

"进去找点吃的，不要说废话啊。"刘大枭轻轻推开门，有个穿着青灰色衣服的年轻僧人在打扫院子，年老的僧人在香炉前焚香。他们没有理会进来的刘大枭和阿龙，仍在忙着。

刘大枭轻手轻脚地走到香炉前，拿起一把香，点燃，插在香炉里。老僧人焚香后，又去整理香炉。

刘大枭双手合十："大师，打扰了。"

"佛门普度天下众生，何来打扰。"老僧人说。

"谢谢大师！我们有点难为情的事相求。"

"二位施主尽管说。"

"我们兄弟两个上山来拜佛，拜祭父亲灵位，迷路了，在山里走了一夜，没有吃饭，能不能给点剩饭吃？"

"跟我来。"

不一会儿，老僧人做好了面条，端给他们两人。刘大枭双手接过碗，给老僧人鞠躬。老僧人拿来咸菜，放在桌子上："寺庙没有好吃的款待二位施主，只能煮点面条，勉强充饥。"

"大师太客气了，这真是人间美味。"

"听口音，你们不是本地人。"

"我们家在野牛城，小时候跟我妈来过几次，找不到路，走到对面那个山里去了。"

"那你们吃吧。"

老僧人说着起身往外走，刘大枭站起来："大师，最近我们家里百事不顺，想上山来烧香拜佛，再看望父亲的灵位，上个香，在这里住几天，静静心。"

"福光寺向来贫穷，好在我叔侄两人所需不多。如果二位施主能吃得了苦，粗茶淡饭，三五天也没有问题。"

刘大枭从口袋里掏出五百元钱，递给老僧人："太感谢了，这是我们的饭钱。"

"二位施主见外了，出家人视钱财为灾难。"老僧人抱拳婉拒，"人为财死，鸟为食亡。"说完便走出房间。

吃完饭，他们又累又困，却不敢睡觉。

刘大枭想在院子里转转，他要评估这里的环境。

福光寺离野牛城不是太远，长期躲藏自然不现实，这地方根本藏不住他这个级别的大毒枭。他只是想把这座冷清的寺庙作为临时藏身之处，避过警察的锋芒，再做打算。

不用说，这几天，整个野牛城周围的警察都处在异常紧张的状态，草木皆兵，躲一阵子，警察们也就疲劳了。他自认为把警察的规律摸得很清楚。

由于寺庙偏居深山，很少有香客，这让刘大枭放心了很多。他背着包，那里面装着两支枪和现金。阿龙像个跟屁虫，也不敢多说话，生怕一句话说漏了嘴。两人走到大雄宝殿，殿内供奉着一尊不大的释迦牟尼坐像，光线幽暗，门内侧摆着两个垫子。刘大枭和阿龙跪着，向佛像三叩头。

站起来，刘大枭伫立良久，两眼直视释迦牟尼坐像。

他本来想许个愿，可是许什么愿呢？跪在那里，他首先想到的还是他的毒品王国，迈过这道坎，很快就能东山再起。能从警察的枪口下安全脱身，他觉得自己的命运一定有转机。他已经想好了，求佛祖保佑，逢凶化吉，东山再起。忽然又想起老母亲、妻子和刚满四岁的儿子，这一去，何年何月才能见到他们都是个未知数。他想求佛祖保佑他们平安。越想脑子越乱，最后什么愿也没有许。

从大雄宝殿出来，刘大枭和阿龙向寺庙的后院走去，他想去祭拜父亲。树枝上，成群的鸟儿聚集在那里，叽叽喳喳。

"你还记得大伯的骨灰盒在哪里吗？"

"有点印象，好像在第二层靠右边，写有名字。"

进入灵塔，没有灯光，只有从门和窗子透进来的微弱光线。灵塔内阴森森的，一只老鼠不知道从哪里窜出来，撞到刘大枭的脚上，他吓得大叫，差点摔倒。

两人沿着狭窄的走道，来到靠近墙边的一排骨灰盒存放架，仔细寻找，找到了刘大枭父亲的骨灰盒位置。"就是这个。"刘大枭对着骨灰盒三鞠躬，然后把骨灰盒拿下来，用衣服将上面的灰尘擦掉，再放回原处。

他静静地站在那里，两眼看着骨灰盒，一言不发，心情复杂。许久，他才长长地叹了一口气，转过身来。阿龙见状，也面对骨灰盒三鞠躬。

"看着我父亲的骨灰，心里说不出来的感觉，难受。"寺庙的后墙边有个石凳，刘大枭坐下来，把背在身上的包放在地上。天空还是阴沉沉的，院墙上，一只松鼠在跳来跳去。

"骨灰放在寺庙里，有讲究吧？"阿龙有些好奇地问，"我还以为人死了都是埋在地下，第一次听说还有骨灰放在寺庙里。"

"谁知道呢。我父亲死得早，暴病死的，还不到四十岁。我妈找人看过，说最好送到寺庙里放着。"刘大枭满脸惆怅地说，"这是当地的风俗，骨灰放在寺庙里，都是因为家里不顺。小时候我也不懂，长大了，我总在想，我姐姐和弟弟的孩子，一个被水淹死，一个被电打死；我呢，差点被警察乱枪打死，我们家好像要遭九九八十一难。"

"你是说跟这个有关系？"阿龙指着存放骨灰的地方说。

"说不清啊。人死了，不是讲究入土为安嘛，这样对家人才好。"刘大枭很烦躁，他站起来，往寺庙外边走去，"可我父亲，放在这里，家里大人、孩子就没有顺过。跟我妈说了几次，想把我父亲的骨灰埋掉，她又去找风水师，说还是不能埋。你看，下一个倒霉的就是我了。"

出了寺庙，顺着杂草丛生的羊肠小道，两人漫无边际地往山里走。刚走出不远，迎面走来一对男女，五十多岁，男子挑着篮子，上面用布盖着。刘大枭大吃一惊，赶紧用手遮住面部，转身拐进树林里。见那两个陌生人进了寺庙，刘大枭和阿龙在石头上坐下来。

"白天有人来，我们不能待在庙里。"刘大枭说，"人倒霉，说不定就会碰到熟人。"

看到有人，阿龙突然又恐惧起来。"这里太危险，我们不如走吧，提心吊胆的。"

"去哪里？要不你自己走吧。"

"枭哥，看你说的，我跟你是喝过血酒的，你有难，我怎么能自己走呢。"

"我对华仔、阿强也不薄吧？"

"这我知道，你是把他们当兄弟，还跪在地上喝血酒发过毒誓。"

"正因为我把他们当兄弟看，开庭的时候我才敢冒险去看他们。我相信他们不会出卖我。没想到，最后还是被出卖了。"

"也许是你没能保他们吧，判了死刑，命都没了，谁还讲兄弟情面呢。"

"他们两个太伤我心了。"

坐下来，刘大枭感觉困得睁不开眼，也不能睡。他站起来，慢慢往山里走。

暴雨过后，山里湿气很重，到处都是湿漉漉的。对他来说，不只是危险，还有枪和现金都在身上，他对阿龙也不能完全放心。直到傍晚，刘大枭确认不会再有人来，两人才谨慎地回到寺庙。

冲锋舟到达下游的双龙派出所辖区，未发现逃跑的刘大枭。

其实，皮特和张晓波乘坐渔政部门的冲锋舟对河面搜索时，已经是发生枪战两个多小时后，刘大枭早已上岸。随波逐流的摩托艇漂到哪里，依靠手电很难看到。

从陆路返回案发现场，天已大亮。

现场的物证实在太多，苏可和后来增援的两名技术人员通宵达旦，取证、清理，大小不一的原料桶就有三十多个，每个桶里都装有化学原料，还有制造毒品的全套设备，逐一拍照、登记。

"感觉要散架了。"苏可取下手套,坐在旁边的凳子上休息。夜里突击行动时湿透的衣服,不知不觉已经干了。

"这么大的案子,眼看就要完美地收网,最后功亏一篑。"皮特心情沮丧,长吁短叹,"本来做了充分的准备,局长、副局长带队,从四面包围院子,结果让他跑了。"

"你现在回想,事前做的围捕方案有问题吗?"苏可问道,"再说,方案也是经过老六批准的,其他人也没有提出意见。"

"仔细推敲,至少有两个漏洞。"皮特懊悔地说,"首先是房子后边有河,如果考虑得更周全,应该在河面上布置一艘船警戒;其次是外围没有安排警力,出现意外没办法补救。"

"他能跑到哪里去?"

"从这里往东,野牛河下游北岸全是山区,我们不知道他会在哪里上岸,堵截很困难。"

"你发烧好了吗?"

"哪里还会发烧,病毒早就被吓跑了。"

张晓波开着警车从镇上回来,提着两大塑料袋包子和矿泉水。现场八个人,都在吃包子,大狼狗怯生生地站在旁边,皮特拿了两个包子喂它。"知情不报,你也算从犯。"

大家情绪都很低落,皮特想逗苏可:"还记得在城市花园吃盒饭吗?"

"蹲在尸体旁边,"苏可笑起来,"那是老六变态,连我这个上过生物解剖课的人都觉得受不了。"

忙到中午,总算把现场清理完了。接下来,苏可还要提取指纹,城市花园的案子,最有价值的两个人的指纹,其中一枚是跛佬的,但另一枚未找到匹配的对象。

这时,老六通过对讲机呼叫皮特:"梅山镇派出所在野牛河边发现一艘摩托艇,很可能是刘大枭逃跑的工具,你马上过去看看。"

皮特让张晓波留在现场负责,他带着苏可马上赶去梅山镇。

总是说去把桑塔纳的空调修好，还是没修。雨后初晴，阴天，还不算很热，苏可坐在副驾驶位子上，没走多远就睡着了。

他们赶到的时候，黑色的摩托艇已经被拖到岸上，梅山镇派出所所长盛洪洋带着民警在现场守着。皮特以前见过盛洪洋，简单寒暄几句后，他仔细查看，是全新的摩托艇，这一段河道刚好有个弯，摩托艇被冲到河边。

"什么时候发现的？"皮特问道，"夜里我们坐冲锋舟追到双龙镇，也没看到有摩托艇。"

"差不多十二点多吧。双龙镇在我们上游，离这里还有十来公里。"盛洪洋说，"接到市局的通知，我们除了留两个人值班，其他所有的警察和治安队员都在河两岸搜查。"

"摩托艇怎么拖上来的？"皮特问道。

"我明白你的意思。"盛洪洋说，"我是从市局刑警队出来的，当然知道保护现场的重要性。我们两个治安队员发现的，我让他们戴上手套给拖到岸上，不会破坏摩托艇上面的证据。"

"下了一夜的暴雨，这上面能不能取到指纹都难说。"苏可把胶带贴在摩托艇的几个关键位置，"我先试试。这个必须就地取指纹，拖到车上再拉回去，指纹都被破坏了。"

"104国道好像离这里不远吧？"皮特和盛洪洋登上岸边的小山包，极目远眺，对周围的环境还有些模糊的印象，"把摩托艇丢在这里，从公路坐长途班车逃走很方便。"

"就在那边，"盛洪洋指着前面的那座山说，"翻过山就是。"

"苏可取指纹没那么快。走，我们去国道那边看看。"皮特乘坐盛洪洋的摩托车，沿着河边的小路，没走多远，路被洪水冲断了，只好下车推行。

104国道就在村庄边上，大客车、集装箱货车、小轿车川流不息。两人把摩托车停在路边，正好一辆长途客车路过，见有人招手，便停下来上客。

皮特担忧地说："如果他们从刚才的地方上岸，在公路上拦长途客车，岂不是很容易就能跑掉？"

"过路的客车很多，招手就停。"盛洪洋说，"我们安排了四个民警设卡检查，但这里都是山，也不知道他们会从哪里走。我们总不可能把整条路都封闭吧。"

"从案发现场到这里有多远？"

"六十多公里吧。"

皮特两手叉腰，看着来往的车流。"没法判断他们是从这里上岸，还是摩托艇从上游顺水漂下来的。"

又回到河边，苏可已取完了指纹。她很无奈地摇摇头。正如她事前担心的那样，从摩托艇上没有得到有用的证据，所有的指纹都被雨水冲洗了，只留下少许模糊的指纹和脚印，毫无价值。

如果不是在靠近地道出口的地方发现快要被河水淹没的洞穴，推测那里可能隐藏了便于水上逃跑的交通工具，甚至都不能确定摩托艇就是刘大枭留下的。

案发现场被贴上封条，交给河湾镇派出所看管。

皮特垂头丧气地回到野牛城，脑子里乱麻似的。

天昏地暗地睡到第二天上午，他下楼吃了点东西，打电话给苏可，让她陪着去搏击俱乐部。

皮特很久没来这里练个三拳两脚，感觉手脚也不像以前那么灵活了。热身后，他端起马步，"嗨嗨嗨"地对着沙袋就是六十个来回，汗流浃背。

苏可递上毛巾。"你这是发泄。也好，把怒气发泄在沙袋上，免得到老六那里火气冲天。"

"我不会跟他吵架的。做错了，骂我就听着。"皮特坐在凳子上喝水，气喘吁吁。

傍晚，福光寺很安静，刘大枭把包递给阿龙，抄起扫帚，打扫院子。这种表面的活他是会做的。那个年轻的僧人马上走过来，而刘大枭却执意要扫地。

晚饭很简单，白米粥，清炒丝瓜、豆角，外加咸菜。寺庙里没有电，点着煤气灯。一老一少两个僧人，和刘大枭、阿龙围在一起吃。

"寺院清苦，出家人习以为常，只是苦了二位施主。"老僧人歉疚地说。

"大师，小辈我是个俗人，读书也不多，"刘大枭马上放下饭碗，两手放在腿上，很谦卑，却又不忘表现自己，"古人说'苦其心志，劳其筋骨，饿其体肤，空乏其身'，还是很有道理的。"

"施主看起来是有雄心大志的人。"老僧人停下筷子，看着他说，"不过，看你面相，眉头紧锁，内心有结，定有不顺心之事。"

"大师真是神人。小辈确实想做大事，也有雄心。"刘大枭心里咯噔一下，马上掩饰住内心的不安，像小学生面对温厚的老师，低声说道，"只是，这几年家中百事不顺，处处受阻，就想上山来烧香拜佛，过几天清苦的生活，反思自己。"

"平时不烧香，临时抱佛脚。"老僧人说，"其实，人不作恶，便是大善，自然能得到慈悲为怀的佛祖护佑。"

听到这话，甚至连阿龙也紧张起来，他握着筷子的手有点发抖，干脆放下碗，把筷子放在碗上。刘大枭看在眼里，却不动声色。心里淤积着很多东西，制毒的事他自然不能说，那是他搭上性命也要干的大事，无奈出师不利，先是那个菲律宾毒贩子无缘无故消失，接着是跟跛佬翻脸，华仔、阿强被抓，制毒老窝被捣毁，险些送命。

他也想过处处不顺心的事和他父亲骨灰的联系，不过也没有深究。直到从野牛河弃船上岸，盲目地进入山里，居然意外地来到存放着他父亲骨灰的福光寺。在找到父亲骨灰的那一刻，他从内心里笃信这不是无缘无故的巧合，冥冥之中似有父亲魂灵的指引。

他低着头吃饭。父亲骨灰的事，他心里多年来的疑惑、纠结，很想全部说出来，向大师求解。几次话到嘴边，却欲言又止。毕竟这不是从容料理父亲骨灰的时候，他正在逃亡的路上，尚不知去处。

夜深人静，山坳中的福光寺，两位僧人早已睡去，虫子的叫声此起彼伏。

院子西侧的一间房子里，两张小木床，铺着席子，藤制的枕头，薄薄的棉布褥子，屋里别无他物。

天晴了，月亮穿过树枝，从窗栏照进来。刘大枭熄灭煤气灯，靠墙横坐在床上。装着枪和钱的袋子就放在枕头旁。房间内好像有两只蛐蛐，一呼一应，叫得很欢，在安静的夜晚特别响亮。刘大枭有点烦，他拍了一下床，蛐蛐叫声停止。隔不了多久，它们又开始叫起来。

"没有酒，没有肉，见不到女人，连烟都没有，真是苦行僧。"黑暗中，跛佬拿回来的一沓沓百元大钞，阿妹迷人的样子，像幻灯片似的在他的眼前晃过。他轻轻叹息道："没有对佛的信仰，在这里一天也过不下去。"

"会把人憋死的。"黑暗中，阿龙说，"我以前没来过寺庙，不知道是什么样。"

"人这一辈子也真是奇怪，连自己都说不准你会走什么路。"白天困得半死，此刻却睡意全无，刘大枭像是自言自语地说，"就像我，工作上挺顺心，以我的脑子，过个一两年肯定会得到提拔，老婆也贤惠，明知道我在外边泡妞，也从来不管我。"

"要不是碰到那个菲律宾人，你肯定不会走这条路。"

"那你对我的性格了解得还不够。没有奥古斯丁，我也会干。我觉得我就是化学天才，对这东西上瘾。五六年前我就在瞎琢磨，用简陋的工具做试验，做出来的东西纯度太差，有点像碾碎的米粒。"

他们正聊着，院子里突然传来走路的声音，刘大枭伸手摸出手枪，趴在门缝向外看。年轻的僧人提着汽灯，走到大门附近又转身回来。外边很快又恢复了宁静，只有蛐蛐没完没了的叫声。

"睡吧，和尚可能是巡夜吧。"刘大枭收好手枪，躺在床上，迷迷糊糊地睡去。

早上起来，太阳还没有升起，山上云雾缥缈，鸟儿在树枝上嬉闹。两个僧人在大殿打坐念经。刘大枭和阿龙悄悄地走到大雄宝殿，跪在垫子上，向释迦牟尼坐像三叩头。

吃过早饭，两人不敢待在寺庙，便又漫无边际地在附近的山上转悠。寺庙里也只能躲几天，到底去哪里？刘大枭知道自己其实无路可走，毒品这条道他本来就是陌生的，不管野牛城还是什么地方，毒品世界没有属于他的地盘。

第四天夜里，刘大枭梦见了父亲。他看上去衣衫褴褛，披头散发，光着脚在山里行走。刘大枭大叫一声，从床上坐起来，下意识地去摸枪。阿龙也被惊醒。"看到我父亲了。"刘大枭惊魂未定地从床上站起来，"真的，我看到他了。"

"做梦吧？"阿龙也坐起来，他朝窗外看了看，月亮已经落下去，满天繁星。

"刚才做梦，看到我父亲在山里走路，很可怜。这屋里我肯定也看到他了，就在床边上站着。"

这一夜，刘大枭再也没有睡着。

他想到父亲的魂可能没有回家，在这深山里，成了孤魂野鬼，无家可归，到处流浪。他打定了主意，不再征求母亲的意见——这辈子或许再也没有机会跟她商量如何处理父亲骨灰的事——决定把父亲的骨灰就近埋在山上，入土为安。

两个僧人起得很早，吃早饭的时候，刘大枭很想把夜里梦见父亲的情景告诉老僧人，并向他求教如何处理父亲的骨灰。想来想去，他终究还是没有开口。

上午，刘大枭把父亲的骨灰盒取出来，从寺庙里拿来铁锹，选了朝阳的山坡，在一棵大松树下挖坑，把骨灰盒放进去。两人跪在地上磕头之后，折了些树叶盖在上面，再填上土，又抬来一块大石头，放在土堆的边上，就算完成了让父亲入土为安的愿望。

僧人还是遵循日落而息的生活习惯，天黑就睡觉了。"趁着夜里，走吧。"刘大枭收拾好东西，准备离开福光寺。

"我们去哪呀，枭哥？"同样的问题，阿龙不知道问了多少遍。他还是太年轻，没见过多少世面，长这么大没离开过野牛城。用这种方式离开，他猛然间感觉心里七上八下。

"别问！我跟你说了，别老是问。"刘大枭真有点火了，他不喜欢被阿龙不停地追问去哪里。他把装着AK47的袋子交给阿龙，他背着装钱的袋子，手枪就插在皮带上，"跟着我走不会让你吃亏的。"

阿龙不敢再说话。临走时，刘大枭往"功德箱"里塞了五百块钱，便悄悄地离开了福光寺。宁静的夜空，月亮升到半空中，斑驳的光影照在崎岖不平的山路上，偶尔有小动物被他们惊扰，发出很大的响声。

"既然菩萨保佑我们，大难不死，必有后福。"刘大枭边走边安慰阿龙，"做大事，就要经历磨难，这是老天爷安排好的。"

"就算能赚到钱，不能光明正大，活得像贼，也很窝囊。"阿龙情绪低落，无精打采地跟在后面，叹息道，"真不知道这辈子还能不能见到我父母。"

"你懂什么，有了钱，照样风光。公安局的案子很多，时间一长，就把这个案子忘了，过个十来年我们就可以回来，或者想办法把家里人接走。"

"我父母找不到我，会发疯的。"

"很多事情都是逼出来的。你走到了这条路上，发现前面还有更宽的路。"

刘大枭一路唠唠叨叨地给阿龙灌输他的成功学，也不管他是不是能够理解。尽管阿龙不学无术，素质也不高，但思想简单，好控制，如果跟着他去闯荡，亲手把他培养出来，将来必然是忠心不二的兄弟。

后来，两人也都不再说话，低着头不停地走路。刘大枭并不熟悉这条小路，但是他知道在野牛城以北四十多公里，有104国道经过，大致与野牛河平行，从大方向上判断，下了山，向西应该能找到国道。

两个人都没有戴手表，也不知走了多久。直到夜幕渐渐淡去，透过树林，看到东边的山顶背后，天色微明，方知东方欲晓。

阿龙落在后边，他停下来小便。刘大枭也不理他，继续往前走。阿龙迅速从包里拿出AK47，哗啦一声，子弹上膛。"站住！"阿龙喝道。

"你他妈的疯了吧？"刘大枭回过头来，站在那里，万万没想到阿龙会暗算他。

"我不想打死你，只是不想跟你走。"阿龙举着枪，声音颤抖着，"我不能把父母丢下不管。"

"你想去哪里？"

"我要回家。"

"你真是猪脑子，你以为警察会放过你？"

"那你就别管了。你把钱留一半给我，剩下的你拿走。"

双方对峙了几分钟，刘大枭把背在身上的包取下来，扔在地上。"包里的钱你随便拿吧，给我留点路费。"

"我只要五万块，你拿出来给我。"

面对AK47黑洞洞的枪口，刘大枭不紧不慢地打开包，拿出五万元现金，扔在阿龙面前的草地上。"你小子还想要钱，要不是我事前在地道里放了钱，出来连路费都没有。"

"你走吧，以后不要再找我，我也不说你。"

"老子这辈子都不会来找你。好自为之。"说完，刘大枭背上包，转身向前走去。

朦胧的晨光中，刘大枭放慢脚步，眼睛的余光却在注视着小道两侧。突然，他一闪身躲在大树后面，借助大树的掩护，拔出手枪，接连向阿龙开枪。

阿龙正蹲在地上捡那五万块钱，措手不及，立即开枪还击。但枪里只有两发子弹，刘大枭已经给他算好了。枪声骤然停下，刘大枭从大树后面出来，狞笑着，举着手枪向阿龙走过来。"没子弹了吧？"

拿着空枪，阿龙吓得连续向后退，撞到树上。"枭哥，我错了，我是不想丢下父母不管……"

"你这个不识好歹的衰仔，我待你像兄弟，你居然背叛我。华仔、阿强，还有你，都不是好东西！"

"枭哥，我是家里独子，我有父母啊，求你放过我！"

刘大枭没有犹豫，对准阿龙的胸口连开两枪。阿龙手里抱着AK47，扑倒在草地上。刘大枭把钱捡起来，放进包里，又把AK47从阿龙身下抽出来，在他身上擦干净枪托上的血，拆开装进袋子里。

走了几步，他又转身回来，把阿龙的尸体拖进树林，放在小水沟里，在上面盖了些枯树枝和杂草。

茂密的森林里弥漫着清晨的雾气，刘大枭顺着林间小道，加快脚步向山下走去。

第四章

潜　伏

刘大枭冒险投靠跛佬，被吊起来严刑拷打，跛佬仍未能得到冰毒配方，两人打算再次合作。

专案组找到跛佬的情妇，一路追踪到他的老家，通过秘密获取的指纹和DNA，发现刘大枭和跛佬的行踪，遂派出特警潜伏。

再次来到河湾镇，已经是围捕行动后的第八天。

小镇的街道，房子杂乱无章，到处是乱拉的电线，摩托车在街上肆无忌惮。

河湾镇派出所所长徐少平带着皮特他们几个去找刘大枭的妻子阿芳。她和四岁的儿子单独住在镇上后来新买的二手房子，刘大枭给他的母亲也买了房子，不过，她经常跟着小儿子一家生活。派出所的民警带路，苏可牵着刘大枭的狼狗，来到阿芳母子居住的两层楼房。

皮特要利用阿芳和孩子，钓出刘大枭这条大鱼。他心里很清楚，这场猫鼠游戏中，像刘大枭这样聪明的人，显然知道警察会盯着他的妻子，还有他的母亲和兄弟姐妹。

这几天，皮特在反复分析刘大枭的犯罪心理，梳理他在案发前后的行为——他冒着当场被抓的危险到法庭上旁听；他在两个同伙被抓后并没有马上逃走，而是继续住在制毒窝点观望。这种反常的行为不只是胆大，而是懂得心理学。他敢到法庭旁听，本身就是给同伙打气，表达义气，他们自然也不会出卖他。他在法院当过法警，对警察破案的手法多少有所了解，如果警察发现了他的窝点，在没有摸清房屋内情况之前，多半不会贸然采取行动，而是安排人以各种理由上门来探听虚实。这样就等于给他传递了信号，让他有足够的时间逃走。

出乎刘大枭的意料，皮特带人秘密侦查后于深夜发起突袭。倘若不是暗设地道，刘大枭插翅难飞。

正是从刘大枭的心理分析中，皮特发现了他异于常人的逆向思维特征——在他逃之天天后，警察断定他不敢再回来，他正好利用这种常规思维的局限，没准哪天悄悄地潜回来见老婆孩子。

一看来了几名警察，阿芳很害怕，把孩子紧紧地挡在身后。

"阿芳，你别怕，我们来给你送狗。"苏可试图缓解她的紧张情绪。狼狗看到主人，使劲摇着尾巴。阿芳把狗接过来，摸摸它的头，拴在旁边的凳子上，然后站在那里不知所措。

阿芳母子住的这套房子不在街道上，上下两层，屋里空荡荡的，她和孩子住在楼上。"知道你老公出事了吗？"皮特自己拉过凳子坐下，上来就挑明案件的事，"已经好几天了。"

"我老公出了什么事？"阿芳惊慌失措的表情印证了皮特的判断，她还不知道老宅那边出事了。

"你知道他们在做毒品吗？"

"我不知道。我也没听他说过。"阿芳当即哭起来，她用手掩着脸说，"后门有个院子，平时门都是从里边锁着，我老公说做添加剂，有毒，不让我和孩子进去。"

"以前在老宅那里住得好好的，为什么搬到这里住？"

"他让我带孩子搬来镇上，说那里人来人往，太吵闹。大事小事，从来都是听他的，我也不多问。"

皮特本来打算搜查房子，但最后放弃了。凭直觉判断，女人是无辜的，她可能对刘大枭所做的事完全不知情。刘大枭对制毒的后果显然有充分准备，一开始就和家人做了切割，这房子里不会有任何与毒品相关的证据，搜查房子反而会吓着母子两人。

这么说并非皮特不在意这个地方。相反，他对让自己付出巨大代价的错误耿耿于怀，同样的错误不能再次发生。他并没有对阿芳强调什么法律上的问题，甚至都没有跟她说发现刘大枭的线索要及时报告，否则就构成窝藏罪。

阿芳只是不停地擦眼泪，也不敢问，更不知道自己的男人到底怎么样了。

"这是个逆来顺受的女人，挺可怜。但这里对我们来说是一个诱饵。"从阿芳家出来后，皮特说，"即使他跟家里做了切割，下狠心把老婆扔了，儿子也不要了吗？我不相信。"

"你想怎么做呢？"案发这几天，张晓波一直在调查刘大枭的社会关系，"有三个目标：他的老婆和孩子，母亲跟他弟弟一家生活，还有个姐姐。"

"成立一个小组，二十四小时监视这三个目标。"回到河湾镇派出所，皮特说，"把任务交给派出所，晓波具体负责。下午在局里开会，我们会研究如何监控的问题，少平你也来参加。"

皮特刚发动他的桑塔纳，手机就响了。"是老六。这个魔鬼！"皮特接听电话的同时，慢慢把车开出来，"在哪里被杀？让他们保护现场，我马上赶过去。"

"怎么又杀人了？"苏可惊讶地说，"应该刑警队派人去。"

"刑警队已经有人去了。" 皮特心急火燎地猛踩油门，又对所长徐少平说，"监控的事回来再说。"出了派出所，他接着说："老六说，从死者身上发现身份证，名字叫张世龙，怀疑是和刘大枭一起逃走的阿龙。"

"还真是邪门了，"张晓波说，"如果是关联的案子，那就是第四条人命。"

他们赶到现场时，尸体还没有移动，在几天前发现摩托艇的上游山林中，距离有五六公里。梅山镇派出所所长盛洪洋和刑侦支队来的两个民警坐在石头上抽烟，旁边还有个五十多岁的农民模样的男子。

"洪洋，死的是什么人？"皮特老远就问。

"这个老乡路过看到的。" 盛洪洋站起来，手指着最先发现尸体的那个农民说，"当时树枝盖着，就露出两只脚。我们从他身上找到了身份证，我对着尸体看，就是死者本人的。"

"上午我从山里路过，看到地上有很多血，顺着血迹，看到这里有个人。"那个中年农民说，"我没敢动，就下山去报警。"

"看地上血迹的颜色，应该是今天杀的。"皮特蹲在地上，仔细查看草丛中的血迹。

几个人又在附近仔细搜查，草丛中散落了六枚弹壳，苏可对六枚弹壳逐一拍照，然后用镊子将弹壳放进物证袋内。苏可拍照后，戴上手套，又把尸体翻过来检查，可以清楚地看到死者胸前的弹孔。

"四个六四式手枪子弹壳，也可能是仿六四。"苏可仔细查看弹壳，"这两个大的应该是冲锋枪弹壳。"

现场物证被提取后，尸体被装进袋子里，抬到山下，放到殡仪馆的车上。"先别做尸检，"皮特说，"我用最简单、直接的方法，比尸检更快。"

殡仪馆的车直接开到看守所。

华仔戴着手铐脚镣，被两个民警带过来。"这个人认识吗？"皮特把尸体袋拉开，让华仔辨认。

"啊，这不是阿龙吗？"看到尸体，华仔吓得不轻，说话有点结巴，"他……谁把他打死了？"

"你看清了？"

"没错，肯定是阿龙。"

两个民警上来把华仔带走。"警官，这也算立功吗？"华仔大声喊道，"我不会判死刑了吧？"

"你小子也很怕死嘛。"皮特发动车子，冲华仔笑着说，"放心吧，你的命保住了。"

阿龙的死给皮特带来新的困扰。杀死他的只能是刘大枭。刘大枭为什么要杀他呢？现场留下手枪和AK47两种弹壳，那就说明两个人都开枪了，皮特推测，很可能两人在逃跑的过程中发生了冲突。经历了这次致命的失败，皮特把很多事窝在心里，也不愿意跟其他人讨论，即使是苏可、张晓波，他也不想说。

两天后，苏可把证据报告全部做出来，皮特觉得有必要开会，通报给所有的人。老六看得很认真，拿着鉴定报告，边看边问苏可技术问题："城市花园杀人的手枪和杀水哥的是同一支枪，杀阿龙的又是另一支手枪，他们到底有多少支枪？"

"一共有四支枪。我来解释吧。"皮特走到会议室正前方的白板，画了一个示意图，"关于枪的问题，刘大枭当晚和我们交火的现场，与阿龙被杀现场留下的弹壳，经过弹道检验，是同一支AK47和一支仿六四手枪。这说明刘大枭、阿龙当天夜里跟我们交火后逃跑，后来两人又用这两支枪对打，阿龙被杀。这一长一短两支枪毫无

144 疑问都在刘大枭手上；先杀白洁和她的马仔，后来又杀水哥的是同一支五四式手枪，目前下落不明，我推测只能在跛佬手里；刘大枭家的柜子里还有一把仿五四手枪，没来得及带走。这四个现场之间的关系……"

老六摆摆手，打断了皮特的话："你不用再介绍了。我想，如果说在围捕刘大枭之前，案件的事实还有些疑问的话，那现在已经很清楚了——第一，野牛城出现的新型化学合成冰毒的源头来自刘大枭；第二，城市花园的两个人和水哥是跛佬杀的；第三，刘大枭到过城市花园杀人现场。"说到这里，他转过头来又问苏可："小苏，我对证据的理解对吗？"

"陆局的理解完全正确。我稍微补充一点，主要是指纹。"苏可把多份检验报告摆在桌上，她介绍说，"这次在刘大枭住宅里提取的指纹比较多，也很乱，能找到匹配对象的，其中有华仔、阿强的指纹；还有两枚指纹是从饭桌子上当天没有收拾的碗和杯子上提取的，桌子上有两副碗筷，房子里只有刘大枭和阿龙，阿龙的指纹已经比对了，另一枚指纹和城市花园杀人现场东侧空调室外机上的指纹匹配，这枚几乎可以肯定是刘大枭的指纹；还有一枚指纹，与城市花园杀人现场厨房外下水管道上的指纹匹配，这个也可以认定是跛佬留下的。事实依据是，水哥是跛佬杀的，跟杀白洁的是同一支枪，由此推测跛佬当天晚上和刘大枭到过城市花园杀人现场。"

"为什么是几乎可以肯定？"一直没说话的赵黎明问道，"还有不确定的吗？"

"我想是确定的。"皮特接过话说，"这样说不过是留个余地，毕竟我们没有抓到他，是从那个房子只有他和阿龙住在里边的情况推断的。当然，指纹比对就是他们两个的。"

"不用再争论了，结论是确定的。"老六说，"那天我在现场骂皮特，今天我再次宣布——说'再次'是因为我上次开会就说过——城市花园杀人案、水哥被杀案、刘大枭利用化学合成技术制造冰毒案已经告破。"老六说到这里，伸手去拿烟，发现烟盒空了。赵黎明抽出一支"芙蓉王"给他点上。他接着说："剩下的任务是追逃，把那两个混蛋抓回来，活要见人，死要见尸，总之，必须水落石出。可能是一年，也可能是十年、二十年，要做好长期作战的准备。"他在等着别人接着他的话，见没人开口，老六又说："我这性格，也当不了大官，还有六年退休，那就陪着你们破这个案子。"

开会之前，皮特本来是做好了老六再次发飙的心理准备，上楼梯的时候，苏可又提醒他要忍着。他心里也憋着气，总觉得有点窝囊。这倒不是顾忌公安局有人可能指责他，而是被刘大枭耍了，让他从铁桶一般的包围圈中逃之夭夭。他越想越不舒服，感到肺部淤积的怒气简直要炸了。

"我建议成立监控小组，由河湾镇派出所具体执行。"皮特也不再说什么，接着安排新的任务，"小组交给少平所长负责，和张晓波对接，对刘大枭的家人全天候、不间断监控，重点是他老婆。"

河湾镇派出所所长徐少平也被叫来开会，皮特事前已经和他具体商量过监控小组的事。"哪怕是杀人不眨眼的恶魔，也有人性的弱点，刘大枭也不例外。"老六说，"他的老婆、孩子，也许还有女人，都是可能暴露他弱点的地方。少平你们下去做个预算，我给监控小组拨点经费。"

打死阿龙，刘大枭失去了最后一个朋友。

从山里出来，太阳已经升得很高，他四处观察，小心谨慎地来到104国道边上。附近有个村庄，紧挨着公路。刚站了一会儿，一辆长途客车经过。他并不知道那辆车的目的地，只想尽快离开这里。客车停下后他才看清楚，这辆车是去越州。

长途客车上，乘客大都在昏昏沉沉地睡觉，谁也没有注意他半路上拦车。他坐在最后排靠窗的座位，把包塞在脚底下，直接买了到越州的车票。客车跑了一夜，第二天早上，刘大枭看到有去普河的路标，在路边下车，搭摩托车到了市区。

天桥底下，他注意到一个背着小孩的妇女在东张西望，他断定是做假证件的人。他跟着那女人进入小巷子，照相，然后枯坐两个小时，拿到化名刘木林的假身份证，给了她五百元。

从普河市区乘坐出租车到达桥西镇，他用假身份证就近住在汽车站附近的桥西大酒店，两天来紧绷着的神经放松了很多。总算逃出来了，他洗了个澡，倒头便睡。醒来的时候是晚上七点，他出去找个大排档，要了两个菜和一瓶啤酒。他坐在路边，边喝酒边观察眼前这个陌生的小镇。

千里迢迢来到桥西镇，刘大枭是为了投靠跛佬。

当然，他绝不会承认这是穷途末路之际来求助跛佬，而是来跟他合作。到桥西镇多少有点冒险，因为他不知道跛佬在不在桥西镇。只是以前听跛佬说过他的老家，吹嘘这里是他的根据地，有很多兄弟，也是他的毒品网络枢纽。跛佬杀了他的老板白寡妇，在野牛城留下命案，而他们两人又反目成仇，刘大枭判断跛佬应该不会留在野牛城，很可能回到桥西镇的老家。

在福光寺的那几天，他就在反复权衡，与跛佬闹得那么僵，还有合作的可能吗？再说，如果跛佬没有回来老家，他扑空后还能去哪里呢？实在是没有更好的去处，但对他来说，桥西镇至少还是可以去的目标。

吃完饭回到酒店，他取出手枪弹夹，压满子弹，放在枕头下，以备万一。收拾停当，他打开电视机，满屏的雪花，调了几个频道，干脆关了，躺在床上抽烟。临睡前，他把门后边的防盗锁链挂上，似乎还不放心，又拉过椅子，紧顶着门，把两个玻璃杯叠加放在椅子上。

早上起来，拉开窗帘看了看街上，夜里好像下过雨，地面上全是湿的。桥西镇似乎比他老家河湾镇繁华得多，马路上来来往往的摩托车，十字路口没有红绿灯，行人和车辆随心所欲。

刘大枭背着包，里面装着钱和拆散的AK47。他不敢放在酒店，只好冒险背在身上，手里拿着矿泉水，沿着街道闲逛。走到天龙海鲜大酒楼，刘大枭停下脚步。

酒楼看上去很大，上下两层，门口还停着几辆轿车。还不到吃饭时间，刘大枭找了个靠窗的地方坐下，可以看到外边的街道。女服务员过来，微笑着问："老板是要吃饭吗？"

"来早了吧？"刘大枭抬头看着女服务员，自我解嘲说。

"是啊，才十点半，厨房还没开始做。"女服务员说，"我给你泡茶，你先喝茶等一会儿。"

刘大枭坐在那里抽烟，眼睛留意窗外街道上的行人。服务员端着一壶茶过来，给他倒了茶。"先生是从外地来的吧？"店里也没有其他客人，女服务员很热情，便主动跟他说话。

"小妹，跟你打听个人，"刘大枭仔细打量眼前这个面容清秀的姑娘，冒失地问道，"你认识跛佬吗？"他其实也不是漫无边际地随便找人打听，而是想，在小镇上，像跛佬这种大毒贩子，最好的酒楼应该是他经常光顾的地方。

"跛佬？"女服务员没反应过来，"哦，你说的是不是跛叔？个子不高，秃顶，走路有点跛脚。"

"对了，就是他。"没想到这么顺利就打探到了跛佬的信息，刘大枭心中窃喜。他编了个由头："好多年前打工认识的朋友，只记得他住在这，刚好我有事路过，想来看看他。"

"跛叔经常来酒楼吃饭，是常客，不过好像这个星期都没来。你要找他，我帮你问问，看他家住在哪。"

"不用了，我想给他个惊喜，每天来这里吃饭等着他。"

刘大枭并不着急，每天中午和晚上就会去天龙大酒楼吃饭。他总是第一个到，坐到最后离开，然后背着包，随意地在镇上游荡。

第五天，上午十点半他就到了酒楼。那个女服务员迎上来："先生，你可真有耐心，等了好几天。也许跛叔这段时间不在家吧。"

"没关系，反正我也没什么事。"刘大枭笑着说，"我看镇上就你们的酒楼最好，要是我跟他还有朋友缘分，他一定会来。"

"就怕他出门了，如果在家就好了。"女服务员说，"今天想吃什么呢？"

"来一条清蒸老虎斑、半斤虾、清炒芦笋、两瓶青岛啤酒。"

"你是跛叔的朋友，我让老板娘给你打个八折。"

菜很快上来了。刘大枭正在吃着，两辆外观几乎一样的黑色丰田轿车来到酒店，从前面那辆车上下来的正是跛佬。

几个男子跟着跛佬进了酒楼，站在门内侧的女服务员立即迎上去，他跟跛佬说了什么。跛佬朝这边张望着，面带冷笑地走过来，刘大枭坐着没有起身。"衰佬，来这里给我赔罪吗？"跛佬手扶着椅子，上来就没有好话。

"对，来看你。"刘大枭递了一支烟给他，却不说道歉的话。

"送货上门，你是不想活了吧。"跛佬发出一阵狂笑，把烟折断，扔进清蒸老虎斑的盘子里，又顺手端起桌上的茶杯，泼到刘大枭的脸上。女服务员吓得张大嘴巴。

"这是你的地盘，要杀要打随便。"刘大枭用手抹掉脸上的茶水和茶叶，仍然坐着未动。

"那就跟我走吧。"跛佬轻浮地拍了拍他的头，"既然来了，我们就好好谈谈生意。"

刘大枭站起来，拎着包，跟他们上车。

穿过两个路口，两辆车开进院子，马仔随即把大门关上。从车上下来，刘大枭环顾四周，这是一栋临街的三层独立楼房，外墙贴着玻璃马赛克，院子里除了刚开进来的两辆轿车，还有三辆摩托车。大黄狗使劲地摇着尾巴。

被跛佬和三个马仔前后挟持着，刘大枭上了三楼。有个马仔过来拿走了刘大枭背在身上的包。跛佬做了个手势，两个身体强壮的马仔对刘大枭搜身。没有人说话，刘大枭站在房子的中间，不明白他们要做什么。跛佬抽完烟，将烟头摁在烟灰缸内，慢慢地朝刘大枭走过去。

跛佬两手叉腰，站在刘大枭面前，两眼直直地瞪着他，刘大枭也用眼睛瞪着他，两人就像两头准备向对方发起攻击的狮子。跛佬咬着牙，抡起拳头打在刘大枭的鼻子上，顿时鲜血直流。刘大枭抹掉流到嘴角的血，朝地上连吐几口带血的痰。

"关着门，在你的房间里打我，算什么本事。我很瞧不起你！"

"那是你自投罗网，又不是我去找你，怪不了我。"

"是，我他妈贱骨头好吧。我还以为你是朋友，真是瞎了眼。"

"老子当初提着人头去找你入伙，你对我封锁技术，还怀疑我私吞货款，很不仗义。既然你送上门了，那我就把丑话说在前面，想活着出去，就把配方交出来，不然，明年今天就是你一周年祭日。"

"我知道你杀人不眨眼，只是没想到你这么小人。跛佬，那我就直接告诉你，想要配方，你死了这条心！"

"吊起来！"

三个马仔过来，用手指粗的绳子将刘大枭反绑双手，吊在横梁的铁钩上。刘大枭没有做哪怕丝毫的反抗，他知道在这里反抗不仅是徒劳的，而且会遭到更凶猛的攻击。几个马仔使劲拉绳子，将他悬空吊起来。

刘大枭脸朝下，疼得大声喊叫，鼻子里流出的血滴到地板上。他感觉全身的血似乎都集中到了头上，眼珠子凸起，脑袋像要炸了似的。

刚上班，老六就把皮特和禁毒支队长梁胜军叫到办公室。

省公安厅转来公安部禁毒局的电报，在越州抓到一个毒贩，缴获两公斤新型化学合成冰毒。自从野牛城公安局将发现新型化学合成冰毒的案件上报公安部后，这是第一次在野牛城以外的地方发现类似冰毒。公安部禁毒局对这个信息异乎寻常地重视。在警方尚未对新型化学合成冰毒的生产情况完全搞清楚之前，已经扩散到了什么程度？是不是更多的毒品犯罪集团掌握了这种新技术？越州发现的这类冰毒，是野牛城流出去的，还是当地生产的？

一连串的疑问待解。"我看，你亲自去越州提审毒贩子。"老六对皮特说，"最好带上苏可，技术上的问题她比你懂。"

"我还真有点不相信，全中国就他刘大枭掌握新型化学合成冰毒技术。"皮特不以为然地说，"就我们目前获得的证据，他的势力范围应该没有超出野牛城。"

"这个不难。"苏可说，"是不是同一种冰毒，把越州查获的冰毒和刘大枭的冰毒检验对比后，基本上就能辨别出来。"

"那我们就别在这里瞎分析了，去越州。"皮特收起笔记本，站起来说，"晓波也跟我去。这段时间，刘大枭不会跟家人联系的，你也不用管河湾镇那边的事。"

到越州后，皮特到当地公安局办好手续，马不停蹄地赶到越州市第二看守所，提审毒贩田木球。这家伙个子不高，像个瘦猴子，夸张的大蒜头鼻子，与那张被上下压缩的脸完全不成比例。

皮特看了当地警方审讯田木球的笔录。凭经验判断，田木球是个老手，有应付警察的手段。"你怎么长得像个马戏团滑稽演员？"皮特八竿子打不着地开始审讯田木球。

"你嘲笑我长得丑是吧？"田木球斜着三角眼，打量这个他没见过的警察，"小时候没吃的呀，不然的话，也像你一样长得牛高马大。"

"没吃的就贩毒？"皮特这是用人格贬损的方式，慢慢地将对手逼到死胡同。他不急不躁，继续审问他："现在你不是没吃的，是你的这条小命要搭进去。"

"那也没办法，落到你们手里，只能是命苦。"田木球拿出毒贩子常用的那一套，满不在乎地说，"道上经常说，'骡子'还不如猪，别人不在乎，连自己也没把命当回事。"

说到"骡子"，田木球突然收起之前那种坐着等死的态度，脸上的表情开始变得复杂起来，时而摇头，时而目光呆滞地看着前方。

"田木球，你还有没有牵挂？还想不想活着？"皮特示意张晓波给他一支烟，接着说，"如果你实在不想活了，那我就懒得再跟你啰唆。你的案子很快就会被移送起诉，两公斤冰毒，法官自然会成全你。"

"谁想死呢？"

"不想死，那你就要告诉我，上线和下线是谁。"

"我就是个跑苦力的'骡子'，帮人干活，哪里知道上下线。"

"你别跟我瞎扯什么'骡子''驴子'。你老实说，冰毒是从哪里搞来的？你不会是路上捡的吧？"

"没意思啊，就算我都说，也救不了我的命。"

"你还跟我绕圈子。既然你自己都觉得是个跑苦力的'骡子'，那你为什么要帮背后的大老板死扛呢？你被判死刑后，你以为大老板会给你家里人送去一百万？做梦吧！'骡子'很多，是不值钱的，过两天又换一头，死的都是你们这些穷人，你能瞑目吗？"

"可是我真的不知道上下线是谁。"

"那就如实讲冰毒是从哪里取来的，送到哪里。"

"要是我说实话，能不能不判我死刑？无论说不说都判死刑，那我就不说了。"

"如果交代了有价值的线索，对协助破案有功，我们可以出证明，法院不会判你死刑。"

"冰毒是我坐长途客车到普河市桥西镇，在旺仔大酒店拿的。"

根据田木球的交代，那天他接到电话，让他到普河取货。他乘坐越州到普河的长途大巴，再转摩托车，来到电话里那人告诉他的桥西镇旺仔大酒店。田木球手里拎着黑色的双肩包，径直穿过大堂，进了楼梯旁的洗手间。

他推开每个门，确认洗手间里没有人，便进入最里边的格子，关上门，站在马桶上，轻轻地推开天花板上的石膏板，把手伸进去，果然摸到一个包裹几层的塑料袋，取出后再把天花板复原。

田木球将塑料袋装进包里，从容地走出酒店，乘坐过路的长途班车回到越州。本以为大功告成，回去交货后就可以拿到钱，没想到，在越州长途汽车站下车后，刚走出车站不远，他就被两名巡警拦住检查。在巡警打开包检查时，他看准时机突然逃跑，巡警边追边朝天鸣枪，田木球听到枪声，抱头蹲在地上，束手就擒。

"是谁通知你去桥西镇拿货？"皮特又问。

"不知道。我有个手机，那个人用公用电话打给我，告诉我取货地点，回来怎么交货。"

"拿到货之后交给谁？"

"每次都是头天去，第二天回越州。约好了晚上七点，在越州新华书店二楼少儿图书书柜，那个人手里拿着《越州晚报》。我把货给他，他给我两千块钱。"

"说的是实话吗？"

"有半句假话死全家。"

这是个可怜的"骡子"，皮特听到他说'每次都是头天去'的时候，本想追问他到底去了多少次，但转念一想，田木球不会知道是新型化学合成冰毒还是什么其他的毒品，毒贩子设计的反侦查手段很严密，除非事前得到情报，秘密跟踪，否则很难抓到上线。像这种因为巡警例行检查意外发现的"骡子"，对方未能在约定的时间和地点取货，必然知道中途出事，线索到这里就断了。

第二天，皮特驾驶从野牛城带来的越野车，和苏可、张晓波赶往桥西镇。

旺仔大酒店不过是个私人小旅馆，五层楼，外观破旧，就在镇政府旁边，地处镇中心。皮特和张晓波两人进了服务台后边的洗手间，张晓波站在马桶上，果然像田木球所说，轻轻一推，上面吊顶的石膏板就被推开。他把头伸进去，没有任何东西。

"桥西镇在海边上，是毒品重灾区，公安部是有过通报的。"从旺仔大酒店出来，皮特说，"田木球就经常到这里来取毒品，估计会有很多'骡子'来往越州、桥西。"

"是'骡子'把我们引到桥西镇，线索虽然断了，但这个地方不能丢。"张晓波说，"到目前为止，只有野牛城和越州发现新型化学合成冰毒，越州的冰毒来自桥西镇，那桥西镇的冰毒又是从哪里来的呢？"

经过讨论，又请示了老六，皮特决定让张晓波留在桥西镇。"就像作家深入生活，悄悄地观察一段时间。我怀疑桥西镇就是毒品集散地，在野牛城和越州之间，离我们那里也不算远。"皮特给他布置任务，"你不要暴露身份，也不跟当地兄弟单位打招呼。我估计这种社会环境下，这里的夜生活很丰富，你每天就在当地最繁华的地方泡着。"

话虽然这样说，但苏可却忧心忡忡。"毒品重灾区，毒贩子来来往往，你一个人留在当地执行任务，很危险。"

"首要的是确保自身安全，不到万不得已，不能动枪。"皮特说，"要不再派个人过来协助你？"

"问题不大吧，不就是个小镇嘛。"张晓波倒是很乐观，"我理解，我的任务就是暗中观察，见机行事，如果发现有价值的线索，再考虑如何行动。"

三个人当晚就住在北海盗大酒店。床单明显没换过，还有污物，苏可无论如何住不下去。皮特心细，出门前带了单人睡袋，他下楼，从警车上拿来睡袋。"给你用，我们两个男人不怕脏。"苏可简直不敢相信，这个脾气火暴的男人，居然对女生这么体贴。

第二天吃过早饭，皮特和苏可又折回越州，把田木球提出来再审讯一次，确认没有挖掘的价值。苏可从越州市公安局取了部分冰毒样品回去对比，以便分析到底是不是同一种性质的新型化学合成冰毒。

眼前有一头待宰的猎物，似乎很能满足跛佬有仇必报的心理。他嘴里叼着雪茄，漫不经心地看着痛苦不堪的刘大枭，打开他带来的包，里边是钱和手枪，被拆散的AK47的零件用蛇皮袋缠着。

"把配方交出来，我们还可以接着干。"跛佬将手枪上膛，顶着刘大枭的脑袋。

"我不会再上你的当。"刘大枭吐掉粘在嘴唇上的血，"要是我把配方给你，以你的小人之心，分分钟都会打死我。"

"现在由不得你，这是拿配方来换你的命。"跛佬用枪敲着他的脑袋，围着他转圈，"如果你不给我配方，我会让你活着出去吗？"

"配方给不给你，都是死，我不会死了把配方留给你。动手吧。"

"妈的，宁死不屈，有点骨气。应该派你去美国，打入中情局。做个被警察四处追捕的毒枭，太委屈你了。"

跛佬气急败坏，从马仔手中接过木棒，狠狠地打在刘大枭的腿上，疼得他大叫，不停地抖动。马仔们围在旁边，跛佬又从桌子上拿起大拇指粗的伸缩式钢鞭，轻轻一按，"哗啦"弹出一米多长的金属杆，用它抽打刘大枭。每次打下去，便是一道血痕，很快，刘大枭的背上和腿上布满了密密麻麻的血痕。

"狗日的，你真是个白眼狼！"刘大枭疼得大声喊叫，破口大骂，"你的那条腿也会瘸，两只眼会瞎掉，不得好死！"

跛佬把钢鞭递给旁边的马仔，脱掉T恤，喝了几口啤酒，又拿起抽了半截的雪茄，狞笑着，极尽奚落地说："想起来都好笑，本来想做中国最大的毒枭，还放什么屁，用冰毒打开西方的大门。没想到吧，你会死在我们这个小镇上，窝囊。"

"等着吧，恶有恶报，你不会有好下场，你会死得很难看！"

"明明是走投无路的大毒枭，还敢诅咒老子恶有恶报，笑死我了！我会慢慢折磨你，让你过几天生不如死的日子。"跛佬冲着马仔们一挥手，"放下来，别让他死了。"

三个马仔七手八脚地把刘大枭放下来。他瘫倒在地上，抱着血迹斑斑的双腿，疼得龇牙咧嘴。马仔们用手指粗的铁链锁住他的手脚，再固定到柱子上，关上铁门。

铁链子很短，他只能抱着柱子站起来，或者蹲下。直到天黑，也没有人进来。窗外的马路上，偶尔有摩托车咆哮着穿过的声音。刘大枭面朝柱子，用肩膀斜靠着坐在地板上。他想挪动身体，但浑身疼痛难忍。

口干得厉害，他不断地舔嘴唇。脸上的血已经干涸，很不舒服，他歪着头，努力地想用衣服蹭掉血痂。刘大枭靠在柱子上，两眼空洞地看着前方，想起妻子阿芳和儿子那天被送走的情景——

阿芳抱着儿子从楼上下来。"你把我和虫仔赶走，有什么事吗？"阿芳很少用这种明显不满的口气跟丈夫说话。

"不是赶走，是让你们到街上住，那里清静。"刘大枭敷衍道，"最近生意好，我要再找几个人过来帮忙，人来人往的，住在这里很吵。"

看得出，阿芳很不想离开，只是这女人太贤惠，从来没有在丈夫面前讲过条件。生了孩子之后，她就没再上班，成了全职太太，相夫教子，让刘大枭过着饭来张口的生活。善良的阿芳无论如何都想不到，支走她和孩子，还有守寡的婆婆，刘大枭是要在老宅里做冰毒。

他仔细打量这间位于三楼的房子，屋里没有太多的东西，乱七八糟地放着几张椅子，窗子被不锈钢栏杆封住，昨天将他吊起的铁环固定在横梁上，还挂着手指粗的绳子。再看身上的铁链，手脚都被锁住，想脱身根本不可能。

慢慢地，刘大枭靠在柱子上，迷迷糊糊地睡去。

疼痛让他不断醒来，就这样熬过一夜。第二天早上，太阳从窗子照进屋里，能听到外边的马路上车来人往的嘈杂声。院子里，那条土狗在叫，隐约听到有人说话，门窗都关着，听不清在说什么。

刘大枭扶着柱子站起来，两眼紧盯着铁门，走廊里任何动静也没有。他想活动一下腿脚，就顺着柱子转圈，铁链发出"哗啦啦"的响声。过了很久，还是没有人过来，他狂躁地大喊："跛佬！跛佬！你这个小人，放老子出去！"

停了一会儿，他又开始骂："跛佬，我操你祖宗十八代！有种你来呀，你杀我呀……"骂声引来了楼下的狗，在铁门外狂吠了几声，便消失了。

整个白天没有人理他，他就这样坐着，坐累了就抱着柱子站起来，对着铁门骂几声。身上的伤疼得厉害，饥肠辘辘，口干得冒烟，他只好不停地吞咽口水，以缓解饥渴。眼看着太阳从东边的窗子移到西边的窗子，光线一点点地消失。

天黑的时候，忽然听到有人上楼的脚步声，刘大枭手抓着柱子坐直了，眼睛盯着铁门。不久，铁门被打开，头天见过的那个马仔进来，提着塑料袋，扔在他身边的地上，是几个包子和一瓶矿泉水。

"不会是要毒死我吧？"刘大枭瞟了他一眼，又看看地上的包子。

"那你就别吃嘛。"马仔蹲在他旁边，把袋子解开，挂在他手腕上。

刘大枭一口气把瓶里的水喝干，又把袋子里的五个包子吃完。"跛佬呢？把铁链解开，我要拉尿。"

"我去问问。"马仔大概是不敢做主，转身出去了，铁门开着。几分钟后，马仔又上来，站在铁门外说："拉裤子里吧。"铁门随后又被锁上。

"跛佬，瘸腿佬，你不得好死，有种你把老子杀了，躲着我算什么鸟本事！"吃饱了，似乎也有了些力气，只是伤口很疼。他又开始破口大骂。骂累了，还是不见动静，他靠在柱子上，解开裤子拉尿。

天又黑下来，楼下什么声音也听不到，除了他，院子里似乎没有其他人。地上扔着空矿泉水瓶子，蚊子飞来飞去，胳膊上已经被咬了很多包。刘大枭抱着柱子站起来，用锁住双手的铁链猛砸柱子，边砸边喊："跛佬！跛佬！你狗日的死了吗？放老子出去……"

楼下好像根本没有人，骂也不会有人听得到。他又顺着柱子慢慢坐下来，用肩膀抵在柱子上，闭着眼睛靠在那里。窗外的马路上，白天此起彼伏的摩托车和汽车穿过的声音渐渐稀疏，他估计此时应该是半夜。

这时，楼下传来杂乱的脚步声，是有人上楼的声音。刘大枭被惊醒，他抬起头来，见铁门被打开，跛佬进来，身后跟着三个马仔。有个马仔把炒粉递给他，他接过来，猛地摔在地上。

"给你饭吃，还他妈惹着你了，不知好歹的东西！"跛佬怒不可遏地骂道，上来就是一巴掌。

"老子真是眼瞎，居然被你骗了。看你狗日的长得那副嘴脸，真是对天下男人的侮辱。"刘大枭咬牙切齿，把最脏的话全都骂了出来，"你这种小人看来是没什么江湖道义，就是个烂仔，流氓恶棍。"

"骂吧。我也不想跟你对骂，要死的人了，给你过个嘴瘾。"跛佬冷冷地说，"拿纸笔来，临死前有什么话要说，写下来，我保证送到你老婆手里。"

"写你妈呀，别给老子假装仁慈，没有遗言，连尸体都不要，杀了扔到海里，干干净净。"

"死刑犯枪毙之前也要吃饱再上路，饭被你摔了，那就喝啤酒吧。"跛佬打开罐装的百威啤酒递给他，他自己也开了一罐，"来，我陪你喝，算是兄弟一场，给你送行。"

刘大枭接过啤酒，喝干了，最后吐到跛佬脸上。"动手吧，老子就做个饿死鬼。我死了阴魂不散，你狗日的也别想好过。"

马仔们冲上来，跛佬用衣袖擦干净脸上的啤酒，摆摆手，马仔们退到旁边。"这是你喜欢的，别着急，抽完了再上路。"跛佬把雪茄点着，放到刘大枭的嘴上，拍拍他的肩膀说，"周年的时候我会给你烧纸，多烧点，大毒枭做鬼也不能太穷。"

听到这句话，刘大枭没有骂人，他看到跛佬真的要杀他，顿时冷静下来，靠在柱子上抽烟，心里猛然间感到绝望。他自认为自己最大的优点就是自信，从来不服输，当初迷上冰毒就是这样。如果说一开始只是出于好奇，不断的失败反而让他产生了连自己也说不清的某种刺激，死活也要把冰毒做出来。直到认识菲律宾毒贩奥古斯丁，那家伙对他佩服得五体投地，称他是"鸦片战争后一百六十多年才出一个的天才"，他真的就认为自己是个天才。如今，死在跛佬的手上，葬身在这个海边小镇，也是过度自信给他带来的灾难，虽然心有不甘，却感到无可奈何。

他心里很沮丧，却不想在跛佬面前叹息。抽完雪茄，他目光呆滞地看着窗外，对跛佬说："动手吧，利索点，别让老子受太多苦。"

"尸体怎么处理？"

"扔到海里。"

"你真不想活了？阿妹还在等着你呢。"跛佬下达最后通牒，"给你最后的机会，交出配方就能保住小命。"

"去死吧！老子发明的技术，像你这样的蠢货，下辈子也做不出来。"刘大枭恶狠狠地盯着跛佬，"配方我带到阴曹地府去，不会留给你赚大钱。"

"那我就送你上路。"跛佬冷笑着喊道，"弟兄们，上！"

三个马仔拿着绳子，一拥而上，将他的脖子勒在柱子上。

刘大枭号叫着，嘴巴张得很大，翻着白眼，拼命地挣扎，脚和手上的铁链子哗啦啦地撞在柱子上。

从越州市公安局带回来的冰毒，经过检验，与野牛城发现的新型化学合成冰毒成分完全相同。

"从技术上下结论，能不能确定这是同一个团伙做出来的冰毒？"老六问道。

"理论上不能下这个结论，只能说是同类型的冰毒。"苏可解释说，"不同的制毒团伙，用相同的原料，也可以做出相同的冰毒，但实际上很难做到。"

"为什么？"不等苏可说完，老六又追问道。

"因为化学合成冰毒含有多种成分，除非是一个老师教的，否则，不同的人做出来的冰毒，成分含量必然有差异。"苏可继续说，"而这些新型化学合成冰毒的原料种类、含量都是一样的，可以断定来自一个团伙。"

"到目前为止，我们发现的新型化学合成冰毒有五个地点：白寡妇被杀现场、白天鹅花园水哥家、诱捕华仔和阿强的地下停车场、刘大枭制毒窝点、越州抓到的'骡子'。前四个明显都指向刘大枭和跛佬，'骡子'那个，虽然没有直接证据，但货是从跛佬的老家桥西镇拿的。"皮特对案情烂熟于心，马上理出了头绪，"我想错不了，都出自刘大枭团伙。阿强和华仔的口供都提到，刘大枭说他发明了世界上独一无二的冰毒技术，而且其他地方没有发现这类冰毒，说明新型化学合成冰毒技术还在刘大枭手里，没有扩散。"

"这就对了。"老六说，"'猎冰'行动的最大价值，就是抓住刘大枭和跛佬，阻止新型化学合成冰毒技术的扩散，不让他们给社会带来更大的危害。"

检察院转来材料，通报华仔和阿强终审判决结果，两人因为重大立功表现，被判处有期徒刑十五年。

从一审死刑直接改为有期徒刑十五年，大大超出皮特的预期。他叫上苏可，准备去监狱再跟他们谈谈。如果之前隐瞒了有价值的线索，大幅度减刑后，他们或许还会揭发刘大枭。

华仔和阿强已经被送到监狱服刑。首先被狱警带过来的是华仔，去掉了脚镣手铐，穿着蓝灰色的犯人衣服，看上去精神很不错。见到皮特和苏可，华仔向他们鞠躬。

"从看守所转到这里，就像换了个人。"皮特示意他坐下，一改之前审讯时的态度，温和地说，"因为重大立功，死刑改成十五年有期徒刑，我们没有忽悠你吧？"

"感谢皮警官，我是知道好歹的人。"华仔摸着刚剃的光头说，"以后还能减刑吗？"

"当然可以了。服刑期间表现得好，劳动积极，服从管理，超额完成任务，都能减刑，立功就不用说了。"

"刘大枭会判死刑吗？"

"他跑了。那个房子底下有个地道，这个你怎么没跟我们说？"

"有地道？指天发誓，我和阿强从来没听他说过。刘大枭太狡猾了，他还防着我们，给自己留了后路。"

"他跑不掉的。你仔细地想一想，他有没有说过哪里有关系很好的朋友？"

"做毒品的朋友他肯定没有，要不也不会找我们两个。我就知道他有个女人，说不定知道他去哪里。"

"上次你没说。你认识这个女人吗？"

"当时想你们马上就把他抓住了，说他情妇没什么意思。我过来的时间不长，就见过那女孩两次，叫阿妹，在渔人码头当咨客。刘大枭很喜欢她。"

得到这样的意外消息，皮特很兴奋。自从围捕失败，刘大枭从地道逃跑后，皮特就设想好了他未来可能掉进去的陷阱——妻儿、情妇、母亲、弟弟、姐姐、朋友。这六个社会关系，皮特把他的妻子和儿子排在首位，紧接着是他的情妇，这是最有可能让刘大枭露出尾巴的两大诱饵。

对阿强和华仔反复讯问，出来已经是中午。"想去哪吃饭？"皮特问道，"我请客。"

"当然是渔人码头啦。"苏可脱口而出，"正好可以看看大毒枭的情妇。"

皮特开着桑塔纳来到渔人码头时，正是午饭时间，食客络绎不绝，门口停满了高档轿车，门内侧并排站着两名身材高挑的咨客，笑容可掬地迎接客人。皮特在心里猜想哪个是阿妹，也许两人都不是。他们被其中一名咨客带着，在四个人的卡位就座。她写好了餐台卡，又满面笑容地递上名片。这是她例行的程序，对每个客人都不例外。

“陈小妹，这个名字有特色。”皮特接过名片，眼神飞快地从她脸上扫过。

“老板真会说话，叫我阿妹就行了。”阿妹笑容可掬地说，“以后提前打电话给我订座，免得排队。”

她下了单便离开了，另有服务员上前伺候点菜。

“还挺漂亮的嘛，可惜。”苏可嘲笑说，“卿本佳人，奈何做贼。”

“人家是大毒枭的情人，压寨夫人，有什么可惜的。”皮特把菜谱递过去，他难得有机会向苏可献殷勤，“先点菜，想吃什么，随便点。”

“我就喜欢这里的深井烧鹅，”苏可翻着菜谱说，“还有生煎牡蛎，剩下的我不知道，你来点吧。”

皮特纵然是想在苏可面前表现一下，可是他心不在焉，眼睛始终没有离开阿妹。他在盘算着如何利用这个女人，诱出狡猾的刘大枭。翻了翻菜谱，要了一只膏蟹、半斤罗氏虾、上汤芦笋。

“那家伙奸诈狡猾，怎么会轻易上当。”苏可说，“除非和她感情很深，不然的话，他不会冒这个险，有钱哪里找不到女人。”

当然，皮特是反复想过的，像刘大枭这样的毒枭，凶残毒辣，哪有什么情谊可言，昔日的女人，弃之如敝屣。“没看到阿妹之前，我也是同样的想法。但现在我改变了看法。”皮特把阿妹的名片装进包里，“这么年轻迷人的女孩子，他会抛弃？不，他不会的。”

“她有那么迷人吗？”苏可分明是话里有话，“也许吧，男人可能就喜欢这样的女人。”

“我意思是说，像阿妹这样年轻漂亮的女孩子，刘大枭不大可能抛弃的。”皮特大概也听出了弦外之音，赶紧改口。不过，他讨好苏可的技巧有点笨拙：“要说迷人，阿妹算什么，你才是真的迷人。”

苏可反倒是不好意思了，做了个嘬嘴的怪相。好在烧鹅上来了，正好化解尴尬。只有他们两个人，皮特不用遮掩，他先夹起一块烧鹅肉，蘸上酸梅酱，放在苏可面前的盘子里，然后才给自己夹了一块。

"先去查查她的户籍资料，上技侦手段，监控她。"皮特说，"回去马上起草报告给老六签字，让技术处那边协助，但主要工作还是要靠你。"

他不停地给苏可夹菜，讲他的破案设想，好像不说案子他对苏可就没话说了。"你就不能说点轻松的？"苏可端起茶杯给他倒茶，拿出文艺女青年的看家本领，轻声细语地说，"生活不只是破案，不是说还有诗和远方吗？"

"啊，对，还有诗和远方，说得太好了，惭愧！"皮特自我解嘲，"我是生活得太乏味，现在不喝酒了，烟抽得也不多，生活挺无趣，脑子里全是案子。唯一的乐趣，就是偶尔去拳击馆过个瘾。"

苏可自然能感受到皮特喜欢她，她也没有回避，只是皮特从来没有向她表白过。过去虽然办公室就在上下层，但皮特和苏可几乎是陌生人，连话都很少说。那时候，他是个已婚的男人。出事之后，几乎一夜间，那个本来就很清高的男人，突然变得玩世不恭，喜欢喝酒，脾气又大，见人也不理睬，偶尔能听到同事背后议论他。

被抽调到专案组这几个月，两人近乎形影不离，苏可慢慢发现，皮特是很正直、很有情义的男人。他的脸上确实带着毫不掩饰的傲慢，怒形于色，不懂得中庸之道，要不是遇到老六这样打内心里赏识他的领导，几年前出了事，被处分和撤职，就很难再有出头之日。

当着苏可的面这么说，转眼他就忘了。破案就是他的生活，他的乐趣。

查到阿妹的户籍资料后，皮特先去找居委会。主任是个五十来岁的胖大姐，很热情，听说是为了调查阿妹，马上滔滔不绝："城市花园在野牛城算是中高档的楼盘，阿妹家本来是住不起的。因为回迁房，才住到这里的。"

"她家里都有什么人？"皮特问道。

"家庭是很糟糕的。她父亲卖黄碟，五年前被劳教两年，母亲前两年下岗，现在好像在做家政服务吧。"居委会主任说，"阿妹长得不错，在渔人码头做咨客，收入应该还不错。她还有个哥哥，成家后分出去了，跑长途货运。她跟父母的关系很不好，经常吵架，我们去调解过好几次了。"

"看来是问题家庭，这就不奇怪了。"皮特说，"这女孩子可能比较麻烦，有些事情涉及她。"至于阿妹与刘大枭的关系，皮特暂时还不能说。

"需要我们做什么？"胖大姐很高兴，好不容易找个事情做，而且是帮助公安局，"要不要去她家看看？"

"暂时不用去家里。帮着多留意阿妹家来往的人，有情况及时告诉我们。"皮特说，"先不要告诉其他人，注意保密。"

临走时，皮特还是想去看看。胖大姐带着他进入城市花园。自从那天遭遇枪战，现场调查完成后，他就再也没来过这里。

两人悄悄地上楼，来到阿妹家的门口。防盗门上挂着有《福东晚报》名字的报箱，两边的对联已经陈旧。从表面上，谁也看不出这里能跟大毒枭刘大枭扯上关系。只是，皮特断然想不到，枪战的那天晚上，刘大枭就躲在阿妹的闺房里。

刘大枭被绳子勒得翻白眼，舌头伸出来，拼命挣扎，眼看就要一命呜呼。

"停！"手里夹着烟，在旁边看着这场死亡游戏的跛佬大喊道。

他本来打算拿到冰毒配方后杀了刘大枭，以他手上掌握的资源，从此就可以在江湖上称霸一方。没想到，刘大枭誓死不肯交出配方，这让跛佬恼羞成怒。

他确实动了杀心，否则也不会让马仔下手这么狠。

这种地方，刘大枭的生死，不过就在他的一念之间。但杀人不眨眼只是跛佬的一面，他还有老谋深算的另一面。就在刘大枭即将去向阎王报到时，他喝止了三个杀气腾腾的马仔。他要留下这个赚钱的机器。

绑在刘大枭手脚上的铁链被解开。他赤裸上身，趴在地上，大汗淋漓，被勒得说不出话来，用手揉着脖子，不停地干咳。

三楼的房间没有床，很热。跛佬让马仔架着刘大枭，下到二楼。刘大枭俯身趴在铺着凉席的床上，背部有很多条状的血痕，左腿被跛佬用棍子打得肿起来。

"老子珍惜你的才华，临时改主意了，算你命大。"跛佬从柜子里拿出"斧标正红花油"给他涂抹伤处，刘大枭疼得龇牙咧嘴地大叫。"佩服！记得小时候看电影《红岩》，那个叛徒甫志高当年要是像你这样有种，在渣滓洞能扛住酷刑，少死很多地下党人。"

"你……你干吗改主意？"刘大枭的喉咙被绳子勒出几道痕，说话困难，嘴里却还在骂骂咧咧，"你就是人渣。杀我呀，我不会跟你合作的。"

"妈的，老子正在给你治伤呢，这可是正宗的香港斧标正红花油，你还不领情。"跛佬使劲在他的背上打了一巴掌，刘大枭疼得翻滚，把红花油瓶子碰倒，洒到凉席上。

"你去死吧，跛佬，老子这辈子都不放过你！"刘大枭喘着粗气，恶狠狠地骂道，"你等着，总有一天，我要把你心肝掏出来，看看是不是黑的。"

"我看你真不知好歹，"跛佬用沾了红花油的棉签猛戳他背部的伤口，刘大枭疼得咬着牙大叫。"把我惹急了，一刀捅了你！"

"敢下狠手，为什么又把老子放了？"

"不是说要尊重知识嘛，技术救了你，感觉杀了你有点可惜。"跛佬说着，自己大笑起来，"靠技术吃饭就是不一样，我就吃了没文化的亏。"

嘴上这么说，跛佬的心里其实也没底，他自觉下手确实太狠，本来两人之前就已经闹得很僵，这样雪上加霜的关系，必然让彼此心存芥蒂，稍有风浪就可能再次翻船。

　　休息一夜，刘大枭的精神好多了。跛佬让马仔去买了几个菜，把小茶几搬到床上，两人面对面坐在席子上，杯子里倒了啤酒。刘大枭光着膀子，身上涂抹着红花油，像穿着迷彩服。

　　"今天晚上算是给你压惊，也是向你赔罪。"跛佬举着杯子，和他碰杯，赔着笑脸说，"这就是黑道江湖，很残酷，你要适应。喝了这顿酒，还是兄弟，不要记仇。"

　　刘大枭怒气未消，他拿起床上的雪茄，跛佬赶紧给他点火。"跛佬，你说句心里话，我们两个搞成这样，还能合作吗？"

　　"为什么不能合作？美国当年在日本扔了两颗原子弹，双方打得你死我活，几十年以后又称兄道弟，美国变成了日本的老朋友，还不是因为利益嘛。"跛佬放下杯子，口若悬河地阐述他的为人处世准则，"我们只要有共同利益，就能合作。我知道你的技术很厉害，那又怎么样？你每天能生产五千斤冰毒，卖给谁？像我这样在道上行走了二十多年、神通广大的毒贩子，你到哪里找？"

　　"你的意思是我离不开你？"刘大枭瞥了他一眼，留着后半句话没有说出来。他本来想说："如果不是被警察捣毁了老窝，我绝对不会来找你跛佬。"

　　"我也离不开你呀。奸夫淫妇，各有所需嘛。谁都不要把自己太当回事，都有需要对方的时候。"

　　喝完酒，马仔上来把东西收拾干净，跛佬拿出几包雪茄烟扔给刘大枭。"先养好身体，过几天，找个漂亮的妞给你用。"走到门口，跛佬又站住，"对了，手枪和钱都在柜子里放着。"

　　"不怕我杀了你？"

　　跛佬用手指着自己的胸口，画了个圈，脸上带着诡异的笑，然后关上门，下楼去了。

　　刘大枭慢慢地从床上下来，腿上的疼痛让他站立不稳，险些跌倒。他用手撑着站起来，走到柜子前，拿出逃亡时背出来的旅行包，现金和手枪都在，还有用蛇皮袋缠着的AK47零件。他把手枪的弹夹取下来，子弹原封未动，又装回去，对着门做了个瞄准的姿势，又放回包里。

他坐在凳子上，边抽雪茄边喝茶。感觉心神不宁，他扶着墙壁走过去，拉开门，站在走廊里。院子里没有人，一辆黑色的丰田轿车停在院子里，大黄狗躺在门洞下乘凉。

静养了十来天，跛佬每天陪着他吃饭喝酒，刘大枭的身体渐渐恢复正常。"我带你去另外的地方住。"跛佬打开柜子，把刘大枭的两个包拿出来，"那边比这里安全，连我的马仔都不知道。"

听到这话，刘大枭心里本能地反应：跛佬又玩什么花招？不过他很快就打消了顾虑，跛佬如果要杀他，根本用不着换个新地方。

"这两天我就在想这个问题。不像野牛城，这是个小镇，藏不住人。"刘大枭说，"你那几个马仔怎么样？可靠吗？"

"我不傻，对他们我是有防备的。"马仔们都不在，跛佬简单收拾了一些东西，搬到车上。正要走，看到大黄狗站在车旁边摇尾巴。"哎呀，差点把你忘了。"他把狗拉到车上，开车离开桥西镇。

汽车沿着海边弯弯曲曲的公路向北行驶，右侧是一望无际的大海，远远地可以看到有两条渔船在海上捕鱼。天阴沉沉的，成群的海鸟在海面上飞翔。

"你别看镇上乱糟糟的，那是表面，这里有钱的人很多。"跛佬摇下车窗，把烟头扔到窗外。

"海边上，靠走私吧？"刘大枭侧身看着大海，说着闲话，"靠打渔是挣不到钱的。"

"只要能挣钱的都做，走私也干。不过现在打得比较厉害，八十年代那会儿走私很疯狂，挣钱容易得很。"

"关税越来越低，现在走私不好做了吧？"

"以前主要是走私电子产品，电子表、影碟机、电视机，有多少都能卖出去，内地客天天有人在这等着要货。现在卖给谁？没人要了，所以赖昌星才去走私石油，那生意一般人也做不了，要有可靠关系。"

"我以前就想过走私，没找到关系，也没本钱。"

"你知道这里的人现在干吗？"跛佬故作神秘地停顿了一下说，"唉，不说了，很复杂，别小看了这地方。"

"你家里人呢？他们在做什么？"刘大枭从未听跛佬说过家人，也没有机会问他。

"我不像你，我就像个到处流浪的人，说无家可归也不为过。怎么说呢，说来话长。"像是触到了痛处，跛佬收起总是挂在脸上的奸诈阴险的表情，说起自己的身世，"我父亲出海打渔死了，我阿妈带着我改嫁，外县，离这一百多公里。当时我才六岁，后爹好赌成性，能三四天不下赌桌，回来昏睡两天，喝酒，喝多了就打我，打我阿妈，往死里打。我早就恨得咬牙，心里盘算着长大了找机会报仇。十六岁那年，我记得很清楚，夏天，后爹又在哪里喝得醉醺醺的，从外边回来，莫名其妙地就打我。等他睡着了，我拿个砖头把他的门牙打掉两个，跑回老家。破房子都倒了，我也没地方去，开始流浪，打工，捡废品，还有鸡鸣狗盗的事，反正什么都做，想办法养活自己。后来开始贩毒，来钱快，也不怕，反正命不值钱。"

"有时候还回去看看你阿妈吗？"

"一次也没看过，真的，她也没找过我。我阿妈过的那种日子，说不定早就死了。哎呀，死活也都没意思。像她那样的人，活着不也跟死了差不多吗？"

"老婆孩子呢？"

"二十五岁的时候找了个老婆，也没领结婚证，过了差不多半年吧，可能嫌我挣不到钱，那女人跟人家跑了。从那以后我就自己过。干这种买卖，命贱，早上出去，晚上也许就回不来了，有钱及时行乐，也不牵连谁。"

人都有痛处，偶尔提及的话题，即便是杀人不眨眼的跛佬，也会感到凄楚。两人都不再说话，各想各的心事。

一艘红白相间的轮船从远处的海上经过。刘大枭的视线被那艘船所吸引，目光却是空洞和茫然。他下意识地想起了守寡几十年的母亲。父亲死后，孤儿寡母，日子过得很艰辛，不时有人劝他母亲改嫁。而他的母亲却在一声声长吁短叹中守着三个年幼的孩子，还有那个一贫如洗的家，始终没有改嫁。在他的记忆中，母亲是个特别能忍的女人，以至于他后来都不敢想象，那样的日子是怎么过来的。

早上，刚到办公室，皮特便打电话给张晓波，询问那边的情况。意料之中，桥西镇没有他想要的信息。

他想把张晓波调回来。人生地不熟，又是外地人，也不会当地的语言，很难有机会混进毒贩子的圈子。

放下电话，禁毒支队有情报送来，皮特看也没看，扔在桌子上。

自从城市花园和接下来的水哥被杀案子发生后，老六命令全市公安系统所有与毒品相关的情报都要事先通知专案组，不管哪个单位抓到的毒品犯罪嫌疑人，先交给皮特他们审讯。这类线索隔三岔五就会报过来，皮特不敢麻痹大意，不管有用没用，都要亲自去审讯和调查，这样至少不会漏掉任何有用的线索。

对于野牛城公安系统来说，这两起恶性案件的重要性不言而喻。禁毒支队最近悄悄地发动所有线人，地毯式搜索刘大枭和跛佬的线索。

皮特和老六多次分析后认为，野牛城几个有点分量的毒枭，一部分死于自相残杀，还有一部分，像刘大枭、跛佬，被警方追捕，估计也不在野牛城。剩下的散兵游勇处在群龙无首的状态，反而有利于获得线索。

接连打了几个电话，皮特才仔细去看刚才送来的材料。线人提供的情报说，有个毒贩子认识跛佬。这是很有价值的情报。

皮特立即和苏可赶到南城分局，按照线人提供的准确信息，加上两名刑警协助，没费吹灰之力就抓到了小毒贩子王德峰。

那家伙双手被反铐，蹲在墙角，看上去二十五六岁的样子，长得很结实，头发乱蓬蓬的，左手臂上的蟾蜍文身很醒目。

"王德峰是吧？根据我们掌握的情况，你干的事也够吃一壶的。"皮特手里并没有王德峰的犯罪证据，只好上来就用诈术，"我可以对你网开一面，不找你更多的麻烦，但是有条件，你也别给我要心眼。"皮特示意他站起来，坐在旁边的凳子上，"我们在找跛佬，把你知道的情况告诉我。"

"我实际上不认识跛佬。"王德峰惊恐地看着周围的人。

"什么叫'实际上不认识'？"皮特的声音陡然严厉起来。

"我就是见过他几次。"

"谁是你老板？"

"水哥。"

"水哥在哪里？"皮特明知故问，心里却暗自感到吃惊。

"他死了。"王德峰很配合，有问必答，"我以前跟着水哥，他死了以后我也没事干。要是我知道的东西，我愿意配合。"

"那你怎么认识跛佬的？"

"我见过他两三次吧，每次都是他给水哥送货。"

"水哥是怎么死的？"

"这我不知道。我跟几个兄弟说，怀疑就是跛佬杀的，那天他被水哥打得很惨，满脸是血。"王德峰详细描述了当天水哥和跛佬冲突的过程，"过了没几天，水哥就被人开枪打死。我们都吓坏了，躲着不敢出来。"

苏可打开手提电脑，调出当天水哥被杀现场的监控视频，让王德峰辨认。"是这个人吗？"苏可问道。

王德峰连看了两遍。"跛佬右腿走路跛脚，这个人就是右腿有毛病。身高、胖瘦、走路的样子也像他。就是长得不像，我说不准什么原因。"

皮特让分局的刑警给他打开手铐。"跛佬真名叫什么？"

"不知道真名，水哥每次都是叫他跛佬。"

"刘大枭，听说过这个人吗？"

"没听说过。"

"跛佬跟着白寡妇，手下肯定有很多人，有你认识的吗？"

"白寡妇被干死以后，传得很恐怖，我们私下都猜是谁杀了她。我知道有两个人认识跛佬，一个后来吸毒死了，还有一个人，好长时间没有联系过，我想办法，应该能找到他。"

王德峰心里明白他过去做过的事，在警察面前也就格外卖力。三天后，他果然找到了那个叫周卫国的人，他过去在白寡妇和跛佬手下混过几年，只不过他已经洗手不干了，跟朋友合伙开了个洗车店，地点就在野牛城公园西门对面。

按照皮特的授意，王德峰假装找周卫国要货，把他引出来。

"他说搞不到货。老板被杀之后，团伙的人都跑了，他也吓破胆，不再做毒品。"王德峰回来报告说，"求你们别抓他，我慢慢打听，也许还能找到白寡妇和跛佬的马仔。"

皮特还是带人把周卫国抓了。他被这突如其来的行动吓住了，额头上满是汗珠，圆领衫前后都被汗水湿透。

"你不用紧张。你看，我们都没有给你上手铐呢。"苏可倒了一杯水给他，想缓和他的紧张情绪。

"周卫国，你以前在白寡妇和跛佬手下做事，这笔旧账怎么算？"皮特的话自然含有威胁的意思，但也留了空间，作为毒贩子，不会不明白。

"警官，我原来做错事，很后悔。"周卫国太紧张，不断擦汗，他给自己开脱说，"现在我跟朋友开洗车店，靠自己劳动谋生，再也不干那些事。"

"这我知道。我们想找你打听跛佬的事。"

"我真不知道他在哪。白姐被杀，肯定是得罪了黑社会大佬，我们自己想办法逃命，和跛佬也没有联系过。”

“你说说吧，跛佬是个什么样的人？”

“跛佬的家不在野牛城，他是外地人，在哪里我不清楚。他真名字好像叫梁火强，还是梁火刚，一般我们见面都不叫真名字。跛佬绝对是个狠角，老板非常信任他，他手上有很多大客户。”

“你和跛佬的关系怎么样？”

“其实也说不上什么关系，就是他经常给我派活，让我有机会赚钱。”

“还有谁认识跛佬？”

“熊仔也认识他，后来偷渡去香港，在海里淹死了。另一个姓孙的，外号叫猪肉佬，以前卖过猪肉，我现在找不到他。我们这几个人有时候陪跛佬打麻将，除了这个，私下来往也不多。”

“跛佬在野牛城有房子吗？”

“有房子。不知道房子是租的还是买的，我们打麻将就在那个房子里。他有个女人叫阿青，平时跟他住在一起。”

“阿青是他情妇还是老婆？跟毒品有关吗？”

“这些事我们都不会打听，也不知道他们到底是什么关系。”

周卫国说的房子位于城南新区，在当地也只能算是普通的住宅。晚上九点多钟，皮特估计这时候家里应当有人。张晓波不在，他带着苏可，临时叫了刑警帮忙。

听到敲门声，有人打开门，是个三十来岁的女子。她被推进室内，关上门。查了身份证，原来这女人是阿青的姐姐阿秀。

“你们找阿青干什么？”面对警察，阿秀倒是很镇定，“阿青到深圳打工去了，房子暂时就我在住。”

“你认识跛佬吗？”皮特盯着她，劈头盖脸地问道。

“我不认识。”阿秀从容地回答说，“也没听我妹妹说过这个人，你们搞错了吧。”

“有逃犯在这里住过，我们要搜查房子，你可以在场。”皮特说，"在我们搜查期间，你不能使用电话跟任何人联系，也不能离开这个房子。"

这是两居室的旧房子，没有特别的装修，室内的家具也很寻常，看不出来这是毒枭曾经居住的地方。阿秀坐在沙发上，苏可看着她，其他人在房间里翻箱倒柜。

从柜子里搜出一本房产证，产权人是林玉青。"是你妹妹吗？"皮特接过房产证问道。阿秀点点头。

皮特从抽屉内搜出两张车票：福东至柏山，柏山至普河。

"从野牛城到越州要经过柏山吧？"皮特拿着车票问那名刑警。

"对，不光是到越州的长途客车经过柏山，"那个刑警说，"还有野牛城直达柏山的车，去年办案的时候我就坐过。"

房间内物品不多，显得空空荡荡，除了那两张车票，没有搜到其他有价值的东西。

"你确定阿青在深圳吗？"皮特让阿秀在扣押清单上签字后，又严肃地对她说，"看来你要暂时受点委屈，跟我们的办案人员去一趟深圳，找到阿青。"

"凭什么呀？"阿秀情绪抵触地嚷嚷道，"我也没有犯法，你们凭什么把我押去深圳？"

"你冷静点。"皮特说，"我刚才就说了，因为这个房子和犯罪有关，住在这里的人，不管谁，即使没有犯罪，也有义务协助调查。"

阿秀被带下楼，时间已经接近深夜零点。她被临时安排在公安局招待所，苏可看着她。

匆忙赶回办公室，皮特赶紧去看墙上的全国地图，发现柏山就在普河西边，五六十公里的距离。两张车票，显然是先从野牛城到柏山，再转车去普河。

得到这个线索，皮特来了精神，马上打电话给张晓波。

"跛佬的情妇怎么会到普河来？"听到皮特刚刚发现的线索，

电话那头的张晓波说，"要搞清楚，车票是跛佬和他的情妇谁使用的。"

"越州的骡子到普河的桥西镇拿货，而且是和野牛城发现的同样的新型化学合成冰毒；跛佬或者他的情妇从野牛城到过普河，你觉得和野牛城发生的事会没有关系？"皮特说，"让你留在桥西镇，看来是神助。"

按照皮特的性格，这个线索会让他睡意全无，通宵达旦地去琢磨。他拉开窗子，站在那里抽烟。虽然是半夜，但公安局大院里还是不断有警车进出，他在领衔侦破代号"猎冰"的城市花园杀人案，也没有去管那些日常的刑事案件。

轿车在七拐八弯的乡间土路上绕来绕去，接近中午才来到跛佬说的新地方。看上去，这是个独门独户的院子，房子很新，与其他的房子相距很远。房子东侧和后边都是农田，水稻已经开始抽穗。西侧靠近低缓的山坡，门前的土路，不下雨的时候勉强能走轿车。跛佬停下车，把大门打开。

跛佬把车从正门直接开进院子里。刘大枭从车上下来，仔细观察眼前的房子。这是个典型的农村庭院，占地大约有半亩地，坐北朝南的是主房，平顶，东边有两间砖瓦结构的起脊平房；周围的红砖院墙有两米多高，顺着墙边栽了杧果树；院子中央有张石桌、四张石凳；从主房到东屋再到大门，用砖头铺了一米多宽的路，地上到处是落叶，杂草从砖缝中长出来，像很久未住人。那条黄狗四处撒欢，在陌生的院子里到处撒尿。

跛佬将石凳上的树叶扫干净，两人坐下来抽烟。"五年前建的。这地方不错吧？"跛佬说。

"你没有家人，在乡下建这么大的房子给谁住？"刘大枭打量着眼前这个大院子，颇有些不解。

"冰工厂啊。要不然让大毒枭来这里干吗？"跛佬似乎很得意，

"没有你那里高档是吧？"

"不是高档低档的问题，这里很容易被发现。"刘大枭有点不放心，他站起来，向墙边走去，"你有没有想过，万一被警察盯上，从哪里逃跑？"

"你别神经过敏，警察找不到这地方。"跛佬说，"这地方离桥西镇七八十公里，不归普河管，属于陆平县。"

两人在院子里转了一圈，跛佬翻出钥匙，打开东侧平房的不锈钢门。房间很宽敞，后墙没有窗子，靠院子里的窗子装了钢筋防盗网，被窗帘遮得严严实实。在房间的中间，木架上整齐地码放着白色的编织袋，有大半人高。

"袋子里全是麻黄素，两千斤。"跛佬用手拍着那些袋子说，"这绝对不是一般人能搞到的。"

刘大枭趴在袋子上闻了闻，并没有表现出跛佬所期待的那种惊喜。"你从哪里搞这么多麻黄素？过时的东西，我对这玩意早就没兴趣了。让我来搞麻黄素，不是侮辱我的智商嘛。"

"这就是我为什么没杀你的原因。不懂化学合成技术，只能用麻黄素。"

"麻黄素管制太严，做起来也很麻烦，当年菲律宾佬教我，开始就是用麻黄素，我就是觉得太落后，才去研究全新配方的化学合成冰毒。劲更大，成本低，纯度更高，随便哪都能买到原料。"

除了装在袋子里的麻黄素，房间里还放着制毒的设备，没有安装，乱七八糟地放在地上。刘大枭显然看不上这些东西，用脚踢来踢去，就像在垃圾堆里寻找有用的废品似的，有时拿起来看看，又随手扔在地上。与他在野牛城的那套设备相比，实在没法让他看得上。

"你以前就用这种设备做冰毒？"刘大枭带着失望的表情问道。

"不要问以前。"跛佬看出了他的不屑，"你要是看不上这些破玩意，就全部扔了，再去买嘛。"

"也不至于扔了吧。你这套设备可能缺东西，规格也太小。"刘大枭蹲在地上，仔细查看搅拌机的牌子，摇摇头说，"光是消化你这两千斤麻黄素都要好几个月。"

其实跛佬从来没有亲自生产过毒品，都是别人做好了卖给他。从野牛城回到老家桥西镇，他一直闲着，小打小闹的毒品交易他不感兴趣，做大生意又找不到合作对象。那天他听朋友说，有个做毒品的家伙得了癌症，时日不多，想把手上的原料和生产线打包转卖。这是乘人之危的好机会，跛佬没花多少钱，毫不犹豫地买了过来。

"既然有这么多现成的麻黄素放在这，也不能浪费，先把它消耗掉。"刘大枭说，"要先去买设备，按照野牛城的标准，设计世界最先进的冰工厂，把这些货吃完，以后就不再做麻黄素。"

"那你先准备吧，看还缺什么东西，到越州去买齐了，过几天就开工。"跛佬边说边走向停在院子里的车，"我还要去桥西，跟当地最大的毒贩子谈判，以前我送来的货都是卖给他。"

刘大枭站在那个存放麻黄素的房间门口，看着跛佬的轿车开出院子。他从里边把大铁门锁上，回到房间里，试图拼装跛佬买回来的生产线。折腾了半天，发现还是缺了很多关键配件，只能再去买。他坐在门前的台阶上抽烟，想起野牛城的那套设备，那都是他在试验的过程中慢慢添置起来的，越想越觉得可惜。

等到晚上十点多，跛佬还没有回来。附近是乡下，这个时间早已是黑灯瞎火，家家户户都已经睡觉。刘大枭悄悄地打开大门，黄狗跟在他身后。或许是开门的声音惊动了谁家的狗，突然叫了几声，又陷入平静。刘大枭沿着院墙东边的田埂慢慢向后边走去。刚刚经历了被警察伏击的恐惧，刘大枭杯弓蛇影，疑神疑鬼，虽然是在乡下，但这个大院子还是很刺眼，很容易成为被人关注的目标。

他走到院子后边不远的水塘边，蹲在那里抽烟。这才看清楚，水塘挺大，中间有两个制氧机，偶尔能听到鱼划水的声音。没有月亮，满天繁星，在城市难得一见的银河从村子上空穿过。走走停停，他又转回院子，还是不见跛佬回来。

直到第二天上午，跛佬才回到乡下的住宅。

大黄狗围着他不停地摇尾巴。跛佬看上去情绪很差，灰头土脸，好像昨晚上没有睡觉。"他妈的，出大事了！"跛佬砰地关上车门，狠狠地骂道，"老子才走两天，就搞出人命！"

"出什么事？"刘大枭正在安装制毒设备，他取下手套，满脸狐疑地问，"不会是野牛城的警察追过来了吧？"

"有个马仔被打死了。"跛佬把路上买的荔枝递给刘大枭，自己站在那里，心神不宁的样子，"昨天晚上两伙毒贩子在夜总会打架，我这边死一个，对方的那家伙胳膊被砍断。你说这他妈的不是没事找事嘛。"

"听我说，你先别骂娘，"刘大枭并未惊讶于马仔的死，反而出奇地冷静，"你现在要做的是用最快的速度……"

"桥西的房子很危险，你是这个意思吧？"跛佬打断他的话，"老子是吃什么的？当时就想到了，那个房子不能再住。我整夜没睡，在清理房子，重要的东西都拿出来了。"

"镇上那个房子谁都不能再进去。"刘大枭果断地说，"干脆扔掉它，不要有任何侥幸。小镇上的房子也值不了多少钱，不过是生产线多开半个小时而已。"

听到这话，跛佬在心里暗暗骂道："狗娘养的，你好大方。"可是他没告诉刘大枭，那房子根本就不是他的，是三年前租来的。房东老两口是华侨，平时住在马来西亚，小镇上说的都是本地土话，租房也不用身份证，见面看看房子，当场交三年房租给房东儿子，他们根本不知道租房人是谁。

要论江湖道术，跛佬当然是老手，混迹于半黑半白的社会二十多年，踢寡妇门，挖绝后坟的事没少干，可居然没有在公安部门留下过半个字的案底。他之所以要在桥西那样的小镇上租房子，也是为了在野牛城和越州之间建立一个中转站，而且那一带是他从小到大混了几十年的老地方。

桥西那边社会复杂，是非很多，什么时候会出事，往往无法预料。有道是狡兔三窟，跛佬又找朋友帮忙，在相邻的陆平县城郊买下一块宅基地，建了房子。这地方距离桥西镇不远不近，位于两县市交界处，是应急的藏身之地。

"这地方死个毒贩子是常有的事，你以为警察有那么认真去破案。"跛佬淡定地说，"别神经兮兮的，我是这里的人，比你知道得多，有钱真能使鬼推磨。十几岁就在道上混，你别把我想得那么蠢，不管是我的马仔还是当地的朋友，再好的关系，我都留有后手。为啥我让你搬到这里住，就是为了保密，除了我们两个，找不到第三个人知道我们住在这里。"

"你这样说我就放心了。不过，我还是提醒你千万不可掉以轻心，我们在野牛城闯的祸很大，公安局会放过吗？"刘大枭不想让跛佬有被教训的感觉，毕竟，这里不是野牛城。他岔开话题说："生产线差不多装好了，加工这批麻黄素勉强能用，就是有几个配件损坏，我写给你，在普河应该能买到。如果做化学合成的高端货，那就要重新买新设备。现在也不敢去越州，先把这些麻黄素做完了再说。"

"真正的麻烦不是死个马仔，这种事好办，拿点钱就完事。"跛佬不断用力吐着嘴里的烟，他心里显然还有事，"我担心的是和当地最大的毒枭肥叔怎么合作，不跟他谈好，在普河我们也搞不下去。昨天找他谈判不是很顺利，他说必须跟你谈。"

"我现在不方便出面，不能被他牵着鼻子走。"刘大枭说，"我去见他，不只是危险，还要考虑我的身份，对他保持神秘很重要。"

时近中午，跛佬欲言又止，他转身开车出去，很快又回来，带了几个菜。两人边喝酒，边谋划如何在这个虎狼窝立足。

吃完饭，跛佬开车走了。他还要去桥西镇，探听那里的风声，最重要的是跟肥叔谈判。跛佬虽然认为自己在江湖上是一条汉子，可是在肥叔面前，他还是要考虑如何拿捏分寸。

皮特带着两名刑警和阿秀，将阿青从深圳带回野牛城。

这女人二十五六岁的年纪，长得又矮又胖，厚嘴唇，两个硕大的乳房似乎要把连衣裙撑破，露出很深的乳沟。

听说跛佬的女人被带到了公安局，老六马上赶过来，和皮特进入留置室。看到阿青由于紧张，脸色苍白，他扫了一眼又转身出来，让苏可进去，先找她谈谈。

"阿青，知道为啥把你叫到公安局来吗？"苏可以警察常用的格式化语言开头，顺带着警告的语气，"我希望你别给自己找麻烦，知道什么就告诉我们。"

"我是老实本分的人，在深圳打工，也没有干违法的事。"阿青搓着双手，眼神中露出惶恐，"你们把我带来公安局，要是说出去，以后我怎么办。"

"我就不绕圈子了。"苏可说，"你认识跛佬吗？"

"哦，原来你们是问这个。"阿青似乎松了一口气，"我跟他是光明正大的关系，他单身，我也没结婚。不就是他比我年纪大嘛，我也不在乎。"

接着，阿青开始说她和跛佬的故事，似乎没有隐瞒的意思。她是土生土长的野牛城本地人，家在农村，和姐姐到野牛城打工，先是在电子厂生产线做装配工，后来她又到餐馆做服务员。跛佬常去那家餐馆吃饭，慢慢就跟阿青熟悉了。

别看跛佬心狠手辣，相貌令人厌恶，被刘大枭讥讽为"长得对不起天下的男人"，但他很会疼女人。钱来得容易，出手自然也很大方，这对于从农村来城市打工，自身条件同样不好的阿青来说，不光是抵挡不住的诱惑，而且还是可以依靠的肩膀，给了她在这座大都市生活的安全感。

"你现在住的房子是他给你买的吧？"苏可开始触及核心问题，"我们看了房产证，是你的名字。"

"他说要跟我结婚，就买了这套房子。"阿青慢慢放松下来，有问必答，"买了房子，我才相信他是真心对我好，不是想玩我。"

"你这么信任他，你知道他是做什么的吗？"

"他说是做钢材生意的。反正我也不太清楚。"

"那我就告诉你吧，他就是大毒枭，贩毒的，你那房子就是用毒资买的。"

听说跛佬是毒枭，阿青当场就哭起来。"我真不知道他贩毒，他也没有给我很多钱。那天走的时候给我两万块钱，说要过很长时间才能回来，让我不要给他打电话。"

"是哪天？后来有给你打过电话吗？"

"记不清楚，去年年底吧。自那次走了以后，他再也没给我打过电话。我打他的电话，是空号。"

"跛佬真名叫什么？家在哪里？"

"我没看过他身份证。他说他叫梁华强，老家在普河，带我去过几次。"

"他家里有什么人？"

"我没看到他家里人。只有他一个人。"

这真是意想不到的重大突破。看完阿青的笔录，老六喜出望外，连夜召开紧急会议，讨论行动方案。

其实，皮特向来不喜欢开会讨论案件，他过去当五大队队长的时候，每次面对的都是大案，他的习惯是，烟盒和打火机放在旁边，嘴里含着烟，冥思苦想，陷入忘我境地，慢慢地，两眼放光，豁然开朗。

现在，他们既不能确定普河就是跛佬的老家，也没有得到他和刘大枭在一起的任何线索。"按照阿青的说法，跛佬多次带她去普河。去干吗？跛佬如果到普河卖毒品，他不会带着阿青。"皮特分析说，"我认为普河就是跛佬的老家，从那里应该能找到他的线索。"

"普河那地方小，刘大枭和跛佬这种级别的大毒枭能藏得住吗？"老六疑惑地问道，"毕竟就是个县级市，经济也不发达，这两个家伙做的是新型化学合成冰毒，机器一开，那还得了。"

讨论到半夜，也不过是各种分析。但跛佬的情妇是抓在手里的真实存在。

次日早上，皮特率领行动小组十人，分乘两辆面包车，带着阿青前往普河。除了他和苏可是专案组成员，还有八名特警。"我们面对的是非常狡猾的对手，也很凶险，对付这样的人要动脑子。"老六来给他们送行，皮特听出来，这是话中有话，那意思是说，要接受上次的教训，不能再出差错。他心里有点不舒服，要是在以前，或许脱口就是一句把老六噎得翻白眼的话。

"那又怎么样？猫和老鼠的游戏，多玩几场，玩到最后，老鼠能玩过猫吗？"皮特不咸不淡地应付着，关上车门，驶出公安局大院。

到达桥西镇的时候已是晚上八点多。与张晓波会面后，又在镇上转了两圈，算是看看地形。几个人简单商量后，决定先不跟当地公安局打招呼，直接行动。

两辆面包车的车牌被取下来。吃过晚饭，皮特率领抓捕小组悄悄地来到跛佬位于桥西镇的住宅，面包车分开停放在不远处，暗中监视着住宅。晚上十点多，让阿青上去敲门，铁门从外边锁着，无人回应。

"你没记错吧？"皮特问道。

"绝对没错。"阿青肯定地说，"我来过三次，去年夏天还来过。大门上边有个镜子，我问他做什么用，他说可以辟邪。"

从远处看过去，一排朝南的房子，两层到四层的都有，房子在后，院子在前，大门前是东西走向的春风路。邻居的院子里都有灯光，唯独这个房子黑灯瞎火。路上偶尔有摩托车路过，很少行人。

"我们两个过去看看。"皮特和张晓波像是两个陌生人，顺着春风路走过去，然后分别从目标的东西两侧巷子走进去，再从房子后墙边转出来，并未发现有什么异样。

"房子看来没有人。"皮特和大家商量对策，"这很正常，像他这样的人，能有几天待在家里？"

"我看这样，"张晓波提出建议，"我们秘密监控几天，再决定如何行动。我带两个特警今天夜里守在这里，明天你们来替换我们。"

皮特采纳了张晓波的建议，将抓捕小组成员分成三组，分别由皮特、苏可、张晓波各带一个组，每个组八个小时，轮番对目标进行监控，其他人回到酒店休息待命。

蹲守三天，阿青照例每天都去敲门，无人应答，房子里也没有人进出。

"不能这样被动地死守。"皮特改变了主意。

第三天深夜，张晓波和两名特警翻墙进入院子，发现里边的房门也被锁着，仔细搜索后，确认房子里无人，又翻墙出来。

"你们守在外边，我带两个人进去取证。"苏可从车上找出全套工具，很有把握地说，"如果跛佬住在这里，很容易就能取到他的指纹，起码我们能确认这里到底是不是他住的地方，不至于在这里等待戈多。"

这也是当初老六把苏可安排到专案组的好处，有了懂技术的专业人员，需要的时候随时可以取证。案发以来，每到关键时刻，皮特总能发现苏可的重要性。

"我和苏可带三个特警进去，晓波带人在外边警戒。"皮特说，"你们都待在车里，注意观察周边的动静，别太引人注目。"

凌晨两点多钟，皮特、苏可和三名特警翻墙进入院内。撬开一楼的门锁，借助微弱的光线，可以看到客厅内摆放着沙发、电视机，旁边还有小冰柜。皮特说："把窗帘拉上，不要开灯。"虽然房间内没有人，他还是保持足够的警惕，左手拿着手电筒，右手持手枪，跟着特警向楼上搜索。

二楼有两间卧室，其中一间放着双人床和衣柜，另一间卧室堆放着不少杂物。中间的客厅不大，放着茶几和木沙发，茶几上有两个百威啤酒空罐，地上既有空罐，也有空啤酒瓶，乱七八糟地扔在那里。

"好极了，这些空啤酒罐、啤酒瓶都是很好的检材。"苏可提醒说，"你们都不要碰它，这上面肯定能取到指纹和DNA。"

"现在没有灯光，只有手电筒，能取证吗？"皮特悄悄地问道，"取了指纹、DNA，岂不是还要送回去比对？"

"没有灯光，可能有点麻烦。我试试再说。"苏可说，"刘大枭和跛佬的指纹档案我随身带着，提取后当场就可以比对。DNA我这里没有条件做，只能把啤酒瓶、啤酒罐带回去检测。"

"我看这样，把这些空瓶、空罐拿出去，这样你就可以从容地取证。"皮特果断地改变了主意，"阿青说的是实话，跛佬至少在这里住过，这十几个啤酒罐、啤酒瓶不可能跟他没关系。假如能从这上面取到跛佬的指纹，我们追捕的目标就可以集中到普河、桥西镇。"

特警打着手电筒，协助苏可楼上楼下搜集物证。她把四个百威啤酒罐和七个蓝带啤酒瓶小心翼翼地放进证据袋，还有十几只烟头，连夜带出去取证。

思考再三，皮特通过对讲机与在院子外警戒的张晓波商量，决定把三名特警留在房间内埋伏，他和苏可撤出来，等待证据鉴定结果。皮特检查了厨房，水电和煤气都可以正常使用，他让张晓波把车内为夜间蹲守准备的面包从院墙外递进来。

"面包、八宝粥、方便面、咸鱼罐头，内容还挺丰富嘛。"皮特看着从西侧院墙悄悄送进来的食物，倒是不用担心他们潜伏在院子内的吃饭问题。他对三名特警说："你们的任务就是守株待兔，埋伏在房间内，等待目标出现。切记夜间不能出现灯光。"

"这些瓶子和罐子能取到什么证据还不确定，"苏可说，"这房子里的证据还没有提取，很多地方你们都不能碰，床也不要动，那上面可能有我们想要的证据。"

趁着天还没亮，皮特和苏可翻墙出来。他下令张晓波带着在院子外担任警戒的人员全部撤走。他相信，三名身手不凡的特警，每人配备一支冲锋枪，对付几个毒贩子，火力是足够的。

刘大枭苦等两天，跛佬从普河回到陆平乡下的房子。他带来的不是刘大枭希望的好消息。正如跛佬所说，被打死一个马仔算不了多大的事，摆平肥叔才是当务之急。只是，在当地混迹于黑白两道的肥叔胃口极大，他显然明白刘大枭在当地没有什么势力，跛佬也不是对手，想在他面前讨价还价，他们都不够资格。所以，他吃定了这两个急于发财的家伙。

按说，跛佬和刘大枭合作制造冰毒，可以另起炉灶，不需要和肥叔合作。但是，用刘大枭的技术生产新型化学合成冰毒，不是小打小闹，很快就会在当地毒品市场引起注意，根本避不开肥叔的势力范围。跛佬深知肥叔的凶恶，根本斗不过他，将来发生争执，十有八九被对方灭掉。权衡再三，还不如先和他谈好交易，这样做起来就安心了。

"真是个老杂种，走过的路不长草，太黑了！"跛佬愤愤地骂道，"他非要占一半份子，很强硬，任何商量的余地都不给。"

肥叔大概是有些轻敌，他的对手是胃口更大，比他更凶残、更贪婪的毒枭。逼到无路可走，只好你死我活。"那个衰佬不给我们面子，干吗要把他当人看？"刘大枭又动了杀机，"本来我是不想杀人的，是被他逼得没办法。再杀个肥佬也无妨。"

"怎么杀？"跛佬脱口问道。要说杀人，跟肥叔谈判的时候，面对这个贪婪的毒枭，跛佬当时就想到了。他知道对方吃惯了独食，再谈也不会让步，"要不就像杀水哥那样，找个机会我去给他爆头。"

"杀个人很容易，想让他今晚死就不能过夜。"刘大枭不紧不慢地说。这是跛佬永远斗不过他的最大原因，就是到了跛佬这里，在他的地盘上，刘大枭反客为主，还是老大。"最好是动点脑子，不能惊动警察。我经常说，杀人不见血才是杀人的最高境界。"

"别跟老子玩这些高深莫测的东西。"跛佬情绪焦躁，很不耐烦，"赶紧定下来，杀了衰佬，我们马上开工生产，拖一天就损失很多钱。"

"你能搞到'高希霸'雪茄吗？"

"那简单。前几天去跟肥佬谈判，我就带着'高希霸'。"

"那就好。你准备好整箱的'高希霸'，再到化工商店买两瓶水银，剩下的事情我来做。"

跛佬不明就里，他也只是听说过水银而已，至于水银是做什么用的，这东西他不懂，而刘大枭是化学专业毕业的，他也懒得去问。反正肥佬肯定要死，如果刘大枭拿不出他说的"杀人不见血"的方案，跛佬就会出手要了那个死胖子的命。

就像变戏法似的，跛佬从普河跑个来回，带着两瓶水银和木盒装的"高希霸"雪茄。"没开封的，两箱，每箱十盒，够了吧？"跛佬说。

刘大枭拿过水银的瓶子和雪茄看了看，木制的烟盒上贴着封口纸，他用水果刀尝试去拆封口，发现拆开后就会破坏封口纸，无法复原。"这东西看来是个技术活。"刘大枭毫无办法，"不能让肥佬看出封口被拆过。"

"这不难，我有个做假烟的朋友，专门做中华烟，我去找他试试。"跛佬说，"我就是不知道你要干什么。"

"只拆开一箱就行了。"刘大枭诡秘地笑着，"把烟盒拆开你就知道了，我当面做给你看。冰毒的技术对你保密，杀人不见血的手法可以教你，只要你别用来杀我就行了。"

跛佬没费多大事，当天就找做假烟的朋友把十盒雪茄拆开，完好无损。

夜深人静，两人将做毒品用的钢锅搬到院子里的空旷地带，放在铁架子上，三个大号的酒精灯置于铁架子底下。刘大枭戴上手套和防毒面具，把两瓶水银倒进锅里，再放上两层不锈钢架，从木盒子里取出雪茄烟，并排摆放在不锈钢架子上，盖上透明的玻璃钢锅盖。全部准备就绪，刘大枭点燃了锅底下的三个酒精灯，开始慢慢加热。

"虽然我杀人眼都不眨，看到这个还是有点恐怖。"跛佬说着，赶紧向后退，"你入错行了，应该去做职业杀手。"

"连你这样的屠夫也会害怕？"刘大枭挖苦跛佬的同时，还不忘教训他，"你无非就是很野蛮嘛，关键是要动脑子，杀个人无声无息，神不知鬼不觉，干吗要惊动警察呢。"

空旷的院子中间，酒精灯发出蓝紫色的光芒。两人退到旁边，远远地看着，跛佬神情紧张。刘大枭故意不说如何杀人，但跛佬大致明白了，那些和水银一起放进钢锅里加热的雪茄烟，就是刘大枭杀人不见血的武器，他要用雪茄烟毒死肥佬。不过，跛佬还是不明白其中的杀人原理。

"你这妖术靠谱吗？想到小时候我妈做迷信的样子，"跛佬说，"盛半碗水，用筷子不停地转圈，嘴里念着听不清的东西，好像在诅咒。你还别说，筷子最后在碗里就立住了，神奇吧？"

"我在蒸馒头，那些雪茄烟就是馒头。"刘大枭开始向跛佬解释杀人原理，就像上课似的，"这是科学，不是什么妖术。你别看水银的名字有个'水'，它其实是液态金属，加热或者遇到明火之后会产生剧毒的蒸气。熏蒸的过程中，有毒的蒸气会慢慢渗透吸附在雪茄烟里，就成了毒烟。长期抽这种烟，会造成慢性水银中毒，严重损害人的神经系统，对心脏、肝脏、肾脏也有损害。就算抢救及时，能保住命，多半也会变成废人。"

"能发现是我们干的吗？绝对不能让肥佬看出来，不然的话，他不会放过我们。"

"要是马上就知道是我们干的，那还叫杀人不见血吗？我告诉你，这玩意不像老鼠药，吃了马上就死，它是慢性中毒。等十盒雪茄抽完，发现中毒，已经很严重，基本上活不成。为什么我说一箱就行了，如果多了，他抽不完就会中毒，剩下的就会成为证据。只送给他十盒，烟抽完，证据就被肥佬自己销毁了，天知，地知，你知，我知，就是他不知。"

"你总是说我杀人不眨眼，我看你才够狠。依我看，什么职业都不适合你，只有犯罪才能发挥你的才能。"

这是刘大枭喜欢听的话。上次听到类似的恭维是菲律宾佬奥古斯丁。一开始听到这样的溢美之词，他也没有太当回事，只是满足瞬间的虚荣而已。渐渐地，他相信奥古斯丁的话不是投其所好，而是发自内心的赞赏。

"服了吧？"估计水银已经蒸发完毕，刘大枭扔掉手中的烟头，重新戴上防毒面具和手套，走过去将酒精灯熄灭。待钢锅完全冷却后，刘大枭打开密封的锅盖，发现水银挥发得一点不剩，这正是他期待的效果。他和跛佬把钢锅抬到准备生产冰毒的房间，刘大枭用夹子将摆放在架子上的雪茄放回木盒，再用万能胶小心翼翼地将封口标志贴上，放进外包装箱，看上去丝毫没有动过的痕迹。

"老子出了一身冷汗。"跛佬似乎还没有从惊恐中缓过来，咂咂嘴，"很像电影中的杀人，就是不知道效果怎么样。"

"你别跟我装。我教给你杀人不见血的手法，以后说不定能用上。"

"对我没用，太复杂了。哪天我杀你，还是一枪爆头，干脆利落。你杀我会怎么杀？"

"杀你有很多手段。"刘大枭说这话时很严肃，给人的感觉不像是开玩笑。这两个冤家，彼此心存戒备，那些听起来完全是调侃的话，在他们的心里却是真实的感受。尤其是刘大枭，他时刻在对跛佬察言观色，不过，他相信这时候是安全的。

两人把钢锅搬到院墙的西北角，水银空瓶子和用过的东西也扔进锅里，挖了坑埋进去。"你明天赶紧去约肥佬，越快越好，就说我要跟他面谈合作。"

第三天晚上，刘大枭和跛佬在普河最豪华的南海一品大酒楼宴请肥叔。

在普河——确切地说是以普河为中心，方圆一二百公里，在毒品和黑道上混的人，肥叔的名字如雷贯耳，过去想挑战他地位的人个个死得很惨。跛佬本来也不够格跟肥叔谈判，因为他手里握有刘大枭这张牌，狐假虎威。

还在野牛城的时候，跛佬几次把货送到老家，就是给了肥叔。那家伙几乎惊掉了下巴，从来没见过这么高品质的冰毒。只是他绝对没想到，刘大枭突然会来到他的地盘上，肥叔意识到可能带来的滚滚财源，想把这个大财主牢牢地控制在手里。

肥叔喝退随行的马仔，进入包厢和刘大枭、跛佬谈判。装腔作势地寒暄后，跛佬满脸堆笑着将装在礼品袋里的杀人雪茄送给肥叔。

"我知道肥叔喜欢抽'高希霸'，托朋友从香港带回来的。肥叔是兄弟们敬重的大佬，今天我带大枭老弟来拜码头，以后还请肥叔多多关照。"跛佬心里明明紧张到了极点，却努力掩饰着脸上的表情，那双虽然小却像鹰一样机警的眼睛一直在观察肥叔。

这番恭维让肥叔很高兴，忙不迭地点头。"哎呀，你们这是摸到肥叔酸爽的地方了。"肥叔伸出两只像大馒头的胖手接过雪茄，笑得脸上的肥肉都在颤动，"肥叔这辈子最喜欢两样：雪茄和女人。雪茄只抽'高希霸'，最近朋友出了点事，断货了。"

"这个以后就交给跛佬，定期给肥叔送来。肥叔这级别的大佬，当然要抽'高希霸'。"刘大枭顺着肥叔的话，只是他没有说，他也喜欢"高希霸"。

"不用客气了。"肥叔打开雪茄，拿出一支，放在鼻子上闻了闻，"这味道，纯正，正宗的'高希霸'。"

他把雪茄放在旁边，跛佬拿出打火机，肥叔摆摆手。"你那种打火机不行，要用我这个。"他从包里掏出雪茄专用打火机和雪茄剪，慢慢把烟点着，然后剪掉雪茄帽，看得出来是经常抽雪茄的老手。然后他又拿出两支雪茄，分别递给他们两个，"我借花献佛，不能我自己抽。"

刘大枭伸手接过雪茄，点着，看不出迟疑的表情。"肥叔待人真是厚道啊。"他津津有味地吸着有毒的雪茄，还不忘恭维肥叔，好像没事似的。

跛佬却没有反应过来，他没料到肥叔会让他们也跟着抽烟。眼看着刘大枭若无其事地抽着毒烟，和肥叔谈笑风生，跛佬也只好硬着头皮把烟点着，放在嘴边做个样子。

刘大枭装作没看见，跛佬忽然灵机一动："肥叔你们先聊着，我出去打个电话。"跛佬慌慌张张地走进洗手间，将毒雪茄扔进马桶冲走，赶紧趴在洗脸盆上，不停地漱口。然后，他又掏出无毒的"高希霸"雪茄点上。

刚抽了两口，刘大枭假装被呛着了，捂着嘴咳嗽起来。"这种雪茄劲太大，受不了！"他把烟在烟灰缸里摁灭，放在面前。

"是啊，有些人抽'高希霸'不习惯。"肥叔半眯着眼睛，就是那种烟瘾很大的人才有的抽烟神态，嘴里发出"吱吱"的响声。到底是黑社会老大，肥叔并不会为区区几包"高希霸"而放弃他的要价，"你看，我这雪茄是抽了，俗话说，吃人家的嘴软，肥叔是爱面子的人，这合作还怎么谈呢？"

"肥叔见外了。要说礼物，太匆忙，没来得及准备，这几包雪茄烟太寒酸，拿不出手。"刘大枭欠着身子说，"今天拜访肥叔本来就不是谈判。要说谈判，那是冒犯。跛佬回去跟我说了肥叔的想法，我这边没有任何问题，肥叔带着大家发财，有什么不好呢。"

正说着，跛佬嘴里含着雪茄，又进了包厢。他心里正忐忑，却见两人谈得很开心。肥叔手里的雪茄抽了大半，哪里会注意他的表情。

"刘兄果然爽快，以后就是兄弟伙，有福同享。"对方这么给面子，肥叔马上客气地说，"这样吧，我年纪大一点，做大哥的，今天这顿饭我来请。"

"这不合适，在普河，谁有资格让肥叔请客？"跛佬接过话说，"我做东最合适，这边是老大肥叔，那边是我好兄弟从外地来，当然是我来尽地主之谊。"

"也好，也好。"肥叔习惯了前呼后拥，拍马溜须的话让他听得耳膜长茧，但这次不同。这个生意实在太大，没想到谈判又这么顺利，他也不吝啬，极尽好言，抬举对手。"刘兄虽然第一次见面，其实久闻大名，跛佬带来的几批货，都是从我这里出手的。真是好货呀，我做了那么多年，不瞒你说，没见过。我们兄弟合作，会赚钱赚到眼发黑。"

"那是当然，我就是听跛佬说肥叔手上控制着很多大客户，才决定把生产线搬过来。"他顺着肥佬的话，极力迎合着这个地头蛇。虽然谈合作只是杀人的幌子，但在刘大枭的心里，却依然没有放弃向肥叔婉转地表达强硬立场："不过，有点小问题让肥叔扫兴，我也不隐瞒。可能跛佬也说了，我的技术是保密的，这不是为了防范肥叔，是不想传出去。我可以把配方告诉肥叔，可是你也不会自己去操作呀，还不是让手下人去做，那就不可能保密，很快就传出去了。只有严格保密，我们绝对的独家技术，才能让别人来求我们。"

肥叔今天心情大好，没费吹灰之力得到想要的条件，他感到很满足，便满口答应下来。"你这样说有道理，我能够理解。"他把雪茄烟蒂在烟灰缸内碾灭，似乎回味无穷，神清气爽的感觉。刘大枭还想跟他解释，他摆摆手接着说："你不用说了，我完全明白你的意思。我知道你这样做很为难，怕我不高兴，其实我很高兴。你们回去就开工，等第一批货出来，我去参观工厂，开开眼界。对，只是参观。这样总可以吧？"

"那当然，肥叔是大股东，随时欢迎来参观指导。"刘大枭悬着的心顿时放下来。他很少后悔干过的事，但刚才的事他稍微有些后悔。本来就不是谈合作，有什么必要用配方保密的问题激怒肥叔？要是把眼前的这个黑老大惹火了，他或许把那十盒"高希霸"当场摔在地上，扬长而去。那样的话，所有的计划都搞砸了，他们必须立即逃出肥叔的地盘。"我已经差不多准备好了，设备还缺几个配件，这几天买回来就开工。肥叔就等着我们的新货下线吧。"

"太好了，到时候我来搞个庆祝仪式。"肥叔喝着八宝茶，笑得合不拢嘴，两只本来就不大的眼睛挤成了一条缝，连连称赞道，"你是大才，确实是大才，有我在，你到普河大有用武之地。"

看得出来，肥叔完全被征服了，他对眼前的两个夺命杀手浑然不觉。

这时，大堂女经理带着服务员进入包厢，先上来四个凉菜，接着是浓汤鱼翅。

肥叔熟练地把香醋和香菜放到鱼翅中，吃了几口，又抽出"高希霸"点上。看着他心满意足的样子，刘大枭在心里恶狠狠地骂道："狗娘养的，吃吧，吃饱喝足了去死！"

一二名特警憋在那个院子里，一日三餐面包、方便面，潜伏三天两夜，没有发现动静。

皮特沉不住气了，却也只能干着急。他每天和张晓波带着特警在院子附近巡视，总是期待对讲机突然传出声音，哪怕抓到马仔，也能打探到跛佬的下落。

第三天下午，他正在外边转圈，苏可打电话让他赶紧回来。正如他猜测的那样，指纹比对有了结果，从房间里拿出来的啤酒罐和啤酒瓶上发现了刘大枭和跛佬的指纹。

"谢天谢地，关键时刻还是女神靠得住。"皮特激动得忘了场合，或许那才是真的情不自禁。他和苏可的关系也只有身边的少数人看出了名堂，所以同来执行任务的特警们不明就里，只是傻呵呵地哄笑。

"没有技术条件，完全靠手工，好像回到了三十年前。"苏可假装没听见，直接把话题引到证据上，"刘大枭的指纹很典型，教科书上叫双环型指纹，我不用放大镜比对，肉眼就能看出来。瓶子和罐子上面都是他和跛佬两个人的指纹，没有其他人。"

"刘大枭果然来投奔跛佬。"皮特略一沉思，他改变了之前的想法，"我看要找当地公安部门配合，在人家的地盘上，单靠我们这几个人不行。"

"再等几天怎么样？"张晓波提出不同想法，"桥西不就是海边小镇嘛，加上普河也没多大，我们派了三个兄弟去蹲坑，既然他们住在那地方，刘大枭和跛佬迟早会出现。"

皮特犹豫不决。他靠在酒店的床头，伸手去床头柜上拿过烟盒，像是突然想起了什么，下意识地看了看苏可，又把烟盒扔在床头柜上。"都管这么严了？"张晓波调侃道。

反复思考之后，皮特站起来。"走，我们去普河公安局，这案子没那么简单，必须有当地兄弟单位配合。"

三人直奔普河市公安局。面对这几个不速之客，县级市普河市公安局局长梁成万听完皮特的案情介绍，立即打电话把刑警队长陈建平叫来。"大毒枭跑到我们这来了。没什么好说的，全力协助，要人给人，要技术给技术。"梁成万交代完了任务，又特别提醒说，"桥西那里的情况比较复杂，建平你亲自去办，知道的人越少越好。"

"能肯定他们确实在普河吗？"陈建平用满口当地口音的普通话问道，"线索可不可靠？"

"我不能断定他们现在是不是还在普河。"皮特说，"但是，我们确实找到了他们藏身的地点，就在桥西镇，还有三个兄弟在那里蹲坑。"

"在哪里？"梁成万惊讶地问。

"就在我们穷追不舍的毒枭跛佬的家里。"皮特说。他分明看到梁局长的眼神中带着疑惑，或许他根本就没有想到，野牛城来的同行能摸到毒枭在普河的老窝。"我们从房间里取到了指纹，证明他们两个都在那个房子里住过。"

苏可从包里取出指纹档案，递给梁局长和陈建平。

"你们简直是侦察兵的手法。"看了指纹档案，梁成万说，"我看这样，建平你安排两个得力的人，马上去查房子的资料，再查户口。"

面对异地同行的赞扬，皮特不动声色。正如梁成万所说，皮特用的就是侦察兵的手段，不仅摸到了敌人的老巢，还在那里潜伏下来，等待时机。

正要下班的时候，陈建平派出去的调查人员回来，直接把房东带到公安局。这效率高，皮特内心里很是佩服。

房东像个农民，五十多岁，长得老实巴交，突然被带到公安局，吓得不敢抬头。

"房子是你的吗？"皮特问道。

"是，是……我的。"房东本来就紧张，加上不会说普通话，满口的客家土话，嘴张得很大，"啊，不是我……我的。是……是我的父母……的房子。"

"到底是不是你的房子？"看他那个样子，皮特不耐烦地问。

"我来问。"陈建平会说客家话，他接过来说，"你就说本地话吧。你是房东吗？"

"是我父母的房子，用我的名字登记的。"房东改用客家话说，"我父母是马来西亚华侨，年纪大了，很少回国，房子也是我帮着管。"

"那房子现在是谁在住？"

"房子租给人家住，那个人是谁我也说不上来。"

"租你的房子，叫什么名字你也不知道吗？我提醒你不要隐瞒啊。"

"小镇上，都是本地人租房，也不写合同，连身份证都不用。他说姓梁，说本地话，长租，一下子给我三年的房租。"

"什么时候租给他的？后来有见过他吗？"

“好几年了。我在铁门上贴了招租电话，他找到我，也没讲价，看了房子，就租了。后来再没见过他。”

“他长什么样？”

“个子不高，很瘦，秃顶，有一条腿——我记不清哪条腿，走路有点跛脚。”

几经盘问，看来房东跟跛佬没有关系，不过是出租房子而已。

“我看有必要查户口。”皮特建议说。从阿青和其他人那里得到三个姓名：梁火强、梁火刚、梁华强。到底哪个名字是真的？就在陈建平向房东问话时，皮特却在暗自琢磨，这本来不是问题，把三个名字全部调出来核实，很容易就能查清。但皮特总感觉三个名字很可能都是假的。

“普河就是个县级市，只有六十多万户籍人口，”陈建平说，“我去让户籍科把这三个名字的户口资料都找出来，是不是他，不就清楚了吗？”

在办公室吃过盒饭，苏可和两个女警察打开电脑，开始检索梁火强、梁火刚、梁华强。最后，共有五十七个对应的名字；去掉三十岁以下、六十岁以上的名字，只剩下二十六人。有大头照的户籍资料打印出来后，拿去让阿青逐个辨认。“这都不是他。”她当即就否了，“他那个样子，和猴子差不多，跟老鼠也很像，只要你看过他的脸，保证不会忘。”

其实，皮特大致浏览之后就知道，这些名字全部有配偶和家庭成员，显然不是跛佬。虽然有点沮丧，皮特却对这样的结果有心理准备。“考虑到房子是租的，跛佬也可能不是普河户籍人口，是这附近其他地方的人，名字也是假的。”皮特眉头紧锁，说话很谨慎，异地办案，生怕让对方感到不快，“或许我们查询的范围太小，把他漏掉了。”

“那好办。整个橙阳市下辖四县两市，总人口也只有九百多万，只要户籍在这里，想查出来不难。”陈建平果断地说，“我马上找梁局长，再派几个人来协助，连夜查。放心吧，在我们的地盘上，他跑不到哪里去！"

很快，从户籍科又调来三名年轻的女警察，除了已经查过的普河，另外五个县市的人口档案全部检索一遍。最终，有二百六十三个梁火强、梁火刚、梁华强符合年龄条件。经过阿青辨认，没有发现跛佬。

皮特抬头看墙上的挂钟，已经接近深夜两点。"说明我们了解到的这三个名字都是假的。"皮特说，"这种老奸巨猾的毒枭，怎么可能把真名字告诉别人。"

"读研究生的时候，分析犯罪心理学，请公安部的刑侦专家来给我们讲课。根据他的经验，即使犯罪分子用假名字，一般也不会凭空编造，明明叫张三，不会编个李四的假名字。"苏可搬出刑侦理论分析说，"从办案的实践来看，编假名字的时候，改姓的少，改名的多。"

"苏警官说得很有道理。"陈建平不断打哈欠，他用手掩着嘴，"不好意思，昨晚上就睡了两个多小时，扛不住了。"他不停地抽烟，把烟盒扔给皮特，接着说："跛佬不会无厘头地编个姓梁的假名字，这地方姓梁的是大姓，有的村三分之二都姓梁。我认为，跛佬十有八九姓梁，后边的名字是假的。"

好像突然受到启发，皮特抓起桌上的烟盒，伸手去掏打火机，才想起被苏可拿走了。"我有个想法，就是模糊查询的办法。"他从陈建平那里接过烟头，点上烟，"我们现在有三个名字，都姓梁，两个'梁火×'，那就先查'梁火×'，再查'梁×强''梁×刚'，最后查'梁华×'，年龄定在四十到五十五岁之间。"

"这个侦查思路真是绝妙！"陈建平从事刑警工作二十多年，对野牛城来的同行从内心里感到佩服。他兴奋地站起来说："我只是想到我们这地方姓梁的人很多，实在不行，就算把所有姓梁的人都找出来，也要查到跛佬的户口。"

现场的气氛瞬间被点燃。六台电脑，每个人负责一个县市，这样可以大大提高检索的效率。只是大家都是首次用这种方法检索人口资料，心里没底。苏可先做个试验，进入普河的户籍系统，用模糊查询的办法，输入"梁×强""梁×刚"检索。与野牛城相比，普河的经济算是落后了，户籍科用的联想台式电脑慢得让人没脾气，动不动就死机。他们把户籍科最新的一台电脑给苏可用。她想用自己的笔记本电脑，可是无法与人口资料库连接。

"请大家查的时候多留心，这个家伙特征很明显，根据熟悉他的人描述，就是没有完全进化成人类的猴子、耗子。"皮特背着手，把阿青对跛佬的外表描述概括得更加形象，"这样查，估计查出来的人会很多。我们都没见过他，最好先把长相特别可疑的人筛选出来。"

每个人的面前都放着打印出来的户籍资料，皮特、张晓波、陈建平负责检查，寻找可疑的人员。"陈大队，你过来看下，这个人像不像？"凌晨四点多，负责查询麦东县户籍资料的那名女警说，"照片应该不是现在的。"

陈建平拿起来看了看。"这个人长得还真像个猴子。"他把打印的户籍资料递给皮特，苏可和张晓波也围过来观看。其实，他们谁也没有见过跛佬，完全不知道他长什么样。几个曾经见过的人和阿青，他们描述跛佬的长相，使用最多的就是"秃顶""尖嘴猴腮""猴子""耗子"。

"把阿青叫过来。"皮特看了看，不敢贸然下结论。苏可到隔壁办公室，把躺在沙发上睡觉的阿青叫醒。

"很像他。颧骨很高，招风耳，嘴巴尖尖的，就跟猴子差不多。"阿青先是仔细看过打印的户籍资料，又对着电脑屏幕，反复辨认，"我不能确定是跛佬，反正看着太像了。就是照片跟他现在的年龄差别很大。"

"梁火仔，今年四十九岁，麦东县人，农民。"皮特读着户籍资料上登记的内容，转过来问陈建平，"麦东县离这里有多远？"

"大概六十公里路，国道，路还不错。"陈建平说，"你看，是直接过去，还是打电话让麦东县公安局先查他的基本情况？"

"直接去。"皮特毫不犹豫地说，"各位同事辛苦了，先停下来。现在快五点了，还可以睡三个小时，我们八点半出发。"

大家就地取材，躺在几个办公室的沙发和办公桌上。陈建平把他办公室平时用于午休的折叠床拿给皮特，两人谦让半天，最后让给了苏可。

第二天早上，皮特和苏可、张晓波带着两名刑警，准备去麦东县。陈建平安排了两辆丰田越野车。"这里到麦东县城是国道，但是你们去的地方在乡下，要进山，路可能不太好走。梁局长让我把局里最好的两辆越野车调给你们用。"陈建平两眼红红的，他安排得很周全，"我今天有任务，派我们的副大队长丁长明陪你们去，有什么问题他出面协调。"

从普河到麦东，不过两个多小时的路程。再往乡下走，路越来越差，又走了四五十分钟，皮特他们才赶到当地派出所。

"你们要找梁火仔，这个人我见过两次。说起来都是三十年前的事，那时候我刚到派出所当民警，这小子经常打他后爹，每次都是我去村里处理的。这么多年，也不知道去哪了，几次人口普查都没有找到他。"看了打印的梁火仔户口资料，马上要退休的所长孙援朝说，"这小子不是个好东西，不过在我们这里没有案底。我也没听说谁叫他跛佬，可能是后来起的外号。他确实有一条腿先天残疾。"

听孙援朝对这家人的介绍，皮特心里有底了。"没有这么巧合吧？我想应该就是他。"

他们坐下来，孙援朝开始泡工夫茶。"不用着急，喝杯茶，等会我带你们去。就在下洞村，离这里没多远，就是路不好走，昨天刚下过雨，泥巴路。"

等他们来到下洞村时，已经是中午。越野车开不进去，只能停在村口。沿着被牲口踩得全是水坑的小路进去，就是跛佬后爹的家。单门独户的土坯房，屋顶上盖着青灰色的小瓦，由于年久失修，外墙裂开很大的口子，西面的山墙用三根木头顶着。见来了陌生人，黄毛土狗站在门边上狂吠。

房门开着，听到狗叫，从屋里出来一个老头，驼着背，头发稀疏，看样子有七十多岁。"你们找谁呀？"老人用当地的土话问。

"找你呢，吃饭了吗？"孙援朝大声说，"老梁，我是派出所的孙援朝，还认识我吧？"

"找我？有事吗？"老梁望着这群陌生人，也没讲什么客气话。

"家里平时就你自己吗？"孙援朝问道。

"老伴去世十几年了，两个仔都在越州打工，有时候小孙子会过来，送点菜给我。"

"有事想找火仔，能联系到他吗？"

"你是说火仔？那个小跛子，谁知道他死在哪里。你别看我姓梁，他也姓梁，我不是他亲爹。"说到梁火仔，老头似乎有很多话要说，"他阿妈带着他改嫁过来的。哎呀，不学好，天天偷人家东西，我总是打他。他恨我，那天我喝多酒，躺在门口睡觉，他拿个砖头砸我的头，门牙被他打掉两个。从那以后，他就跑了。"

这么多年，或许他早已忘记了梁火仔这个名字，警察们的到来，又翻出陈年旧事。"他这些年有没有回来过？"孙援朝又问。

"他才不会回来。他阿妈也死了。他是哪年走的？我记着，他阿妈嫁过来之后，没几年他就走了，十六七岁吧。二十多年了，他阿妈死了也没回来过。"

"跟他的两个弟弟有来往吗？"

"不来往。那时候，我打他，他就去打我的两个仔。"

东拉西扯地问了一个多小时，饥肠辘辘，孙援朝带着他们去了村支书家。饭早就做好了，原来刚进村时，孙援朝就安排好了午饭。书记也姓梁，这个村子的人大部分都姓梁。

"随便吃啊，乡下，没有海鲜，自家养的鸡，鱼塘里刚抓的鱼，都是新鲜的。"梁书记说着，把啤酒打开。皮特也不再遮掩，他先给苏可夹了一只鸡腿。皮特心疼苏可，她大概饿坏了，头天夜里，也不过休息了两个多小时，满脸疲倦。

梁书记和妻子还在不断地上菜。"来，梁书记，你也过来喝一杯。"孙援朝他们是老熟人，也不客套，"你们来了，我才想起当年的事。他把他继父的门牙打断了，我们当时想拘留他，后来村里老书记说，算了，清官难断家务事，还是个孩子，他继父也不是好东西。"

梁书记把五叶神香烟放在桌子上，拉个椅子坐下来。"我当时是村里民兵营长，那次打他继父之后他就跑了。当时他十几岁吧，我有点印象。从那以后我就没见过这坏小子。"

"他跟这个村的人有没有来往？"皮特放下啤酒问道，"总有个别关系好的人吧？"

"我没听说他跟谁有来往。那时候他还是个小孩，又是他阿妈改嫁从外地迁来的，本来就没有熟人。"梁书记说，"其实，小跛子和下洞村就没什么关系，好像从外边飞来的野鸟，又飞走了，谁也没把他当回事。"

吃过饭，皮特还想打听更多的事，苏可靠在墙边的椅子上睡着了。

实在是挖不出来有价值的东西，皮特感觉，或许如同梁书记所说，他"好像从外边飞来的野鸟，又飞走了"，连痕迹也没有留下。

天已蒙蒙亮，刘大枭和跛佬脱下防毒面具。

在防毒面具里闷了通宵，头发湿漉漉的。刘大枭走到旁边的水池，洗了脸，坐在院子里喝水。跛佬到客厅里拿了啤酒和黑美人西瓜，切开，递给刘大枭。

毒死肥叔的计划实施后，刘大枭顿时觉得心情顺畅了，那种感觉，就像卡在喉咙里的鱼刺突然被吞下去。由于野牛城的老窝被捣毁，逃亡的这几个月，生产中断，手上也没有多少钱，他决定恢复生产，计划先把跛佬的这批麻黄素原料加工完，然后再做化学合成冰毒。只是设备不太顺手，生产过程中不断停下来调整，通宵折腾，才做出十几公斤冰毒。

"虽然是你看不起的麻黄素，好歹也是新货下线，应该高兴。"跛佬说着，开了两罐啤酒，两人举杯相庆。

"折腾一夜才搞出这点东西，有什么好庆贺的。"刘大枭说，"别高兴太早，上午你就去普河，把货带去，看看'杀猪计划'有什么结果。"

"雪茄烟是上个星期天给他的，到今天十天。"跛佬放下啤酒，说起肥叔，立即收起得意的表情，"你估计肥佬死了吗？"

"没那么快。"

"没死你让我去看什么？要是肥佬发现了，肯定会杀我。"

"我说跛佬，你杀人不眨眼，怎么面对肥佬就尿了呢？"

"废话！谁不怕他？他是我们这地方的黑老大，黑白两道，惹他就是找死。"

"肥佬的情况必须搞清楚，不然的话，我们面临什么危险都不知道。"刘大枭扔了空啤酒罐，拿起工具，去检查刚生产出来的毒品。刚走几步，他又回过头来说："肥佬的烟瘾那么大，十天时间，我们送给他的雪茄应该抽完了，要是不出意外，我估计他现在就躺在医院里。你说是去送货，其实就是去打探肥佬死活。"

不管怎么说，刘大枭还是能感觉到，跛佬对肥叔的恐惧是发自内心的。他甚至有点怀疑，跛佬曾经向他吹嘘的大摇大摆进入酒楼，众目睽睽之下将水哥一枪爆头，又从容不迫地掏出刀子，割下水哥耳朵的过程是不是吹牛。但跛佬确实拿着血淋淋的人耳朵扔在他的面前。

刚生产出来的冰毒放在不锈钢桶里，刘大枭用小铲子随意铲了约有几十克，装到玻璃盘子中，颠几下，对着灯光看了看。"纯度明显不行，跟我那个没法比。"他又用镊子夹起一小片，靠近桌子上的台灯仔细观看，"不过，市场上的冰毒都这样，有好有坏，价钱也不同。这种劣质货，只能供应火车站门口的白粉仔。"

跛佬只是不停地抽烟。刘大枭看出了他心里的恐惧，故意刺激他说："要是你真的怕肥佬……"

"你妈的，别说了好吧！"跛佬把烟头狠狠地摔在地上，怒气冲冲地打断刘大枭的话，"谁说老子不敢去？就是下地狱，今天也要去！"他粗鲁地拉开冰箱，又打开一罐啤酒，头也没抬地喝完，把空罐子砸到对面的墙上，瞪着眼说："要是老子天黑前没回来，你狗日的赶紧跑。跑慢了小心肥佬砍断你的脚筋！"

见跛佬真的怒了，刘大枭不想再挑衅他的火暴脾气。他用电子秤把冰毒分成五百克的包装，总共十包，交给跛佬。走到院子里，跛佬又折回来问道："要不要告诉他是麻黄素的？"

"直接跟他说。"刘大枭冷笑着说，"我只怕肥佬来不及看货了。"看到跛佬打开后备厢，把冰毒装进备胎中，他又追出来，"我们占一半，要是肥佬有个三长两短，货还要拿回来，不能便宜他们。"

"真抠门！"跛佬关上后备厢，嘴里骂骂咧咧，开着假车牌的丰田车走了。

刘大枭把院子的大门关好，吃了点东西，倒头大睡。等到他醒来时，太阳已经转到院子的西边。他穿着大裤衩，光膀子走出房间，先到大门口，从门缝往外边反复察看，又顺着院墙巡查。到了西北的墙角，发现排水沟堵满了树叶和杂草，用铁锹把排水沟疏通。

每天睡觉前和早上起床后，他都会习惯性地检查院子，判断有没有可疑的东西。他知道跛佬这种人是很粗糙的，有勇无谋。在陌生的地方，连睡觉都必须睁一只眼，既要防备意想不到的危险，又要留心跛佬。

太阳落山时，跛佬还没有回来，刘大枭有点焦躁。临走时跛佬说的那句话，他并没有当回事，可是现在越想越感到坐卧不安。跛佬很早就走了，几十公里路，十点就能到普河，如果"杀猪计划"失败，肥佬安然无恙，那就可以把货顺利地送给他；要是按照设想的那样，肥佬这时候肯定在医院，货就送不出去。想来想去，不出意外，跛佬应该下午就能回来。

泡了方便面，吃完，晚上八点，刘大枭再也坐不住了，担心跛佬可能出了什么事。他赶紧拿出手枪、两盒子弹，还有从野牛城逃亡时带来的现金，都装进双肩包里。把院子里的灯全部关闭，正要走，大黄狗跟着他。他往盆子里倒满狗粮，又给另一个盆子加满水，拍拍它的头，便锁上院子的大门。

此时，虽是初冬时节，南方却感觉不到寒意。乡下没有灯光，月亮尚未升起来，外边很黑。刘大枭锁上大铁门，从东墙外走到院子后边不远处的水塘边，把包放在地上，边抽烟边注意院子的动静。

水塘很大，中间有两个制氧机，离院子二三百米远，西边是山，旁边都是农田。坐在水塘边上，不断听到水塘里有鱼扑腾的声音，他转过身来，好像有鱼浮到水面上，但光线很暗，看不太清楚。他想，也许是天气太闷，鱼塘可能缺氧。他也没兴趣管这种事。

不远处，有人骑摩托车走过的声音，刘大枭下意识地伸手去摸手枪。远远地，直到摩托车的灯光消失在暗夜中，他又把手枪放进包里。

还是不见跛佬的影子，他突然有绝望的念头闪过，从野牛城逃亡至今，从来没有过这样的想法。那时候，至少还有跛佬可以作为投奔的目标；倘若跛佬真的出事，再往哪里逃，一时半会找不到方向；和跛佬杀了白寡妇和马仔，又亲手枪杀阿龙，三条人命背在身上，只能横下一条心；手上的技术是很值钱的招牌，总有人识货。

一脑子杂乱的思绪。胡思乱想着，他打定主意，天亮前两小时，如果跛佬还不回来，他必须离开这里。他看过地图，这里离镇上不远，他身上有的是钱，肯定能租到车。有两个小时的时间，至少可以跑出上百公里以外。

晚上九点多，乡下的房子已经很少见到灯光，月亮慢慢地升起来，周围很安静。如果不是那些此起彼伏的虫子的叫声，不知从哪里偶尔传来的一两声狗叫，真是静得让人有点发怵。

就在刘大枭焦躁不安时，院子那边突然有汽车的引擎声，接着亮起了灯光。他站起来，能看到院子的大门被打开，汽车开进了院子。他不能确定那是跛佬，便背起包，轻手轻脚地走到东边的院墙外，蹲在墙根下，偷听院子里的声音。

"狗日的，人去哪了？"是跛佬的声音。隔着院墙，他听得很清楚，还有砸东西的声音。"真不够种，老子还没回来就跑了！"

刘大枭躲在墙角下听得清楚，跛佬显然是暴怒，弄得院子里惊天动地，连那条大黄狗也被他打得嗷嗷叫。他确认院子里只有跛佬，不会有其他危险，这才打开大门进去。

"你他妈的真准备逃跑是吧？"见到刘大枭背着包，跛佬当时就跳起来，怒不可遏地指着他大骂，"说老子害怕肥佬，没想到你自己吓尿了。你个死佬，你去死吧，离了你老子照样赚钱！"

"我看你才是狗娘养的！"刘大枭摸准了跛佬的脾气，不仅没有向他示弱，反而倒打一耙。他差不多指着跛佬的鼻子骂道："拐仔，你走的时候怎么说的？是不是说天黑前回来？几十公里路，你大清早出门，晚上九点才回来。你不是去跟朋友喝酒，是去送货，这么晚回来，老子就坐在这里等警察来抓？"要知道，直接称呼跛佬"拐仔"，这在当地是对瘸子的蔑称，只有腿部残疾，又被人看不起的人，才会被直呼"拐仔"。

面对刘大枭连珠炮似的叫骂，跛佬尽管内心里很不服，却一时语塞，找不到话说。他气呼呼地站在那里抽烟，猛抽几口，胸口剧烈起伏。"你说呀，为什么九点多才回来，干吗去了？"刘大枭仍旧不依不饶地盯着他追问。

"我说要是天黑前没回来，你就赶紧跑，你他妈的还当真了？"跛佬缓过神来，开始反击，"明明是你自己疑神疑鬼，怕死，回头来还骂我，真是他妈的怪事！"

刘大枭没有给他留面子，咄咄逼人："去普河明明有重要的事要做，你像玩儿戏，这样怎么能做大事。"

"你说我能干什么？你想想，老子熬了通宵，早上又开车去普河，五十多岁了，你以为我是机器呀？"跛佬在路上买了几个菜，他把装在塑料袋里的饭盒拿出来放在桌上，又从冰箱里拿出蓝带啤酒。他之所以破口大骂，听起来似乎也有满腹的委屈，"我把货送到肥佬那里，他的大马仔说老板生病住院了。货也没给他们，给他们也拿不到钱。我顺便去找另外认识的小老板，把这批货给他了。中午跟他吃饭，吃完了到香港城去按摩，在房间里睡着了，醒来已经六点半。回来的路上，车胎被钉子扎了，又补胎。"

"你说什么？去普河没见到肥佬？"刘大枭直接用手抓起烧鹅，刚咬了一口，噌地站起来，"你去普河就是为了按摩？"

"他的大马仔说了在住院，那就说明我们成功了，我还去见肥佬干吗？你非让我去送死？"跛佬的口气有所缓和，"听说他在医院里我就放心了，要不我能在香港城安心睡觉吗？"

"听着，跛佬，我们都别较劲。你别说我疑神疑鬼，干这个就是脑袋挂在裤腰带上的行当，杀水哥那是你的勇气、杀气，我佩服。"刘大枭也冷静下来。他知道跛佬这种人吃软不吃硬，顶着火跟他谈什么道理他也听不进去，只能老火靓汤，才能出味道。"我总是跟你说，光有勇不行，还要有谋。要深思熟虑，反复想好了再行动。我们要在环境险恶的普河立足，还要当老大，将来慢慢控制整个市场，首先是除掉肥佬，然后再把其他各个小团伙收编。我绞尽脑汁谋划的'杀猪计划'，成败在此一举。可是你根本没见到肥佬，不知道他现在什么样，我怎么能放心？"

这番话，跛佬听进去了。可那又怎么样？他还是不敢一个人去见肥佬，要是他中毒不严重，发现雪茄烟有问题，那就别想活着回来。"这个你放心，肥佬死活，我很快就能打听到消息。"

"什么都别说了。明天上午我跟你去普河，必须亲眼见到肥佬，确认他废了、死了，我们这边才能开工。"刘大枭太在意肥叔这个人，决定冒险到普河，亲自查看他住院的真假，判断他中毒到什么程度。

第二天上午，两人赶到普河市人民医院的时候，肥叔的大马仔正好在医院。那天，刘大枭和跛佬跟他的老板吃饭时，他也在场，无非是没有坐在包房。他看到刘大枭来了，上前和他握手。刘大枭悬着的心顿时放松下来，他从马仔握手的动作中判断，肥叔和他身边的人没有发现雪茄烟有毒。

几个人就站在ICU病房外边的走廊内，听肥叔的大马仔介绍病情。旁边，那几个坐在椅子上的男子，显然也是肥叔的马仔和保镖。跛佬心里本来就紧张，看到眼前的场景，也不说话。

这时，穿着白大褂、戴着口罩的男医生从ICU病房内出来，刘大枭向他点头。"医生，病人现在怎么样？"

医生停下来说："目前病情比较严重，还没有脱离危险。"

"到底是什么病啊？"刘大枭装着忧心忡忡的样子说，"我们是他的好朋友，都很关心。"

"主要是肺部和心脏损伤比较严重，血液中有过量的水银，很可能是吃了被水银污染的食品。"医生摘下口罩说，"病人的神经系统也有损伤，我们医院条件有限，正在考虑转到越州大医院。"

"我们想进去看看可以吗？"

"病人处在半昏迷状态，暂时不能探视。"

医生离开后，刘大枭和跛佬又在走廊里和肥叔的大马仔说话。经过反复试探，刘大枭断定"杀猪计划"没有露出任何破绽。表面上满脸愁容，内心里却是按捺不住的狂喜。

出了普河市区，轿车沿着弯弯曲曲的海滨公路行驶。刘大枭放下车窗玻璃，嘴里叼着雪茄，边抽边哼着小曲。"现在我告诉你，为什么我说一定要亲眼见到肥佬中毒住院，因为有个技术问题。水银在常温下也会挥发，如果他不是很快把烟抽完，雪茄里面的水银可能慢慢挥发掉，至少含量没有那么高，毒性就会降低。不过，肥佬的烟瘾很大，每天至少要抽一包半，几天就抽完了。"

"这我不懂。我只关心肥猪佬会不会死。"即使亲眼看到肥叔躺在ICU，跛佬还是不放心。

"等着给他送葬吧，准备五万块送礼。"

"你好大方，一万块就够了。你确定他非死不可？"

"就算花大钱抢救，最后捡条命，也会变成傻子。"

"太狠了。你哪天会不会把老子毒死？"

"别假惺惺的，我还不知道什么时候被你爆头呢。"

两人狂笑，似乎普河的地盘从此就是他们的，那些大大小小的毒贩子将臣服在他们的脚下。

回到跛佬在乡下的住宅时已是中午。跛佬把车停在大门口，正要开门，忽然听到院子后面有很多人喧哗。刘大枭走到院墙东南角，向后面张望，发现鱼塘那里围着很多人，一辆警车停在鱼塘北侧不远的农田边上。两人不知出了什么事，赶紧把车开进院子，锁上大门。

"是不是水塘里淹死人了？"跛佬把路上买的菜拿出来，又准备了五粮液。对院子后面的喧闹，他根本就没有太在意。

因为有警车停在院子后边不远处，刘大枭紧张起来，他转身跑回房间，搬出梯子，搭在院墙上。他爬上去观看，有人从水塘里捞出很多死鱼，堆放在塘边，有两个警察在场，不断拿起死鱼，揭开鱼鳃查看。围观的有几十人，七嘴八舌地议论着——

"肯定是有人下毒！"

"这是哪个缺德的人干的？要把下毒的人抓住，让他赔偿！"

"昨天白天还好好的，可能是夜里下的毒。"

"你们来看，这里有水流到塘里，是从哪里来的水？"

水塘离院子不到三百米，刘大枭趴在院墙上听得清清楚楚。他看到警察正在用瓶子从水塘里灌水，然后对旁边的人说："我们先把水送到公安局化验，你们注意保护好现场，不要下水。"

刘大枭大惊，忽然想到了什么。他从梯子上下来，边喊边招手："你过来。鱼塘里的鱼都被毒死了，会不会是我们排出去的水有毒？"

"你别瞎说，我们这里的水能有什么毒。"跛佬一瘸一拐地跑过来，爬上梯子，朝鱼塘观看。"好像鱼都死完了，水面上漂的都是死鱼，白花花的。"

"你快下来！"刘大枭使劲拍打梯子，催促道，"出大事了，赶快跑！"

"干吗要跑？鱼死了关我们什么事？"跛佬显然还没有明白过来，慢慢地从梯子上下来。

"肯定是我们这里流出去的水。用麻黄素做冰毒，排出的废水有毒，正好流到鱼塘里。是我忽视了。"刘大枭焦急地说，"警察把水拿去化验，肯定会发现水里有麻黄素，顺着水沟很容易就能找到这里。"

"那我这房子，还有好多麻黄素、设备，都不要了吗？"

"命都不保，还要那些东西干什么？赶快收拾东西，我们起码有一天时间逃命！"

两人冲进房间，手忙脚乱。刘大枭最舍不得的是枪和钱，他把长短两支枪装进包里，又用另一个拉杆箱装钱。"带哪些东西？"跛佬慌乱得不知如何动手，不停地叹气，自言自语地咆哮着，"真倒霉，以后可能回不来了，我要多带点衣服。对了，还有十几副假车牌，路上还要用，都带着。手枪，不让老子活，谁也别想活……"

东西被乱七八糟地扔到车上，正准备走，那只大黄狗摇着尾巴站在车旁。"顾不上你了，警察会来救你的。"刘大枭又跑回屋里，把全部狗粮都倒在盆子里，用大塑料桶装满水，放在客厅里，"吃上十来天没问题。"

跛佬把车开出院子，停在门口，又下车去锁门。他还是有点舍不得。刘大枭从车里探出头来催他："磨蹭什么？等死啊！"

跛佬狠狠地往门上踹了一脚，这才驾车离开。

第五章

情人突然消失

制毒废水毒死水塘里的鱼，惊动了刘大枭和跛佬，两人仓皇逃走，警方的抓捕计划落空。

刘大枭的情人阿妹被警方秘密监控，有一天，她却突然消失了。局面正朝着皮特所期待的方向发展，他等着顺藤摸瓜的机会。

刚从乡下回到当地镇派出所，皮特接到普河市公安局刑警大队长陈建平的电话："有紧急情况，我在办公室，你们马上过来。"

听得出来，陈建平语气很急。皮特、苏可、张晓波几乎同时想到了桥西镇那个出租房，或许目标出现了。可是，那里还有三个特警在蹲守，他们也没有报告任何信息。

急匆匆地赶到普河市公安局，陈建平把一份协查通报递给皮特。"陆平县公安局的协查通报，有两个鱼塘的鱼全部被毒死，从水里和死鱼身上检测到麻黄素，在附近发现有个制毒窝点。"

"嫌疑人特征：右腿有点瘸？"皮特盯着协查通报，惊讶得念出声来，"难道是跛佬？"

陈建平亲自开着警车，拉响警报，带着皮特、苏可、张晓波前往陆平。"陆平和普河交界，距离不远。"陈建平说，"我想很可能就是跛佬。瘸腿，毒品，都跟他有关。"

"如果确实是跛佬，刘大枭很可能也在那里。"皮特拿出手机，想打电话报告老六，正准备拨号，又放下了，"刘大枭从野牛城跑到这里没多久，马上又开始做毒品，这说明他们的毒品网络还是完整的，我们上次的行动只是短暂的影响。"

"这里毒品市场很活跃，如果像你说的那样，他们手上掌握新型化学合成冰毒技术，会有很多人找他们要货。"陈建平说，"普河有个村，我们怀疑那里就是个制毒村，一直在悄悄地搜集证据，等待上级统一部署。"

警车拉响警报，穿过海滨公路，直奔陆平。

现场距离陆平县城不远，算是郊区。路边和农田里横七竖八地停了好多车，橙阳市和陆平县两级公安局的刑警、技术人员正在现场勘查，大门口有持枪的特警把守。

在现场指挥的是橙阳市公安局副局长梁衡，陈建平认识。他介绍了双方的身份后，梁衡和皮特他们握手。"我看到协查通报上那个嫌犯的身体特征，很像我们正在追捕的跛佬。"皮特心急火燎，他向梁衡通报刘大枭和跛佬制造化学合成冰毒的案情，急于想知道这两人的去向。

"那你们来得正是时候。这个院子是制毒窝点，目前对嫌犯的情况基本上不掌握，事前也没有什么迹象。"梁衡说，"经过走访群众，有人见过一个右腿有点残疾、五十来岁的矮个子男子进出院子。因为院子后边鱼塘的鱼被毒死，我们今天上午才发现这个房子是制毒窝点。"

"有没有采取什么堵截措施？"皮特问道。

"我们在两条过境的国道上设了检查点。不过，我怀疑他们已经跑出了橙阳。"梁衡倒是直爽，他直言不讳地说，"昨天上午就发现鱼塘大面积死鱼，接到报警后，派出所来的警察查看现场、取样，警车都在这停着，早就把他们惊动了，哪里会等到现在才逃跑。"

院子里，身穿白色制服，戴着手套、鞋套的刑侦技术人员在忙着取证。

苏可戴上手套，打开盖着的不锈钢桶，里边是半成品冰毒。在房子中间的木架上，堆着袋装的麻黄素原料，袋子上标着名称、生产厂、出厂日期等。"麻黄素全是正规厂家生产的。"苏可说。

"能通过非法渠道搞到这么多麻黄素，这说明我们对麻黄素的管控还是有漏洞。"皮特拿起地上的空袋子，反复查看后，对梁衡说，"如果刘大枭和跛佬的新型化学合成冰毒做大了，这种技术扩散到全世界，恐怕以后就没人再用麻黄素、海洛因。"

听到这里，梁衡问道："自从你们野牛城发现新型化学合成冰毒以后，现在这种类型的冰毒很常见吗？"

"我们把刘大枭和跛佬的制毒窝点捣毁之后，到目前为止，野牛城再也没有出现这种冰毒。"皮特说，"外地就是越州发现一次，是通过'骡子'从普河市桥西镇贩运的。"

"既然跛佬在这里，桥西镇的新型化学合成冰毒恐怕还是从他手上流出来的。"陈建平插话说，"看市局怎么安排，我们会重点调查桥西镇，跛佬在那里应该有毒品销售网络，有团伙成员。"

趁着现场勘验取证的间隙，皮特想找附近的群众了解情况。他和张晓波从院子里出来，梁衡安排辖区派出所所长薛建忠陪着他们去找证人。

门口还有很多村民在围观。院子后边鱼塘里的死鱼已经被清理了，但水中散发的臭味，老远就能闻到。薛建忠很快就把见过跛子的村民找到了，他就在路边站着看热闹。不远处有几棵巨大的榕树，遮天蔽日，皮特他们几个人走过去，坐在露出地面的树根上。那个村民姓张，不到四十岁，穿着背心、大裤衩和拖鞋，嘴里叼着烟。

"你认识这院子里的人吗？"皮特递了烟给他，向他问道。

"我也不知道院子里住的人是谁。"他用口音浓重的乡下客家普通话说，"估计有两个多月了吧。那天下午，我骑摩托车到镇上去，路过这里，看到有个小车从院子里开出来，从车上下来一个男的。他去锁门，我看他是个拐子，走路朝右边歪，可能是右腿有点跛。"

"那人长得什么样？"

"个子不高，很瘦，戴个黑的鸭舌帽，穿牛仔裤、短袖T恤衫，看那样有五十多岁吧。"

"车上还有其他人吗？"

"我没看到车里还有没有人。摩托车一晃就过去了，没注意。"

"以前见过这个人吗？"

"从来没见过。我们村挺乱的，过去很穷，好多人八几年就跑到深圳打工，赚到钱了谁还回这穷地方。旧房子也没人住，有的把宅基地都卖了，村里也不管。"

漫无边际地又问了几个村民，没有得到太多的信息。

皮特内心里感到震惊。表面上看，这里与乡下的其他房子没什么区别，远不像刘大枭在野牛城河湾镇的房子那么隐蔽。

薛建忠说，这边都是山区，平地是农田，村民们住在山边上，房子比较分散，大部分都是单门独户的住宅。"如果不是废水把鱼毒死，在这里秘密制造毒品，其他人很难发现。我们会查清楚这块地原来是谁的，怎么卖的。"

面对眼前的局面，皮特无从下手，因为这是跨市的案件。这个制毒窝点不是野牛城来的警察发现的，看上去是当地的案件，归他们管。尽管暂时还不能确认那个跛脚的矮个子男人就是跛佬，但在皮特看来，他们也应该参与案件的调查。

现在，苏可事实上已经参与了取证。皮特和张晓波商量后，打电话给老六，请求省公安厅上报公安部。皮特始终没有离开现场，在忐忑不安中等到晚上八点多，公安部禁毒局的明传电报转到了橙阳市公安局，要求以福东市公安局专案组为主，橙阳市和案发地公安部门协助。

现场基本上清理完毕。苏可和当地警方技术部门的人员通宵达旦地核对证据，在院子里提取到的大量指纹，包括放在桌子上的碗和啤酒瓶上的指纹，都是刘大枭和跛佬留下的。

天快亮了。苏可早已疲惫不堪，她取下手套，揉了揉眼睛，站起来说："除了刘大枭和跛佬，没有其他人的指纹。"

"他们逃跑时应该很匆忙，桌子上的菜还没来得及动。"皮特说，"逃走之前，给大黄狗留了足够多的狗粮，还算有点残存的人性。"

除了留下几个人看守现场外，其他人都回到陆平县公安局，讨论案件的侦查和两地警方的分工问题。最后达成一致，橙阳市公安局成立专案组，陆平县、普河市公安局禁毒和刑侦部门抽调专人参与，先调查案件外围情况，再与福东市公安局专案组对接。

一天一夜没睡觉，开会的人个个哈欠连天，只能靠抽烟提神，会议室内烟雾弥漫，苏可被呛得连连咳嗽。散会后，皮特和张晓波仍然精神抖擞，和所长薛建忠又回到案发现场的村里，去找租房子给跛佬的村民。苏可躺在警车上睡着了。

212　　　　村支书带着他们找到了那个卖房子的村民。表面上看，就是个老实巴交的农民，四十多岁，家里似乎也不宽裕，三间低矮的平房，西侧是猪圈，散发着臭烘烘的气味。不用说，发现制毒窝点是村里这两天的爆炸性新闻，他也知道，卖给别人的房子里住着大毒枭，被吓得不轻。

　　"老田，房子当时是怎么卖的？"薛建忠黑着脸问道，"这事很大，你要老老实实说，不要隐瞒。"

　　老田靠在门边上站着，脸色煞白，惊恐地看着这几个警察，没有说话。

　　"干吗不说话？"薛建忠手指着他，怒气冲冲地呵斥道，"你惹了天大的事，还跟我装聋作哑！"

　　皮特和张晓波进屋查看。东屋是卧室，衣服扔得乱七八糟，墙上糊着报纸。西屋有张床，似乎没人住，床上堆满了杂物，靠墙放着几袋子粮食，一辆看不出牌子的破旧摩托车。家里最值钱的东西，大概要数堂屋里的十八英寸康佳彩电，积满了灰尘。

　　从屋里出来，接着审问老田。"买你房子的人是谁？"皮特两眼盯着他问道。

　　薛建忠又用本地土话复述一遍，老田才哆哆嗦嗦地说："是谁我也不认识。那是我们家的老宅子，以前是我父母和老大住，后来老人都去世了。再后来，我大哥出海打渔，遇到台风没回来，大嫂带着两个孩子改嫁，没人住，我就把老宅子卖了。"

　　"不认识的人，怎么会买你的房子？"皮特继续问道。

　　"村里有很多人卖房子，我也不知道他是怎么找到我的。"

　　"你撒谎吧？"

　　"我没说假话。老房子，都倒了，卖了一万多块钱。"

　　"那个人长什么样？叫什么名字？给你看身份证了吗？"

　　"好像有三十多岁，很年轻，胖子。我们都不看身份证，说了名字我也不记得。"

"后来你有去过那里吗？"

"没有，一次也没去过。房子是他新盖的，每次从那里路过，也没看到人，铁门锁着。"

再三盘问，没有得到与跛佬相关的线索。

薛建忠要把老田带回派出所，皮特和张晓波都觉得没有价值，只好作罢。

回来的路上，薛建忠解释了为什么外地人喜欢来这里买房子。"这地方经济落后，但自然条件很优越，往北五公里就是国家级森林公园，你看这附近的环境多美。好多城里人来这里买房子，当成周末的度假村。"

"普河是毒品重灾区，这里怎么样？"一连串的疑问仍然挥之不去，皮特连续追问道，"跛佬怎么会想到在这个陌生的地方做毒品？村里会不会有他的团伙成员？"

"别看我们离普河只有五六十公里，陆平的毒品犯罪案件不算多，也没发现过制毒窝点，都是小打小闹地贩毒。"薛建忠说，"没有把这家伙带走，不意味着我们会放过他。我跟村里书记说了，让他们格外留心，注意观察这段时间村里有什么动静。"

三个人又在陆平停留了几天，跛佬制毒工厂所在的村被逐户搜查，没有获得新的线索，案件的调查陷入僵局。

皮特心事重重，长吁短叹，抱怨运气太差，上次围捕时让刘大枭跑掉，那种耻辱感，像火一样在心里烧灼。想不到，阴差阳错，让这两个狡猾的毒枭再次逃脱。

请示老六后，皮特决定撤回野牛城。

张晓波想留在陆平。权衡再三，皮特认为意义不大，就像之前在桥西镇的潜伏，缺乏社会关系基础，信息闭塞，徒劳无功。

开着跛佬的那辆套牌丰田轿车，路上换了三次假车牌，两人战战兢兢地跑了三天两夜，逃到西南的黔水市。傍晚，他们进了市区。刘大枭环顾四周，发现这地方说是地级市，还不如东部沿海地区的县城，市区很破旧，杂乱无章，楼房低矮破旧，裸露着水泥墙，几乎看不到像样的建筑。

马路上，汽车、自行车、行人混杂，不时听到愤怒的喇叭声。

初冬时节，高原上凉意渐浓，人们穿着长袖衣服，街上随处可见头上戴着尖顶竹笠的人，是东部地区不曾有过的少数民族风情。

两人在小巷子里找了个不起眼的小酒店，用假身份证开了一间双人房。连日逃命，既疲劳又恐惧，暂时有个喘息之处，两人匆匆泡了方便面充饥，然后倒头便睡，直到次日中午才醒来。

房间内光线很暗，阳光从窗帘的缝隙中照进屋里，刘大枭靠在床头抽烟。一支烟抽完，他起身走到窗边，掀开窗帘朝外边看了看，外边紧挨着居民区，到处拉着电线。跛佬翻了个身，又睡着了。"哎，已经中午啦，别死睡！"饥肠辘辘，刘大枭用脚踢了踢跛佬，喊道，"赶紧起来去找你的朋友，不能在这里长时间停留，很危险。"

"差点丢了老命，房子也没了。"跛佬眼也没睁地说，"到这里还怕什么，我不相信那些警察能追过来。"

"别不当回事，我们是在逃亡，不是来旅游的。"刘大枭满脸愁容，接二连三地问道，"我们突然跑来，你那个朋友叫什么？胡子对吧？找得到吗？靠不靠谱？"

"我的朋友个个都比你靠谱。"跛佬翻身下床，伸了个懒腰，把放在枕头下的手枪拿出来，退出子弹。"着急也没用。饿得半死，都没力气下楼。等我洗个澡，去找个公用电话，能不能联系到胡子，全靠运气。"

跛佬洗完澡出来，话也没说，拖着跛脚下楼去了。

他在街上寻找公用电话。这是跛佬多年来养成的习惯，尽量不用手机，都是临时找公用电话。万不得已用了手机，也只用一次，用完了立即把电话卡扔掉，决不重复使用。

跛佬打完电话回来，又带了些吃的。"我们运气不错，胡子马上来。"跛佬把打包的饭菜放在桌子上，边吃边提醒道，"胡子这人很不错，十多年的朋友，从来不占我便宜。你见到他，客气点，别像对我那样摆谱。"

刚吃完，便有敲门的声音。刘大枭伸手就去拿枕头底下的手枪，他的神经依然紧绷着，丝毫没有放松。

进来的正是胡子。看外表，胡子不到四十岁，身材短粗壮实，高原上常见的黑中透红的面孔，留着锅盖头，满脸浓密的络腮胡子，脖子上挂着小拇指粗的项链。"晚上睡得还好吧？"胡子说着，反手关上门，"小酒店，委屈二位了。"

"到你的地盘上，心里踏实很多。"跛佬指着刘大枭介绍说，"这位就是我以前跟你说过的兄弟刘大枭。都说他是天才，鸦片战争多少年才出一个这样的天才。"

"鸦片战争是哪一年？"胡子笑着与刘大枭握手，满是恭维的话，"久闻刘兄大名，没想到在这里见到了。"

"路上，跛佬不停地在说胡子老弟。"刘大枭表现得很谦恭，双手握着胡子的手说，"我们初来乍到，全靠兄弟帮助。"

"都是兄弟，客气话就不说了。"胡子说，"黔水这地方很穷，跟你们比差得不是十年八年，还有很多人吃不饱饭。不过这边离金三角不远，只要有本事，赚大钱不是问题。"

"我这次把财神爷带过来，不赚大钱对不起全国人民。"跛佬吹嘘说，"这可是'国宝级'的人物，在中国绝对找不到第二个。"

"太好了！"胡子跷着二郎腿，一只手不停地捋着下巴的胡须，显得很兴奋，"这里不是说话的地方，吃完了我们就走。"

片刻时间，刘大枭就为眼前的陌生男人描摹了一幅画像——面由心生，不管这个人阴险、奸诈、圆滑、诚实，那张脸终究骗不了人。他断定胡子是可以信赖的人。

闲聊了几句，三个人下楼。刘大枭上了胡子的宝马轿车，跛佬开着丰田套牌车跟在后面。

出了市区，宝马沿着山脚下年久失修、坑洼不平的砂石路向山里开去。转过前面的山脚，有房子出现在眼前，近看是几栋别墅，有点像度假村。

"这是不对外的会所，我和两个朋友搞的，周末过来住几天。"胡子停好车，又把跛佬的车牌拆下来，带着他们往里走，"你们可以放心，这地方很安全，哪里都没有摄像头。"

刘大枭边走边观察四周的环境。五栋别墅，建在山坳里，周围的山不高，森林茂密，云雾缭绕，人走在石板路上，能感到扑面的凉爽气息。

"真是好地方，很幽静，简直是世外桃源。"刘大枭连连赞叹。

胡子带着两人进入最里边那栋建在山坡上的别墅。刘大枭推开面朝山坡的客厅窗子，外面是竹林。

"这里太安静了，就像和尚住的庙。"跛佬从二楼下来，嚷嚷道，"我不习惯这地方，连女人都没有。"

从楼上下来，他们慢慢向后山上走去。

树林里很潮湿，弯弯曲曲的小溪缓缓流过，到处是裸露的大石头。三人坐在溪流边上抽烟。跛佬拿出雪茄递给胡子。"我抽不惯雪茄。"他摆摆手，抽自己的中华烟，接着说，"恕我冒昧，二位怎么突然来我这里？是不是遇到了麻烦事？"

"当然是有麻烦。"刘大枭说，"我们闯了大祸，这几天，警察估计把当地翻了个底朝天。"

刘大枭也不想隐瞒，他把冰毒废水毒死鱼的事全盘告诉了胡子。不过，野牛城那边的事他暂时没有说，毕竟他并不了解胡子，不想暴露他们目前走投无路的困境。

"原来是出了意外。"没想到，胡子却很淡然，一副见多识广的样子。他说："在这个圈子里混，不可能像开公司那样有固定的办公室，说不定哪天就惹出事，那就换个地方。"

"你以前老是跟我说金三角那边有关系，"跛佬问道，"到底是什么关系？能利用吗？"

"你想要什么关系？那都是做大买卖的，小的他们瞧不起。"胡子大概是低估了眼前的这两个不速之客，无意中露出轻蔑的口气，"跟那些人做生意，我们还不够档次。"

"大枭兄手上的技术就是做大买卖的，小的他也瞧不起。"跛佬显然不服气，脸上挂着似笑非笑的表情，"你别以为他们有多厉害，真正的高人在你眼前。"

"先别吹，金三角那边的客户，你们没见过，吓死人的。"胡子似乎有点不屑，"当然，那边也有很多小贩子，三五十斤的生意都做。"

"这是用身家性命做代价的职业，赚点散银子不划算。"刘大枭料定胡子没见过多大世面，最多不过是认识金三角的小毒贩子而已。他顿时感觉有了底气，不需要在胡子面前表现得低声下气，便说："我就直说吧，只要你有金三角的大客户，供货量绝对有保证。每天一吨够不够？"

胡子半信半疑。他也是在江湖上闯荡的人，吃过猪肉，也见过猪跑。"能搞这么多？起码在国内没有人能做出来。二位要是敢拍胸口说这个话，过几天我带你们去见金三角的大老板。"

他们正说着，有个背着背篓、手里拿着砍刀的少数民族妇女从旁边的树林里出来，跟在主人身后的土狗停下来看着他们。

等那人走远了，胡子又说："要是有本事给他们固定供货，那还说什么呢。"

"没有亲眼见过，你肯定说我吹牛。我敢说，不管多大的毒枭，就算金三角的坤沙，看了也会吓尿的。"刘大枭很快就忘了跛佬让他不要在胡子面前摆谱的提醒，"我这样跟你说吧，只要原材料供应充足，设备先进，生产线开工，就跟生产水泥差不多，你想要多少都没问题。"

以刘大枭疑神疑鬼的性格，他内心里对胡子是矛盾的。就像刚见面时他以貌取人的判断，胡子虽然不是跛佬这类江湖老油条，但在黔水这样的小地方，胡子到哪里能找到金三角的大毒枭来消化他生产线上源源不断的冰毒？不过也没有更好的办法，他做好了两手准备，先不管胡子手上能有多大的客户，待一段时间再说，哪怕每个月能卖出几十斤冰毒，也能积攒一些资金。这地方只是他逃难途中的临时落脚点。

胡子的情绪被刘大枭雄心勃勃的计划点燃起来，他很兴奋，抓起小石头，抛到前方的溪流中。"那我给你们两个安顿好，明天就出发，去金三角。"胡子说，"我有个地方，很适合做工厂，回来带你们去看。"

"兄弟们合作，先把条件谈好，有什么丑话都说在前面。"刘大枭想试探胡子的胃口有多大，他怕又遇到肥叔那样的贪婪之徒。

"不就是钱嘛，怎么分你来定。"胡子倒是很爽快，"技术是你的，我和跛佬跑腿。"

"我没意见。"跛佬说，"反正钱来得容易，随便怎么分都无所谓。"

"我看这样吧，除掉成本，利润平分。"刘大枭心里明白，无路可逃，临时跑到陌生的地方，还要依赖胡子，不能让他有吃亏的感觉。

如同刘大枭的分析，胡子到底是小地方的毒贩子，他真的被刘大枭吓着了，哪里还敢要价。"平分你就亏了，你拿净利润四成，剩下的除了成本我跟跛佬对半分。"

"就按我说的，赚的钱平分。都是兄弟，有福同享嘛。"当初因为水哥扣了十斤冰毒，他怀疑跛佬私吞货款，两人因此闹翻。这件事让他很后悔，只是不愿意跟跛佬说而已。有了上次的教训，到了胡子这里，刘大枭表现得很大方。

谈好了利益分配的事，他们似乎都很兴奋。晚上，胡子让厨房的师傅做了几个菜，三个人就在别墅房间里喝酒。酒柜里放着很多进口红酒，旁边的柜子，从茅台、五粮液到人头马，十几个品种。

"枭哥喜欢什么酒，洋酒怎么样？"胡子拿过一瓶人头马，"这都是好酒。"

"我还是喜欢茅台。"刘大枭看到有十五年的茅台，"就这个吧。"

酒过三巡，喝掉一瓶十五年的茅台，刘大枭感觉正好，跛佬靠在沙发上，满脸通红。胡子起身去打电话。

"我都安排好了，你们就在这里待着，最好不要离开房间，每天打电话给厨房，他们会把饭送上来。"胡子安排妥当，拿起扔在茶几上的包走了。刚出门，他又转身回来，好像有点不放心："顺利的话，可能要个把星期。万一回来晚了几天，你们也别急。"

听完皮特的汇报，老六说："刘大枭去普河投靠跛佬，立足未稳，窝点又被你给捣毁了。慌不择路，两条丧家之犬，能跑到哪里去呢？"

皮特没有去接老六的话。他想的也是同样的问题。

见皮特没有说话，老六扔了一支烟给他。他只是拿起来，放到鼻子上闻了闻。

"带着跛佬的女人，摸到他的老巢，结果扑空了。我知道你很沮丧，我也很失望。"老六说，"按照刑事侦查的规律，如果有多次抓捕失败的经历，难度就会越来越大。这时候，嫌疑人可能离开案发地，藏匿到外地，和过去的社会关系慢慢失去联系，想找到有用的线索更困难。"

这是皮特头一次听老六谈刑事侦查的理论。他总以为老六过去在检察院分管批捕、起诉，对刑侦是外行，没想到他说起那些专业问题，也像个经验丰富的老专家，头头是道。

"目前的局面对我们有弊也有利……"皮特正要说下去，老六打断他。

220   "让我这个外行来看，有利的条件更多。"老六习惯边说话边在纸上随手写下几个关键词。他说："刘大枭家在野牛城，跛佬家在普河、陆平，现在，这两个家伙的老巢都被端了，他们要找新的立足之地，哪有那么容易。虽然他们躲在暗处，但处在运动中，很容易暴露目标。"

"你放心，他们不会成为断线的风筝，我手里还有牌可以用。"

"跛佬那个情人还有利用的价值吗？"

"那女人长得很丑，跛佬又是外地人，如果他足够狡猾，可能就不会再跟她联系。不过，这女人倒是挺好的，也很可怜，我建议对她网开一面，别动跛佬给她买的那套房子，放个眼线，让她帮我们盯住跛佬。"

"重点是刘大枭的女人，他还有孩子。这段时间，张晓波也不在野牛城，没过问河湾镇那边的情况，你过去看看，把任务再明确一下。光靠警察不行，总不能二十四小时坐在门口看着他老婆孩子吧。"

"日常盯梢要交给居委会。我马上去找技术处，在他老婆的房子周围秘密安装监控设施。"

"我看你休息几天吧，他们刚逃跑，藏在哪里，最近不会有大的动静。"老六也没有抱怨，态度和蔼地说，"上次我让你休假，突然发了大案，临时抓差，把你缠住了。补给你一星期的假，带上小苏，出去转转。对了，你跟小苏怎么样了？"

"差不多可以准备红包了吧。"皮特本来想说得更直白，忽然又收住了，"不过我也说不准，你要问苏可。"

皮特站起来，笑着往外走。"我说呢，怪不得不抽烟了，原来是有人管。"老六很高兴，"都说爱情的力量很强大，还真是，把一个人都改变了，比我这个局长还管用。"

从老六办公室出来，皮特打电话把苏可、张晓波和技术处处长林长民叫来，去河湾镇派出所。

听完所长徐少平的介绍才知道，案发时布置的监控方案，在实际执行中却有点麻烦。河湾镇派出所安排三名辅警，三班倒监控刘大枭妻子阿芳的住处，不管她走到哪里，包括去菜市场买菜都有人跟踪。可是，辅警毕竟没受过专业训练，小镇上不同于市区，人少，跟踪次数多了，又是这几个人轮流跟踪，被阿芳发现了。她拉着孩子的手，怔怔地站在那里，这等于暴露了监控计划，只好换个人继续监控。

监控计划本来交给张晓波负责，他跟着皮特到普河执行任务，派出所也没有报告。好在也没有出什么大事，只是监控过程中出现了小插曲。皮特也不好责怪徐少平和他的下属。

"跟踪阿芳只是表面，我们对她本身还有其他技术监控手段。"皮特没有明说，公安局在监控阿芳的电话和银行账户，这是秘密。他换个口气说："也真是难为少平你们了，安排几个兄弟整天盯她梢，这种紧逼盯人的监控可能确实很难执行，我想应该做个调整。"

"要说监控漏洞，还有刘大枭的弟弟和他母亲，对他们也没有特别监控。"张晓波说，"像刘大枭这样狡猾的毒枭，肯定知道我们会重点监控他老婆，他弟弟那里就处在失控状态，没有任何监控。"

"也不是完全没有监控。我们安排了联防队员，还有居委会，都在注意这家人的情况。"徐少平说，"刘大枭的弟弟和他母亲住，就在镇上。据我们了解，几年前他弟弟的儿子在刘大枭家玩的时候触电死亡，两兄弟为这事闹翻了，不来往。所以，我们判断，这个时候刘大枭不会冒险去找他弟弟，何况我们已经对他严厉警告，晓以利害。"

对刘大枭弟弟和母亲的监控，案发以后皮特就反复想过。除了徐少平说到的背景，更多的是来自对刘大枭心理的分析，对他这样的大毒枭来说，母亲、妻子、弟弟都可以抛弃。但是，不管多么冷血，年幼的儿子是他难以割舍的亲情。

"严格来说，我们不是在监控他老婆，而是他的儿子。"皮特话锋一转，"那是他最脆弱的地方。即便是那些冷血无情的人，也可能犯下致命的错误。"

　　讨论到最后，确定在适当的地方安装摄像头，不间断地实时监控阿芳家的人员进出情况，又不会被发现。正好，镇政府干部张小春的家就在阿芳住的房子前面，比她的房子高一层，没有任何遮挡，很适合安装摄像头。

　　到张小春家实地查看，他家是一栋临街的三层小楼，平顶，阿芳的房子就在后边，相隔不远，中间没有遮挡。张小春夫妇都是公职人员，保密自然没有问题。林长民站在窗子内侧，将窗帘掀开一角，仔细查看对面房子的角度。然后，他又和张小春上了楼顶，假装摆放花盆，寻找安装摄像头的最佳位置。

　　从楼顶上下来，林长民当即确定了实施方案：把红外线摄像头安装在楼顶上，伪装在有弯头的排气孔里边，可以居高临下地监控阿芳家的人员进出情况，外人看不出来。"夜里两点，我们派技术人员来安装，可能要打扰你们休息。"林长民说。

　　"把线路接到你们派出所，交给专人负责，确保每隔四个小时对监控视频检查一遍，发现情况及时报告，还是晓波负责。"皮特对徐少平说，"技术有时候比人靠谱，但人工监控也不能放弃。一年三百六十五天，也许三百六十四天都没事，那一天有事就是大事。"

　　离开河湾镇派出所，正是下班时间，皮特带着他们来到渔人码头。

　　各种豪华轿车陆续驶来，停满了酒楼门口的停车场。

　　大厅入口，站着两个身材高挑、穿着旗袍的迎宾女子，涂着血红的唇膏，粉底蓝色茉莉花图案的旗袍开衩很高，露出雪白的大腿。

　　"外边的那个就是阿妹。"皮特贴在林长民的耳朵上说。

　　苏可、张晓波早就见过阿妹，林长民却是第一次。技术处负责监控阿妹的手机，每天都有例行的监控记录送给林长民。现在见到了真人，他忍不住多看了几眼。"斯斯文文的，长得挺不错嘛。"

　　阿妹引导他们坐在大厅靠里边的地方，下了单，又给每人留下名片，笑容可掬地说："这是我的名片，以后来之前可以打电话订座。"

"陈小妹，这名字有特点。"皮特接过名片，没话找话地随口说道。

"谢谢！叫我阿妹就行了。"陈小妹嗲声嗲气地说着，开好单便走开了。这样的话，阿妹每天不知道要说多少遍。

"看到了吧，大毒枭的情人。"皮特看着阿妹的背影说，"这不是电影，是真实的生活。"

林长民掏出三五香烟，皮特摆摆手。"本来可以嫁个好男人，"林长民无聊地感慨道，"只怪她命不好，上了毒枭的床。"

"瞧你们两个，还拿人家当笑料。"苏可翻着菜牌，瞪了一眼，"这么年轻的女孩子被毁了，你们有点同情心好不好？"

几个人笑起来。苏可拿着阿妹开的菜单，走到海鲜池那里点菜。

"你真的相信用这个诱饵能钓到大鱼？"林长民问道。

"你今天亲眼看到了，这样的尤物，男人会放弃吗？"皮特反问，"要是你，你会怎么做？"

"问题是，我们是俗人，不能用我们的观念跟刘大枭比。"林长民说，"那是大毒枭，心狠手辣，冷血无情，他会在乎这么个女人？"

"毕竟很年轻，还算漂亮，"张晓波接着说，"这个外观还是能吸引男人的。"

林长民的话倒是把皮特问住了。他想，或许林长民说得有道理。对刘大枭这样的大毒枭，放在平时，阿妹也许让他欲罢不能，但是现在他像丧家之犬，四处躲避警察的追捕，按理说不会为了这个女人去冒险。

"好吧，对刑警来说，她只是我们眼下可以利用的条件而已。"皮特说，"我很赞同老六的观点：任何时候都不要轻视对手的狡猾，也别低估了对手的愚蠢。"

苏可点完菜，手里拿着菜单刚回到座位，深井烧鹅、白灼竹节虾便端上来了。

皮特照例是先把苏可照顾好，把虾剥好，蘸上佐料放在她面前的碗里。"我刚才就想说，对苏可这样才貌双全的大美女，男人赔上命都是愿意的。"林长民一本正经地开起玩笑，"可是这女人不过是个酒楼的服务员而已，刘大枭应当知道她已经是暴露的目标，会被我们盯上，所以未必有多大价值。"

"林处长干吗把我扯上？"苏可腼腆地笑着说，"不过，刑事犯罪中无数的例子证明，很多非常狡猾的犯罪分子，对付警察的智商足够高，最终还是因为女人暴露目标。"

"这就是男人的弱点。毕竟，真正铁石心肠的男人少之又少，有时候，越是自信的男人，在女人身上就越是弱智。"皮特端起鲜榨玉米汁，和林长民、张晓波碰杯，"我跟老六说，这次虽然在普河扑空了，但是，普河是跛佬曾经居住的地方，陆平有他们的制毒工厂，按照公安部禁毒局的要求，普河和陆平的公安局也是破案的责任单位，这样我们就不是单兵作战，有关案件的信息来源也会更多。"

食客们越来越多，他们就这样边吃边聊，一顿饭吃了两个多小时。阿妹来来回回地带客人入座，不断从他们面前走过。只是，她怎么能想到，这几个看上去与其他人并没有什么不同的客人，正在暗中监控她。

第二天，吃过午饭，皮特和苏可开车去了好朋友阿满的野牛城山庄。自从接手这个案子，皮特就没有来过这里。他听了老六的建议，打算去度假，顺便完成一件大事——向苏可求婚。

皮特本来想跟苏可回她的老家山东烟台，完成准女婿上门的程序，再顺道去游览蓬莱阁。还是苏可最懂他，案子没有破，皮特根本没办法放松下来，不想远离野牛城。"去阿满那里吧，别走远了，不知道老六什么时候就会找你。他那个急性子，我以前都不敢跟他说话。"

跟上次来相比，山庄没有大的变化。面对眼前的大水库，喜欢运动的皮特一定要下水。只是，这时候的水有点凉，苏可划着游艇跟着他，游了半个小时，太冷，便爬上游艇。阿满驾驶那艘新买来的红白相间的游艇，带着他们在水库里兜风。

听说苏可要来山庄度假，阿满做了周密的计划，排在首位的就是让她吃好。皮特是他的兄弟，不会怠慢，但是苏可就不同。知道她是北方姑娘，采购回来的菜也带点北方特色，比如大青萝卜，野牛城就没有。他还去海边当地最大的海鲜餐厅，从那里弄了些进口的南非鲍鱼、澳洲龙虾和海参。

到山庄的第一顿晚餐是龙虾刺身、红烧八头鲍鱼、鸡汤海参，还有特意给苏可准备的甜品。看到阿满如此用心，在荒郊野外的地方吃到近乎五星级酒店的菜肴，苏可吃惊得张大嘴巴。"阿满哥，你把我们当成国宾了。"

阿满开了奔富红酒，和他们两个逐一碰杯。"苏小姐来了，比国宾还贵重。"阿满说，"皮大哥这几年过得不顺心，好多朋友都断了来往。我知道这是个很讲义气的好兄弟，可是帮不了他，遇到你，是天大的福气。"

一番话说得苏可满脸通红，她加了点酒，站起来单独敬阿满。"谢谢阿满哥。公安局大院里，人家看到的是脾气暴躁、大红大紫后摔下来、破罐子破摔的落魄警察；我看到的是一条硬汉子，很有男人气，才华横溢，正直、仗义，还知道疼人。"

听到苏可的话，皮特很感动，突然有点哽咽。他调整好情绪，温情脉脉地说："真是做梦也想不到的福分。我有时候傻傻地想，如果能追到苏可，下决心把烟酒戒掉，把臭脾气改了，破几个大案子，重新活出个人样来。"

"烟不抽是对的，对身体确实没有好处。"苏可善解人意，她也不想把皮特管得死死的，"酒嘛，免不了要应酬，比如跟老六吃饭，跟好朋友聚会，你要是脸拉着，死活不喝，也就没有气氛了。只要别像以前那样喝得醉醺醺的就行。"

与那些热恋中的情侣不同，在专案组的这一年多，追捕刘大枭和跛佬几乎成了他们生活的全部，两人好像也没有认真地谈过恋爱。才子佳人，相互崇拜，突然间，发现彼此成了精神依靠，谁也离不开谁。

要说，这还是老六无心插柳的结果。当初，他只是觉得，为便于侦查，专案组应当配备刑侦技术人员，法医或者技术员。而苏可的专业能力，二者兼备，是再合适不过的人选。别看老六脾气暴躁，但他很细心，不动声色中，很快就看出了皮特喜欢苏可。他想牵线，可是又摸不准苏可的想法，怕她为难，能做的，也只是催促皮特，却从未在苏可面前提起过。

爱情仿佛神奇的催化剂。如果说苏可让男人一见倾心的美貌只是外表，那么，她的才智和高情商才是真正的魅力，硬生生地驯化了桀骜不驯的狮子，让这个才华横溢却一度落魄的男人重新站起来。

皮特没想到幸福会来得这么快。

山庄的两个女服务员捧着鲜艳欲滴的香槟玫瑰进来。这是皮特和阿满商量好的节目。皮特接过玫瑰，单腿跪下向苏可求婚："亲爱的苏可妹妹，嫁给我吧！"

苏可激动得张大嘴巴，接过玫瑰，放在鼻子上闻了闻。"嗯，我答应了。我爱你……"她拉着皮特的手，有点语无伦次，更是没忍住激动的泪水。

皮特拿出戒指，给苏可戴上，又轻吻她的面颊。阿满带头鼓掌，房间内响起舒缓的钢琴曲《仲夏夜之梦》，皮特紧紧地拥抱着苏可，像是大学校园里那些生涩的初恋。

心神不宁地等着胡子，到了第八天，还没有消息，刘大枭坐卧不安。

他又犯了猜疑的老毛病。倘若胡子只是掌握几个小毒贩的资源，在这里耗下去就没有大的价值。他在思考新的出路。不过，他心里很清楚，离开跛佬的关系网，他就像只没头的苍蝇，毒品这条道上没有属于他的人，即使最低档的白粉仔他也不认识。

跛佬可不管那么多，吃饱喝足，就用胡子留给他的电话叫女人，每天换一个。

刘大枭只是第一天叫了个女孩，后来的几天，他没有心情，满脑子想的都是阿妹。也不知道她现在怎么样了，警察有没有发现她？阿强那两个蠢货既然能把他供出来，难道不会把他的情妇告诉警察吗？阿妹对毒品的事一无所知，跟她有什么关系呢？很多时候，跛佬在隔壁的房间里跟女人疯狂，他却在漫无边际地想着阿妹。最后，他判断，阿强和华仔只见过阿妹两次，也不知道他和阿妹的情人关系，因为对他来说，玩个女人是很寻常的事，警察要查他的女人，那就多了。

天已经黑了，两人刚吃过晚饭，胡子回来了。他带回来很多热带水果，榴梿、杧果、山竹，都用箱子装着，足够吃上好几天。"这都是从缅甸带回来的，又好又便宜，就像买白菜一样。"

"你去了八天，我还担心出什么事。"跛佬用刀劈开有裂口的榴梿，整个房间顿时散发着榴梿的味道。

"到了中缅边境，等了四天，才有人带我过去。"胡子显得很疲惫，半躺在沙发上抽烟，"想见大老板真不容易，最怕警察派来的卧底。"

"怎么说？"刘大枭吃着榴梿，急切地问道，"见到人了吗？"

"搞定了。"胡子坐起来，打了个响指，"我见到了金三角大老板沙万。那家伙势力很大，光是保镖就有二十多个，每个人都拿着AK47，在湄公河边上，有几艘大船和快艇。"

"他们在金三角，怎么把货送过去？"刘大枭说，"路上风险很大，我们根本没有这种能力。"

"人家是做大生意的，想得比我们周全。"胡子坐起来，用牙签挑起剥好的榴梿肉放进嘴里，"不让我们去送货，怕给警察当带路党，他派人过来拿货。"

听说不用送货，跛佬很高兴。"每次出去送货，我就提心吊胆，不知道哪天出门就回不来了。他们自己上门来拿货，宁可便宜点，也比我们自己冒险好。"

"价钱谈好了吗？"刘大枭依然不放心，继续追问更多的细节，"每个月能要多少货？"

"有多少他都要，每个月一吨也满足不了他。"胡子谈成了大买卖，眉飞色舞地说，"至于价钱嘛，现在冰毒的市场价大概是每公斤二十万，我开价十万，他最后砍到五万。"

跛佬说："他们自己来拿货，这个价格不低了。"他多年来行走于毒品市场，比刘大枭更了解行情。这也是大毒贩子通常都是雇佣廉价的"骡子"远距离运送毒品的原因，他们躲在背后，把风险最大的送货环节转嫁给了别人。

"五万就五万吧，"刘大枭的表情没有显示出对价格是不是满意，"反正我们生产量很大，五万也能发财。"

总算有了眉目，刘大枭顿时感觉眼前豁然开朗。他习惯于脸上不动声色，心里却在算账，飞快地计算了未来的收益：每公斤五万元，一吨就是五千万元。但他没有用加法、乘法把这个数字无限扩大，他向胡子炫耀说，可以像生产水泥那样，日夜不停地生产冰毒，那只是理论。而他死守着冰毒配方的秘密，意味着从原料采购到生产，只有他本人亲自操作，注定无法达到他所说的工业化生产的规模。

他不会把内心的真实想法告诉跛佬和胡子。"工业化生产"是他时不时用来表现自己价值的噱头，很能煽动对方的情绪。

第二天吃过早饭，胡子开车，带着刘大枭和跛佬从山里出来，去看未来的"冰工厂"。出乎刘大枭的意料，用于制造冰毒的地方就在市区，是旧厂房，钢筋焊接的大门锈迹斑斑，大门外的墙上写着厂名：黔水市东方食品厂。旁边紧挨着就是居民住宅，附近还有两个看上去很破旧的工厂，门口的水泥路，大概是无人维护，路面破损严重，满是裂痕，有些比较大的坑里还有积水。

"怎么在闹市区？"刚出过大事，跛佬对生产冰毒的地方特别敏感。

"你看这里像闹市区吗？"胡子打开铁门上的大铁锁，向里边用力推开大门，手指着前方说，"黔水市区很小，就那几条街道，这地方已经不算是中心，再往西走不远就出城了。"

"有利有弊。"刘大枭站在铁门内侧，打量着杂草丛生的厂区院子，又拿出他的理论，"说它有利嘛，就是那句话，'大隐隐于市'，这是逆向思维，谁也想不到有人会在这种车来人往的地方做冰毒；弊端当然也很明显，在城里边，出了事跑都跑不出去。"

这间破落的街道小厂，停产多时，被胡子以很便宜的价格买过来，就是想跟朋友合作，在这里做毒品，却没有物色到合适的对象。除了偶尔零星地存放过毒品外，平时都空着。

胡子把车开进院子，又锁上铁门，带他们两个去看厂房。

几栋厂房看上去都很破旧，外墙的红砖裸露着，正面是水泥墙。刘大枭走进大门东侧的那栋三层小楼，发现还有些破旧的办公桌，他顺手拉开靠墙的铁皮柜，是空的。

"前面这个是办公室，中间和最后那两栋平房是生产车间。"站在窗子边上，胡子说，"水电都是齐全的，你看看，我们把设备放在哪里。"

"这么大的地方，有一栋就够我们用了。"跛佬说，"后边那个房子可以做个简单装修，平时就住在这里，也方便。"

"你马上去找人，重新做个大门，要全封闭的，从外边看不到里边。"刘大枭推开二楼的窗子，探头朝楼下看了看说，"然后做窗帘，所有的窗子，不管白天夜间都要拉上窗帘。"

"想得真周到，我马上就去做。"胡子对刘大枭言听计从，他意识到这是个做大事的人，不敢有半点怠慢。

从楼上下来，又去看那两栋平房。中间原来是面粉生产车间，大

230 部分设备原封未动，停产几年，积满了污垢，机器上到处是蜘蛛网，散发着难闻的霉味。

刘大枭没有往里走，站在门口大致看了看，又去靠后边的平房。里边是空的，放着几辆平板推车，还有很多杂物。"这是面粉厂的仓库。"胡子说。

对这个陌生的地方，刘大枭显然还不放心，又顺着院墙边走边看。红砖院墙，墙角杂草及膝。刘大枭贴着墙，上面还有一大截。"至少有两米五，我安排工人在上面放了碎玻璃。"胡子就像推销房产，想尽量满足刘大枭的要求。

在院子里转来转去，回到楼房，刘大枭接过胡子递来的中华烟。他抽着烟，两只眼睛却没有停下来，还是充满疑虑。

"这里还不如我老家乡下的那个房子。"跛佬说，"那地方多隐蔽，大门关上，谁也不知道。"

"还吹你那房子，刚开工就闯了大祸。"真是哪壶不开提哪壶。刘大枭在讥讽跛佬的同时，又开始讲理论："你不懂这样的理论，农村是熟人社会，每个人都认识。但是，我们是陌生人，很容易引起怀疑，藏不住；城市是陌生人社会，彼此不认识，只要你不主动惹事，谁也不会注意你。"

"我干这一行十来年，这些高深的理论还真不懂。"胡子心悦诚服，"以后跟着枭哥，我们都要多学着点。"

"这对面能租到房子吗？"刘大枭又走到窗子边上，看着对面有房子，便问道，"你去问问，要是能租到房子最好了，就在我们对面，不能太偏。"

胡子没有明白刘大枭的意思。"租房子？这里还不够我们住吗？我把楼上的办公室重新装修，按照五星级酒店客房的标准……"

"你理解错了，我不是要住五星级酒店，是出于安全考虑。"刘大枭打断他的话，"你想过没有？假如我们被警察发现了，院子被包围，怎么逃出去？"

"那就不能被警察发现，"胡子两手一摊，"被发现了就不可能有活路，就算我们每人拿着AK47，也不是警察的对手。"

"中国有句古话，'小心驶得万年船'，我们干的是拎着脑袋赚钱的买卖，失败的代价就意味着掉脑袋。所以，我经常跟跛佬说，有勇无谋绝对做不成大事。"刘大枭耐着性子说，"我们把工厂放在市区，这是很大胆的想法，但必须有应对紧急情况的方案。如果能在对面租到房子，从这里挖地道过去，出现意想不到的事，就有逃生的机会。"

"胡子，不管你以前跟我怎么吹黑白两道多厉害，现在见到大佬了，你必须服。"跛佬一改阴阳怪气的说话习惯，顺势抬举刘大枭，"跟老大比，我们还是粗人，有勇无谋。这个嘛，我认。"

"跛佬这是什么话，都是兄弟，别把我当成神了。"刘大枭干笑了两声，他知道那不是跛佬的真心话，"你们两个都很厉害，我不过是想得更周全，留个后手。"

胡子效率很高，连跑几天，将斜对面带院子的房子租下来，单门独户。虽然不是正对面，地道要走斜线，远了几十米，但这都不是问题。刘大枭去看过房子，两层半的私人住宅，楼下是客厅、厨房和一间卧室，楼上有两间卧室，前面是院子。

按照刘大枭的安排，胡子从外地找来建筑队，四个人从厂房办公楼外开始挖掘，日夜不停。白天把土堆在院子里，夜里找运土车拉走。就在挖掘地道的这段时间内，大门被更换成全封闭的铝合金电动门，办公楼也被重新粉刷，全部挂上遮光的窗帘。

办公楼就是计划生产冰毒的车间，地道从车间直通对面租来的房子。刘大枭没有让那几个挖地道的外地人进入办公楼，剩下的从墙外到房间的十几米地道，他们三个人自己来完成。

这段时间，胡子和跛佬吃住都在厂里，两人轮流指挥，刘大枭住在新租的房子里，有时会在夜间到院子里了解施工进度。

地道挖好，工人们离开后，胡子在前面打着手电，刘大枭进入地

x

x

道，仔细检查。地道长二百三十多米，宽一米，高一米二，要低着头才能通过。在穿过大门口道路的那段地道，洞壁用水泥浇筑，防止路面上的车辆行驶震动造成塌方。

刘大枭手里拿着铁锹，来回走了两趟，他让胡子和跛佬把电线拉进洞内，安装几个灯泡，又在靠近对面住宅的洞壁上凿出两个小洞。

"准备应急的物资：五万块现金、一支手枪、二十发子弹、一把弹簧刀，还有打火机，包好，放在洞里。"刘大枭列出清单，给自己准备好逃跑的后路。他想了想，又补充说："还要去买一辆新摩托车放在租的房子里，作为逃跑的备用交通工具，再给我搞个手表，有指南针功能的。"

"还没开始干就准备跑？"跛佬向来对刘大枭疑神疑鬼的过度防备不屑一顾，"我总觉得这样很不吉利。"

"你以为我们在干吗？是让面粉厂恢复生产？还有领导来剪彩？"刘大枭劈头盖脸地教训道，"我们是在做冰毒，是在干杀头的买卖！野牛城那里就是个证明，如果不是我当初设计得很周密，早就死在警察的枪口下了。"

胡子却没有表示反对意见："有备无患，枭哥想得没错。"

野牛城那个电闪雷鸣、暴雨倾盆的夜晚，刘大枭在枪林弹雨中且战且退，与阿龙穿过地道，乘坐快艇逃出警察的重围。他时不时会拿出来在跛佬面前炫耀，听起来像好莱坞犯罪大片似的场景，自认为江湖老手的跛佬嘴上叫好，心里却不服气，他怀疑那是刘大枭编造的情节，目的是为了神话他自己。

一切按照刘大枭的要求，胡子全部落实到位。都是道上混的人，你以为胡子就那么心悦诚服？那只是表面。他想过，刘大枭肚子里到底是不是真货？有多少货？能不能像他所说的那样赚到大钱？只要开工生产，是骡子是马，最后总是会现出原形的。

吃过晚饭，商量如何购买设备和原料。"黔水这样的小地方，我估计根本买不到这么多东西，要去大城市。离我们这最近的是贵原市。"胡子担心安全问题，颇有些忧虑，"你们在那边惹了麻烦，枭哥最好还是少出门，你把需要买的设备和原料都写下来，我照着单子买。"

"你买不了。"跛佬的话没说完，他想让刘大枭自己接着说。

"要买的东西很多，大小型号，不熟悉的人不行，必须我去。"刘大枭没有明说，这是他的难处。设备本身很复杂，就算写下来，胡子也未必能买到；原料要保密，这是最容易导致翻脸的诱因，直到此时，他和跛佬都没有跟胡子说配方保密的事情。

"这边你不熟悉，那我陪你去吧。"胡子不明就里。他想，到了这里，买设备、采购原料的事当然是他来干，便说："去贵原倒不算太远，五百多公里，就是路不太好走，山路多。"

"枭哥不好意思说，做冰毒的配方保密，你就别去了。"跛佬无法判断胡子的反应，他想尽可能淡化双方的尴尬，"上次我们两个就为了这事吵架，后来我明白了，保密是对的。"

"保密？为什么？"胡子一脸错愕，目光从他们两个脸上扫过，"不是说好了三兄弟合作吗？"

话说到这里，刘大枭感觉，想含糊是无法过关的，只能挑明。这段时间，他自认为基本上把胡子的性格摸清了，这个比他年轻得多的毒贩子，还是比较好打交道，远不像肥叔胃口那么大。关键是，胡子毫不掩饰对他的崇拜，心甘情愿地把老大的地位让给他，让他反客为主。

"我们要做的是别人从来没见过的化学合成冰毒，根本不需要麻黄素，是我花了很多年时间研究出来的，不要说中国，全世界都找不到第二个人。毫不夸张地说，这是毒品历史上的新技术革命，过去传统的毒品生产手段都会被我淘汰。"刘大枭又在不厌其烦地解释他建立的一套配方保密逻辑，前面的三个听众是奥古斯丁、跛佬、肥叔；肥叔还没有来得及看到他作为"合伙人"的新产品下线，便进了ICU，生死不明；现在轮到胡子了，他是第四个听众。刘大枭说到激动处，不断地打着手势："这样的尖端技术如果让很多人都掌握了，工业化的生产效率，每天几十吨、几百吨的产量，毒品市场立即就出现严重过剩的局面，价格比大米还便宜，那还有什么价值呢？"

"你是说，从来没有其他人知道配方？"胡子听得云山雾罩，试探着问道，"连跛佬也不知道吗？"

"生产的时候我在场，"跛佬说，"但是怎么做出来的，我完全搞不清楚。"

"有了这种技术，我的目标是建立跨国集团，成为全世界最大的毒枭。"刘大枭见胡子果然被镇住，便提出他的狂想计划，"黔水这地方，就像它的名字谐音，水太浅，藏不住我们这么大的跨国毒品集团。但是，目前我们势单力薄，不能太狂妄，先把黔水这地方作为临时根据地，想办法和金三角的大毒枭合作，积累资本和资源，等到合适的机会进入金三角，建立我们自己的毒品王国。"

听了刘大枭的宏大构想，胡子对配方保密问题没有表示任何不快。他说："将来能做多大，那就看我们的运气了。金三角我只认识沙万，能不能跟他合作干大事，等你认识他之后再慢慢了解。当务之急是把设备和原料买回来，马上开始生产，我怕沙万那边突然派人过来拿货。"

刘大枭何尝不想立即开工。只不过他和警察遭遇了两次，如同惊弓之鸟，对安全问题的担心，让他处心积虑地设计了很多防范的手段。而现在，他不得不亲自出面，到贵原购买原材料，这是最危险的行为，却没有其他替代的办法。当初，刘大枭之所以把阿龙拉出来，也是想把他培养成自己的心腹，替他去做别人做不了的事情。

经过三天的准备，天还没亮，胡子开车把刘大枭送到与黔水相邻的文安市，让他自己带着临时租来的三辆货柜车，到贵原购买设备和原料。出发前，刘大枭做了简单的化装，贴上并不夸张的胡子，戴上太阳镜，红蓝相间的棒球帽，如果是陌生人，仅仅凭警察手里的照片，街头擦肩而过，也不容易认出来。

贵原没有像野牛城那样的化工市场，人生地不熟，刘大枭手里拿着地图，转来转去，总算在市郊的国道两侧找到很多化工原料商店。以他的经验，有化工原料，就有化工设备。果然，他找到几家比较大的化工设备店铺。搅拌机、分散仪、反应釜、蒸馏器，不同规格的工业烧瓶，还有各种大小配件，不用走远就可以配齐全套设备，这让刘大枭心里有了底。

自从胡子与金三角的毒枭沙万接上头，刘大枭就在暗中设想未来的生产规模，起码要达到日产五百公斤高纯度冰毒的能力，每个月十到十五吨的产量，即使是金三角最大的毒枭，这个供货量也能满足。

相比那些复杂的设备，化工原料只有十几种，采购起来要简单得多。考虑到出来要冒着巨大的风险，刘大枭购买了将近三十吨原料，把载重十五吨的三辆货柜车塞得满满的。他和跛佬从陆平逃出来时没带多少钱，胡子倒是慷慨，购买设备和原料的钱都是他垫付的。

把化工原料和设备装上车，天已经黑了。出了贵原，刘大枭悬着的心稍微有些放松，他让司机把货柜车停在国道边，匆忙吃了点饭。他坐进装满原料的货柜车内。从贵原到黔水要跑十来个小时，他要利用这段时间，把原料桶上的商标全部撕下来，换上事前写好的代码，外人根本看不出桶里装的是什么东西。

车厢里没有窗子和灯光，很闷热，刘大枭打着手电，浑身湿透。贴在桶身上的五个数字组成的代码，也是他绞尽脑汁编出来的，那本《新华字典》就像密码本，比如25619，对应的就是字典256页第19行的某个字。偏偏那些化工原料名称都很长，每个字五个代码，全部名称加起来，原料桶上贴上一排数字，看起来很奇怪。

刘大枭本来想去书店再买几本化工类的图书，只是时间不够。当初逃离野牛城的时候，很多有用的书都没有带出来。

回到黔水已经是次日凌晨四点。看到三辆货柜车开进院子，胡子激动地与跛佬击掌。把三十多吨原料和设备从车上卸下来，三个人浑身湿透，瘫坐在地上，靠在原料桶上喘气。

看到原料桶上贴着数字标签，胡子心里终于明白了，也就没再说让彼此都很尴尬的话题。"你知道吗？我既担心你的安全，又怕你在贵原买不到这么多设备。"

"还好，很顺利。"刘大枭手里夹着烟，脸上挂着惬意的表情，他伸出三个手指头，"三十吨货，弄回来确实不容易。"

"这么多原料，这要是全做出来，卖给沙万，我们能挣多少钱？"跛佬眉飞色舞地说，"这是真要干大的，像做梦的感觉。"

"挣多少钱？"刘大枭狠抽了两口烟，这时候才想起把假胡子撕下来，"别算账，数字太大，你那小学没毕业的数学，估计你算不出来。"

浑身脏兮兮的，又累又饿，三个人从地道进入对面的小楼。

此刻，每个人都在心里盘算着未来——刘大枭想的是，金三角的渠道要是能打通，大毒枭的梦想就有实现的那一天；跛佬想得很现实，他从此不用再冒着风险去送货，可以坐享其成，到时候找个年轻的老婆，最好能生个孩子，也算留个后代；而胡子呢，他想，刘大枭的技术要是能得到沙万的认可，他是联系人，将来做大了，谁也不敢轻视他。

洗了澡，尽管疲惫不堪，却没有人睡觉，而是坐在客厅里喝啤酒。"放松下来，突然很想阿妹。"刘大枭拿起睡衣披在身上，自言自语地说。

"那还不简单，为了你安心生产，我去把她接过来。"跛佬说，"要是阿妹过来，我去厂里住。要不然，你们天天洞房花烛夜，我要疯了。"

胡子猝不及防，笑得嘴里的酒喷到茶几上。他虽然不知道阿妹是谁，却也能大致猜到。"干大事的男人，身边没有女人不行。"胡子打着哈欠，顺着跛佬的话说，"女人是润滑剂，缺了她，男人会生锈的。"

"胡子真是说到我心里了。每个成功男人的背后，都有懂男人心的女人，这很重要。"刘大枭说，"我老婆是个很贤惠的女人，没有情调，适合居家过日子；阿妹不仅乖巧，关键是她把男人的心摸透了，很会讨好男人，哪怕你心里有一座冰山，也会被她瞬间融化。"

"你别说得这么深奥，不就是想睡阿妹了吗？"跛佬满口粗俗地说，"等我睡觉起来去打电话，叫人把她接来。"

"你怎么接？"

"这你就不用管了。用不了几天，我保证能让你睡到阿妹。"

"我确实喜欢阿妹。但是，如果那两个杂种告诉了警察，就很危险，十有八九会被盯住，任何麻痹大意和鲁莽，都可能招来杀身之祸。"刘大枭把烟头扔在地上，用脚踩住，沉着脸说，"你还记得吧，我多次跟你说过森林防火的理论，今天当着胡子的面，我再说给你听，必须记住。森林很大，发生火灾时，为了防止大火蔓延、扩大，在林子中间清理出很多条宽三四十米的通道，把本来连成一片的森林隔开，专业语言叫'防火带'。发生火灾的时候，大火就被隔开，不会漫无边际地烧成火海，便于灭火。"

"动不动就讲理论，我看你还不如去大学当教授，专门教人家怎么犯罪，免得做毒品偷偷摸摸。"跛佬很不耐烦，讥讽道，"我在道上跑了二三十年，什么花招没用过？把那小娘们儿带出来，比送货简单多了。"

"跛佬你别不当回事，'防火带'是很有道理的。"胡子说，"我们平时找人送货，就是单线联系，上下线不认识，和'防火带'的性质差不多。凡是出事的，都是粗心大意造成的。"

"我说理论，你嘲笑我，那我就给你说最实用的技巧。"刘大枭顺手拿起茶几上的圆珠笔，在纸上画出草图，"去接阿妹，你直接找人去不行，这不符合'防火带'的要求。你是大老板，在中间，在你周围，至少还要有三条'防火带'，分为A、B、C；你只认识A，A认识B，B认识C；A通过B找到C，但C和A不认识，也不知道是谁让A来找他的；A、B、C三条'防火带'，B把A和C隔开了；C去接阿妹，送到指定的地点，A确认安全后再去接走阿妹，送到你指定的地点，比如贵原某个酒店，然后你去把阿妹接到这里。"

"我都被你绕晕了。"跛佬摇着头，他根本没有耐心听这套对付警察的理论。

"我听懂了，其实也不复杂。"胡子说，"加上跛佬，其实是四道安全阀门，最后一道的C是最危险的，假如他出事了，当场被警察抓住，他既不认识A，也不知道是B安排来找他的，线索就断了。这不就是'防火带'吗？"

"你那是自认为聪明。你以为警察都是吃干饭的？"跛佬一骨碌坐起来，"警察抓到去接阿妹的C，桌子一拍，马上老实得像孙子，乖乖地给警察带路，把阿妹带去指定地点，等着我派去的人上钩，正好连锅端了，连我都跑不掉。"

刘大枭精心设计的"防火带"规则，被跛佬粗暴地否定了。他也不生气，只是不再像刚才那样居高临下，跛佬这个人不喜欢别人在他面前充当师傅。"你说的当然也有道理，正所谓没有不透风的墙。"刘大枭说，"我说的'防火带'也不过是常规的防范手段，极端情况下总是会有征兆……"

"哎，行了，你别再给我讲那些听起来头皮发麻的理论。"跛佬打断他的话，"就算警察知道阿妹是你的情人，总不能每天不睡觉盯着阿妹吧？她在渔人码头上班，利用找座位、点菜的机会，很容易跟她说上话。哪里用得着这么复杂，神不知鬼不觉就把她从野牛城带走了，你信不信？"

争来争去，跛佬似乎也没有接受刘大枭的"防火带"理论，他对自己的经验深信不疑。

吃了中午饭，刘大枭和胡子上去二楼睡觉，跛佬就地倒在沙发上，转眼间便发出沉闷的鼾声。

就像断线的风筝，皮特失去了刘大枭和跛佬的线索。

他原本寄希望于普河、陆平那边能有新的发现，毕竟跛佬就是当地人。三地的警察都认为，不管是普河还是陆平，跛佬应该有毒品网络资源做依托，不然，他们从野牛城逃走后，不会贸然到陆平重建毒品工厂。

调查没有实质性的进展，警察们未能在当地找到认识跛佬的人。皮特愁眉紧锁，却无计可施。

他和张晓波到看守所提审两个小毒贩，出来时已经是下午六点。皮特还是开着他的桑塔纳轿车。也是因为苏可不断抱怨，才换了新的空调。无奈车况太差，要是开空调，上坡的时候，那台老掉牙的发动机就显得力不从心，"呼哧呼哧"地喘着气。如果苏可不在车上，皮特就会把空调关了。好在这已经是南方的冬季，天气变得凉爽。

"去看看美女吧？"张晓波忽然说，"我生了儿子，还没有请你们两个吃饭呢。"

"你是说阿妹？"皮特说，"她整天站在门口迎客，不知道有多少男人想勾引她。"

"你觉得她有这么大的魅力？"

"长得还算漂亮，说话娇滴滴的，年轻，又很单纯，那些有钱的土鳌，最喜欢勾引这样的女孩子。"

回到办公室接上苏可，三个人去了渔人码头。站在大门内侧的却是两个陌生的咨客，没有看到阿妹，皮特感到疑惑，却不知何故。在靠窗的四人位卡座坐下后，皮特招手叫来穿黑色制服的楼面经理。

"麻烦你让阿妹过来好吗？"

"不好意思，阿妹没来上班。"女经理很冷淡，话中带着明显的轻蔑，"找她的人多了去，我们也不知道她去哪了。你们要点菜吗？"

听到女经理的话，皮特顿时吃兴全无，他必须尽快搞清楚阿妹的去向。"你去把总经理叫过来。"皮特忍着对女经理的恶感，用命令的口气说。

"总经理晚上不在店里。"女经理说,"有什么事情吗?"

"没事,你别管了。"皮特做了个手势,让她走开。他转而对张晓波说:"你打电话找总经理,告诉他有急事,让他马上赶回店里。"

刚放下手机,总经理来了。他其实就在店里,是那位女经理撒谎。

皮特他们随总经理来到他的办公室。"阿妹去哪了?"皮特之所以要询问阿妹的下落,那是因为当初调查阿妹的情况时,对总经理有过提醒,让他私下注意阿妹的动向,发现异常情况马上向专案组报告。当然,总经理完全蒙在鼓里,并不知道他的这名员工涉及什么性质的犯罪,更想不到她竟然是大毒枭的情人。

"阿妹是咨客,按规定上午十点要来上班,从来没旷工过。"总经理说,"我出差几天,下午刚回来,助理说阿妹两天没来上班。事前也没有请假,工资都没结清。"

"这样吧,你派个人,跟我们的女警察去她家看看。"皮特暂时无法判断出了什么问题,也由不得多想。

总经理不便多问,按照皮特的要求,马上派他的助理秦小姐配合苏可,去阿妹家了解情况。

饭局被搅了。皮特一言不发地走向他的桑塔纳。总经理跟在他身后,要派车送苏可和他的助理,被皮特拒绝了。

不一会儿,桑塔纳便来到城市花园楼下。触景生情,皮特本能地想到那天晚上的枪战,刘大枭和跛佬逃之夭夭,从那时起,对两个毒枭穷追不舍,愈挫愈勇。也因为这场不知何时是尽头的追捕,他从失败的人生中重新振作起来。

渔人码头的秦小姐带着苏可上楼,皮特和张晓波坐在小区大门口的绿化带上闲聊。大约半个小时,苏可和秦小姐出来了。"抱歉,你打个车回去吧,我们还有事,不能送你。"皮特礼貌地说。

"阿妹昨天留个字条，说和男朋友到外地打工，过一段时间再回来。"苏可说，"阿妹父母都在家，所有亲戚朋友家都找了，没有人知道阿妹去了哪里。"

"男朋友？"皮特吃惊地说，"我们在监控她，居然没有发现她的男朋友。"

"她父母说，从来没听说阿妹有男朋友。"

"跟父母也不打招呼，悄无声息地就走了，有点奇怪。"

"技术处那边有什么情况？"张晓波提醒说，"如果阿妹手机的通信记录有异常，他们应该报告的。"

"案发快两年，技术处安排的监控人员，时间长就疲了，原来是每天都要报送监控简报，慢慢地就隔两天、三天报一次，现在一周也见不到简报。"要是放在以前，皮特免不了要发火，而现在，他很少对同事发脾气。

马上赶回公安局，看了技术处对阿妹手机监控的记录才发现，目标已经丢失两天，值班人员只是记录下来，也没有及时报告。

两个年轻的警察在值班，皮特手里拿着记录本，一页一页地翻看。苏可怕他发火，赶紧抢过话说："我看这两天的记录，都是'监控信号未出现'，怎么解释呢？"

"监控目标偶尔也会丢失，各种原因都有，不过时间都很短。"那个矮个子警察解释说，"这个手机信号丢了两天，有点不正常。我们也不是没有注意，下午还做了分析，本来准备明天写个简报送过去。"

"你们认为是什么问题？"皮特问道。

"我们怀疑是不是更换了电话卡，原来的SIM卡被销毁了。"矮个子警察把耳机递给苏可，又继续说，"你懂技术，你来听吧。"

苏可戴上耳机，又反复调试。"没有任何信号。"

"继续盯着目标，还是每天给我送简报。"皮特听了介绍后，态度缓和下来，"如果确认目标失联，这几天我们再考虑调整方案。辛苦了，改天我请你们吃饭。"

"你好客气，这不像你的风格。"走廊里，张晓波调侃说，"我看要不是苏可帮你压着，没准你又要发火。"

"老六现在不是也温柔了很多嘛，不像以前那样动不动就骂人。"经过大起大落的挫折，皮特对自己的性格也反思了很多，"发脾气、骂人终归是不好，被骂的人不敢还口，心里却恨死你。"

"谁说老六不骂人？"张晓波说，"他只是不骂你而已。"

张晓波叫了外卖。三个人坐在办公室吃盒饭，皮特却在发呆，阿妹的事如鲠在喉，他吃了几口便放下了。"吃饭！"苏可用筷子敲着桌子，"天大的事，吃完饭再说。现在情况不明，要看监控那边这几天能不能找到目标。"

皮特没有说话，又坐下来吃饭，低着头，狼吞虎咽地把盒饭吃完。他不想再等技术处那些人接下来几天的监控结果，现在就是结果。监控对象要从阿妹转向她的父母。

这一夜，皮特辗转反侧，难以入眠。求婚后，他们就开始同居，苏可的温柔细心，对于皮特来说，又让他体验到久违的家的感觉。他把苏可哄睡后，就不用担心她再醒来，就是打雷也炸不醒她。他蹑手蹑脚地走出卧室，坐在阳台上喝茶，案发以来的一个个场景，又在他的脑子里交替闪过。

经历过多次失败，那种屈辱感深深地刻在他的记忆中。现在，又把阿妹这样重要的目标跟丢了，无异于雪上加霜，他顿时感觉双脚踏空。怎么跟老六解释呢？虽然技术处没有及时报告，但丢失监控目标不是他们的责任。

漫无边际地想着，不知不觉中，窗外的天空渐渐放亮。皮特和衣躺在沙发上，直到早上七点半苏可起床。他赶紧起来，去给她冲一杯放了蜂蜜的温水，这是每天早上起床后的习惯。

到办公室后，皮特按照夜里考虑好的方案，起草对阿妹父母手机和家里固定电话、银行账号的监控报告，这需要老六签字批准，交给技术处执行。报告起草好了，他拿在手里发呆，又放进抽屉，打电话给张晓波，两人赶去河湾镇派出所。

"有什么新情况？"见到所长徐少平，皮特上来就问。

"能有什么情况，毒枭老公跑了，留着女人在家里，过着寡妇的日子。"徐少平似乎也没当回事，大家都疲了。他从纸箱里拿出熟透的榴梿，榴梿裂开很大的口子，可以看到里边的果肉。他熟练地打开榴梿，又从小冰柜里拿出两个玻璃盘子，取出果肉，递给皮特和张晓波。"我小舅子陪父母去纳兰旅游，这是从那里带回来的泰国榴梿。"

"真好吃，再给我来一块。"皮特赞不绝口，不过他也没忘了正事，"把你们那两个盯梢的兄弟叫来，问问情况。最近出了不少事，看这里有没有什么动静。"

徐少平手里拿着刀子，到走廊里大喊："周伟！"然后又退回房间切榴梿。

那个叫周伟的警察来到所长办公室。"最近这段时间怎么样？"皮特用纸巾擦嘴，从兜里掏出烟，抽出一支递给他。而他自己却不抽。

"没发现什么有价值的东西。自从上次阿芳发现我们在监控她，她除了每天去学校接送孩子，平时就很少出门，到市场买菜也是接孩子时顺便去买。"周伟是派出所监控阿芳的负责人，按规定他要和张晓波对接，但他并不主动报告，或许认为没什么好说的，只有张晓波打电话询问的时候，他才会敷衍两句。

"平时有人到她家来吗？"张晓波问道。

"这段时间，刘大枭的妈来过几次，"周伟说，"偶尔也有其他人来，提着菜，好像是给阿芳和她儿子送吃的。"

"最近来看她的都是什么人？"皮特站起来，"到监控室看看视频吧。"

在监控室，周伟让技术员把最近一周的视频调出来。"不用都看吧？"周伟拿出监控记录本说，"什么时间有人进出过她家，包括她本人，我们都做了记录。除了周二晚上有人到她家，最近没有其他的人来过。"

视频显示，三天前，晚上七点十分，有个看上去三十来岁的男子，穿着黑色的连帽夹克和牛仔裤，头戴红蓝相间的棒球帽，背着双肩包。包很鼓，明显装了东西。男子进屋后，停留的时间不到十分钟，离开时，阿芳没有送他出来。

"你们注意到没有？"皮特指着男子背着的双肩包说，"这小子进去的时候包是鼓起来的，出来以后包就空了，一只手随便提着。"

"那能说明什么呢？"徐少平不以为然地说，"来的时候包里装的是礼物，出来成了空包，不是很正常吗？"

张晓波似乎从视频中发现了不合常理之处，他指着那个人说："好像不是那么简单。如果是朋友来看她们娘俩，总会坐下来，说点家长里短的话，怎么也要个把小时吧。可是这个人只停留几分钟，好像匆匆忙忙的，而且他走的时候阿芳也没有出来送。"

"也就是大前天晚上发生的事情，"徐少平说，"如果怀疑有问题，可以突击搜查阿芳的家。"

"不行！本来你们的监控就被阿芳发现了，再去她家搜查，那就更鲁莽，有可能把连接刘大枭的这条线切断了。"皮特当即否定了徐少平的建议，"走，我们去查其他的情况。"他要去调查什么，在派出所没有说。

皮特和张晓波匆忙返回公安局，开了证明，到农业银行查询阿芳的账户。这是在案发后就被列入侦查对象的银行账户。银行工作人员很快查到，前天下午，阿芳在农业银行河湾镇营业网点的账户存入九万五千元现金。

"证明我的怀疑是对的。"皮特说，"看他提着空包出来，我就想那小子是不是来送钱的。"

"胆子也太大了吧？"张晓波想到监控阿芳本来是他负责的事，

他不知道该怎么解释，"监控形同虚设，我也有责任。"

"你有啥责任？"拿着银行打印的查询资料，回到车上，皮特说，"我去找老六，这些事必须让他知道。"

直到这时，皮特才忽然意识到，对刘大枭家人和情人的监控，又不是人的眼睛在随时盯着，根本没有条件隔绝被监控目标与外界的来往，也不可能把所有与他们接触的人都拉到公安局盘查。

听完皮特的汇报，老六眯着眼睛，皱起眉头说："明知道我们在抓他，刘大枭敢这样干，是愚蠢还是狂妄？难道他没把警察放在眼里？"

"我倒不这么看，也许两种情况都不是。刘大枭对我们的算计远远超过我们对他的算计。"皮特保持着冷静。他说："刘大枭不会那么愚蠢，也绝对不敢在警察面前狂妄。很大的可能是判断出了问题，他认为我们没有发现他和阿妹的关系。"

"你认为阿妹是被刘大枭接走了？目前也没有什么证据呀。"

"周二晚上，有个男子给刘大枭老婆送钱，阿妹第二天就没再去上班，这不可能是巧合。我推测，刘大枭派人来给他老婆送钱的同时，顺便接走了阿妹。"

"这是好事，说明我们之前的判断是正确的。"

"我的想法是，不惊动他们，假装没看见。如果说刘大枭、跛佬都是老奸巨猾的对手，时刻在算计我们，那么，他把阿妹弄到身边，像她这样没多少社会经验的女孩子，随时都可能暴露他们的行踪。"

"你是对的。欲擒故纵，这就是我们的战术。当时老赵和吴森林都主张上报省厅发通缉令，我没同意，就是怕他们看到通缉令后逃到国外，那样就麻烦了。只要他们还在国内，剩下的只是时间问题。不破掉这个案子，我就不离开野牛城公安局局长的位子。"

上次就听到老六说过同样的话，皮特还以为他说说而已。"还有五年才能到点，你霸占着局长的位子，别人还不恨死你？"

初冬的高原，寒意渐浓。天阴沉沉的，像是要下雨的样子。厂房的窗子被厚厚的双层窗帘遮住，房间里亮着灯，以至于这里白天和夜晚没有什么区别。

刘大枭手里拿着工具，正在调试设备。胡子嘴里叼着烟，不断地跑来跑去，给他打下手。

"阿妹来了之后，你肯定是住在前面租的房子里，跛佬住哪里？"胡子像是忽然想起了什么。他把老大的位子让给了刘大枭，自己的角色就像办公室主任，里里外外的事都必须由他来张罗。他说："厂区很大，要有人守着。就算跛佬住在厂里，也不能他自己住，我再找两个人吧，平时帮忙也需要人。"

"你要找谁来？"听说要找人进来，刘大枭站在梯子上，下意识地停下手中的活，"这地方本来就在闹市区，搞不好就把警察引来了。"

"放心，都是绝对可靠的人，我外甥和侄子，都是跟我混了多年的人，关键时候能拼命。"胡子说，"沙万那边的胃口很大，就我们三个人，你不让我们知道配方，就靠你两只手，我怕满足不了他的供货量。"

正说着，外边传来铁门被打开的声音，接着便听到有汽车进来。"可能是跛佬回来了。"胡子说着先走出房间。

果然是跛佬。车停在院子里，阿妹推开车门。她穿着米黄色的外套和牛仔裤，站在车旁，向陌生的四周张望。刘大枭满手油污，来不及洗手，跑过去用双臂抱住阿妹，与她热吻，全然不顾跛佬和胡子的眼神。

"路上顺利吧？"一番亲热后，刘大枭问道，"我很不放心。"

"还算顺利吧，就是换了几次车，路上过了两夜。"阿妹也没觉得不好意思，她平时站在渔人码头门前，见惯了各种粗俗淫荡的眼光。

"今天晚上停工，打炮！"跛佬照例是很粗俗，"我不能总给你做好事，晚上我跟胡子也找地方放松一下。"

"跛佬果然名不虚传，还是很厉害，从虎狼窝里把阿妹带出来。"胡子那是发自内心地佩服。他和跛佬认识十多年，从野牛城到越州，再到西南的黔水，路上的凶险，没有哪个毒贩子不怕。跛佬不知道跑了多少个来回，从来没有失手过。

就在刘大枭喋喋不休地传授他的"防火带"理论的第二天，跛佬开着胡子临时给他借来的别克轿车，天还没亮就出发去昆明。到了黔水，他自己那辆每次出门就换上假车牌的丰田再也没敢开出去。

在黔水慢慢安顿下来后，刘大枭愈发魂不守舍，有时候夜里突然醒了，翻来覆去睡不着，满脑子都是阿妹的影子。如果阿妹是警察盯梢的目标，千里迢迢地把她从虎口接过来，以刘大枭防范警察的心理，他是不会去冒险的。但是，阿妹娇滴滴的声音，那张漂亮的脸蛋，总是在他的眼前晃动，令他欲罢不能。最终，他说服了自己——警察会盯着他的老婆，当然还有他母亲和弟弟；而阿妹是安全的，她不过是他经历过的众多女人中的一个，没有人在乎她。

刘大枭打定了主意，让跛佬到昆明打电话，避免暴露藏身地，引来警察。

到了昆明，跛佬谨慎地转了几圈，见电器商店门口有公用电话亭。他把车停好，跛着脚，两眼像雷达似的观察四周的行人。他从来没有像现在这样在意自己的那条瘸腿，警察正在四处寻找他们的踪迹，不管是通缉令还是公安机关的内部通报，他走路的特征必然是被加了红线的重点。

电话亭有三个卡位，最东边的亭子里有人在打电话，跛佬进了西侧的电话亭，拿出事前准备好的一元硬币，连投了三枚，拨号，电话通了。

"阿东，听得出来我是谁吗？——对呀，两年没见面了吧，你还能听出来我的声音。——我在哪里？我在云南，暂时还不能回来，托你去帮我办一件事——你找个笔写下来，我怕你记不住。你去一趟野牛城，到渔人码头去找阿妹，是个女孩子——渔人码头，阿妹——
'渔'字不会写？'码'也不会写？真是没文化，随便你怎么写，
记住就行了。阿妹是渔人码头的迎宾小姐，就站在酒楼门口，嘴唇右
边有个痣，很好认。你想办法单独跟她说，是枭哥让你去接她——哪
个'枭'？就是毒枭的'枭'。办完了，等天黑的时候再去河湾镇府
前街三十九号，找到阿芳，送十万块钱给她，就说让她带好孩子，
其他的都好。"说完之后，他又让对方复述了一遍，加重语气警告
说，"要谨慎再谨慎，我跟你说的每一步都不能错，错了就掉脑袋。
哦，对了，十万块钱你有吧？等你把阿妹送到昆明我再给你。劳务费
三万块。"

跛佬并没有照着刘大枭"防火带"的程序做，凭他的经验，断定
警察不可能形影不离地盯着阿妹，何况她还是渔人码头的咨客，迎来
送往本来就是她的工作，想接触她、和她说上话是很简单的事。阿东
在普河，是跛佬的铁杆兄弟，跟着他在道上跑了多年，是绝对信得过
的人。

那天傍晚，阿东背着双肩包走进渔人码头餐馆。正是吃饭的时
间，客人很多，没有人注意到阿东。

见阿东进来，阿妹连忙上前问好。"给我一个房间。"阿东说，
"七八个人吧。"

包间内，阿妹照例客气地递上名片。"你是阿妹吧？"阿东接过
名片问道。

"对呀。先生经常来渔人码头吧？"阿妹面带笑容回答说。

阿东下意识地朝门外看了一眼，压低声音说："枭哥让我来
接你。"

"你说谁？"阿妹没有反应过来，便追问道，"你认识我吗？"

"枭哥让我来接你。"阿东又重复道，"你别管我是谁。"

"他在哪？"听到这话，阿妹面露惊讶。看得出来，她有些犹
豫。"你是谁呀？"

"我是他兄弟，你不用多问，我会把你送过去。"阿东说，"明天上午八点在长途汽车站候车室见面，不要告诉任何人。"正要从包间出来时，他又叮嘱道，"明天出门之前，把电话卡取出来，扔到厕所里冲走。"

顺利地找到阿妹，阿东又去了河湾镇，把十万元现金送给阿芳。终于有了老公的消息，阿芳又惊又喜，却也不敢多问。她知道被公安局监控，让阿东赶紧走。

跛佬虽然嘴里对刘大枭的"防火带"理论很不屑，但在具体行动时却不敢马虎。他计算好了到昆明的大概时间，与阿东约定暗号，让他连续两天的傍晚六点，在指定的酒店门口出现，手里拿着可口可乐。见不到这个信号，就表示危险，他可能被警察控制。

终于见到阿妹，别提刘大枭有多么兴奋，他重重地拍着跛佬的肩膀："真他妈的够意思！"

"以后别再给老子推销你那个'防火带'的狗屎理论，"只有这个时候，跛佬行走于江湖的本领才显示出来，他当然要借此机会向刘大枭炫耀，"我这套独门绝技你学不会的。赶紧去抱阿妹吧。"

胡子在旁边笑得合不拢嘴。他并不懂刘大枭和跛佬背后的那种微妙关系，却也能看出来他们之间的互相依赖。

欲火焚身，刘大枭顾不上和跛佬争论，拉着羞得满脸绯红的阿妹，钻进地道，去对面的房子。

阿妹洗完澡，裹着浴巾出来，露出半个高挺的乳房。刘大枭饿狼似的，粗鲁地扯下阿妹身上的浴巾，将她推倒在床上。

完事后，刘大枭靠在床头抽烟，阿妹半个身子趴在他的胸脯上喘息。刘大枭手搭在她的后背上，那种满足感，足以让他找回当初奥古斯丁夸赞他是"鸦片战争后一百六十多年才出一个的天才"的自信。

"临走时跟你爸妈是怎么说的？"刘大枭问道。

"什么也没说。"阿妹有气无力地说，"就是写了几句话在房间的纸上，说我跟男朋友出去打工。"

"你有男朋友了？"刘大枭顿时收回放在她背上的那只手。

"骗他们的。"阿妹似乎意识到了什么，微微抬起头问道，"哦，你还没告诉我呢，这里是哪呀？好像很穷，跑到这里干吗？"

"我们在做大生意，生产先进的食品添加剂，卖到国外，可以赚很多钱。"

"不是做毒品吧？"

"乱说。这种食品添加剂属于国家管制的东西，不准卖给国外，所以，我们只能偷偷地生产。"

"骗我的，反正我也不懂。"

因为阿妹的到来，原定的开工日期推迟了三天。

等到正式开工那天，早上九点，刘大枭、跛佬、胡子来到厂房内。尽管平时口无遮拦，粗俗不堪，开工的日子，几个人却很严肃。

进入厂房，正对着门的地方，靠墙摆放着如来佛坐像，电子蜡烛发出红光。在坐像下方，插着正在燃烧的香，盘子内放了苹果、橙子等供品。三个人各自手拿一支香，点着，举过头顶，对着佛像三鞠躬。

深知自己是在作恶，每个人却在心里祈求得到神明的保佑，只是谁也不会往深处想：万能的神明会善恶不分，保佑制造毒品的人吗？

"今天是我们开工的良辰吉日，"那种场景，就像进入会场，刘大枭走在前面，他显得很高兴，"夜里做了个梦，我正在一条很宽的路上跑步，路的两边都是大树，往前看不到尽头。"

"这是个好兆头，"胡子接过他的话说，"暗示我们前途无量，要发大财。"

跛佬没说话，他知道这是刘大枭表演的时候，不能抢他的风头。

走进车间，刚刚安装和调试的全新设备，看上去就像小型制药厂，管道纵横交错，靠墙边放着三十多个各种颜色的原料桶，最大的几只蓝色的圆桶，每个重达五十公斤，上面贴着手写的代码。这是刘大枭可以用来炫耀的资本，他明白没有人能够替代他。

刘大枭打开柜子，取出防毒面具和手套递给跛佬和胡子。"今天正式开始生产，"刘大枭说，"有个问题本来早就该说，忘了。"

"设备、原料都准备好了，买主也在等着，还有什么问题？"跛佬不知道他又在玩什么花招，脸上露出奇怪的表情。

"今天先做十公斤，拿去给沙万验货，他认可了再批量出货。"刘大枭把戴在头上的防毒面具取下来，又说，"还有，我们这么大的量，在国内卖很容易成为大目标，躲不过警察眼线的。"

"既然生产了就要卖出去。"胡子说，"现在就你一个人生产，量也不可能太大吧，内外两条渠道，销路没多大问题。"

"不，一律外销，这样安全得多。"刘大枭显然不想跟任何人讨论这个问题。

"也不要搞这么绝对吧，"跛佬说，"如果国内有人要，干吗不卖？"

"我说了，一斤都不在国内卖。"刘大枭提高声音，不容置疑地说，"只要在国内卖货，肯定会暴露。"

两人也没跟他争执。能不能在国内卖，这不是当前要讨论的问题。

胡子没戴过防毒面具，心里还有点说不出来的紧张，手忙脚乱地折腾了半天也没有戴好。刘大枭又取下自己的面具，给胡子示范，才帮他戴上。

刘大枭用手势示意两人帮忙将原料桶盖全部打开，他分别从不同的桶内取出原料，对照写着代码和用量的配料表，按照比例调配原料，然后倒入直径一米五的钢锅内。待所有的原料调配完成，刘大枭启动了机器，厂房内顿时发出轰鸣声，不一会儿，从蒸馏仪中散发出白色的蒸气。

他仔细地查看仪表上的数字，又用手去摸机器外表的温度。

这样的场景跛佬在野牛城时就已经看过。可是，胡子却是第一次，他屏息静气，像个学徒工，跟着刘大枭。

"你别看现在操作起来很轻松，其实很复杂，要经过很多道工序。"隔着防毒面具，刘大枭大声地说，"为了研究这种技术，光是做试验就搞了两年，中间还出过事，试验的时候着火了，差点把房子烧掉。"

"你不是说保密吗？"在机器的噪声中，胡子靠近刘大枭问道，"保密怎么还让我们看生产过程？"

这样的话跛佬当初也问过。刘大枭指着那些正在运转的机器说："我都是在你们眼皮子底下生产的，有本事你学呀。"

"你不知道配方，光看你学不会的。"跛佬说，"我看了很多次，就是看热闹，根本不知道他妈的是怎么捣鼓出来的。"

整个上午，胡子和跛佬在旁边看着，却插不上手。

连续生产三个多小时，刘大枭查看成品，估计有二十公斤，足够作为样品送给沙万。他关了机器，三个人走出生产车间，取下防毒面具，坐在门口的台阶上抽烟喝水。这个时候，车间内的空气还有毒，需要等它慢慢散尽。

稍事休息，几个人从地道走过去，阿妹已经把饭做好，在等着他们。"辛苦了。"刘大枭从背后抱住阿妹的腰，吻她的头发。不过，当着阿妹的面，他们不会谈论与毒品有关的事情。

"怎么才来呀，饭都凉了。"阿妹抱怨道。

"对不起，老婆，"刘大枭赶紧编个理由说，"刚开工生产，设备还需要调整，耽误了点时间。"

"我也去帮你们做事吧？"阿妹说，"我待在房子里好无聊，又不能出去逛街。"

"生产车间比较危险，你别去那里。"刘大枭到厨房里帮着端菜，又安慰说，"等哪天不忙了，我带你出去玩玩。"

饭桌上，东拉西扯，多半是拿阿妹开心，说些粗鲁的话。好在阿妹脾气很温和，怎么说她也不生气，这不光是与生俱来的性格，还与她的职业有关。整天站在渔人码头门口，对谁都要赔着笑脸，至于挑逗性的语言，甚至赤裸裸的性骚扰，也只能装作没听见。

总算把阿妹接来了，随之而来的是如何对阿妹绝对保密。他没有跟跛佬和胡子商量，也商量不出什么结果，麻烦是他自找的，他必须自己想办法控制阿妹。其实，他也没有想到两全其美的好办法，能做的是不让阿妹进入厂房。

吃过午饭，又回到厂房。刚生产出来的冰毒全部装在圆形不锈钢桶里，刘大枭用玻璃器皿取了少量冰毒，放在操作台上，对着灯光仔细观看，晶莹剔透，完全符合他设想的技术标准。

"服了，彻底服了！"胡子瞪大眼睛，吃惊得连连摇头，"我从来没见过，现在才知道是怎么生产的。"

"为什么觉得很神奇？"刘大枭故意卖关子，"只要你掌握了它的化学原理，其实是很简单的事。"

"就这桶里汤汤水水的东西，转眼变成了几万块钱一斤的顶级冰毒，当然是够神奇的。"胡子赞不绝口，"大哥你绝对是个神人，我佩服得五体投地。"

"我看应该让沙万那家伙过来参观，看看怎么生产的。"跛佬说着，掏出烟，被刘大枭用手势制止了。

"车间里不能抽烟。"刘大枭说，"想不想品尝？"他用镊子夹起一片冰毒，放在玻璃上，碾成粉末，递给胡子。

"以前跛佬送给我的时候就尝过了。我知道，你做的化学合成冰毒很强，沾上就会上瘾。"胡子兴奋地说，"不过，就算危险，我还是想尝尝。"他拿出工具，一番操作后，将鼻子靠近白色烟雾，轻轻吸入。很快，他的面部肌肉呈现痉挛状，就像被麻痹，扭曲变形。他仰着头，龇牙咧嘴，不停地吹气，嘴里发出含糊不清的叫声。胡子赶紧用冷水漱口和洗脸，很久才缓过神来。

刘大枭站在旁边笑着。从奥古斯丁到跛佬，再到胡子，都是这样被折服的，这愈发让刘大枭感到自信。他从旁边拿过白色的袋子，把刚生产出来的冰毒分装好，放在电子秤上称过重量，然后，他又用牛

254　皮纸袋把它们装好，封口，坐等着沙万来看货。

心急如焚，久等却不见沙万的影子。"不要坐在这里等沙万，没看到货，他不会来的。先给他五公斤吧，我断定他没见过这么好的东西，见了之后他绝对欲罢不能。"刘大枭说，"胡子还是把货送过去。不过，路上可要十万分小心，不能让任何人知道，你亲自去。"

"在金三角找到大财主不容易，"跛佬提醒说，"考虑到安全，我建议还是找个'骡子'，胡子在背后控制，出了事起码不会把我们连窝端。"

胡子把五包冰毒收拾好，装进包里，笑着说："我有把握，自己带货，这条路问题不大。"

看着胡子开着他的车离开，跛佬关上铁门，从里边锁上。

谁也说不清，胡子再次去金三角，到底能带回来什么。

第六章

诱饵现身

　　消失一年多后，阿妹再次出现
在警方的视野——她挺着大肚子，
回到野牛城生孩子。专案组的每个
人都想知道：谁干的？秘密侦查的
结果证实，阿妹肚子里正是刘大枭
的孩子。

耐不住老六的再三催促——确切地说，是被老六逼着，皮特终于和苏可结婚了。他本来不想办喜酒，可是老六不愿意，他从苏可的角度着想，要她嫁得体面一点。

没办法，皮特在野牛城五星级的天鹅湖大酒店办了酒。说是结婚宴席，也不过四桌，公安局领导、刑侦支队、禁毒支队，没有双方的家人和私人朋友，除了阿满。

场面不大，有老六在现场，气氛很热烈。天气有点冷，皮特穿着新买的黑色西装，那是苏可特意挑选的；苏可穿着米白色的小西装上衣，大朵红色牡丹花图案的长裙，优雅迷人。

老六为他们证婚，例行公事地问皮特："先问新郎，你爱新娘吗？"

皮特使劲地点头。老六不依不饶："别只是点头，含含糊糊的，要大声说出来，让大家都听到。"

"我爱苏可！"皮特大声喊道。

"轮到新娘了。你爱新郎吗？"老六又问。

"是的，我很爱新郎。"苏可腼腆地说。

两人羞答答的样子，给现场提供了很多笑料。

新郎和新娘对拜后，其他的烦琐程序也都免了。最后，老六拿出他的礼物，两个盒子，他先是亲自把情侣表给他们戴在手腕上，又拿出项链送给苏可。

"你们看我这心操的，好像是我嫁女儿。"看着一对新人向他鞠躬，老六满面笑容。在座的同事还从来没看过老六脸上有过这么灿烂的笑容。"有很多话想说，我看还是一切尽在不言中。皮特终于有个家，娶了野牛城公安系统最漂亮的女同事，我祝福你们，也希望皮特像大哥一样疼爱小妹妹。牛脾气可以冲我来，对苏可要让着点，不然，老子饶不了你！"

皮特笑而不语，而苏可却满脸绯红，低着头。

参加婚礼的每个人都送了有特色的小礼物，张晓波的礼物是两个正在接吻的卡通瓷娃娃，用红丝带系着。

刑侦支队的几个人开始起哄。皮特此刻像个大男孩，握着苏可的手，故意做了个搞笑的动作。他把左手伸出来，对苏可说："你掐我。"

苏可抓过他的手，在手背上使劲掐了一下，留下深深的指甲痕。"哎呀，你真掐呀，好疼，这不是做梦。"皮特大叫，跟着大家笑起来，"恍然如梦，总觉得不是真的。我这人嘛，脾气不好，没啥本事，也没钱，差不多就是个穷光蛋，以前的工资基本上都被我花在抽烟喝酒上。上天把这么美丽和温柔的苏可赐给我，从此我要懂得感恩，爱苏可，破大案，学做人。"

"案子要破，小家庭的日子也要过得有滋有味。"老六知道皮特的心里有个结，挨个敬酒的时候，他站起来，拿着酒壶给皮特倒酒。"有句俗话怎么说的？猴子不上竿，多敲几遍锣。刘大枭再狡猾，也有失手的时候。贪婪，是他最大的弱点。"

"我们现在把他弄丢了。"皮特与老六碰杯，一口干了，摇摇头说，"他的小情妇也突然无影无踪，成了断线的风筝。"

"那就罚酒三杯！"副局长赵黎明说着，端起杯子站起来，"我陪一杯。"

皮特连干了三杯，又倒满，走到张晓波面前，和他碰杯。"这杯酒要敬晓波，还有他的太太。"皮特端着酒杯，满是歉疚的口气，"案发的时候，孩子还在妈妈的肚子里。我记得很清楚，当时下着大暴雨，晓波从医院跑过来，我问他，'生了吗？'他说太太刚进产房，希望生个小警察。一转眼，孩子已经两岁了，晓波跟着'猎冰'专案组东奔西跑，在外边的时间远比在家里多。这杯酒，我和苏可敬你们两口子，还有那个小警察，希望他健康快乐地成长。"

张晓波本来就少言寡语，皮特这段煽情的话让他不知所措。"谢谢！也祝你们赶紧生个小警察。"

众人笑得前仰后合。老六少有这么开心的时候，不管谁敬酒，来者不拒。

别看很多同事举杯祝福，那是现在，是皮特被老六扶起来之后。谁都懂得分寸，过去看不惯他的人，也会换个新面孔。不过，经历这番波折，皮特的性格也比以前好多了，见到人，起码点个头。放在以前，走廊里擦肩而过时，他多半连头都不抬，别人的脸色什么样子他看不到，也不想看。至于谁对他不高兴，他才不在乎呢。

婚礼之后，皮特陪着苏可回到烟台老家，算是蜜月旅行。

从两人开始谈恋爱，只是在苏可的父母来野牛城看女儿时，皮特陪他们匆忙吃过一顿饭。

还真是奇怪——就在他们到烟台的次日，皮特接到橙阳市公安局副局长梁衡的电话，案件的侦破有进展，追查麻黄素来源时，抓到一个知情人。

接完电话，皮特顿时心神不宁。最懂他的当然是苏可，她二话没说，马上开始订机票。"记着，你欠我的蜜月假，等案子破了，再跟老六要补偿。"苏可说。

回到野牛城，接上张晓波，几人连夜赶往普河。

那个被抓的知情人羁押在普河市公安局。"我们得到线报，普河的大毒贩子黄国军，外号'黄老邪'，五个月前死于癌症。他手上的一吨麻黄素，加上制毒设备，打包卖给跛佬。"陈建平向皮特介绍已经掌握的案情，"我们抓了他的弟弟黄国民，外号'黄大仙'。这家伙供述，跛佬的马仔阿飞参与了麻黄素的交易。"

"阿飞在哪里？"皮特问道。

"没抓到，具体的身份也不清楚。"陈建平说，"不过，他说阿飞喜欢玩炸街摩托。他们有几个人，偶尔会在夜间上街玩。"

未掌握更多的信息，只好用最原始的手段。陈建平派出多名便衣警察，在城区几条主干道布控，皮特、苏可、张晓波白天睡觉，晚上开着车上街巡逻。

三天后的深夜，110指挥中心接到多起群众报警，在人民路有人在玩炸街摩托。从对讲机中听到消息时，皮特正开着普河市公安局给他安排的奥迪A4行驶在相隔不远的光明路。"我们就在附近，马上过去。"皮特通过对讲机对陈建平说。

刚转到人民路，远远就听见咆哮的摩托车引擎声由远而近。擦肩而过时，皮特看到，三辆改装的黑色太子摩托车，驾驶员都没有戴头盔，其中，跑在最前面的那辆车上的人正是大黑胖子，应当就是黄国民说的阿飞。

皮特猛踩油门追了上去。穿过前面的路口，见有车追上来，前后一字行驶的摩托车四散奔逃。皮特紧紧地咬住黑胖子，但轿车根本没有摩托车灵活，慢慢被甩开。

情急之下，皮特发现路边的烧烤摊，有个男子骑在摩托车上，两脚撑着地，正在用手机打电话。他连续几个点刹，把高速行驶的轿车停住，轮胎摩擦地面发出刺耳的声音。

"警察！"皮特猛地推开那人，"把车给我！"

"小心他有枪！"苏可大声提醒道。

"我来！"张晓波跳上驾驶室，驾驶奥迪跟着追上去。

多亏那是一辆比较新的豪爵摩托车，动力十足。皮特俯下身子，把油门加到最大，连续冲过三个路口，慢慢追上了胖子。他掏出手枪，用左肘部控制飞驰的摩托车，将子弹上膛，对天连开三枪警告。

没想到，前面的黑胖子回身就是两枪。皮特只感到穿着防弹衣的右腹部被物体撞了一下。他看准前方没有行人和车辆，不断向黑胖子开枪射击。

随着一声巨响，前车的轮胎被打爆。胖子扔下摩托车，逃进路边的巷子，边跑边朝身后胡乱开枪。皮特从摩托车上跳下来，端着枪穷追不舍。

以皮特的枪法，胖子应该是早就没命了，但皮特要的是活口。

从巷子里追出来，又上了马路。皮特担心胖子乱开枪伤及行人，便一枪击中他的腿部，胖子大叫着倒地，双手抱着腿在地上翻滚。

"把枪扔了！"皮特在距离他不远处喊道，"扔掉枪！双手抱头，趴下！"

张晓波飞奔着赶到，两人将黑胖子按住，双手反铐到背后。

黑胖子右大腿中枪，血流如注，疼得哇哇大叫。这时，陈建平率领的人马也到了现场，将胖子抬上车，送往医院急救。

在急诊室门外，皮特才看到防弹衣右侧有一处凹痕，显然是被子弹击中的痕迹。他把防弹衣解下来，递给苏可。"要不是防弹衣，老公可能就没了。"皮特说。

"你别吓我。"苏可接过防弹衣仔细查看，感到后怕，"我还提醒你，说他可能有枪。"

清创包扎处理后，阿飞被关进单人病房，皮特和陈建平就地对他审讯。

吃了枪子，又黑又胖的阿飞很老实，有问必答。他供述了麻黄素交易的全过程，这个只能留给当地警方去调查，皮特并不怎么感兴趣，虽然那也是跛佬所犯罪行的一部分。

当阿飞说跛佬把刘大枭吊起来拷打，逼问化学合成冰毒配方时，皮特和陈建平都有点摸不着头脑。

"没有拿到冰毒配方，不能杀，要留着赚钱。"阿飞说，"我看那样子，开始就是准备好了要杀他，我和两个兄弟下手很重，把他往死里打。"

"跛佬和刘大枭从镇上搬走，跟你们几个是怎么说的？"皮特继续审问道。

"搬走几天后，打架死了个兄弟，他让我们都不要再去镇上的房子，说很危险。"阿飞说，"从'黄老邪'手里买的麻黄素，放在哪里我们都不知道。我想应该其他地方还有房子，他不告诉我们。"

从审讯来看，阿飞应该还不知道乡下那个房子出事。

"你知道跛佬和刘大枭跑了吗？"

"不知道。我们一点都没听说。平时都是他联系我们，不让我们给他打电话。"

"跛佬在哪里有可靠的关系，就是最有可能去的地方？"

"他有哪些可靠的关系也不会跟我们说，所以我不敢肯定他会去哪。我只知道他以前去越州比较多，总是说那边有朋友。"

对阿飞的审讯断断续续地进行到天亮，考虑到他的枪伤还比较严重，医生和护士不时进出，只得暂时停止审讯。

吃过晚饭，刘大枭躺在沙发上看电视。他眼睛在屏幕上，心里却在盘算着胡子，他在掐着指头计算，今天是第六天。他总担心胡子出事，经历了前两次与警察的遭遇，他心里的阴影越来越大。

阿妹穿着粉色的睡衣，把剥好的红心柚子放在茶几上。她塞了一块柚子到他的嘴里，坐在沙发上，用手揉着肚子说："我是不是怀孕了？这几天老是恶心，想吐，也没来例假。"

"真的吗？谁干的？"刘大枭把手伸到阿妹的衣服里，摸着她的肚子说，"不会吧，哪有这么快？"

"你天天跟我做爱，也不戴套，不怀孕就是你不行。"

"怀就怀吧，给我生个儿子。"

"你要答应跟我结婚，我才会给你生儿子。"

"好啊，我决定娶你。等胡子回来，我让他去买戒指、项链，然后去领结婚证。这样你放心了吧？"

正说着，从地道里连接厂房的内线电话响了。电话是跛佬打来的，让他赶紧过去。刘大枭穿好衣服，打开靠墙的衣柜门，进入地道。对面就是生产冰毒的工厂。

厂区院子里没有灯光。刘大枭走出来，发现院子里停着两辆奔驰越野车，胡子、跛佬和几个陌生人站在那里抽烟。见刘大枭过来，胡子打着手势说："我来介绍，这是远道而来的贵客沙老板。"

刘大枭似乎没有反应过来，他吃惊地看着眼前的陌生人，迟疑了一下，才伸出手与对方握手。

"没想到沙老板能光临寒舍。"刘大枭握着沙万满是肥肉的手，眼睛的余光扫过他的两个保镖，谦恭地说，"比不上沙老板，我们这地方寒酸了一点。"

"哦，这可不是寒舍，是每天都可以产生金钱的宝地。"沙万笑着，脸上的肉把两眼挤成了一条缝，"确实是好货。胡子说，你被称为鸦片战争后一百多年才出现的绝代天才，我很好奇，不管冒多大的险，也要亲自过来拜访。"

两个身体壮实的保镖站在旁边，刘大枭第一次见到金三角的毒枭，多少还是有点局促。他做了个"请"的手势："沙老板真是看得起，请进去喝茶。"几个人进到房子里，两个保镖站在门口，房门被关上。

房子陈设简陋，说是办公室，其实就是和车间隔开的。南侧靠墙摆放着黑色的三人实木沙发，紧挨着的是个单人沙发，很破旧，上面放着灰色的垫子，茶几上的玻璃破了。这都是原厂房留下的东西，尚未来得及更换新的。刘大枭原本也没有打算在这里接待客人，想不到来了沙万这样的金三角大毒枭。

刘大枭自觉得有些窘迫。"请坐，沙老板。"刘大枭用手指着单人沙发，"真是不好意思，我们这里条件太差了。"好在茶具是新买的，他喜欢边泡茶边信马由缰地想象未来的毒品王国。

直到这时候，刘大枭才看清楚，沙万五十出头的样子，身高最多一米七，后背宽得像门板，面部黝黑，脖子上的肉堆在后脑勺，右手无名指上戴着硕大的红宝石戒指。"这可是闹市区，你们就在这里干？"沙万手扶着沙发，露出惊讶的神色。

"最危险的地方就是最安全的地方。谁也不会想到我们敢在这里做毒品。"刘大枭很快就在沙万面前镇定下来，他用夹子将茶叶放进紫砂壶中，熟练地冲入开水，把第一遍的水倒出去。

"有道理，有道理。"沙万坐下来，看上去很放松，"你看来不光是化学专家，也熟悉犯罪心理学。"

"其实也不是什么高深的道理，都是常识。"刘大枭给沙万倒茶，"别看我这地方简陋，茶是上等的龙井。"

沙万略微欠身，端起茶杯，慢慢品味。"嗯，真是好茶，香气扑鼻。"

"稍坐片刻，喝杯茶，我再给沙老板表演。"刘大枭说，"用最新配方的化学合成方法制冰的过程，我相信绝对是你没见过的。"

沙万显然感到新奇，他放下茶杯，走到窗边，将窗帘掀开，朝外边看了看。外边被厂区的院墙挡住，看不到门口的马路和居民区。刘大枭也跟着站起来，他明白沙万还是对这地方不放心。

"这就是个旧厂房，没有人注意我们。"刘大枭手指着与客厅相连的铁门，"请沙老板进去参观。"

胡子赶紧走过去打开铁门，沙万跟在刘大枭的后边进入车间。全套崭新的设备，靠墙边放着各种颜色的原料桶，其中几只桶足有大半人高。从眼神中，你就能看到沙万内心的惊讶。

"胡子老弟前几天送给我的货就是在这里生产的吗？"沙万好奇地问道。

"对，就是用这些机器做出来的。"刘大枭指着墙边的原料桶说，"你看这边，都是化学原料。"

走到一个半人高的原料桶旁边，沙万用手推了推，很沉，又弯下腰去查看桶上贴着的数字。他发现所有的原料桶上都有一排数字，不明白其中的意思。"是什么化学原料？为什么都没有名称，只有数字？"

"抱歉，沙老板，这是为了保密，用数字编码代替原料名称。"刘大枭意识到沙万没有听懂他的话，便又补充说，"除了我，配方对所有的人都是保密的，我的这两个兄弟也不知道。"

沙万没有继续追问。在金三角市场上，不管是常见的海洛因，还是冰毒，从来不存在配方保密的说法，都是公开的，只要你能搞到原料，技术门槛很低，小作坊也能生产毒品。

跛佬和胡子恭敬地站在旁边，这时候他们不会多说一句话。

"我要开始生产了。"刘大枭打开柜子，取出浅黄色的防毒面具，前面连着螺旋状的管子，还有蓝色的防护衣和手套，帮沙万穿好，然后他和跛佬、胡子也都各自穿好防护设备。

"很危险吗？"沙万隔着防毒面具问道。

"放心，穿上防护服很安全。"刘大枭摆摆手说，"本来也没有太大的危险，但是每次生产时间比较长，化学原料都有毒，还是要做个防护。"

他首先打开电源总开关，启动机器，然后对着配料表，跛佬和胡子帮助他配制原料，倒入容器内。他又按下几个按键，机器顿时发出"嗡嗡"的轰鸣声，化学原料顺着管道流入蒸馏器中，淡淡的蒸气飘出来。

沙万不是看热闹，他很认真，不时低下头，眼睛盯着正在运行的机器。他见过各种各样的毒品，却从来没有亲眼见过化学合成冰毒的生产过程，好奇心可想而知。虽然沙万无法知道用的是什么化学原料，不过这没关系，他暗中思忖，总有办法能得到配方。

对于正在操作机器的刘大枭来说，其实他是在表演。在金三角的毒枭面前演示他发明的新型化学合成冰毒技术，内心的那种满足感，只有他自己才能体会到。每当操作机器生产冰毒时，他就会本能地想起菲律宾大毒贩奥古斯丁对他的吹捧。他多次对人说起奥古斯丁的话，就像贴在他身上的金字标签。他很喜欢有人欣赏他，把他推上毒品这条路上的奥古斯丁，就是对他赞赏有加、顶礼膜拜的人。他看不起跛佬、胡子这些人，他们跟着他，不过是想赚钱。奥古斯丁人间蒸发后，刘大枭很失落，现在终于又遇到欣赏他、也让他看得起的大老板。

让沙万佩服得五体投地的这场表演进行了两个多小时。他亲眼看到那些用代码标识的化工原料变成了冰毒晶体，在灯光下像雪一样洁白。刘大枭关了机器，几个人走出车间，脱下防护服和防毒面具。沙万满头大汗，从茶几上抽出卫生纸擦汗。刘大枭洗了手和脸，又坐下来泡茶。

"真是开眼界了。"沙万很兴奋，"有烟吗？"

跛佬赶紧拿出"大卫杜夫"雪茄烟，双手递上，又给他点着。

"先喝点茶，稍坐片刻，等有毒气体散发完了，我给你看惊喜的东西。"刘大枭给沙万倒上刚沏好的龙井。不用说，他心里是很得意的，可你从他的表情上却看不出来。但是，他的话中分明带着掩饰不住的狂妄："沙老板看到了吧，这才是顶级的冰毒，海洛因，还有用麻黄素做的毒品，在我的眼里统统都是垃圾，应该直接淘汰。"

"刘兄说得是，跟这个相比，那些大路货确实是垃圾。"沙万半躺在沙发上，不时起来弹掉烟灰。这个谙熟毒品市场的老手，半眯着眼，慢慢说来："毒品这东西虽然和黄金一样贵，但是技术含量很低，不管在金三角、金新月，还是南美洲，都是在小作坊里生产出来的，从它诞生以来，一直就这样。只是没想到，古老的制毒技术被你改变了。"

刘大枭坐在沙发的边上，看上去像学生在聆听老师的教诲。其实，这根本不是他真实的心理。他看着沙万的眼睛，不时地轻轻点头，亲自给他倒茶。见到沙万后，他很快就确定了和这个金三角来的毒枭打交道的思路，要用技术征服他，而不是语言。

几个人喝着茶，听沙万神侃金三角的故事，听起来就像好莱坞的大片，惊险刺激，不知不觉个把小时过去了。刘大枭站起来，让沙万去欣赏他的产品。

车间内其实还有很浓的味道，沙万似乎也不担心，他内心里期待已久。

刘大枭戴上橡胶手套，打开连着管道的不锈钢桶，把刚刚生产的冰毒成品铲出来，装在玻璃盘子里。"我感觉有点科幻的味道。"沙万急不可耐地伸手接过盘子，又往不锈钢桶里看了看，好像那里还藏着什么秘密。

车间旁边有个检验冰毒成色的玻璃工作台，上方有一排灯，还有两个乳白色的圆柱状设备，里边装有聚光灯，表面上看就像照相机的镜头。

在灯光下，晶体状的冰毒通体透明，洁白无瑕，泛着光亮。"沙老板，请你亲自鉴赏。"刘大枭站起来，把凳子让给沙万。

"啊，这东西，完全不应该叫毒品，是艺术品！"沙万看着放在圆柱状镜头下的冰毒晶体，兴奋地连声赞叹，"看了胡子送给我的货，我知道是好货，如果不是亲眼所见，死活也不相信是在这里做出来的。"

"亲眼所见还不够，最好是亲自品尝。"刘大枭依旧很淡定，丝毫未跟随沙万的情绪。他拿过工具，把冰毒片放在玻璃上，准备碾碎。

"不必了。"沙万用手挡住他，"我是识货的人，知道这是全世界最好的冰毒。"

刘大枭把刚生产出来的冰毒全部装进袋子里，封装好，放到电子秤上。"一千三百克，就当作礼物，送给沙老板。"

"既然刘兄这么仗义，这礼物我收下了，相信我能还上你的情。"沙万把装着冰毒的袋子抱在手里，高兴得脸上每一块肥肉都在颤动。他忽然贴近刘大枭说："我想跟刘兄单独谈谈。"

两人走出房间，保镖还站在门外。夜深人静，月亮已经落下去，院子里没有灯光，只有忽明忽暗的两个烟头。

"我能不能提一个要求？"走到院子北侧，沙万停下脚步说道。

"沙老板尽管说。"

"我还是觉得这里太危险，毕竟是闹市区。我想邀请刘兄到我那里，金三角才是你大显身手的地方。"

"不好意思，沙老板，我不出国。不过，我保证只跟你合作，也不在国内卖。"

"你做这行的目的是什么？不是为了赚大钱吗？到了金三角，有我们的势力范围，金钱、美女什么都有。我给你在普吉岛、马尔代夫、夏威夷买几套别墅，每年一半时间在金三角，一半时间在世界各地度假。你的兄弟都可以去，这样不是很好吗？"

"听上去很有诱惑力，可是我这个人很固执，不想被任何人控制。我就喜欢现在这样。"

"我不是要控制你，只是合作，让你有更大的空间。如果你不喜欢这种方式，那你能不能开个价？我把你的技术买下来，足够你享受一生的荣华富贵。"

"钱这东西嘛，我当然想有很多钱，但是与金钱相比，我更喜欢玩，把这东西当成艺术品，慢慢把玩。所以，我不想让任何人知道我的配方，只要有第二个人知道，就没有价值了。"

一阵沉默，沙万把手里的烟头扔到地上，摔出一串火花。上次见到胡子送过去的冰毒，这个在金三角毒品市场闯荡了二三十年的毒枭，震惊得简直不敢相信。以他的经验判断，这是用高科技研究出来的冰毒，如果能得到这样的技术，就能成就他在金三角的霸主地位。

从胡子那里听到的介绍，虽然有明显的吹捧之意，却让沙万如获至宝，欲罢不能。他几乎没有任何犹豫，带着两个保镖，跟随胡子赶到黔水，目的是把刘大枭的人和技术带去金三角。

刘大枭看出了沙万的失望。对他来说，沙万只是他的买主，而不是雇主。"不过，我还是很感谢沙老板对我的赏识，只要你愿意要，我答应所有的货都给你，保证不给任何人。"

"好吧，我尊重你的想法，希望我们能建立非常友好的合作关系。"沙万看了看手腕上的欧米茄手表，问道，"以你现在的条件，每个月能生产多少货？"

"每天开机十个小时，可以生产五百斤。"刘大枭说，"怎么样？这个数量能满足吗？"

"没问题，有多少我都要。"沙万试探着问，"刘兄对价钱有什么要求？"

"价钱你来定，我只负责生产，从来不谈钱。"刘大枭明知道沙万不会把价钱压得太低，索性给足他面子。他慷慨地说："只要让我玩得高兴，钱不是个问题。"

"刘兄真是豪爽，我喜欢跟你这样的人打交道。"沙万自以为摸清了对手的脾气——不贪小便宜，不喜欢的事情决不妥协。他也摆出一副大度的姿态说："价钱嘛，你放心好了，我会让你满意的。我跟胡子再商量取货的问题，把这么多的货运出去不容易。"

送走沙万，已经是凌晨四点多。阿妹还在看电视，见刘大枭回来，赶紧去厨房煮水饺。

刘大枭边冲凉边吹着口哨，从普河、陆平逃出来后，在胡子这里找了个暂时落脚的地方，心里却有一块石头始终没有落地。毕竟这是胡子的地盘，他和跛佬人生地不熟，加上他这个人本来就多疑，总怕被人算计。好在胡子还比较义气，对他尊敬有加，使得他很快反客为主。现在终于和金三角的毒枭搭上线，他仿佛看到了未来的无限风光。他暗自思忖，沙万虽然没有得到制造冰毒的技术，有点失望，但对他这棵摇钱树，是不会轻易抛弃的。

皮特在普河停留了数天，对阿飞的审讯牵出来的大多是过去的陈年旧事，光是追查那一吨麻黄素的来源，就够当地公安部门忙活很长时间。而对跛佬和刘大枭的去向，阿飞的作用不大，就看普河市公安局能否把他发展成线人，等待跛佬上钩。

回到野牛城，皮特心急火燎地去找老六，其实也没有什么紧急的事情。

"你这个蜜月也没放松下来。"老六倒了一杯咖啡递给他，调侃似的说，"我估计刘大枭现在过得比你开心。他们有钱，有女人，躲在什么地方，过着优哉游哉的日子。"

"我才不相信呢，他开心是假的。"皮特坐在老六的对面，侧着身子，不以为然地说，"他知道我们在找他，他那条贱命，说不定哪天就挂了。"

"前天我在省厅开会，禁毒局刘局长找我聊了一会儿。"老六把烟灰缸往旁边推了推说，"他说，自从出了刘大枭的案子，公安部禁毒局在密切监控新型化学合成冰毒的信息，到目前为止，在野牛城以外的地方，只在越州发现一次，而且这半年消失得无影无踪。"

"这能反映什么问题呢？"皮特忽然来了精神，他坐起来，自问自答，"我的判断，刘大枭被我们追得很紧，逃到普河后，跛佬把他吊起来殴打，没有逼出他的化学合成冰毒配方，两人又去搞麻黄素冰毒。"

"阿飞提供的这个信息很重要，连跛佬都不知道配方，说明化学合成冰毒技术还控制在他手上，没有扩散，而且他们也没找到机会大规模生产销售。否则，市场上必然有这种毒品出现。"老六想了想，又说，"还有啊，你现在全部精力都放在'猎冰'专案组，也没让你参与其他破案工作，但不能像以前那样独来独往，多跟刑侦支队同事交流沟通，有好处。"

皮特站起来，使劲看着老六，貌似有话要说。

"怎么了，我说得不对吗？"老六也被他的眼神惊住了。不过，这种场景他也不陌生，过去皮特每次跟他吵架，两只眼睛瞪得吓人。

"嗯，没啥，说得都对。"皮特笑着，转身走了。

回到办公室，皮特让内勤把最近发生的毒品案件卷宗都拿来，他和张晓波仔细过滤一遍，都是以贩养吸的散兵游勇，并未发现有价值的线索。

收起散乱的卷宗，内心的焦虑让他坐卧不安，他便一个人去了居委会。

见皮特又来了，居委会主任徐大姐赶紧泡茶。"还是为了阿妹的事吧？"

　　"有什么情况吗？"皮特问道。其实，阿妹被人接走后，他也没告诉居委会。

　　"我也是后来才知道阿妹离家出走，她父母为这事不断吵架，最近在闹离婚。"徐大姐说，"我和民事调解员去她家做工作，说了很多，他们也不听。"

　　"为什么吵架？"皮特又问。

　　"为阿妹离家的事互相怪罪。"徐大姐摇摇头，"这家人很麻烦，我看十有八九要离婚。"

　　在居委会东拉西扯半天，回办公室的路上，他隐约有点担心。阿妹本来就跟父母关系不好，面对分崩离析的家，她还会回来吗？如果她从此死心塌地地跟着刘大枭，再也不回野牛城，皮特就失去了最有价值的诱饵。

　　他越想越感到心里空洞，开着车慢慢地在路上行驶，身后不断有人按喇叭。

　　要说诱饵，皮特的手上至少还有两个——刘大枭的老婆阿芳和跛佬的女人阿青。当然，阿青并不是跛佬的情人，正如她自己所说，两人都是单身，名正言顺。从主观上判断，皮特认为阿青已经没有多大的价值，剩下的只有刘大枭的老婆和儿子。

　　想到这，皮特打电话给河湾镇派出所所长徐少平，他要去看看阿芳母子。

　　在皮特看来，既然刘大枭暗中派人给他的老婆送钱，那至少说明，他不会丢下阿芳母子不管，这恐怕是他致命的错误。

　　家里只有阿芳一个人，孩子已经上小学，还没有放学。警察突然登门，心里本来就有鬼的阿芳脸色都变了，她低着头，看也不敢看他们。

　　见此情景，皮特顿生怜悯之心。上次来这里，是案发不久，他们把那条大狼狗送过来，后来，皮特再也没见过这个可怜的女人。

　　"孩子该上小学了吧？今年几岁了？"皮特冷漠地问道。

"嗯，刚上一年级，"阿芳依旧低着头，小声谨慎地回答说，"今年六岁了。"

"你老公有消息吗？"皮特明知道这种问话不会问出结果，可他还是要问。他要观察阿芳的反应。

听到这句话，阿芳更加紧张，她犹豫再三，吞吞吐吐地说："没有。我不知道。"

"他就这样逃跑了，可能一辈子也不敢回来。"皮特把话题引到她的最痛处，"你和孩子，将来怎么办？"

阿芳顿时哭起来。慌乱中，她抓起搭在椅背上的衣服，捂住脸，低声啜泣。皮特和徐少平就这么尴尬地坐着，也没有劝她。

过了好久，阿芳的情绪慢慢平复下来。"他跑了，把我们娘俩扔在这。孩子还小，我也不知道该怎么办，只能等孩子大了再说。"

"他有没有找人带信回来？"皮特还想故意敲打她，"你们的收入从哪里来？"

阿芳脸上的肌肉陡然变得僵硬，她低着头，不敢正面回答，只是摇了摇头，没有说话。

"对你们母子两人，我们都非常同情。"皮特板着脸，严厉地说，"但是，同情代替不了法律，你老公从事的是严重犯罪活动，不知者不为罪，如果你知情不报，那就是犯罪。为了孩子，我不希望你卷入案件，发现刘大枭的下落，要及时向公安部门报告。"

回到派出所，皮特把装着笔记本的黑色公文包扔到桌子上，仰面朝天地往沙发上一躺，自我解嘲说："跟这女人没话找话说，好无聊啊。"

"谁说无聊，她早就吓得半死了，时不时敲打几句，让她心里明白。"徐少平说，"先不谈案子了，中午在我们这里吃饭吧。苏可不在，我陪你喝两杯。"

"镇上能有啥好吃的？"皮特躺在沙发上，他还在想刚才的场景，"我在想，这女人也够可怜的，还有阿妹。"

272　　　"要我说，阿芳还不如趁着年轻改嫁呢。"徐少平说，"你先坐，我去安排中午饭，就在派出所食堂。我让他们到农民家买一只土鸡，再想办法搞几条野生鲫鱼，不过我这里没有茅台。"

　　"野生鲫鱼太好了，红烧。"皮特说，"等案子破了，我来你们这里钓鱼。"

　　陪着皮特吃饭的除了徐少平，还有教导员和副所长。一番折腾，两条红烧大鲫鱼终于端上来。

　　"你们两个的喜酒我们没喝到，今天你把苏可带来就好了。"徐少平端起酒杯，与皮特碰杯，"祝福，用中国传统的话说，早生贵子。"

　　"有孩子当然好，过了年苏可都三十了。"皮特放下杯子，颇有些无奈地说，"我们两口子都陷到刘大枭这个案子里，哪里有时间生孩子。"

　　几杯酒下肚，皮特又回到案子上。"今天跑去跟阿芳聊了几句，我可没有这么无聊。刘大枭派人给她送钱，她收到钱就已经涉案了，完全可以抓她，只是抓她没有实际意义。"皮特一边应付他们轮番敬酒，一边说他的想法，"我估计她还没有意识到，刘大枭永远不可能再回来。我说的那些话，是警告，也是威胁，当她真的想清楚了，一旦有了刘大枭的信息，也许她会报告给我们。"

　　"没那么简单，你还没搞清楚阿芳的个性。"徐少平给皮特倒满，又摇了摇酒瓶，"没了。镇上认识阿芳的人都说，她对男人逆来顺受，从不反抗。可以想象，她的性格，在刘大枭这样强势的男人面前，不只是绝对服从，我甚至都怀疑她可能很崇拜自己的老公。所以，我的看法，只要刘大枭不死，她绝对不会改嫁，会等一辈子，更不可能指望她举报刘大枭。"

　　"少平的观察很仔细，分析也有道理。"皮特端起最后一杯酒，和他们三个逐一碰杯，"不管怎么说吧，还是要把刘大枭的母亲和老婆孩子盯紧。"

本来，皮特还打算去找刘大枭的母亲谈谈，听了徐少平的这番话，他打消了念头。

胡子带来两个二十多岁的男子，稍胖的那个大脑袋，有着黑里透红的脸，高原上男人的典型特征。"上次跟你说的，我外甥小五、侄子阿牛，来给你打下手，有什么事安排他们干就行了。"胡子指着他们说。

刘大枭上下打量他们，拉着脸问道："你们知道要做的事情吗？"

"都知道了。"没等他们回答，胡子接过话说，"他们以前就跟着我干，熟门熟路。"

"都是自己人，没事的。"见刘大枭怒目而视的样子，跛佬赶紧插话，想化解紧张的气氛。那个小五，跛佬以前和胡子做买卖时见过，不过他没有说。

"我给你们定几个规矩：第一，这里的货不能带出去一丝一毫；第二，不能带陌生人进来，也不准跟任何人说这里的事。"刘大枭用手点着他们，用教训的口气说，"还有啊，任何时候都不能在院子里用手机，在外边最好也别用。干这行，脑袋就挂在裤腰带上，多长个心眼，不要随便相信陌生人。"

"这些规矩都懂。"胡子说，"小五、阿牛你们两个平时喊刘叔，不该知道的不要打听，废话少说，帮刘叔做事，看好场子就行了。"

五个人并排站在如来佛坐像前，双手合十鞠躬，刘大枭抽出几支香点燃后插到香炉里，其他人也跟着上香。这是每天例行的仪式。跛佬心里很鄙视，却不敢表现在脸上，只好跟着敷衍了事。

进入车间，刘大枭先把电源接通，开始预热机器。他挨个检查了一遍，打开铁皮柜，换上防护服和防毒面具。小五和阿牛手忙脚乱了一阵子，也没有穿好防护服。刘大枭懒得理他们，走过去准备原料。

胡子穿好后，只好去帮助他们两个。

刘大枭就像包工头，手里拿着写有代码的配料表，指挥小五和阿牛，把需要的原料倒出来，装在一个白色的配料桶内，在磅秤上称重，按照比例调配。这是刘大枭经过无数遍试验才掌握的数据，他心里其实也很担心，总有一天，化学合成冰毒配方会被其他人掌握。这个世界上比他聪明的人多了。

跛佬本来就插不上手，有了小五和阿牛打下手，大多数时间他就在旁边看着，也不动手。如同刘大枭对他的评价，跛佬这个人没有多大的野心，在道上混，有钱、有女人，过得快活就行。所以，在内心里，他也没有偷师学艺的动机。胡子倒是很勤奋，帮着搬东西，配制原料，每个环节都没有错过。

刚做了十几斤半成品，高压蒸汽锅突然发生爆炸。一声巨响，铝合金的盖子被炸开，飞到十几米外，铁片将刘大枭的大腿划开十几厘米长的大口子，鲜血直流。他蹲在地上，使劲捂着伤口，疼得大叫。好在戴着有头盔的防毒面具，保护了头部。

跛佬站得远，几乎毫发无损；胡子的手臂被烫伤；两个马仔也都有不同程度的受伤。

面对意外发生的事故，没有受伤的跛佬被吓得不知所措。胡子顾不上自己的烫伤，赶紧上去扶起刘大枭，和两个马仔将他抬到外边，又赶紧回来关了机器。跛佬帮助刘大枭取下防毒面具，慌张地喊道："怎么办？"

"去医院！"胡子反应还算快，他冲着小五叫道，"赶快去开车，把刘叔送到医院去。"

"附近有没有私人诊所？"到了这个份上，刘大枭还在担心安全问题，他张着大嘴，痛苦地说，"能不去医院最好就别去。"

"没事的，包扎完了就回来，不用住院。"胡子说，"不用担心，医生也不知道我们是谁。"

情急之下，跛佬找来一条毛巾，按在刘大枭的伤口处，把他送到黔水市第二人民医院。

胡子对医生说，工厂的锅炉发生爆炸。急诊室的医生也没问那么多，开始给刘大枭腿部的伤口清创、缝合、包扎，输液后又回到厂里。

看着从医院带回来的一堆药品，刘大枭火气冲天，每个人都被他抱怨一通。"机器是你安装的，生产也是你亲自操作，"跛佬忍不住说，"出了事怪这个怪那个，只能怪你自己。"

"兄弟们别争了。"胡子赶紧出来灭火，"生产过程中出个事故也很正常，枭哥休息几天就恢复了。"

但是，每天去医院换药，刘大枭还是有点害怕。他像惊弓之鸟，疑心更重，无奈，胡子只好每天带他去附近的私人诊所换药。

这一耽误就是二十来天，刘大枭心急火燎，他生怕沙万的人突然来拿货，那是万万不能出问题的渠道。按照刘大枭写好的设备名称，胡子跑到贵原市，买齐配件，把爆炸损毁的机器修好，恢复生产。

出了这个事故，刘大枭越发迷信。他暗自思忖，是不是得罪了神灵，才遭到惩罚？这个念头不是第一次在他的脑子里闪过。在福光寺躲藏的那几天，他反复在想这个问题，最后归因于他父亲的骨灰未能入土，所以才让他不安。埋了父亲的骨灰后，他想，也许自己从此就会走出倒霉的怪圈，开始走好运。见到沙万，他相信了自己的推测，终于碰到了贵人。

没想到又出了事。实在想不出还要做什么来对神灵表达虔诚之意，每天开工之前，刘大枭让所有的人必须把手洗干净，然后才能在佛像前上香，整个生产过程中，谁也不许说脏话，就像庄重的仪式。生产很顺利，每天产量在五十公斤左右，连续开工半个月，刘大枭心里有底了，即使沙万那边突然来取货，也不用担心落空。

阿妹的肚子还看不到明显的变化，暂时不用操心生孩子的事情。

还有十来天就是春节，高原上寒气袭人，阿妹似乎不太习惯。"快过春节了，我们怎么过呀？"两人亲热后，阿妹突然问道，"在家里过年都很热闹，这里好像什么也没有准备。"

"出事故误了很多事，人家在催着要货，这段时间都在抓紧赶工。"刘大枭摸着阿妹的肚子说，"再过两天，我让他们去准备年货，反正都是买，一次就能买齐。我会给你个大红包。"

那天深夜，下着雨，他们早已收工睡觉，从地道里拉过来的有线电话响起来。刘大枭翻身起床，伸手摸出手枪——这已经成了他神经质的反应。电话那头是跛佬，他只说了一句话："有客人来。"

从地道里出来，走到客厅，除了跛佬和胡子，还有两个陌生的男子，其中那个四十来岁的红褐色方脸的胖子，留着浓密的胡子，看长相，刘大枭猜测八成是金三角来取货的客人。

"沙老板那里来的客人。"胡子也没有多余的话，连名字都不介绍，"带两位客人先验货，时间很紧，要搞快点。"

刘大枭笑着点点头，和那两个人握手，然后直接进入车间。货都是包装好的，每袋五十斤，总共四十袋，堆在铁架子上，外边盖着红白相间的条纹篷布。刘大枭示意跛佬和胡子把篷布掀掉。"二位先生，随便拿一袋子，我打开给你们验货。"刘大枭向他们做个手势。

方脸胖子指着中间的一袋，胡子把它搬下来，放到不锈钢台上。刘大枭用刀划开包装，用铲子取出少量冰毒，让他们查看。方脸胖子显然是老手，他把冰毒片放在柱状的灯光上检查，再把冰毒碾碎，用舌尖轻舔。"好货。"他用不太标准的中文说道。看表情，刘大枭知道他应该是很满意。

雨越下越大。院子里停着两辆油罐车，刘大枭并不知道他们如何装货。方脸胖子指挥他的同伴钻到车底下，取下一块金属板，爬进油罐里，搬出来几个编织袋，让跛佬和胡子抬进车间。

袋子打开后，刘大枭才看清楚，原来都是未开封的人民币现钞。"两千万，今天先拿一吨货。"方脸胖子说，"你们点数。"

这个价格是胡子和沙万谈好的。刘大枭站着没动，他不想上去点钱，这种事只能是胡子或者跛佬干。胡子点了钱，开始装货，发现有点麻烦。因为要从车底盘下装进去，又没有类似汽车修理厂的那种地槽，雨下得很大，无法在院子里露天装货。只好把房间里的篷布拿出来，四个角用绳子绑在树上，临时搭了个棚子。

马仔又爬进油罐车，胡子和跛佬把四十袋冰毒用手推车运出来，递给他，全部装进油罐车里。

刘大枭没见过用油罐车改装的毒品运输工具，他对这辆车的兴趣远远超过了两千万元现金。即便是总是炫耀自己在毒品黑道上行走了二三十年的跛佬，也没有见过。

看上去与常见的油罐车没有任何不同，到底是怎么改装的，刘大枭想了又想，觉得不好开口问。他蹲在车旁边仔细观察，终于看明白了。原来，经过改装后，油罐车里有个像暖水瓶那样的内胆，毒品装在内胆中，再把内胆和油罐外壳的出口封住，用电焊机焊接，打磨平整，略微喷一层与罐体相同的油漆，盖住痕迹，再用汽油来回刷几遍，以掩盖毒品可能留下的气味。封口后，把车开到有泥巴的地上来回跑几趟，让车底盘下沾上泥巴，再将随行的那辆真正的油罐车内的汽油泵入运毒车内胆与外层之间的夹层，内胆完全被包在中间。这样处理后，如果不借助X光之类的特殊手段，表面的检查很难发现油罐车里装着毒品的内胆。

"真是天才的创意！" 刘大枭大开眼界。送走金三角的客人后，他对这辆车仍然意犹未尽，赞不绝口。

跛佬倒不觉得有什么了不得。"干大买卖的人才用得上。像我以前那样，跑一趟十来斤货，也用不上。"

"将来如果有需要，我们也可以做。"胡子说，"我有朋友是开五金厂的，把油罐切开，里边再做个夹层应该很容易。"

"先别想油罐车的事。"刘大枭用脚去踢那几个装着现金的袋子，"这么多现金怎么处理？不能都放在厂里，要想办法存起来。"

"没有身份证，到哪里存？"跛佬眉开眼笑地说，"钱多了也是个麻烦事。"

　　"我看这样，还是我以前和跛佬做事的老规矩。"刘大枭马上拿出分配方案，"去掉成本，剩下的分了。胡子去想个办法，到乡下多搞几张身份证，找个小储蓄所把钱存起来。他们缺存款，不会认真审查存款人。"

　　"这个容易，明天我就去办。"胡子说，"到乡下找两个亲戚，反正他们的身份证一辈子也用不了几次。"

　　"尽量多找几张身份证，分开存安全。"刘大枭又提醒说。

　　除去购买设备和原料的成本，还有一千四百万元，胡子坚持让刘大枭拿一半，剩下的他和跛佬均分。而刘大枭坚持只拿百分之四十，这样算下来，他比跛佬和胡子只多拿了百分之十。他心里想，钱来得很容易，在胡子的地盘上，也就不用斤斤计较。

　　胡子办事很利索，第二天就拿来五张身份证，都是乡下的农民。他在下边的镇上找了个认钱不认人的小储蓄所，把现金全都存了进去。

　　按照刘大枭的安排，胡子开始准备年货。他打算过个隆重的春节，不光是搭上了沙万这样的金三角大买主，而且还有阿妹，也许她会生个男孩，这让他又有了家的感觉。

　　大年二十八那天，刘大枭居然像变戏法似的，拿出两本结婚证。"你怎么变成刘木林啦？"阿妹翻开结婚证，满脸惊讶地问道。

　　"我的真名字就是刘木林。"刘大枭不慌不忙地应付道，"本来领结婚证是要两个人都去的，我怕他们发现你未婚先孕，要罚款。"刘大枭没有告诉她的是，结婚证和他的刘木林身份证都是真的，只不过"刘木林"这个名字是假的。在这种小地方，不用花太多钱，就能把事情办成。

　　阿妹相信了他的话。"我父母就我这一个女儿，稀里糊涂就嫁给你了，不知道将来回去怎么说。"阿妹说，"你不会骗我吧？"

　　"我能骗你什么呢？"刘大枭拿出戒指，给阿妹戴上，又把金项链挂在她的脖子上，哄着她说，"等你生了孩子，在野牛城买个别墅，再买一辆保时捷，别人羡慕都来不及呢。"

年三十，两个马仔也被叫来，六个人聚在一起过年。当然，刘大枭事前再三说过，不能在阿妹面前谈毒品的事，大家就是高兴。胡子准备了十五年的茅台和奔富红酒。几个人轮番向刘大枭敬酒，两瓶白酒很快见底，接着又喝红酒，一直喝到跛佬和胡子醉眼蒙眬。

正月十六，是开工的日子。刘大枭让每个人把手洗三遍，先放鞭炮，然后站成一排，举着香，对着佛像三鞠躬。"佛祖保佑，大吉大利！"刘大枭说完，其他人跟着说，再把香插在香炉中。

"知道我为什么要和阿妹结婚吗？"刘大枭说，"按照民间的说法，结婚可以冲喜，带来好运气。"

"也别说，阿妹来了之后我们的运气就是不错。"胡子顺着他的话说，"要是沙万每个月都来拿货，还真要考虑好，那么多的现金往哪里存，恐怕要存到国外的银行。"

"先别做白日梦，还是抓紧开工生产，保证沙万来了随时有货。"刘大枭打开电源和机器开关，检查后确认设备正常。他戴上防毒面具和手套，指挥小五、阿牛搬运原料，按比例配制后，倒入不锈钢原料罐，那些液体顺着管道源源不断地进入一道又一道工序，直到最后产出成品。

戴着防毒面具，每次只能生产两个小时，中间休息一小时，每天的产量大约在三百斤，远不能达到刘大枭吹嘘的"像富士康生产线一样大规模生产"。这当然是因为刘大枭严密控制着技术，也就等于他自己在生产，其他人除了打下手，有力无处使。

不过，刘大枭并不着急，这样的生产效率足以满足沙万的需要。连续生产了一个多月，厂房里堆积了将近五吨冰毒成品，可是沙万的油罐车却迟迟没有来拉货。

"沙万那边怎么回事？"刘大枭有点着急，他看着堆在那里的冰毒发愁，"这东西不能堆在这里，要找地方存放。"

"可能是春节的原因吧。这么好的货，我们给他的又很便宜，沙万到哪里找？"胡子说，"存货的地方好办。我有个冷库，以前是肉联厂放猪肉的，后来被我买了，水电齐全，离这里没多远。"

初春时节，高原上还很冷，晚上十点多钟，三个人坐在厂房的院子里，边抽烟边商量。"这点货急什么？"跛佬说，"我的意见是，在厂里正常准备一吨货，他们什么时候来了都有货，剩下的都搬到冷库去。"

刘大枭不放心。胡子带着他和跛佬连夜去看冷库。黔水本来就不大，肉联厂所在地相当于郊区，几年前已经废弃，也看不到任何开发的迹象。刘大枭进入冷库看了看，又仔细观察周边的环境，发现这里不算偏僻，也比较安全。后边是山，门口有一条公路，路对面有居民区，旁边是学校，谁也不会注意这地方。

"小五和阿牛知道吗？"回来的路上，刘大枭忽然问道。

"除了我，没有第二个人知道冷库。"胡子说，"他们两个很可靠，那是平常。关键时候会不会尿，我也不敢保证，所以，重要的事我都不会让他们知道。"

"对他们两个必须有防备。"想起在野牛城死里逃生的经历，刘大枭还是有点后怕，"要是我当时把地道告诉了那两个杂种，当场就被警察干死了。"

用了三天时间，胡子开着奔驰轿车，像蚂蚁搬家，把五吨冰毒全部运到冷库。"我想得很周到，专门开个账户，存三万块钱给供电局划账。"胡子对他几年前买下来的这个冷库颇有些得意。他关上厚重的铁门，打了个响指，"就算三年不来，冷库也不会出问题。"

"我看是不是先停工？"跛佬说，"要是沙万不来拿货，这么多货放在这里也不是个事。"

"你那是农民思维。"刘大枭简单粗暴地否定了跛佬的意见，"不仅不能停工，我还想再去买一批原料，顺便换几个零配件，日夜不停地干他半年，生产几十吨货，然后把生产线拆了，以后只卖货。我们在闹市区开冰工厂还是相当冒险，再说黔水这鸟地方太落后，我们窝在出租屋里，要那么多钱也没用。我都想好了，到时候我们再物色更好的地方，花点钱把身份洗白，做个整形，连跛佬的腿都可以接上一段，改头换面，过去的刘大枭、跛佬人间蒸发了，野牛城的警察就算有天大的本事，也找不到我们。"

"枭哥的想法很有意思，不过我从来没有这样想过。"胡子说，"你们两个都被警察盯着，出门不方便，我去想办法，先把身份洗白。"

"不做这东西，下半辈子干吗去？"跛佬从来就没有想过自己的未来，刘大枭的话让他一时摸不着头脑，"你要是不干了，我还是会走。"跛佬并不是反对赚了大钱后过安逸日子的计划，而是他不知道刘大枭的葫芦里到底卖的什么药。

自从刘大枭决定不在国内卖货，跛佬就感到失落，找不到存在感。这段时间他总是在想，原本两个人谁也离不开谁，谁也不能吃掉谁，没有他的毒品网络，刘大枭的技术再厉害，也不能变现。而现在，他成了可有可无的人，随时都有被灭口的危险。

"先不跟你说这些，以后你会慢慢明白的。"刘大枭诡秘地笑了笑，没有再继续解释他的计划。

刘大枭按部就班地生产，每天吃过早饭就开始干活，直到晚上八点收工。每隔两天，胡子照例会把生产出来的冰毒送到冷库去储存。刘大枭偶尔也会问胡子，沙万的人怎么还不来拿货，能想到的无非这几种可能——上一批货出手不顺利；缅甸很多人喜欢跟着中国过春节，沙万说不定到欧洲游玩去了；那边形势突然收紧。

转眼到了六月份，冷库里堆放的冰毒总量接近三十吨，中途又去买了两次原料，基本用完，刘大枭终于沉不住气了。他决定停工，让胡子去中缅边境，打探沙万的消息。

"三十吨冰毒是什么概念？"刘大枭说，"相当于全世界一年冰毒消费的总量，不能再继续生产了。"

"那不正是你想要的结果吗？"跛佬耷拉着眼皮，话中带刺，

"你搭上了金三角的大毒枭，看不起国内的市场。"

胡子去了中缅边境，两个马仔也不在，只剩下刘大枭和跛佬。几个月来憋在肚子里的话，跛佬忍不住了。刘大枭不是没有注意到跛佬的变化，只不过他没有太放在心上，像这样躺着赚钱，他根本就不用在乎跛佬的情绪。

"你想过没有，我们两个不只是做毒品，还有几条人命，野牛城那伙人必然是挖地三尺寻找我们的下落。"刘大枭深知跛佬的粗糙性格，不能硬来，便拿出足以让跛佬软下来的命案，试图说服他，"警察怎么能找到我们呢？那就是等着我们再次露面。对付野牛城的警察，最好的反侦查手段，是我们在国内从此消失得无影无踪，一两毒品都不卖，这样才能麻痹他们。"

"你以为这样就能躲过警察？"跛佬说，"只要我们还在国内，就不能说安全。"

两人争来争去，谁也说服不了谁。跛佬从来就不是刘大枭的军师，他只是没有决策权的合伙人；刘大枭也不是跛佬的老板，他无法以绝对的权威发号施令。这种貌合神离的关系，其实两个人心里都知道。

几天后，胡子回来了，没有得到明确的消息。"上次我就说过，我没办法直接去找沙万，是通过他信任的中间人。在我们决定合作之后，沙万也没有告诉我怎么跟他联系。"看得出来，胡子很沮丧，有点束手无策的感觉。不过，他还是往好的地方说："线人说，应该没有出多大的事，要是有大事发生，他在金三角那边的接头人肯定知道。"

"线人有什么建议？"刘大枭着急地问道。

"让我们再等等，他最近还会过去打听消息。"

"那我们就观望两个月再说，反正有几十吨货放在那。两个月以后，如果沙万那里还是没有消息，我们再另外计划。"刘大枭没有任何犹豫。他是这个小团伙的核心，关键时候只能是他拿主意。他说：

"金三角也不是只有沙万，还有其他的毒枭。技术在我手里，即使他出了问题，那我们再花时间找新目标，折腾一下而已，没什么大不了的。"

"既然这样，那就不要坐在这里等着沙万。"跛佬说，"胡子再去找人，不能在一棵树上吊死。"

就像等待戈多一样，三个人每天都在焦虑中等待沙万的突然出现。

阿妹的肚子却是等不及了，眼看着一天比一天大起来。刘大枭把上个月胡子带阿妹去医院做产检的病历翻出来，发现预产期还有不到一个月。从阿妹怀孕到现在，他无时无刻不在思考这个问题。在黔水生孩子自然不现实，要是有事，阿妹和孩子会在关键时候成为累赘。

"宝贝，还有不到一个月，你要生孩子。"刘大枭从后面抱着阿妹，轻轻抚摸着她的肚子说，"我让跛佬把你送回去吧。"

"我不想回去生孩子。"阿妹说，"偷偷跑出来的，突然回去，我爸妈还以为我跟哪个野男人乱搞怀上的。"

"谁说是野男人？我们有结婚证，是正规的夫妻。"刘大枭哄着她说，"这地方要拆迁，我们很快就要搬走，几个大老爷们，也没法照顾你。"

"回去也不想跟我爸妈住在一起，我讨厌他们，你给我另外买个房子吧。"阿妹把做好的排骨汤放在桌子上，借机提出条件，"你那天不是说要买别墅吗？房子太大了我一个人也不敢住，先别买太大的，还要请个保姆帮我照顾孩子。"

"那当然了，从此就让你过上少奶奶的生活。"刘大枭满口答应下来。这时候，不管阿妹提出什么物质上的要求，他都会满足。从内心里，他确实喜欢阿妹，虽然偶尔会想到妻子阿芳和儿子，也会感到愧疚，但他知道这辈子绝对不可能再回到阿芳母子身边，那注定是死亡的婚姻，无法挽回。而他确信阿妹没有暴露，等他的身份洗白后，再想办法把她和孩子接出来。

　　打定了主意，刘大枭让跛佬马上安排可靠的人，将阿妹送回野牛城生孩子。

　　对刘大枭决定的事，胡子不敢反对，只是跛佬不太愿意再找人把阿妹送回野牛城。"风险很大。"向来口气很大的跛佬这一次却犹豫了，"我总担心出什么意外，为了个女人，不值得。"

　　"我都想好了，没什么问题，警察不会知道阿妹。"刘大枭说，"往最坏处想，就算警察发现了阿妹，我也会得到信号，有足够的时间离开这地方。阿妹根本就不知道这是哪里，哪怕给警察带路，也找不到我们。"

　　安全问题不是只有跛佬担心，刘大枭也反复斟酌过。他让胡子去买了两部手机，又在路边的报摊买了两张手机卡，然后反复交代阿妹，这两个号码和手机只能供他们两人专用，不能用它给其他任何人打电话。他本来想用阿妹的身份证开个账户，存入二百万元现金，就算出了意外失去联系，也能保证她和孩子的生活。但他最后还是放弃了这个想法，改为一百万元现金，用编织袋层层包装，放在有密码的拉杆箱内，让阿妹随身携带。

　　几天后，跛佬安排接阿妹的人到了昆明。阿妹仿佛生离死别，哭得稀里哗啦，她紧紧地抱着刘大枭不放。"老公，你不会把我丢了吧？"

　　"别说傻话，我爱你。"刘大枭把她抱在怀里，抚摸她的头发，"等孩子会走路的时候，我再找人把你们接过来。"

　　看着跛佬的车开出院子，大门关上，刘大枭如释重负，终于把阿妹打发走了。至于将来，他什么也没想，也许，此去再也没有见面的机会，只是给他留个孩子在世上。

　　周末，刚好苏可被临时派去案发现场取证，皮特背着包，去了野牛城搏击俱乐部。他过去是这里的常客，也是明星人物，他来了就很热闹，旁边围着好多拳击、散打业余爱好者。

他放下阿迪达斯运动包，场馆内人不多，有两伙人在练习散打。他走过去，想找个陪练。"皮教头来了，我们这些菜鸟都不是你的对手。"散打队的教练说，"不过，要是不嫌弃，陪你练几下，让他们有机会跟你学习。"

"皮教头"是他的昵称，也是他们给他起的外号。"老了，又很少锻炼，身体完全不在状态。"皮特抱拳当胸，谦虚地说，"手下留情啊，点到即止。"

考虑到皮特一米八，教练选了一个身高相当的学员。皮特热情地和他握手，然后戴上手套，你来我往。这人根本就不是皮特的对手。不过，他打得很认真，只是出手比较拘谨而已。

一局下来，皮特也气喘吁吁，他感觉身体已经大不如前，或许是长久没有锻炼的缘故。他坐下来擦汗、喝水，和学员们切磋，本来想再来一局，手机响了。

"徐大姐周末好！"皮特拿起电话接听。被他称为徐大姐的是城市花园居委会主任。

"你赶快来，我有重要的事找你。"电话那头，徐大姐的声音很急促，她并没有说是什么事。

"失陪。等我有时间再来。"皮特把毛巾等胡乱地塞进包里，来不及换衣服，便一路小跑出了俱乐部。

皮特刚刚把车停稳，见徐大姐从居委会出来。"阿妹回来了。"徐大姐贴在皮特的耳朵上小声地说，"我和同事刚才去城市花园有事，顺便去阿妹家看看，这孩子从外边回来了，挺着大肚子。"

"挺着大肚子？"皮特惊讶得瞪大眼睛，脱口问道，"她老公是谁？"

"谁知道呢，我也没敢多问，怕惊动她。"徐大姐说，"我想先告诉你再说，你看需要我们怎么配合。"

两人边说边走进居委会办公室。皮特穿着短裤和背心，徐大姐给他倒水。"看样子怀孕多久了？"皮特问道。

"肚子很大，我看要不了多长时间就要生。"

"这事太突然，我要先回办公室。拜托你们留意她的动静，看有没有人从她家进出。"

皮特心急火燎，一杯水没喝完，便开着桑塔纳，急忙赶回公安局。

周末时间，除了值班人员，大部分办公室都没有人。他站在大院里打电话给老六："你最好能来办公室，有急事。"

不一会儿，老六来到办公室。

"阿妹不知道从哪里回来了，"皮特用手比画着说，"还挺着大肚子。"

"谁干的？"老六粗鲁地问道。

"不知道啊。"皮特说，"我去俱乐部锻炼身体，刚从居委会主任那里知道的。"

"所以嘛，我说他们的日子过得比你悠闲。逃亡的路上，从我们的眼皮子底下把阿妹接走，还把肚子搞大了。"

"消失了一年多，突然回来，如果我没猜错的话，应该是回野牛城生孩子。"

"两个思路。"老六举出两个指头，"第一是硬来，把阿妹传唤到公安局，对付这样的女人，桌子一拍，马上就会全部交代；第二是智取，就当我们什么都不知道，暗中监视，我相信摸清楚情况不会太难。"

"我想智取是上策。"皮特果断地说，"硬来，当然很容易就能把问题搞清楚，但是搞清楚了以后呢？如果是刘大枭，他闻到风声必然会跑，阿妹对我们就没有价值了。"

两人反复商量，最后决定用智取的方案——采用最原始的手段，派三名辅警蹲守，每人八个小时，全天候地守在城市花园的门口，监控阿妹的动向。"居委会主任说阿妹的状态接近临产，估计很快就要去医院生孩子。"皮特说，"我们就在医院这个环节智取。堂堂的野牛城公安局，对付她还是绰绰有余的。"

蹲守到第十二天时，监控人员发现阿妹和她妈妈背着包从小区大门出来，叫了出租车。跟踪到福东医科大学附属医院，阿妹在妇产科办理了住院手续。

皮特当即拟定了通过阿妹的手机获取刘大枭行踪的侦查方案——阿妹住在四人产房，在医院的配合下，苏可假扮产房护士，公安局怀孕的女警刘丹被安排在阿妹相邻的床位，如果阿妹使用手机，找机会得到她的手机号码。

"刘大枭这么狡猾，他会让阿妹用手机吗？"赵黎明说，"要是不用手机呢？还要考虑其他的侦查方案。"

追捕刘大枭的这几年，类似的疑问其实已经多次被提出来。最初的问题是：刘大枭凶残奸诈，他会不会彻底抛弃老婆孩子，永远切断联系？阿妹不过是他的情人，有钱到哪里都能找到女人，他会冒险和阿妹来往吗？

刘大枭很快给出了答案——逃亡的路上，他不仅在设法给老婆孩子送钱，而且把情人也接到身边，现在又送回老家生孩子。

"他会不会限制阿妹用手机，暂时还不能下结论。但是，我敢肯定，他会跟阿妹联系。不然的话，我们就没法解释他这样做的逻辑。"皮特说，"我们过去的担心，都被刘大枭自己否定了。道理很简单，就算刘大枭认为我们未掌握他和阿妹的关系，他老婆是明确的目标吧？他能发明化学合成冰毒，能把地道出口设在水下，智商也不低，他明知道我们会监控他老婆，还不是照样派人来家里送钱。"

"都像我们设想的那样当然好。"赵黎明的疑问并未消除，他又问，"如果阿妹的手机设置密码怎么办？有什么技术手段？"

苏可笑起来："赵局，这个是小儿科，设置密码的手机可以打紧急电话，比如110、119、120，只要有机会拿到手机，打个紧急电话就行了。"

"技术问题不用担心，我们有的是手段。"技术处处长林长民说，"旁边床位的刘丹要密切监控阿妹，只要她用手机，打电话或者发短信，就记住她使用手机的准确时间，大不了就是花点工夫，排查这个时间进出最近的某个基站的所有通信记录。"

"阿妹在我们手里，我们这些还不算太蠢的大脑，对付她还是有办法的。"皮特这么说，并不是把所有的筹码都押在手机号码上，他还有其他可选择的手段，"迫不得已，就只能动手抓阿妹。当然，我还是希望神不知鬼不觉地智取。"

方案定下来之后，妇产科又对苏可做了简单的护理知识培训，把阿妹相邻的床位调换给刘丹。皮特、苏可和张晓波穿着医生的白色工作服，戴着口罩，进入产房侦查，发现阿妹果然有手机。她对几个不断进出产房的警察浑然不觉，大部分时间都是半躺在床上，手机就放在枕头边上。她的母亲每天回家两次，带来鸡汤、水果等。

相邻床位的女警刘丹，也在不动声色地监视着阿妹。她发现，阿妹的手机并未设置开机密码，只是，她没有离开过手机，即便去洗手间，也是装在口袋里，找不到下手的机会。进入产房第三天，皮特和几个人商量后，趁着阿妹母亲回家的时间，安排她做B超检查。

阿妹大腹便便，右手撑着腰部，左手拿着手机，跟着苏可进了B超室。

"手机放远一点，会干扰B超。"进入B超室，苏可指着旁边的凳子说，"手机放在凳子上吧。"

"躺上来，把裤子解开。"事前已经被安排好的医生边检查边说，"胎儿很大，胎位稍微有点偏，还要让医生帮着转个胎位。"仰面躺着检查后，医生又说，"向右转过去，把上衣拉起来。"

阿妹面朝医生侧躺着，看不到手机。就在这个时候，苏可迅速拿起阿妹的诺基亚手机，在走廊里拨打她自己的电话，显示为贵州黔水的手机号码。然后她立即将刚才拨打的号码删除，又放回凳子上。等检查完毕，她带着阿妹回到产房。

三天后，阿妹通过剖腹产顺利生下一个男孩。

监控显示，当天夜间十一点四十分，阿妹给贵州黔水的手机号码发了短信：老公，我下午五点多生了，是儿子，母子平安。

十分钟后，对方回信：好幸福，我当爹了！亲亲老婆，亲亲儿子！

三分钟后，对方又发来短信：老婆，你辛苦了，好好休息。

第二天，阿妹又发短信：儿子很像你，你给他起个名字吧。

对方三个多小时后回信：儿子像我就对了，肯定很帅！小名叫豪仔，大名就叫刘子豪。

"豪仔，还想老子英雄儿好汉！"看到技术处提供的阿妹手机监控记录，皮特咬牙切齿地说，"只要我还在野牛城当警察，将来一定要把刘大枭的儿子变成缉毒警察。"

"你别给我瞎扯淡！"会议室的人哄堂大笑，老六也笑起来，"赶紧拿出行动方案。让他们在那里逍遥，还顺便生了个儿子，岂有此理！"

会议室内，专案组全体成员都在等着皮特的抓捕方案。他站起来说："你们都看到了DNA鉴定报告，提取阿妹刚生的孩子的血样，DNA分型与案发现场刘大枭的DNA比对，完全符合亲子关系。现在我们可以确定，刘大枭就躲藏在贵州黔水，应该还有跛佬。"说到这里，皮特转身问坐在身边的林长民："通过手机定位，找到刘大枭的藏身处，在技术上应该不难吧？"

"这个在理论上当然是轻而易举。"林长民说，"唯一的变数，就是刘大枭本身很狡猾，他知道我们在找他，和阿妹的联系也会有所防备，不敢放肆地使用手机，这样就会给监控带来不确定因素，比如，信号刚出现就没有了，又要等很多天。"

"我草拟了行动方案，感觉还不太成熟，请大家提出意见。"皮特说，"第一，给省厅打个报告，协调当地公安部门，提供警力支持；第二，我们派抓捕小组过去，请赵局带队；第三，请技术处派两名技术侦查员参加抓捕小组，配合苏可；第四，派一辆技侦车随行。"

"方案基本可行。"老六又问副局长赵黎明，"老赵你的意见呢？"

赵黎明说："其他的没意见。我们带四名特警过去，方便工作。"

次日早上，三辆车停在大院里，整装待发，老六和两名副局长以及刑侦支队、禁毒支队的领导来为抓捕小组送行，与每个队员握手。

"老赵、皮特你们两个切记，刘大枭和跛佬都是穷凶极恶的大毒枭，不可有丝毫大意，必须确保每个队员的安全。"看得出来，老六很不放心。与苏可握手时，见她穿着警服，英气逼人，他又加重语气说："小苏主要是提供技术支持，不能去最危险的前线。"

"你那是重男轻女。"皮特大概是嫌他操心太多，不耐烦地说，"放心好啦，有我们这几个老爷们，刘大枭占不到便宜的。"

相同的话，在第一次围捕刘大枭时老六就说过。这不只是老六对苏可的额外关心，还因为她是公安局的女技术员，无论如何不能让她在围捕行动中出现意外。

在前往黔水的途中，后方又传来情报，技侦人员监听到阿妹与刘大枭的手机通话。刘大枭说："你要小心点，我前几年走私的事，说不定公安局还会找麻烦。"

车队到达黔水时，已经是次日深夜。进入城区之前，三辆车的车牌都被取下来，他们不能在这个小城暴露任何行踪。第二天上午，赵黎明和皮特带领专案组成员和两名技侦警察，匆忙赶去黔水市公安局。

透过车窗，皮特走马观花地一瞥这个高原小城的面貌——大都是低矮陈旧的建筑，高楼很少，马路上也不像野牛城那样随处可见豪华轿车。"他们都是少数民族吗？"看到大街上很多人身穿少数民族服饰，戴着尖顶的竹笠，苏可好奇地问道。

"这里的全称是黔水苗族布依族自治州，州政府驻地在黔水市，是少数民族聚居区。"皮特说，"不过，他们戴的竹子做的斗笠很漂亮，临走时我们买一个带回家。"

黔水州公安局已经接到了省公安厅的电报，要求他们全力配合福东市公安局围捕刘大枭毒品犯罪团伙的行动。州公安局局长田丰华把电报拿给赵黎明和皮特，当场表态说："我已经安排刑侦支队长宋伟成负责，你们先讨论，然后拿出方案，我们再调动警力。"

此时，皮特他们千里奔波来到黔水，手上握有的唯一线索，就是刘大枭从这里打出过的手机电话，由此判断他就在黔水。但是，他到底在黔水的什么地方，专案组并不掌握。

"根据我们的监控，有两个显示为黔水的手机号码相互有联系。"研究行动方案时，皮特说，"最多的时候每天有三次，那时候女人刚生孩子。这两三天通信频率明显减少。"

两地警方技术人员讨论后，首先通过黔水市通信管理部门调取了两部手机的详细通信资料，发现前后有三次语音通话，八条短信，其中，黔水这边的手机使用过三个基站。

"黔水不大，这三个基站都不在市中心，在三个不同的方向，分别是东城的七号基站、西城的二十三号基站、南城的十六号基站。"州公安局刑侦支队长宋伟成说，"在三个不同的基站使用手机，也有可能是他们平时在三个不同的地方活动，到底是什么原因，那就要逐个排查。"

"虽然是在三个基站，但还是有很大的不同。"苏可从技术的角度分析说，"七号基站和十六号基站都是只有一次主叫语音通话，就是从黔水这边打给阿妹，另外八条短信和一次语音通话都在二十三号基站……"

"不排除宋支队判断的，这是他们在不同地方活动留下的痕迹。"似乎受到了提醒，未等苏可说完，皮特便接话说，"当然，也不排除这是刘大枭的疑兵之计，反侦查伎俩。"

皮特的判断是对的。尽管刘大枭嘴里说野牛城那边不知道他和阿妹的关系，但是他还是非常警惕，担心手机受到监控，所以有两次打电话的时候，他故意让胡子开车带着他到两个不同的地方。这就是为什么会在三个基站分别留下通信记录。

"那就这样，双管齐下，"宋伟成说，"技术部门继续实时监控这两部手机，另外安排人员对可疑目标进行排查。"

"现在我们还不能确定，他们在这里是临时躲藏还是在做毒品。如果还在做毒品，考虑到新型化学合成冰毒需要大量的化学原料，在居民楼里生产不大可能，因为不方便搬运原料。那么，清查居民小区的时候不用上楼，主要是查楼下的商铺、独立的房屋、建筑工地、厂房等。如果是躲藏在黔水，在居民楼租房或者住熟人的房子，就要派出更多的警力，入户清查。"皮特扭头看了宋伟成一眼，先入为主地提出侦查方案，"我建议，先重点排查二十三号基站的区域，安排一男一女两名警察，穿着电工制服，以检查供电线路的名义地毯式排查。排查人员执行任务时，派几名特警在外围跟着，应对紧急情况。我们的技侦车也随时处在移动状态，两名排查的警察身上携带无线麦克风，与技侦车保持联系。"

"我也参加排查吧，"张晓波说，"如果发现他们，当场就能认出来。"

"你不会说当地话，容易露出破绽。"宋伟成不同意，"我这边派特警连龙和刘静姝去排查，他们都是在全省公安特警比赛中得过大奖的，身手不凡。"

"那我去就没问题，三个人，我不说话就是了。"张晓波执意要参与排查，"我们的案子，责无旁贷。"

"我看可以，晓波参与有好处。"皮特说，"你们要注意自身安全，见机行事。进入室内，最好留一个人在门外，遇到意外时起到掩护的作用。"

"摸查主要是寻找可疑的目标，发现疑点就赶紧退出来，不到万不得已不能动枪。"异地用警，围捕刘大枭团伙，赵黎明生怕出现闪失。

见大家都没有意见，宋伟成补充说："按照电信部门提供的资料，二十三号基站在老气象台的塔架上，是全市最高的基站，覆盖面比较大，半径有六公里，不上楼，预计三天时间可以完成排查。"

方案确定后，把供电局的人请来，给三名警察现场培训专业知识。有了当年诱捕阿强那两个家伙的经验，皮特连他们的皮带也抽出来看看，就是怕用了带警察标志的皮带。

围绕着二十三号基站的覆盖区域，前两天的排查没有发现疑点。

第三天接着排查。上午十点多，张晓波和连龙、刘静姝来到早已停产的高原面粉厂。赵黎明、皮特和宋伟成带着福东市公安局的四名特警与当地公安局的五名特警，藏身在两辆面包车内，分开停在面粉厂附近的居民区，技侦车就在不远处的停车场，苏可和两名技术人员监控前方排查人员传回来的实时信息。

三人身着供电局工作服，腰上系着皮带，外边挂着工具包，其中，张晓波和连龙肩上还挎着帆布电工包。面粉厂铁门紧闭，刘静姝上去敲门。过了很久，胡子来到门内侧，拉开铁门上的小窗口，刘静姝出示挂在脖子上的工作证。"我们是供电局的，线路检修，需要进去检查线路。"

"面粉厂早就停产了，不需要检查。"胡子敷衍说，"我就是看门的，老板也不在。"

"你们食品厂是多年没有更换的老线路，以前就出过问题，需要检查的。"刘静姝说，"麻烦你打开门，我们检查电表就行了。"

迟疑了一下，胡子打开门，待他们进去后，又随手把门从里边锁上。正如女警刘静姝所说，面粉厂这条线路是三十多年前建设的，经常出问题，停产后被胡子买下的这几年，也不止一次遇到供电部门来检修线路。胡子丝毫没有怀疑进来的两男一女是警察，以为他们随便看看就走。再说，厂里几个月前就已经停止生产，冰毒都放在冷库，这里只剩下少量的化学原料，机器设备正在拆除。

"面粉厂有个变压器，在什么地方？"刘静姝拿出记录本，边看边向院子里四处张望。

"是有个变压器。"胡子指着东墙边的变压器说，"好像坏了，我也不太清楚。"

变压器是刘静姝临时编的，目的是找理由检查，没想到还真有个变压器。变压器确实没有在使用。刘静姝做了检查，又走到大门东侧的那栋楼房，进入外间的办公室。"电表在什么地方？"刘静姝问道。

说来也是巧合，把阿妹送走后，三个人平时就在对面的房子里喝酒聊天。前天，刘大枭决定把设备拆除，全部打包，再等两个月，如果沙万还是没有音信，就把设备全部拉走丢弃，然后找个安全的地方常住，再想办法把冷库里将近三十吨的冰毒转到其他地方，慢慢销售，不再生产。

此刻，他们都在厂里，刘大枭戴着手套，正在拆卸设备。听胡子说有供电局的工作人员来检查线路，刘大枭马上紧张起来，他取下手套，从旁边的柜子里拿出AK47，跛佬也把手枪拿出来。只要他们在厂房里，枪支总是带在身边，有枪才会有安全感。

"我也不知道电表在哪里。"胡子说。

看到与办公室相连的还有房子，门开着，刘静姝走过去，胡子也不好拦住，只是说："这里面没有电表。"

地上散乱地放着刚拆下来的机器设备，但三名警察并不知道这是做毒品的设备。刘静姝问道："你们面粉厂要恢复生产吗？"

"演得还挺像嘛。"刘大枭从柜子后面出来，用AK47指着他们，狞笑着说，"三个小警察，还敢跟老子玩这一套。"也许是狂妄和好斗的性格触动了刘大枭的神经，他本来不需要这样做，即使发现可能是警察，也可以等他们离开后从容不迫地逃走。

"你这是干什么呀？"刘静姝处乱不惊，故意抬起藏有无线麦克风的左手，平静地说，"你怎么会有枪？我们是供电局的工作人员，检查线路，你拿枪指着我们干吗？"

听到前方传回来的话，苏可大惊失色，赶紧通过对讲机通知皮特、赵黎明和宋伟成。皮特当即发出命令："控制面粉厂！"

在附近埋伏的特警们手持冲锋枪，冲向面粉厂。

短兵相接，千钧一发，三名警察却很冷静。张晓波机警地发现刘大枭端在手里的AK47没有上膛。就在这短暂的一眨眼工夫，他向连龙和刘静姝，也通过袖管内的麦克风大喊："隐蔽！"同时飞起一脚，把椅子踢过去，正好砸到刘大枭的身上。

面粉厂外枪声大作，特警们向厂房开枪，被打碎的玻璃哗啦啦地掉在地上。

刘大枭本能地向旁边躲闪。张晓波顺势一个滚翻，以铁皮柜作掩护，从脚踝处拔出手枪，向刘大枭开枪。连龙一闪身，躲在柱子后面，开枪射击。

最危险的是女警刘静姝，她在最前面，无处躲藏。在张晓波将椅子砸向刘大枭时，身为特警的刘静姝获得了宝贵的一秒钟时间，她迅速就地卧倒，滚到有大半人高的蒸馏仪侧面，掏出手枪向对方射击。

刘大枭险些摔倒，慌乱中扣动扳机，才发现子弹没有上膛。他气急败坏地猛拉枪栓，将子弹上膛，向警察开枪。子弹打在设备和水泥地面上，火花飞溅，发出巨响。被吓得半死的跛佬也反应过来，不断用手枪漫无边际地开枪。

在密集的枪声中，皮特和宋伟成指挥特警翻墙进入厂区，打开大门。

"进地道！"刘大枭边开枪边大喊。

掩蔽物太小，即使是三名训练有素的警察，也被AK47强大的火力压得抬不起头。

手里没有武器的胡子首先钻进地道；跛佬在刘大枭的掩护下，胡乱开了几枪，也爬进地道；刘大枭仗着AK47的强悍火力，且战且退，退向地道。在他钻进地道的同时，向码放在地道口的四个纸箱开枪，点燃了箱子里的鞭炮，房间内顿时响起震耳欲聋的爆炸声，烟雾弥漫。

皮特和特警冲进厂房时，浓烟中混杂着鞭炮纸屑，火药味呛得人透不过气来。他隐约听到有叫声，发现连龙靠在铁皮柜后边，手捂着腿部，鲜血染红了裤子。"有人受伤！"皮特大声呼叫，蹲下来检查他的伤口。

苏可跑过来，拿出简易急救包，为连龙包扎。

滚滚浓烟中，张晓波和刘静姝冲过去，发现有地道口，便毫不犹豫地钻进去。两名特警也跟着进入地道，边开枪边搜索。走了不远，被铁门挡住。后续的特警用破拆工具打开铁门，顺着地道上到地面，原来地道出口在一栋带着院子的居民楼内，此时已是人去楼空。

第七章

亡命金三角

根据遗落在铁路边的AK47，警察们判断，刘大枭和跛佬可能向南逃跑，便循线追踪到中缅边境。果然，在线人的帮助下，众毒枭偷越国境，逃往金三角。刘大枭拒绝公开冰毒配方，与金三角毒枭反目，杀了保安，在枪战中夺路而逃。

从地道里爬出来，刘大枭挥舞着手里的枪，像疯了似的喊叫着："摩托车！开摩托车！"他顺手取下挂在钩子上的旅行包，把枪装进去。

突然发生的枪战，胡子被吓得两腿发软，手也抖得厉害。跛佬帮着他，把摩托车推到门口，胡子发动了摩托车。"快！快！快！"胡子声音哆嗦着催促道。

刘大枭当初让胡子准备的紧急逃生工具终于派上用场。三个男人挤在一辆摩托车上，胡子对路况很熟悉，在小巷子里七弯八拐，很快上了外边的大路。

眼看就要出城，刘大枭发现路边有个小超市，在胡子背上猛拍一巴掌："停下，去买点吃的。警察没那么快。"

摩托车就停在路边，胡子跑进店里，买了方便面和面包。三个人又继续逃命，不一会儿便驶离城区，往西南方的山上跑去。路越来越窄，几乎就是羊肠小道，山坡上树木稀疏，到处是裸露的褐色石头，突兀地耸立着。好在胡子是本地人，知道这条路虽然很窄，但却是可以进山的路，他以前和朋友打猎时多次走过，至于能通到哪里，他从来没有走到头。

越往前走，路就越窄，渐渐地，摩托车已经无法再往前开。

胡子把摩托车停下来，熄火。"把它推到旁边树林里。"刘大枭下来，看了看这周围的环境，问道，"这路能走到哪里？"

"黔水这地方四面都是山，我们往西走，山最高。"胡子指着西边的方向说，"顺着这个路走，具体是什么地方我也说不清楚，大方向肯定是云南。"

刘大枭把背着的枪放在地上，和胡子把摩托车推到坡下面的沟里。"警察说不定会搜山，这时候在路上走很危险。"刘大枭说，"还没想好去哪里，先找个地方躲一夜再说。"

"警察会在市区各个路口设卡。至于搜山，我觉得不可能。这地方不止一座山，山连着山，警察怎么知道我们往哪里跑。"胡子说，

"躲起来很容易，这边是喀斯特地貌，山上有很多洞。"

"这里还不是深山，继续往前走。"刘大枭催促道。

"我不走了，你们两个走吧。"跛佬突然坐在地上，神情沮丧地说，"在山里会饿死，出去十有八九要被抓，反正死路一条。"

"听我说，跛佬，不要这样。"刘大枭蹲下来，伸手想掏烟，才意识到这是在逃亡的路上。他知道这时候不能硬来，耐着性子说："我们干这种买卖，只要进了门，就没有回头路，这辈子注定要跟警察玩猫捉老鼠的游戏。不管道高一尺，魔高一丈，还是魔高一尺，道高一丈，猫再厉害，老鼠还是遍布全世界。"

眼前的跛佬，已不见他昔日的那种嚣张。离开他自己经营多年的地盘，再加上刘大枭不让在国内卖货，他所倚仗的那些资源看上去已经没有什么价值。即使通过胡子搭上了沙万，一次出货就能得到上千万元，他也没有以前那种满足感。晚上，他孤零零地睡在空旷的厂房里，想象着刘大枭与阿妹在床上的疯狂，便愈加失落。其实，沙万给的那两千万元分了之后，他就动过不辞而别的念头，反复纠结了几天，老家是回不去了，去别的地方也只能寄人篱下，还不如跟着刘大枭，混一天算一天。

"为什么警察老是跟着我们？"跛佬此时说不清是愤怒还是绝望，他抱怨说，"好像有人给警察当带路党。我自己干的时候，在道上那么多年，也没遇到警察。"

"你说得也没错。"刘大枭蹲在地上，继续开导跛佬，"过去你是个小毒贩子，即使和白寡妇混，也不过就是有点实力的毒贩子而已。现在不同了，我们已经是大毒枭，金三角、哥伦比亚那些顶级的大毒枭整天都在和警察周旋。总有一天，全世界毒品市场上都是我们的产品，不要说中国的警察，连美国警察也要抓我们。树大招风，大毒枭总是遭遇警察，这有什么奇怪呢？"

跛佬看着连绵的群山，一言不发。"二位兄弟，现在不是争论的时候。"胡子紧张地提醒说，"我们刚出城，这里离市中心最多二十公里，还是很危险的，赶快走吧。"

听到这话，两个人仿佛才意识到此刻身处何地，于是不再争执，起身继续往前走。

胡子在前面带路，跛佬一瘸一拐地落在后边。山越来越高，他们就正对着前面的高山走过去，荆棘丛生的小道，杂草深及腰部，从中间穿过去很艰难。三个人就这样走了四五公里，再也找不到能走的路，只好停下来。

"这山太大，不能进去。"胡子环顾四周，感觉完全陌生，以前从未来过。他皱着眉头说："我们走进去，要是迷路了，很多天都走不出来。"

"那也要走，没有退路。"刘大枭指着两座大山之间的山沟说，"我们不要爬高山，顺着山沟走，一般都会有水。这里是南方，山上总能找到吃的。"

三个人折向西南的山沟。完全没有路，只能在两山之间怪石嶙峋的谷地，摸索着向前走。跛佬跟不上，刘大枭只好坐下来等他。就在这时，胡子忽然发现旁边好像有个山洞。他走过去查看，果然是个山洞。

扒开杂草和荆棘，露出大半人高的洞口。胡子小心翼翼地进去，很快又出来。"里边比洞口大多了，有一人多高，感觉很深。"

"估计警察正在到处设卡检查，现在出山很危险。我的意见是，如果山洞足够深，我们可以进去躲两天。"刘大枭说，"带的东西吃两天没问题。这样的话，我们也有时间考虑好去哪，不能像没头的苍蝇一样乱跑，很容易撞到警察的枪口上。"

刘大枭让胡子捡了不少干树枝，用山上的藤条捆着，又从包里找出手电筒——那是早就准备好的应急包，里边不只有手电，还有打火机、小刀、蜡烛、止血贴、消炎药、医用绷带、两万元现金和两包饼干。遭遇警察后，三个人从地道里逃出来，刘大枭拿过袋子，把AK47装进去，跛佬背上应急包，胡子发动摩托车，不到一分钟时间，便迅速离开了租住的那个房子。

不过，刘大枭却忘了准备地图。胡子在前面探路，刘大枭打着手电，往洞中走了一百多米，冷气扑面而来，湿漉漉的空气中散发着腐烂的气味。刘大枭关闭手电，洞内伸手不见五指，死一般的寂静。

山洞时宽时窄，有时一人多高，有时需要弯着腰才能通过。又往里边走了一段，刘大枭停下来。"歇会吧。"他取下背在身上的装着AK47的袋子，放在两腿上，"我感觉这个洞应该很深，可以躲几天。"

黑暗中，跛佬冷冷地问："吃什么？就那几包方便面？"

"起码两天不会饿肚子吧。"刘大枭说，"关键是去哪里，胡子在中缅边境还有没有可以落脚的地方？"

"带我去缅甸的线人也挺可靠，去那里肯定没问题。"胡子摸出几根干树枝，用打火机点着，洞内顿时亮起来。忽然，有轻微的风吹过来，刘大枭好奇地站起来。

"洞里怎么会有风呢？"刘大枭看着被风吹得不断跳动的火苗，兴奋地说，"我明白了，这个山洞和外边是通的，要不然哪来的风呢。那我们干脆走吧，看看出了山洞是什么地方。"

"我也觉得应该走，这里不安全，要是搜山，我们就可能被堵在洞里。"胡子站起来，把放在石头上的一捆干树枝提在手里，又催促跛佬说，"兄弟，走吧，总是要走的。"

不知哪根神经被触动，刘大枭拿起一根快要烧完的树枝，把火熄灭，用炭灰在洞壁上写下歪歪扭扭的一行字：大毒枭到此一游！

"你别去招惹警察！"跛佬似乎很恼火，"我们惹的事已经够多了，走到哪里都被警察追着屁股。"

"我刘大枭不是小毛贼，是一百多年才出一个的大毒枭。"刘大枭被跛佬的话激怒，狂妄地说，"警察又怎么样，能从他们的枪口下跑出来，这就是我的本事。"

要是以前，跛佬根本不会受这个气，而此时，他只好忍了。

302　　　　胡子举着燃烧的树枝走在前面。洞里的地面并不平整，到处是大大小小的石头，还有些半人高的大石头，如果没有照明，在里边行走很困难。三人磕磕绊绊地走了两个多小时，看到洞口有分叉，两边看上去差不多，形成一个三岔路口。刘大枭从胡子手里接过火苗微弱的树枝，走进右侧的洞里十几米，然后又回来，走进左侧的洞里。

　　"这边有风，那边没有风。"刘大枭说，"左边这个洞肯定是和外边相通的。"

　　谁也不再说话，闷着头往前走。也不知过了多长时间，跛佬又坐下来，气喘吁吁地说肚子很饿，走不动。刘大枭这才想到，晚上还没有吃饭，一看手表，已经是夜间十点。几个人衣着单薄，洞里很冷，又没有吃饭和喝水，跛佬直打哆嗦。于是，刘大枭只好坐下来，胡子取出干树枝点着，三人围在火堆周围干吃方便面和面包。

　　休息了个把小时，三人又继续往前走。

　　洞里没有距离感，也不知走了多远，渐渐地感觉风越来越大。"应该离洞口不远了。还有三个小时天就亮了，跛佬，能不能走快点？"刘大枭说。看着跛佬在崎岖不平的山洞里走路很吃力，他的心里没有同情，满是厌恶。

　　正如刘大枭所说，确实到了洞口，隐约能听见外边有虫鸣的声音。刘大枭打开手电，走到最前面，并未看到洞口透进来的亮光。虽然是夜间，他想总会有点光线吧。奇怪的是，山洞到这里窄了很多，只能弯着腰往前走。"好像有树。"刘大枭用手电照着，前面是绿色的植物，将山洞堵得很严实。

　　刘大枭蹲下来仔细聆听，除了虫子的叫声，没有任何声音。他小心地扒开那些绿色的植物，果然露出了洞口。刘大枭探头向外看，天仍然很黑，借助满天繁星，可以看到洞口处在悬崖边，下面是一条河。

　　"如果我没搞错的话，应该是清水河。"胡子站在洞口，透过树林居高临下地观察，低声说道，"对面是哪里我就不知道了。从山洞出来，我辨不出方向。"

简单商量后，刘大枭决定下去。悬崖很陡峭，距离河岸至少有二百米，树木和荆棘茂密，将洞口遮盖得严严实实。刘大枭也不管跛佬，抓住悬崖上的树木，脚蹬着石头，慢慢往下走。

下到悬崖底部，刘大枭才看到，他们穿过山洞的这座山很高，悬崖就像一堵墙。从树林和荆棘中钻出来，走到河边，见河面宽阔，水流湍急，对岸仍然是连绵的群山。

"如果我们过河，对面是哪里？"夜幕下，刘大枭望着对岸问道。

"这我还真说不准。"胡子能记得的是，制毒的工厂在黔水城区西边，上山的路是往西南方向走，此刻正在大山里，即便是本地人，这地方他也是陌生的，"我估计，现在离黔水市区有四五十公里，对面应该是威源市，不归黔水管。"

"过河我们没有把握，也很危险，"刘大枭说，"我看，最好的选择是往下游走。"

"怎么走？河边连路都没有。"跛佬没好气地说。像他这样的老江湖，逃亡本来是他的长项，可是此刻的跛佬很消极，完全被动地跟着刘大枭。

"谁说没有路？"刘大枭大概是被跛佬的态度所激怒，斥责道，"人是有脑子的，会思考，眼前的这条河不就是路吗？我们做个木筏子，顺着河往下游漂，又安全又省力。"

"做木筏子太好了！"胡子说，"清水河大致上是往东南流的，我们漂两三个小时，就能离开黔水七八十公里。"

刘大枭看了看有指南针功能的手表。"对，是往东南方向流。"

河岸边有很多倒伏后腐朽的树木，还有随处可见的叫不上名字的野藤，刘大枭把AK47的刺刀拆下来，加上包里那把备用的小刀，他们开始加工木筏子。腐朽的树木稍微加工后就可以使用，木筏子很快做好了。刘大枭又用刺刀割了一些草，铺在筏子上，把它拖到河边，上去试了试，很稳定。

别看刘大枭对跛佬说话厉声厉色，好像对他很蔑视，但毕竟跛佬在毒品行当混了三十来年，有很多经验是刘大枭没有的，此时并没有理由抛弃他。木筏子在河面上随意漂荡，稍有不慎就会落水，他知道跛佬不会游泳，就找了一根碗口粗的朽木放在木筏子上，作为紧急情况下跛佬的"救生衣"。

上了木筏子，刘大枭说："跛佬，你要记住，遇到意外掉到河里，别慌乱，死死地抱着这根木头，我们再想办法救你。"

"掉到河里你就别救了，我就死在这里。"跛佬似乎不领情，恶声恶气地回应道。

刘大枭和胡子都会游泳，两人各持一根树干，分别坐在前后，把跛佬夹在中间。清水河在山谷中穿行，两岸是看不到尽头的山峦，月亮渐渐落下去，夜空中繁星满天。只可惜，三个急于逃亡的毒枭无心观赏这梦幻般的夜景。

木筏子在河面上漂流，直到此时，刘大枭才稍微静下来。"胡子，你说警察到底是怎么发现我们的？"

"警察是有备而来的，不光是进来的警察都带着枪，外边还有大批的警察埋伏，明显是发现了我们那个院子可疑。"胡子说，"搞不清楚是哪里来的警察，不确定是黔水的还是从野牛城来的。"

"那还用说嘛，肯定是野牛城的警察。"跛佬坐在那根应急用的木头上，不假思索地说，"很简单就能判断出来。我们在黔水这一年多，没在国内卖过毒品，怎么可能走漏消息？我不相信警察有那么神，梦到了我们在这里做冰毒。只能是野牛城那边出的事，就是阿妹那个小婊子把我们暴露了。"

这话触到了刘大枭的痛处。虽然口头上他不会承认跛佬的指责，可在内心里也怀疑是阿妹惹的麻烦。"那也只是你猜的。"刘大枭不软不硬地说。跛佬也不再说话，两眼盯着岸边慢慢向后移动的群山。

水流很急，木筏子快速向下漂流，刘大枭能感觉到远远超过人步行的速度。

跛佬坐在中间打瞌睡，发出轻微的呼噜声。不知不觉中，刘大枭发现东岸山峦背后越来越亮，他想天快要亮了。"胡子，我们漂了两个小时，二十公里总有吧？"

"我感觉不止。"胡子用手试了试水流的速度，"这个流速，每小时至少有十五公里，我们起码漂了三十公里。"

东边的天空越来越亮，西岸的山平缓了很多，刘大枭决定上岸，他要在天亮前离开河岸。三个人一起用手划水，木筏子向河边漂了过去。

上岸后，翻过几座小山，眼前没有路可走，只能沿着山谷行走。"我们往哪里走？"跛佬气喘吁吁地说，"又进了大山沟，还不如在河里继续漂呢。"

"天亮之后，几个男人坐在木筏子上漂流很显眼，必须进山里。"刘大枭说，"我们向西走，只要大方向不搞错，总能走出去。"

"还有三碗方便面，几个面包，可以凑合一天。"胡子打开提在手里的塑料袋，数了数，"不过山里都有水，碰巧的话，还有能吃的野果。"

太阳出来了，山里雾气蒙蒙。"那是什么？有房子！"胡子惊叫道。

远远地看去，前面的山坳里有房子，刘大枭马上警觉起来，钻进树林，边走边观察。没有人，也听不到狗叫。走到近处才看清楚，像是废弃的小村庄，大部分房子已倒塌。

"这里以前明显有人住，那就说明能出去。"刘大枭正想进入前面那栋倒了半边的房子，忽然看见草丛里有一条大蛇，他吓得失声叫道，"好大的蛇！"

跛佬顺手捡起一根木头，冲过去，照着蛇头猛砸。"正好肚子饿得咕咕叫，搞点蛇肉填肚子。"跛佬蹲下去，把那条蛇拎起来，"足有三斤，够我们吃了。"跛佬拿出小刀，将蛇皮剥下来，剖开蛇腹，取出内脏，把干树枝点着，将整条蛇放在火上烧烤。

"你是不是又找到了杀水哥的感觉？"刘大枭调侃说，"这条蛇真是命苦，在深山老林里，还会碰到你这种杀人不眨眼的魔鬼。"

"你不懂。杀水哥的感觉，那是真他妈的痛快。"说到杀人，跛佬立即生龙活虎。他拖着瘸腿，现场表演枪杀水哥的场景。"就像这样，大厅里，很多人在吃饭，我走过去，"刘大枭坐在石头上，跛佬把他当成水哥，"从后面一把勒住他的脖子，掏出枪，顶住他的太阳穴，'砰'的一枪。那些人都被吓傻了，躲到桌子底下，我掏出刀，割掉水哥的右耳朵，当礼物送给你。"

"你还不如改行去做职业杀手呢。"刘大枭说着，不断添加干树枝。

"不行，关键时候，这条腿不给力。"跛佬说，"警察要找瘸腿的杀手，很容易被人认出来。"

"你说的是电影吧？"不明就里的胡子坐在地上大笑。

蛇烤好了，跛佬用刀子把它分成三段。"逃亡的路上，还有美味享用。"刘大枭吃得津津有味，"要是再来一杯啤酒，那就完美了。"

从废弃的村庄出来，继续往西走。仔细辨认，有一条小路，或许太长时间无人走过，被很深的杂草掩盖。正走着，山谷里隐约传出轰隆隆的声音，接着，看到一列火车从南往北驶过。

"前面有铁路！"刘大枭仿佛绝处逢生，兴奋地说，"真是天无绝人之路，深山老林里居然会有火车路过。"

顾不上他们两个人，刘大枭穿过草丛，狂奔到铁路旁，看了下手表上的指南针，是南北方向的单线铁路，正好从山谷里穿过。他爬上路基，站在铁轨上，瞬间产生了扒火车逃跑的念头。

"这条铁路是往哪里去的？"刘大枭问道。

"会不会是往昆明去的？"胡子的回答模棱两可。

"不管它通到哪里，只要是往南走的车，我们扒上去，就可以用最快的速度离开这里。"刘大枭也不跟他们商量，自作主张说，"这地方刚好是个坡道，往南是上坡，如果是重载货车，最多四十公里的时速，爬上去很容易。我们三个人分开，胡子去路西边，我和跛佬在路东边，等火车过来，看准车厢上能抓住的东西，冲过去抓住。"

"我不像你，腿不方便，要是我爬不上去怎么办？"听说要扒火车，跛佬本能地有点怯场，他近乎哀求地说，"要有个准备，万一我没上去，到哪里找你们？"

"没有万一，你必须爬上去，我能上去你也能上去。"刘大枭的口气不容商量，"我不会在哪里等你。"

"没问题的，东西我们两个背着，你空手还上不去吗？"胡子给他打气，"你要掌握技巧，火车到了之后，先跟着车助跑，边跑边找抓手，跳起来抓住。"

见刘大枭如此决绝，跛佬也不再吭声。

商量好了，三个人躲在路两边的草丛里，等待时机。

天空晴朗，雾气散尽，山谷中静得出奇。大约半个小时，轰隆隆的声音从北边传过来，刘大枭大喊："准备！"

一列火车自北向南驶过来，机车发出"哐当"的声音，烟囱喷出黑烟。它在上坡，显得异常吃力。按照约定，数到第二十节车厢时，刘大枭一挥手，跛佬跟着他冲上路基。铁路西侧的胡子也向火车跑去。

刘大枭跟着列车奔跑几十米后，伸手抓住车厢上的梯子，巨大的惯力，险些将他甩下。他吊在车厢外，背在身上的包，带子被扯断，掉在路基上。他调整好身体，用力爬进车厢，又把跛佬拉上来。胡子也很顺利地爬进车厢。

猝不及防的枪战，皮特半天才缓过神来。

尽管行动方案被两地公安人员反复推敲、修改，却唯独没想到排查时撞上刘大枭。

在现场的宋伟成反应迅速，除了应急的特警外，又紧急调动了全市几乎所有的警察，在进出城区的路口设卡检查，搜查重点区域。至当天深夜，没有发现可疑人员。

凌晨一点多，皮特疲惫不堪，他又和赵黎明、宋伟成去医院看望受伤的连龙。"问题不大，小腿上有个伤口，很可能是跳弹打中的。"连龙小腿上包着纱布，正在输液。

"我们的警察虽然有防备，但是，突然遇到对方手里拿着AK47，还是太意外了，现在想起来就觉得后怕。"皮特连连感慨。

"真应该感谢张晓波和刘静姝，他们两个处乱不惊，很冷静，也很勇敢。我跟着静姝，突然看到刘大枭拿着长枪，指着她，那时候连转身的时间都没有，根本不能动。突然听到张晓波大喊'隐蔽'。他太勇敢了，咣叽一脚把凳子踢飞，正好砸到刘大枭的身上，让我们三个得到机会，找到藏身处，拔出手枪和他们对射。"连龙兴奋地描述当时千钧一发的火拼场景，"冲锋枪的火力太猛，还有个又瘦又矮的男人，应该是跛佬，也拿了一把手枪。如果只是两支手枪，我们也不可能给他们钻进地道逃跑的机会。其实，他们是有防范的，在地道口放了几箱子鞭炮，都是威力很强的大炮竹，炸起来完全没办法靠近地道口，屋里全是火药味的浓烟。"

"虽然暂时让他们跑了，但是你们三个的表现都很棒！"皮特又问道，"你确定房子里只有三个人吗？"

"只有三个人。"连龙肯定地说，"给我们开门的人说当地话，络腮胡子，下巴上留着长胡子。"

"我们先开会吧。"宋伟成说，"你先好好休息，我们要连夜研究案情，明天再来看你。"

皮特、赵黎明、宋伟成马上赶到黔水州公安局。苏可和当地的刑侦技术人员还在现场取证。会议室内，局长田丰华、分管刑侦的副局长张中亮、禁毒支队长尚斌正在等着他们。对黔水州公安局来说，他们现在已经不是协助外地的兄弟单位办案，而是成了案发地主办机关。

"侦查方案可能一时半会拿不出来，当务之急是向全省各地公安机关发出协查通报，报告省厅。"局长田丰华说，"他们三个人从黔水逃跑，不可能飞出去，沿途总是要经过很多地方，不能让他们跑得太轻松了。"

"目前我们只知道现场有三个人，其中两个是我们要抓的刘大枭和跛佬，另一个留着小胡子的人身份还没有搞清楚。"皮特接着说，"当然，协查通报也可以先查这两人，跛佬瘸腿，外观特征比较明显。"

于是，宋伟成就在会议室边开会边拟定协查通报。

会议开到天蒙蒙亮，两地公安局达成一致意见：除了已经布置到位的设卡堵截盘查外，还要尽快查明小胡子的身份，然后逐级上报至公安部，发布A级通缉令。

拖着疲惫不堪的身体回到酒店，苏可还没有回来，显然案发现场的取证尚未完成，那里有大量的物证需要提取。皮特感到眼睛很疼，却毫无睡意，去隔壁赵黎明的房间，他也没有睡。

"不瞒你说，我现在还感到脊背发凉。"皮特抱着脑袋，连连感慨，"用阿妹做诱饵，好不容易钓出刘大枭和跛佬，又让他们跑了，当然很沮丧。但是，要是三个警察出了意外，那我可真的要以死谢罪。"

这时，张晓波拿着矿泉水也过来了。

"你和我想到一起了。AK47的火力，几乎是面对面，只有连龙被跳弹打伤，晓波你们三个警察不是英雄，胜似英雄。"赵黎明说，"至于刘大枭再次逃脱，也不用沮丧，他这么狂的人，还有暴露的时候。"

从白天到现在一直紧绷着神经，直到此刻，皮特才有时间冷静地把事发过程梳理一遍。

在制定方案时，皮特不是没有顾虑，他想得最多的是可能打草惊蛇，让警察扮演供电公司的检修工，面对刘大枭这样既狡猾又如惊弓之鸟的毒枭，稍有不慎就会被识破。只是，谁也想不到，去排查的警察会与刘大枭当场交火。

赵黎明打着哈欠，起身拉开窗帘，天已大亮。他说："不是刘大枭比我们智商高。那是因为他知道我们在抓他，他要活命，对我们的算计有时候超过我们对他的算计，再加上他在暗处，我们在明处，他的反应比我们快。"

"他为什么要开枪呢？"皮特反复琢磨刘大枭的动机，"他完全不必要这样做，就算发现电工是警察，也可以在他们离开后从地道里逃走。"

"只能说刘大枭太张狂。"赵黎明说，"越是狂妄，最后死得就越惨。"

"我们进去的时候，小胡子也很配合，从他的表现看不出什么疑点。"张晓波说，"如果小胡子神色慌张，阻止我们进去，哪里都不让检查，那我们肯定会退出来。"

他们正说着，苏可回来了。她像浑身散了架似的，一进屋就靠着床坐在地毯上。皮特把矿泉水递给她。

"你们找时间去参观刘大枭的冰工厂。"苏可喝了一口水说，"比野牛城那里大得多，要是每天二十四小时不间断生产，估计能供应全世界的冰毒消费。"

"他生产了那么多的冰毒，卖到哪里去了呢？"皮特颇为不解，"市场上根本没见到，这很反常。"

"先别讨论了，回去睡一会儿吧，白天还有很多事要做。"赵黎明说，"我们和刘大枭的猫鼠游戏，也不是三两天就能结束的，慢慢跟他周旋。就像老六说的，只要他还活在地球上，一定要把他抓回来。"

上午十点多，宋伟成打电话来，制毒工厂的房东已经找到了。

皮特没有叫醒苏可，他悄悄地到赵黎明的房间，匆忙洗了把脸，两人赶到黔水州公安局。

房东被民警带到刑侦支队办公室，是个六十多岁的老人，穿着尺码明显不合身的黑色衣服，脚上是城里人很难见到的解放鞋，手里拿着竹笠，面色惊恐地站在那里。

皮特打量着眼前这个老实巴交的农民，心里明白，刘大枭的制毒工厂和他没有关系。皮特从宋伟成手中接过刚从房管部门调取的房产资料，土地使用证上的名字为黔水市高原食品有限公司，法定代表人刘福民。

"刘福民，黔源路那个厂房是你的吗？"宋伟成问道。

"我不知道哪个厂房。"刘福民回答说，"我只有家里那两间房子，在别的地方没得房子。"

"你知道黔水市高原食品有限公司吗？"宋伟成盯着他继续问道。

"我不晓得。"刘福民否认说，"我家里都是种地的农民，没有公司。"

宋伟成将面粉厂土地使用权过户资料拿给刘福民过目。"当时过户用的是你的身份证，这上面还有你的签名。你看清楚了，是你签的名字吗？"

刘福民大概是紧张过度，两手拿着他签名的那份资料，不停地抖动。

"你不要太紧张，冷静点。"宋伟成见状，口气缓和了很多，让他坐下，"你好好想一想，有没有亲戚朋友借你的身份证，让你在什么材料上签名。你知道什么就如实说，不能隐瞒。"

"领导，我想起来了，"刘福民说，"好几年了吧，有个远房亲戚说借我的身份证，又带着我到一个大楼里签名。我也不晓得做什么用。他给我五百块钱，要是犯法了，我回家借钱还他。"

　　根据刘福民提供的线索，那个远房亲戚叫胡海兵，本地人。当初就是他注册的黔水市高原食品有限公司，再以公司的名义买下面粉厂。刘福民并不知道法定代表人是干什么的，拿了五百块钱，自然听从胡海兵的安排。经过再三审问，皮特和宋伟成相信刘福民确实对制毒工厂不知情，仅仅是被利用而已。

　　调出胡海兵的户籍资料，让女警刘静姝辨认，她一眼就认出当时开门的小胡子就是这个人。唯一的差别是，户籍档案中的大头照与真人相比，下巴上少了小胡子。

　　胡海兵住在当地最高档的桃花源小区，依山傍水，住在这里的人非富即贵。皮特、宋伟成带着刑警搜查了胡海兵位于顶层的复式住宅，除了奢华的装修和全屋的红木家具，未发现与制毒贩毒有关的线索。胡海兵的妻子有个公司，做的生意恰恰就与进口红木有关。两个儿子，分别读初中和小学。

　　"胡海兵当初注册食品公司，你知道吗？"胡海兵的妻子被带到公安局，宋伟成开始审问她。皮特抱着双手站在旁边。

　　"我知道他注册食品公司，不是要做食品，是为了买面粉厂的那块地。"胡海兵的妻子也是生意场上的人，显然见过世面，面对警察的审问，不慌不忙地回答说，"我老公说，面粉厂破产了，那块地将来肯定值钱，去搞个公司，先把它买下来，等有机会再卖出去。"

　　"你去过面粉厂吗？"

　　"买之前去看过，买下来之后又去过一次，后来就没去过了。破厂房，也没什么好看的。"

　　"那你老公平时做什么？"

　　"帮我打理公司的生意。国内业务主要是我在做，有时候需要到缅甸、越南那边买红木，都是我老公去。"

　　对胡海兵妻子的盘问持续了两个多小时，又对她的公司做了搜查，未能找到证据。尽管皮特和宋伟成对这个精明的女人仍有怀疑，却无可奈何，只好放她回家，把公司暂时查封，冻结银行账户。

会议室内烟雾弥漫，甚至连皮特这杆曾经的老烟枪也觉得受不了。

按照局长田丰华的意见，福东市公安局发布刘大枭和跛佬的通缉令，黔水州公安局发布胡海兵的通缉令。皮特不同意。"确实应该尽快发布通缉令，当初我犹豫不决，想不动声色地寻找他们的踪迹，担心发通缉令会让那两个家伙过于警惕。事实证明，我可能错了。他们虽然在逃亡，但好像压力不大，换个地方接着做毒品，你看他们在黔水的冰毒工厂规模有多大。要知道，这种新型化学合成冰毒是可以工业化生产的，太可怕了。以这个团伙犯罪性质的严重性，我建议上报公安部，统一发出A级通缉令。"

田丰华同意皮特的意见，决定上报省厅，请求公安部发布最高等级的通缉令。

正是这次的失手，促使皮特改变了追捕的思路——从暗中悄悄追踪，改为公开通缉的方式，将刘大枭毒品犯罪团伙的生存空间压缩到最小。

案发第三天下午，黔水州公安局接到邻近的金城县公安局打来的电话，有农民在铁路边捡到一支AK47，怀疑与协查通报追查的犯罪嫌疑人有关。

如果不是金城县公安局刑侦大队长带着，皮特和宋伟成他们根本不知道那座大山里有铁路——确切地说，是当地的农民充当向导，前往捡到枪支的铁路。开始还有小路，走了几公里之后，完全进入山里，很难辨认出哪里是路。

翻过两座低缓的小山，终于见到了从山谷中穿过的铁路。

带路的农民说，上午进山采药时走到这里，看到铁轨边上有个袋子，打开一看，有枪管和弹夹，好像是枪。他没敢动，把袋子送到当地派出所。

就在他们说话时，一列自南向北的客运列车呼啸而过。"昆明到重庆的火车。"皮特看到车厢外的牌子，他爬上路基，看着远去的列车，叹息道，"这是单线铁路，如果他们扒火车逃跑，到底是往南还是往北的可能性最大？"

"这还真不能肯定。"宋伟成说，"不过，以我的判断，既然刘大枭他们跑到黔水来找胡海兵，还是要依赖他的关系网，他们往南跑的可能性更大。"

回到金城县公安局，苏可就地提取AK47上的指纹。所幸，农民捡到枪支后直接送到派出所，证据保存完好，指纹没有被破坏。苏可顺利地从枪身上取到了多枚完整的指纹，与手提电脑中刘大枭的指纹完全匹配。

至此，皮特确信，刘大枭、跛佬和胡海兵已经通过铁路成功地逃出了包围圈。

深夜，火车停了下来。

刘大枭从装满煤炭的车厢里拉开帆布的一角，小心翼翼地探出头，见外边灯火通明，一条条铁轨，中间由道岔相连，停着很多货运列车和车头，有两个横跨在轨道上的门吊正在作业。穿着工作服、戴着安全帽的工作人员来来往往。

"这应该是火车的编组站，我在野牛城见过。"刘大枭满脸煤灰，他用上衣内侧擦了擦眼睛，压低声音说，"火车要在这里重新编组，我们要下去，不然很容易被发现。"

"也不知道什么地方，下去很危险。"跛佬心有余悸，早已没有了过去那种行走江湖从容自信的气势。

"不管是哪里，都必须要下去。"刘大枭说，"下去再想办法，不能困在这里。"

这列运煤的火车就停在靠西边最外侧的铁轨上，没有人注意他们。刘大枭先爬下车厢，这时他才看到，右前方有个牌子：昆明货运列车编组站。他们躲在灯光照不到的暗处，刘大枭指着牌子说："到昆明了。"

编组站边上是围墙，绕了很远才出来。有一条满是垃圾的小路，隔着水沟，可以看到农田里搭着架子。胡子跳过水沟，见地里种着黄瓜。对于三个饥肠辘辘的逃亡者，这可谓雪中送炭。夜深人静，他们坐在地上，连吃了几根黄瓜，直吃到嘴唇发麻。

看不清水沟里的水有多脏，刘大枭洗了脸。"胡子，这边有熟人吗？"刘大枭问道。

"昆明有熟人，但不是干这行的。我看只有去纳兰，那里有靠谱的朋友。"胡子说，"昆明离纳兰也不太远，可以包出租车。现在是夜里，三个男人包一辆车跑长途，司机估计是不敢跑的。"

"这个时候坐出租车很危险。"刘大枭抬头看着编组站，顿时有了主意，"我们还是偷偷地溜进编组站，顺着铁路往南走，肯定会有编组之后继续开的火车，只要是往南的方向，我们再爬上去。"

"要是从编组站出来，拐弯往其他方向去呢？"跛佬心里不顺，总有和刘大枭不同的想法。

"别想那么多，先离开昆明，大城市不能停留，太危险。"刘大枭说，"如果发现火车不是往南走，我们也可以下来。"

再次进入编组站，沿着围墙边走了不远，有一栋两层的小楼，外观看上去很破旧，前面的空地上乱七八糟地停了几辆车。"我去看看有没有晾晒的衣服，这衣服没法穿了，全是煤灰。"没等他们两个说话，跛佬便一个人向小楼走去。

刘大枭也没有阻止，和胡子蹲在地上看着他。

这是编组站的宿舍。跛佬走进去，在楼下没有找到晾晒的衣服。他又顺着楼梯上了二楼，老远就听见此起彼伏的鼾声。循声走过去，见那间屋的门没有锁，半掩着。跛佬蹑手蹑脚地推开门，黑暗中，可以看到房间里有两张铁架子单人床，左侧的床上有个人睡觉，正天昏地暗地打着呼噜，右侧的床是空的，上面扔了几件衣服。跛佬抱着衣服，从房间里退了出来。

到楼下，跛佬才看清楚，那是一套灰色的工作服，左胸前印着

"昆明编组站"几个红字。他把自己的衣服脱下来，换上那套偷来的工作服，往口袋里一摸，有个钱包和车钥匙。钱包里有三十多元零钱和几张加油的发票。

跛佬似乎想到了什么，他手里拿着车钥匙，借助昏暗的灯光才看清楚，是五十铃汽车的钥匙。在进入毒品行当之前，为了谋生，跛佬最擅长的就是偷。看到车钥匙，他本能地想到了偷车。这时候，他的瘸腿完全不再像扒火车时那样艰难，三步并作两步地走到小楼前的空地，果然有一辆五十铃面包车。他把钥匙插进锁孔，轻轻转动，门打开了。

面包车有点旧，却仍然让跛佬大喜过望，他懒得去跟刘大枭和胡子商量，直接发动了面包车。直到这时，刘大枭才反应过来，他简直不敢相信，从黔水出来后垂头丧气、就像一条死鱼的跛佬，居然变魔术似的弄来一辆车。

"这才是跛佬的真面目。"刘大枭坐在副驾驶位子上，兴奋地说，"我是亲眼看过跛佬开枪杀人的场面，真的是眼都不眨。我当时想，魔鬼不过就是那个样子。"

"你他妈的少在这放屁！"对刘大枭的吹捧，跛佬很不耐烦，无所顾忌地骂道，"老子偷了一辆车，有了逃跑的工具，估计现在让你叫爹都愿意。"

"都别扯淡了，考虑好怎么走。"胡子笑着说，"如果我们决定去纳兰，这条路我走过几次，但都是别人开车，我也不知道怎么走。"

跛佬把车停在路边，急不可耐地说："赶快决定去哪里。"

"我们先到纳兰，起码有个熟人可以依靠。"刘大枭说，"火车编组站不会设在市中心，你看这附近的房子，明显是郊区。我们就在城外边，走到大路上，应该能看到路标。"

兜来兜去终于走到一条双向四车道的公路。刘大枭看了手表的指南针，公路是南北方向，此刻正在向南行驶。跛佬就顺着这个方向朝南走，见有路标：南溪80公里。"往南溪走就对了。"胡子很有把握地说，"从昆明到纳兰，要经过南溪。"

三个人有一搭没一搭地说着话。刘大枭不断感慨"天无绝人之路"，这话不只是说给他们两个听，他在内心里也相信，能够在人生地不熟的昆明不费吹灰之力搞到一辆车，不用乘坐长途公交车担惊受怕，如果不是神助，哪里能有这样的好运。

深更半夜，路上车辆很少，跛佬加快速度赶路。接近南溪时，果然有前往纳兰的路标。

到达纳兰已经是中午。还没有进城，刘大枭看见公路边上有餐馆，让跛佬停车，他感觉在这里吃饭比在市内要安全。跛佬有些犹豫，他的那条瘸腿让他在公共场合很难自信，不是因为走路的样子怕人笑话，而是这个特征太突出，很容易被人注意。"我留在车上，你们两个吃完了给我打个包。"

"走啦，没事的。"刘大枭看出了跛佬的心思，便故作轻松地说，"我们刚到陌生的地方，而且这是国道边上，过路的司机很多，谁会注意我们这几个老男人。"

跛佬只好把车熄火。三个人进了餐馆，坐在靠近角落的桌子，旁边的墙上刚好有电视，正在播放午间新闻。女服务员过来给他们倒茶，又把菜单递给刘大枭。这时，电视上突然开始播放公安部A级通缉令，刘大枭、跛佬、胡子的照片被放出来。胡子的脸色顿时变得煞白，他不敢看电视，眼睛紧盯着服务员，观察她的表情是否有异常。

"你看那个人像不像我？"刘大枭若无其事地看着电视上的通缉令，用调侃的语气问女服务员。

"嗯，还真的有点像。"服务员似乎被他的话逗乐了。她抬头扫了一眼电视，并不太关心通缉令，更在乎的是客人点什么菜。

"你是不是有点变态？"服务员拿着写好的菜单刚离开，跛佬压低声音骂道，"我们三个人，通缉令上有照片，都能对上，服务员要是多看几眼，马上就会被发现。"

"别太自恋，你长什么样子没人关心。"刘大枭轻蔑地说。其实，他心里并没有那么淡定，甚至比跛佬和胡子还紧张，只是不想表现出来，还要假装若无其事。

菜上来了，刘大枭又要了三瓶啤酒。他举着啤酒杯和他们两个碰杯："为我们的好运气干一杯！"

那两个人实在没有心情跟他喝酒，手里举着杯子，眼睛却在警惕地观察餐馆内的动静。刘大枭却像逃出重围后彻底解脱了似的，大快朵颐，一瓶啤酒转眼间喝光了。

终于等到刘大枭吃饱喝足。跛佬再次发动面包车，刚走了不远，他停下来，指着刘大枭破口大骂："你狗日的不知道自己是干什么的？你不想活了，老子还不想死呢！"

"跛佬别说了，好歹我们到了纳兰。"胡子这次不想做和事佬，他也抱怨说，"不过，跛佬说得有道理。本来服务员没有注意到我们，你那样说，反而提醒了她，要是她仔细看看通缉令，三个人都像，哪有这样的巧合。她回到后边跟别人说，我们的麻烦就大了。"

刘大枭尴尬地笑了笑，没再反驳。

面包车进入纳兰市区。跛佬余怒未消，也不问去哪里，径直往前开。

"怎么能找到你的朋友？"刘大枭疑虑重重地问道，"是什么样的朋友？要是出问题，可就一网打尽了。"

"出不了问题。"胡子拍着胸脯说，"我和他是老朋友，都是干这一行的，绝对靠得住。"

路边的报摊附近，胡子看到有公用电话亭。他下车，先在报摊上买一份地图，又换了几枚硬币去打电话。

从电话亭出来，胡子脸上露出了笑容。"没想到这么顺利，他离我们这里没多远，顺着这条路，往西直走，过澜沧江大桥就到了。"

看到胡子的朋友，刘大枭暗自吃惊——那人有四十七八岁，身高至少有一米八，嘴里叼着棕色的紫檀木烟斗，面部黝黑，瘦骨嶙峋，皮包着骨头。如果不是深陷在眼眶内的眼珠子还在转动，活像个木乃伊。

胡子打开车窗，向那人招手。他上车，指挥跛佬把车开到江边可以随便停车的空地。停好车，跛佬把车牌拆下来，顺手扔进澜沧江，再也不会有人发现这辆车是从昆明偷来的。

瘦子领着他们上了一栋临江的居民楼。关上门，胡子才开始介绍："我多年的好朋友老枪。这两位，长得像大和尚的是我大哥刘大枭，是一百多年才出一个的天才；这位是跛佬，用一条半腿在道上走了三十多年没有湿过鞋。"

老枪笑得前仰后合："都是栋梁之材，能认识二位真是福气。"

"斗胆问兄弟，'老枪'这个绰号是怎么来的？"刘大枭握着老枪的手问道。

"我烟瘾很大，除了睡觉、吃饭，每时每刻都离不开烟。"老枪说，"我不抽卷烟，只抽雪茄烟丝，整天叼个烟斗，有人就给我起个外号叫'老枪'。没有别的意思，就是一杆老烟枪。"

"对我们这几个不速之客，是不是有点意外？"刘大枭心里不踏实，他想，胡子或许不敢说出实情，还是他自己来说比较合适，"老实说，我们是从警察的枪口底下逃出来的，还下了通缉令，悬赏三十万元。"

"你是想告诉我，有个不费吹灰之力赚三十万的机会？"

"确实是个不错的机会。"

"才三十万，太少了。以老兄的身价，至少要一百万的赏金。"

"感觉来势凶猛，这里也不是久留之地。"

"兄弟有什么想法？不妨直说。"

"我们反复商量，想去金三角。"

"去金三角倒不难，找蛇头从缅北就能偷渡过去。问题是，去那里能干什么？"

"我发明了绝密配方的化学合成冰毒技术，如果在金三角找到大老板合作，我们就不用冒着掉脑袋的风险，在国内干这种小打小闹的买卖。真要是能在那地方立足，我们几兄弟绝对赚钱赚到手软。"

"绝密配方？我孤陋寡闻，能做出什么样的冰毒？"

"老枪兄当然没听说过，全世界也没几个人知道。"刚见面，连水都没喝，刘大枭便开始吹嘘他的技术，"你也知道，传统的冰毒主要成分是麻黄碱，就是用麻黄素做出来的，也有人用化学原料做冰毒，但那都是垃圾。国内对麻黄素原料的管制非常严，弄不到原料，有的人只好从含麻黄素的成品药中提炼。我研究出来的新型化学合成冰毒，原料随便就能买到，可以像化肥、水泥生产线那样工业化生产，成本很低。不是我狂妄，如果有一套现代化的设备，几十个工人，每天生产的高纯度冰毒，轻松地就可以满足全世界市场的需求。"

老枪听得入神，下意识地停下手中的茶壶，看着刘大枭。显然，他没有完全听懂，或者说半信半疑。

"我大哥说的都是真话。"胡子说，"我们在黔水有个工厂，缅甸的毒枭专门去考察过，他要出上亿元买技术，被我大哥拒绝，承诺向他独家供货。他过来拿货，一次就是一吨，后来不知道出了什么事，那个老板没有音信了。因为工厂被警察发现，我们逃了出来。"

"金三角可是土匪窝，是杀人不眨眼的地方。"老枪给刘大枭倒茶，又拿出木盒装的"大卫杜夫"雪茄招待客人，他自己抽雪茄烟丝。

"土匪窝也要闯。"刘大枭语气很坚定地做着粗俗的比喻，"战乱的时候，兵荒马乱，朝不保夕，妓院反而是最安全的地方，妓女是最容易谋生的人，因为她有身体。我现在就相当于妓女，我有能赚大钱的本事，不管什么虎狼，都是为了赚钱，谁会嫌弃技术呢？"

"那我就把话说到前面。胡子是我十几年的交心朋友，他带来的人，我老枪绝对不敢怠慢。"老枪说，"如果因为被通缉，担心在国内很危险，出去躲个几年也可以。我能帮你找到那边的大老板，但是能不能得到人家的信任，能不能在人生地不熟的地方站稳，那就要靠你们自己。"

"去，我决定了，刀山火海也要闯！"

见刘大枭如此执着，老枪换了个态度："不过，任何事情都有两面性，正因为金三角是土匪窝，连政府都管不着，无法无天，有本事在那里也能闯荡出来。说不准，三五年后，你们就在金三角成了名震一方的大毒枭。"

"刚发的通缉令，最好别在这里长时间停留，"刘大枭很着急，他催促道，"拜托老枪兄尽快把我们送过去。"

老枪爽快地说："我明天就到边境去，联系好之后再回来接你们。这房子很安全，你们哪里都不要去，吃的喝的什么都有。"

自始至终，跛佬一言未发。拖着瘸腿，跟着刘大枭亡命天涯，他感到绝望。

纳兰距离边境很近，老枪开车过去，两天后返回，带回来的正是刘大枭期待的好消息。兴奋之余，刘大枭还有一件未了的心事——去了金三角，此生很可能再也不会回到中国。他对阿芳母子和阿妹母子放心不下，必须给他们留下足够的钱。

吃过晚饭，跛佬和胡子在客厅看电视，刘大枭在卧室里和老枪商量。"这好办，我找个'骡子'跑腿，给几千块钱就能搞定。"老枪满口答应下来，"安全问题你不用担心，我手上的'骡子'多得是，他们就像牲口，赚辛苦钱，我安排马仔去做。'骡子'既不认识我，也不认识马仔，完成任务后在约定的地点拿跑腿费。"

刘大枭拿出两张银行卡，每张卡里各有一百万元。给阿芳的卡背面贴着字条：以前常用密码；给阿妹的卡上写着：密码结婚日期。然后他把两张卡分别装在两个信封里，密封好，写上地址。当初，他让胡子到乡下找了几张身份证开户，就是为了在紧急时备用。此刻，他的身上还留着两张银行卡。

安排停当后，按照与蛇头约定的接头时间和地点，第二天深夜，老枪开车带着他们来到中缅边境。每人五千元的价格，他们在蛇头的协助下偷渡出境。

回到野牛城，老六并没有指责皮特，只是觉得可惜。神不知鬼不觉地获得了刘大枭和阿妹的手机号码，却让他再次逃脱。"经过这次打草惊蛇，刘大枭不会再和阿妹联系了吧？"老六说的"可惜"，是可能失去阿妹这个重要的诱饵。

"经过几次交手，我渐渐摸清了他的脾气。"皮特说，"这个人很自负，几次从我们手里逃脱，他一定会认为比我们更聪明，就凭这种性格，我感觉他不会断了和阿妹的联系，何况还有个儿子。"

"发了A级通缉令，会带来很多想不到的变化。"老六分析说，"通缉令上有三个人，目标很大，藏起来不容易。要避免急于求成的毛病，沉得住气，慢慢地把他们逼到死胡同。"

从老六办公室刚出来，皮特接到电话，是河湾镇派出所所长徐少平。"少平，我刚从外地回来。"

"我们刚刚抓到一条小鱼，我感觉这家伙有价值。"徐少平在电话中兴冲冲地说，"在哪里审？是你过来还是送到市局？"

"我马上过来，就地审讯。"皮特说。

放下电话，皮特直奔河湾镇派出所。

派出所负责监控阿芳的辅警发现，有个中年男子从阿芳家出来，从衣着上看，判断他不是本地人。辅警用对讲机叫来两名警察，悄悄地跟踪那人。他好像在找公交车站，但明显对当地不熟悉，东张西望，神色紧张。他被带到派出所，从他背着的双肩包里搜出一部旧手机，还有张字条和写有地址的信封。字条上写着"收到了，我和儿子都很好。芳"。信封里装的是用纸包着的银行卡，卡上贴了字条：密码结婚日期。

这个倒霉的"骡子"，就是老枪受刘大枭所托，给阿芳和阿妹送钱的。他带着两张银行卡，只送了一张到阿芳家，给阿妹的银行卡还没有送到，就被警察抓住。

"从哪里来的？"皮特打量着这名又黑又矮的男子，他上身穿着无领的黑色棉布长袖衬衣，裤子很肥大，似乎不合身，脚上穿着开裂的皮鞋。

中年男子双手被铐在窗边的栏杆上，惊恐地看着房间里的警察，浑身瑟瑟发抖。皮特拿起从他身上搜出的身份证，傣族人，农民，四十三岁，名字叫岩温六，纳兰本地人。

"岩温六是你的名字吗？"皮特让值班民警把手铐从栏杆上解开，铐住男子的双手，让他坐在凳子上。

徐少平让民警进入公安部全国户籍资料库，确认岩温六就是他的真实姓名。

"岩温六，是谁派你来的？"皮特耐着性子问道。

岩温六用别扭的普通话回答说："有人给我两个信封，让我送来。我也不知道那个人是谁。"

"不知道是谁？不认识的人怎么会让你来送银行卡？"

"那个人让我把信封送到以后，回去把收条给他，然后给我一万块钱。"

"你到什么地方找他拿钱？"

"没有说地点。他说会打电话给我。"

翻来覆去地对岩温六审讯了两个小时，皮特确认他就是个给人跑腿的"骡子"，他说的应该是实话。

在毒品的整个交易过程中，常用的手段是物色那些低收入者充当"骡子"去送货。在靠近金三角的边境，有不少贫困的农民被贩毒者利用，从事全世界最危险的职业，时刻行走在剃刀边缘。

尽管是个罪恶累累的黑色产业，却也有行业的规矩——"骡子"只赚跑腿的钱，不会打毒品的主意，敢吃毒贩子的黑，那是不想活了；只要确认货物安全送到了目的地，毒贩子也不会赖账，他们会爽快地把劳务费付给"骡子"，各得其所；很多时候，"骡子"两头都不认识，完全按照背后人的指令行事。

让皮特略感棘手的是，岩温六虽然是个典型的"骡子"，替人卖命赚钱，却不是常见的运输毒品，而是两张银行卡，他并不构成运输毒品罪。不过，皮特不会放了岩温六，他的背后必然是刘大枭团伙。

"阿芳怎么办？"案发第四个年头，河湾镇派出所一直占用三名辅警，时刻在监控阿芳，徐少平恨不得立即把这个女人抓起来，"她明知道老公在制造毒品，上次刘大枭派人送来十万块钱，她也没报告。这可是窝藏罪，我们已经放过她一次了。"

"就当我们什么都不知道，最后算总账。"皮特说，"这女人表面上可怜，其实是在犯罪，但是抓了她判几年没有价值，还是留着有用。"

老六批准了皮特的计划，不到最后不动阿芳和阿妹。

刚从南方回来，皮特、苏可、张晓波押着岩温六，又前往更南方的边境城市纳兰。

别看皮特和颜悦色，他心里很清楚，眼前这个傣族"骡子"也是老手，经常给毒贩子运送毒品。而岩温六也知道自己过去所做的事，他脸上的恐惧不是装出来的，是真的害怕。他没有试图做任何抵抗，愿意配合警察，引出那个雇用他的人。

考虑到被公安部通缉的刘大枭团伙可能藏匿在纳兰，而专案组只有三个人，皮特不敢轻敌，立即去找纳兰市公安局，通报案情，请他们提供支持。纳兰市公安局刑侦支队长夏建中大为吃惊，没想到公安部的通缉要犯来到了自己的地盘上。他立即把禁毒支队长陈飞叫来，商量侦查对策。

"纳兰靠近金三角，是境内外毒贩子的中转地，又是旅游区，人员成分复杂。"夏建中站在会议室的地图前，向野牛城的同行介绍情况。不过，对于刘大枭团伙，他却有不同的判断："虽然纳兰地理位置特殊，但毕竟是个小地方，上了A级通缉令的三个大毒枭在这里很难藏得住。"

"如果纳兰只是他们的中转站，他们还会转到什么地方？"皮特忙忙地看着夏建中，"去金三角吗？"

"我分析两种可能：一种是他们的制毒工厂突然被你们摸到了，猝不及防，刚好纳兰有熟人，暂时逃到这里躲藏；第二种情况，也不排除在被公安部通缉之后，惶惶不可终日，为了保命逃往金三角。"禁毒支队长陈飞说："我看别在这里没头没脑地猜测他们的行踪，先用你手里的'骡子'，抓到他的上线。以我多年来的缉毒经验，不管他们怎么处心积虑地反侦查，想把自己彻底隔断不可能。"

在纳兰等待了三天，岩温六的手机响了，是用本地的固定电话打来的，显然是街头的公用电话。

岩温六拿出手机，胆怯地看着皮特。

皮特点点头："按照我说的那样，正常接电话。"

"你是谁呀？哦，我知道啦。我在村子里，那我现在骑摩托车过去，你等我一会儿，要半个小时。"岩温六放下手机，紧张地说，"那个人让我到滨江公园西南门，往南走不远，有个公共厕所，在那里等他。"

皮特、苏可、张晓波和夏建中的人马紧急赶往抓捕现场，潜伏到预定接头的公厕对面餐馆，两名刑警扮演路人，在附近观察。

半个小时后，岩温六骑着一辆破旧的摩托车来到公厕门口。他把车停在路边，四下张望。这时，有个骑着摩托车的年轻男子过来。那人头发很长，染成棕黄色，穿着花格子衬衫和牛仔裤。或许此次接头不是取送毒品的缘故，他并不是特别警惕，随手把摩托车停放在人行道上，向等在公厕门口的岩温六使了个眼色，便走进去。

待两人都进了公厕，夏建中通过对讲机向路边的两名刑警发出命令，埋伏在餐馆的人员同时冲向公厕。面对黑洞洞的枪口，长发男子知道中了埋伏，束手就擒。两人同时被带到公安局。

长发男子采取以不变应万变的手段，无论问什么，拒不开口。从他的腰包里没有找到任何证件，只有给岩温六的一万元劳务费。

皮特在内心里迅速分析这个男子。虽然在抓捕时很轻松，他似乎也没有像电影中表现的那样，临时变换地点，防止警察跟踪，但身上没带任何证件，既没有身份证、驾驶证之类有姓名的证件，也没带手机，说明他在与岩温六接头之前已经做好了防备。这也是毒贩子们常用的伎俩。

吃过晚饭，皮特和夏建中再次上阵，试图让这个嘴硬的毒贩子开口。

"你以为装傻、死扛着不说，警察就必须把你放了？想得太简单了吧。"皮特严厉地说，"警察也不是吃干饭的，我知道，你这样的老油条有对付警察的招数。但是，警察对付你们的手段更多。"

"你们让我说什么？"男子想了很久，开始辩解，"我又没干违法的事。"

"那我问你，干吗到厕所和岩温六接头，给他一万块钱？"

"我不认识你说的这个人，也没有给他钱。"

皮特没想到，他居然会用这种低级的办法抵赖。

"我们从你的腰包里搜到两张字条，一张写的是'收到了，我和儿子都很好。芳'；另一张写着'卡收到，你要给我电话。阿妹'。这两个人是谁？"

其实，岩温六从阿芳家出来就被警察抓住，给阿妹的银行卡尚未送到。阿妹的那张字条是皮特让苏可写的，反正与岩温六接头的那个人也认不出阿妹的笔迹。

"这个，给朋友送钱，又不是毒品，我用不着告诉你们。"

"你说对了。你送的确实不是毒品，可是，你知道卡里的钱是怎么来的吗？"

"我不知道。"

皮特让苏可把打印的通缉令拿出来。"这是公安部的A级通缉令。知道什么叫A级通缉令吗？就是犯罪性质极其严重的人，要在全国范围内公开缉拿。我可以给你看看。这三个人你认识吗？"

"不认识。"男子看了通缉令，嘴上在否认，脸色却变了，"我从来没见过这三个人。"

"那我现在就直接告诉你，你让岩温六送的两张银行卡，就是中国最大的毒枭送给他老婆和情人的钱，是卖毒品获得的赃款。有没有犯罪，你应该明白了吧？"

"那也跟我没有关系。"

"没关系？在法律上，你和他们就是同案犯，他们判死刑，你也少不了十五年。但是，我也跟你说实话，你只是个马仔，我们对你没兴趣，只要你供出被通缉的人，就可以立功赎罪。"

"我真的不认识他们。"

"你可以不认识他们，但你的上线是谁应该知道吧？"

"说吧，别侥幸。说了对你有好处。"夏建中说，"都上了公安部A级通缉令，你还要帮他们死扛，这是什么后果？不是犯傻吗？"

经过长时间的思考，长发男子终于松口："我说了能不判刑吗？"

"把你的上线供出来，公安机关查明你不是主犯，可以减轻或者免除处罚。"皮特说，"我们说话是算数的，而且也会为你保密。"

"我叫黄茂才，那个'傣骡子'我也不认识，是老枪让我去找他的。"

"老枪是谁？真名叫什么？"皮特追问道。

"真名叫钱土，我就是有时候帮他跑跑腿，真没有贩毒。让'骡子'送的两个信封就是老枪给我的，里边装的是什么东西，我不知道，也不能问。"

"他平时跟你怎么联系？"

"我和他有个单线联系的手机，就是只能两个人互相通话，不能用这个手机打给别人。"

从电信部门调取两个手机的通信数据后，证实黄茂才没有撒谎。但是，老枪的手机处于关机状态。

调查老枪的亲属关系发现，他与妻子离婚多年，一个女儿跟着前妻；他的父母已经去世；他是家中老大，两个妹妹出嫁后，妹妹和妹夫都有正规的职业，与他来往并不多。

从老枪的住宅搜出三公斤海洛因，保险柜中放着十块金砖和五十多万元现金。

"有些毒贩子为了不连累家人，切割得很干净，甚至假离婚。"夏建中说，"对老枪的关系网要慢慢梳理，黄茂才那里也还有东西。"

尽管"骡子"没有把任务完成，黄茂才也被抓获，但是皮特相信，这一切，刘大枭、老枪应该还蒙在鼓里，现在能做的，是等着老枪出现。既然老枪安排"骡子"给刘大枭的老婆和情妇送钱，必然和被通缉的三个人在一起。

凌晨两点多，蛇头带着四个中国男子翻过中缅边境的一座小山，进入缅甸东北部掸邦地区。刘大枭顿时如释重负，仿佛逃出生天，再也不用担心警察的追捕。他不停地自言自语："终于到了金三角，这下安全了。"

他们从山上下来，走到一个叫勐坡的边境小镇。

这里虽然杂乱无章，却很繁华，街上到处是汉字招牌，普通话在这里交流不会有任何障碍。在偷渡之前，老枪专门给他们三个人介绍掸邦的历史。掸邦长期被地方武装控制着，与缅甸中央政权对峙，政府从未有效地行使过管理权，处在半无政府状态，成了毒品犯罪的天堂。当地人都知道，这个靠近中国的小镇，就是各种偷渡客、毒贩子的联络点，没有几个正常的人会在这里生活。这种地方，弄死一个人，像踩死一只蚂蚁那样简单。

勐坡镇也是老枪常来常往的地方，他从来不觉得那是偷渡，就像他去了国内的另一个城市。尽管是深夜，街上还是挺热闹，大部分酒吧和餐馆二十四小时不打烊。那些情色的夜店，门口挂着炫目的霓虹灯，穿着暴露的女人站在门口搔首弄姿，男人们进进出出，不用遮掩，也没有心理负担。

走进一家餐馆，老枪用纳兰话要了几个菜和啤酒。不过，初次偷渡进入缅甸，看得出来，刘大枭和跛佬多少还是有点紧张。"没事的，只要你不惹事，谁也不会找你麻烦。"老枪轻车熟路，他知道这里的规矩。再说，他那副长相，带着几个男人，谁会去惹他呢。

边喝边聊，等到天亮，老枪才带着他们三个去找他的朋友阿来。

在主街道的后边，有一栋独立的两层小楼，老枪每次来勐坡，都没有见到阿来的家人。阿来是远征军的后人，既不是缅甸公民，也没有中国国籍。像他这样无国籍的人，在缅东北还有很多，他们生活在这片无政府的地方，依靠金三角的毒品经济链，过着自由自在的生活。

听了老枪此行的目的，阿来说："只要你们想去，没问题，我保证把你们送到。"阿来本身并不贩毒，他只是来往于金三角的毒枭和中国毒贩子之间的联络人，赚取佣金。至于客人要干什么，那不是他要管的事。

老枪拿了五万元人民币给阿来。这既是他的佣金，也包括可能支出的成本。

天刚黑，阿来回来了。"已经安排好了，明天早上六点走。我租了一艘渔船，顺着湄公河往南，有七八十公里。"阿来拿过地图，指给他们看，"这地方你们应该也知道，湄公河东边是老挝，西边是缅甸，再往南走是泰国，我们就在金三角边上。掸邦这里很有意思，政府军和地方军阀隔三岔五就会打仗，军阀们为了争地盘也经常打，从来没消停过，反正谁也灭不了谁。"

次日，天还没亮，阿来带着四个中国偷渡客上船。船舱内很脏，一股浓重的鱼腥味，五个男人，加上船老大两口子，挤得满满的。上船之前，老枪本来不想去，但作为毒贩子，他又不想放过发财的机会，若刘大枭与金三角大毒枭谈成了合作，那就是大生意，他自然也有份。

澜沧江从中国的青藏高原奔腾南下，出境后叫湄公河，它成了缅甸东北部和老挝西北部的一段界河。此刻，湄公河地处掸邦东部高原，河面宽阔，水流湍急。

老旧的柴油机渔船发出"突突突"的噪声，以大约每小时十五公里的速度向下游航行。阿来偶尔会向他们介绍沿岸经过的地方，还有这么多年来掸邦地方军阀与政府军打仗的趣闻，谁也不谈毒品的事。

大部分时间，刘大枭沉默着，他无心欣赏两岸的风光，不断地在心里盘算着见到金三角毒枭后的应对策略。这些年，除了最初与菲律宾毒贩子奥古斯丁的合作让他有如鱼得水的痛快，后来遇到的合作者，都是鸡飞蛋打。贸然来到虎狼之地的金三角，他感觉自己有点像赌场上输红了眼的赌徒，孤注一掷地押上全部筹码。想来想去，他很快又被自己手中的新型化学合成冰毒技术唤醒了自信，觉得金三角的大毒枭不会怠慢他。

十二点刚过，渔船停靠在湄公河西岸山脚下的简易码头。岸边有两间木板搭建的房子，旁边停着一辆摩托车，却没有看到人。

"房子里肯定有人的，我们下去。"阿来冲着岸上招手，又用当地话呼唤岸上的人，然后跳下船，向房子走去。其他人也跟着他下船。

见有人从船上下来，有个身穿迷彩服、又黑又壮的男子从木头房子里走出来，手里握着AK47，一脸凶相。阿来笑着迎上去，用土话和他打招呼。这时，另一个和他同样装束的男子出来，对他们搜身，将刘大枭身上的仿六四式手枪拿走。

这两个武装人员是贩毒集团据点的外围岗哨，阿来是常客，认识他们。进到屋里，阿来给他们每人一千元人民币，还有一条从中国带来的中华烟。黑壮的男子发动摩托车，阿来安排好，便坐上摩托车，沿着砂石路向山里开去。其他几个人则坐在河边抽烟等着。

苦等了两个多小时，还是那个武装人员，他骑着摩托车在前，后面紧跟着一辆白色的丰田面包车。

手枪不能带进去，暂时放在码头的小木屋里，阿来和刘大枭一行五人上了面包车，沿着刚才的路进山。沿途有多道哨卡，武装人员照例会对外来人员搜身，不允许携带武器进入他们控制的地盘。

砂石路坑洼不平，他们颠簸着进入大山里，也不知道走了多远，最后来到一个山坳里。刘大枭下了车，如果不是事前知道，还以为就是度假村，高大的棕榈树、椰子树，院子中间是假山和喷泉，正对着大门的三层楼，大概是院子里最高的建筑。旁边，不规则地建有五六栋两层的小楼。

这时，一位穿着白色麻布无领短袖衬衣和黑色阔腿裤的光头男子从楼里走出来。他面带笑容，用还算流畅的普通话说："阿来先生、刘先生辛苦啦！各位请跟我来。"

他们被带进位于中间的那栋楼，众人随着光头男子上了二楼。他们进去的房间很大，足有五六十平方米，靠里边放着硕大的紫檀木老板台，一米多长的象牙横放在红木架上。光头男子毕恭毕敬地对坐在老板台后面的男子说："谭老板，客人到了。"

"阿来，很高兴又见到老朋友。"谭老板站起来，把手里的雪茄烟放在烟灰缸里，高兴地与阿来握手，用本地话寒暄。

"谭老板好啊，"阿来点头哈腰地说，"两三个月没来看您，又发福了，我想是发了大财。"

"也是，你有好几个月没过来。"谭老板改用带着当地口音的普通话说，"这次你为我带来了珍贵的客人，我要感谢你。"

阿来连忙介绍说："这位就是刘先生。他一个人能顶半个金三角。"

"小弟刘大枭。"刘大枭身体微微前倾，点头说，"能在金三角见到谭老板，真是三生有幸。"

谭老板与刘大枭握手："能顶半个金三角的贵客远道而来，愿意跟我合作，我应该安排游艇到边境去迎接你们。"

"恕我不谦虚地说，不是顶半个金三角，而是能顶整个金三角。"刘大枭对阿来给他贴的新标签颇为得意，索性顺水推舟，既是为了抬高自己，也能吊足谭老板的胃口。路上他就在盘算，靠手里的技术做筹码，与金三角的毒枭合作，必须把自己的身价和自信摆出来，这也是谈判的底气。

与每个人握手后，谭老板示意大家坐下来。他吩咐光头管家拿来最好的茶。在他看来，招待这样贵重的客人，自然要用上等的好茶。管家又拿出雪茄和中华烟，放在茶几上，任由客人选用。

"你可能想不到，我早就知道你的大名。"谭老板出其不意，毫不掩饰他对刘大枭的欣赏，"据我所知，你用新技术做出来的冰毒，到目前为止，不仅金三角没有，全世界恐怕也没有，非常了不得。"

刘大枭放下茶杯，假装吃惊的样子："哦，谭老板怎么知道我这无名之辈？"

"我那时候经常跟沙万做生意，从他那里知道你。他说你是个天才。那句话怎么说的？很多年才出一个的天才。"谭老板看了看阿来，"是这样说的吗？"

"谭老板说得没错，"见阿来递过来的眼神，坐在旁边的老枪接过话说，"见过大哥产品的人都这样说。"

"实在不敢当。这句话其实是最初跟我合作的菲律宾老板说的，居然传到了金三角。"刘大枭把身体往沙发边上挪了挪。他听着谭老板的恭维话，心里并不踏实，因为他提到了沙万的名字。"沙老板？我后来跟他失去联系了。他在哪里？"

"他死了。"谭老板头也没抬地说。

"为什么突然死了？"刘大枭的心里像是打了个寒战，未及细想是否合适，便脱口问道，"出了什么事吗？"

"就是因为有你的技术，他以为就可以在金三角称王称霸。"

"我并没有把技术卖给他，只是卖货。"

"金三角这地方，海洛因已经玩了上百年，你那个技术做出来的东西纯度比海洛因高得多，成本更低，市场很抢手，谁都嫉妒他。金三角是魔鬼的世界，好人都可以变成魔鬼，要是太招风，不光是警察惦记，想杀你的同行都在排队等着。"

刘大枭很想知道沙万到底是怎么死的，是被警察杀了，还是死于贩毒团伙的火拼。几次话到嘴边，他又憋回去，不敢多问。"我们几个兄弟初来乍到，将来全仗着谭老板。"

"沙万说他是在现场看着你生产的，要不然，你们今天突然来了，我也不相信你有这样的技术。"

"对，他确实在现场看着的。这里要是有设备和原料，我也可以马上给谭老板现场表演。"

"你不用说，我是相信的。不过，我不太明白，你们有这么好的技术，为什么要冒险来人生地不熟的金三角？"

"我做的是新配方的化学合成冰毒，原料很廉价，随便能买到，要多少有多少，只要开工，就像工厂里化肥、水泥的生产线，每天的产量几吨、几十吨都没问题。可是，这么大的产量，要在中国卖出去，市场上必然铺天盖地，到处都是我生产的冰毒，我会成为头号目标，公安部禁毒局调动全国的警察，挖地三尺也要把我抓到。到了金三角就不怕了，这里的毒品网络联通全世界，可以通过谭老板的渠道，卖到欧洲、美国……"

从表情上就能看出来，谭老板在认真听着刘大枭的话。他需要搞清楚这群不速之客的真正目的，虽然是他信得过的阿来带来的，对刘大枭的技术有所耳闻，也从沙万那里见过他用新技术做出来的化学合成冰毒，但毕竟不是他熟悉的人。当然，刘大枭没有告诉他，自己是因为被公安部门通缉，迫不得已才偷渡到金三角。

"你这么说，我明白了。"谭老板站起来，招呼道，"刘先生远道而来，我带各位参观一下，将来也许是你们要生活的地方。"

几个人随着谭老板下楼，走到后院。院子里有个很大的游泳池，池水清澈透明，旁边放着几张躺椅和小桌子，每张桌子都被巨大的太阳伞罩着。不远处，摆着用于烧烤的不锈钢餐台和架子，有两个厨师在准备晚上将要烧烤的食物。

刘大枭这才有机会看清楚，山庄坐落在马蹄形的山坳里，三面环山，坐北朝南，四周是围墙，上面有电网。那几栋小楼关着门，似乎没有人住。

"我们不怕警察，只要给地方武装交了保护费，不用担心谁来找麻烦。我们的武装人员负责保护自己的安全。"谭老板边走边介绍说，"你看这地方像不像个度假村？这里没有毒品，只是用来和朋友喝酒、谈生意的地方，也可以住下来清闲几天。毒品都在深山里，外边的人是找不到的。"

"好地方，有世外桃源的感觉。"刘大枭赞叹道。那一瞬间，他的脑子里飞快地想象着，与谭老板合作成功，将来他也是这里备受尊敬的人，从此摆脱了被中国警察追捕的心理阴影。

或许是在深山里的缘故，太阳被西边的大山挡住，下午五点半，这里已经暗下来。热带丛林的气候，空气湿漉漉的，尽管没有太阳，却很闷热。

参观完毕，谭老板让管家带客人进去换衣服。

等刘大枭他们来到游泳池时，谭老板正在游泳。"喜欢游泳的都下来，这是山上的泉水，游几圈，我们喝酒吃烧烤。"

刘大枭穿着泳裤，伸手试了试水，便纵身跳进去，游了三个来回，然后靠在池子边上。跛佬不会游泳，他从小桌子上拿过雪茄烟点上，慢慢下到池子里，把整个身子泡在水中，露出脑袋吞云吐雾，胡子陪着他。老枪倒是身手敏捷，他穿上泳裤，黑瘦细长的身体，在清澈的水中活像一条大黑鱼，引来众人的笑声。

厨师已经把晚餐准备好了，管家忙着把酒水和饮料摆在桌子上。"那就上去吧，边吃边聊。"谭老板先上来，他用浴巾擦干身上的水，坐在铺了桌布的长条桌的中间。他让刘大枭坐在他左边，阿来坐在他的右边，又打趣说："金三角的毒枭设宴款待中国的毒枭，是不是很有意思？"

"谭老板太客气了。"刘大枭围着浴巾，坐在他身边，看着那些放在盘子里的烧烤，大都是他叫不上名字的肉类。他原来以为，金三角的毒枭会很傲慢，没想到，这个姓谭的胖子给了他如此高的礼遇。

"茅台还是德国黑啤？"谭老板指着摆在桌上的酒说，"其实，我和阿来都是远征军的后代，是没有中国国籍的中国人。当然，我们也没有缅甸国籍。"

"谭老板是中国人，那就喝茅台吧。"刘大枭说。

"好，茅台。"谭老板看上去兴致很高，他对管家说，"给客人都倒上。我们这地方，最不缺的就是野味，今天烧烤的除了湄公河的鱼，其他的都是野味。"

"很多都叫不上名字，我不太敢吃。"刘大枭用刀子切了一块鱼放在盘子里，没有动那些烧烤的野味。

"哦，还有大毒枭不敢吃的东西。"谭老板站起来，举着酒杯说，"欢迎来自中国的朋友，希望合作顺利，干杯！"

刘大枭站起来，端起酒杯，有意把杯子放得很低，与谭老板连碰三杯，其他几个人也纷纷走过来敬酒。如果不知道内情，一定会以为他们是久别重逢的老朋友。

天已经完全黑下来，阴沉沉的，像是要下雨的样子。

眼看酒过三巡，两瓶茅台见底。谭老板把话引到正题上："今天很高兴。说说你的技术吧，当初跟沙万是怎么合作的？"

"我出技术，他出市场。简单说，就是我负责生产，他拿去卖。"刘大枭料到谭老板迟早要说这个问题，只是没想到会在酒桌上。既然提出来，他也就直接挑明了说："我跟他约定，生产的货不在国内卖，独家供应他，他来人全部拉走。很优惠的价格卖给他，也不存在利润分成的问题。"

"那你想跟我怎么合作？"

"我们来到这里，全靠谭老板，怎么分都不是大问题，老大说了算。"

"话说得豪爽。不过我不会让你们吃亏的。"

"跟着谭老板发财，怎么会吃亏呢？"

"那是当然，要不然你们也不会来我这里。那你每个月能生产多少货？"

"这个问题，当初沙万先生也问过。我说，我可以像富士康那样日夜不停地生产。谭老板有没有听说过中国有名的代工企业富士康？光是工人就有十几万，理论上，我们也可以像富士康一样，招十万工人，建几十条生产线。当然，我们用不着这么多工人和生产线。要是那样的话，我们一天生产的高纯度冰毒，全世界一年也消费不完。"

"你的意思是说，想要多少产量都可以？"

"是的。就看我们能卖出去多少。"

"照你说的，那金三角谁还种罂粟？所有做海洛因生意的人都要失业。"

"确实是这样。但是，如果谭老板担心树敌太多，我们可以控制产量，让大家都有饭吃。"

"要从少到多，慢慢地引诱市场，这个度我来把握。"谭老板亲自给刘大枭斟酒，然后欠着身子和他碰杯，"这杯酒我敬你。先休息两天，熟悉这里的环境，然后我们干大事。"

刘大枭受宠若惊，赶紧站起来。"一切听谭老板的。"

"需要购买的设备和原料，是不是很复杂？你开个单，我明天就安排人去买，争取下个月初正式开工。"

"哦，对不起，是这样，"刘大枭突然有点语塞，"原料嘛，必须我亲自去买。"

"不好意思，谭老板，怪我没有事前说明。"老枪意识到接下来的问题可能会比较尴尬，想替刘大枭做个缓冲，"我大哥的配方是保密的，对任何人不公开。"

管家正要给谭老板点烟，谭老板停了下来："跟可口可乐一样，配方锁在保险柜里？"

刘大枭明知道这个圈子绕不过去，但他依然赔着笑脸说："如果可口可乐的配方不锁在保险柜里，还能有现在的价值吗？"

"你说的也不是没有道理。"谭老板说，"但是，你别忘了，这里是金三角，你是从中国偷渡来的。配方保密的话，怎么去买原料？你自己去买吗？"

现场气氛顿时冷了下来。没有人插话，谁也不知道说什么好。

"你直接说吧，是不是配方对我也保密，只能你一个人知道？"见大家都不说话，谭老板追问道。

"当初我对沙万先生就有言在先，配方必须绝对保密，其他的都好说。"刘大枭显然注意到了谭老板脸上急剧变化的表情，他想，对方也许没有完全明白配方保密的价值，详细地解释之后，他就能够理解为什么这样做。

"别跟我说沙万，他已经死了。"没等刘大枭说完，谭老板不耐烦地打断他的话，把滑落到腿上的浴巾重新裹上，满脸不悦地站起来，"想跟我合作，我欢迎。想保密，那你们就回中国去做，警察在等着你们。给你们两天时间商量。"

说完，谭老板转身走了。众人面面相觑。刘大枭低着头，铁青着脸，坐在对面的跛佬和胡子看着他，不知所措。

阿来被突如其来的变故吓得不轻，这条线是他牵的。见此尴尬情景，他起身去追谭老板，跟着他走进那栋两层的小楼。

谁也没有兴趣再继续吃下去。管家把他们四个人领到刚进门的那栋楼，那里有客房，双人间。刘大枭和跛佬一间，胡子和老枪住在紧挨着的另一间。阿来不知道住在哪里。

等了好久，阿来回来了。"这个误会太大了，谭老板说你在提防他，如果不把配方拿出来，那就没法合作。"阿来说，"实际情况和中国也不同，金三角靠农业和罂粟，基本上没有像样的工业。我虽然不知道你要用什么原料，但我能想到，化学合成冰毒，用的肯定都是化学原料。在金三角到哪里去买？你不告诉他配方，自己去买，连路都摸不着，出去还不知道能不能回来。"

"能妥协吗？"老枪试探着问，"有没有其他的变通办法？"

"让我想一想。"刘大枭说这话的时候，其实已经打定了主意——在饭桌上，当谭老板怒气冲冲地撂下几句话的时候，逃离这里就成了唯一的选择。

阿来和老枪出去后，刘大枭把电视打开，都是中文，也不管是什么内容，把声音调得很大。他和跛佬躲到洗手间商量对策。"谭胖子本来很客气，没想到突然翻脸。还是毒枭的本性，根本靠不住。"

"那怎么办？你愿意把配方给他吗？"跛佬很焦虑，在这种地方，对他们来说，没有任何讨价还价的底气。

"把配方给他，我带着他们生产，要不了多久，他们就会掌握全部技术。"刘大枭坐在马桶上，低声说道，"他自己就能做，赚的钱干吗还要分给几个偷渡来的中国人？他得到了配方，我们随时都可能被杀。"

"我当时就说不能来这里，你不死心。"

"这是我的失策。我没想到这里和国内完全不一样。"

"能不能先把谭胖子稳住，我们再想办法离开这里？"

"没有什么好办法。他给我们两天时间，如果不把配方拿出来，恐怕别想活着离开这里。"

"那就趁早走。今天是阴天，很黑。我看了，有两个家伙拿枪，在院子里走来走去，应该能找到机会干掉他们。"

说到杀人，这是跛佬擅长的，他马上来了精神。

刘大枭拉开洗手间的门，走到客厅，掀开窗帘的一角，看到院子里有个人打着手电筒在巡逻。他从冰箱里拿出两瓶啤酒，关上洗手间的门。

"也算来金三角闯荡过，干了！"他把啤酒递给跛佬，一口气喝干。

外边忽然起风了，刺眼的闪电划破夜空，随后便是震耳欲聋的雷声。跛佬从窗帘缝隙处往外边看了看，很黑。"看样子要下雨，真是天不绝我们兄弟。"

借着雷声的掩护，刘大枭在马桶边上打掉瓶底，不规则的啤酒瓶就像利刃。"吃饭的时候我偷了一把刀，你用这个啤酒瓶，比刀还厉害。"刘大枭把刀子拿出来，"等到后半夜，人就很困了，那时候我们再动手。"

倾盆大雨不期而至，惊天动地的雷声在热带山谷里回荡。

刘大枭关了房间的电视和灯，不时掀开窗帘向外观察。他发现放哨的保安有两人，一个坐在大门内的房间，另一个人穿着雨衣，打着手电筒，AK47倒背在肩上，顺着院墙内侧的道路巡逻，然后回到他们住的这栋楼，坐在大厅里，间隔大约十五分钟，很有规律。

忽然有轻轻的敲门声。刘大枭打开门，是胡子。

"老枪呢？"刘大枭警惕地问道。

"他说去跟阿来住，商量怎么办。"胡子关上门，贴在刘大枭的耳朵上说，"我看不妙啊，这里很危险，不如趁着下大雨走吧。"

刘大枭把胡子拉进洗手间，向他说了计划。

"老枪怎么办？"跛佬问道。

"我们自己都小命难保，管不了那么多。"刘大枭说，"一点半了，现在雨很大，动手吧。"

跛佬又拿起一个空啤酒瓶，打断半截，递给胡子。"用这个做武器。"

雨势凶猛，十几米外已经看不清楚人的面孔。那个持枪的保安打着手电向后院走去，刘大枭小心翼翼地把门打开，三个人前后紧跟着来到后门内侧，躲在黑暗中。他反复观察，发现巡逻的男子每次都是沿着房子北侧的路，走到后院，然后转回来，从他们住的这栋楼的后门进入大厅。

过了十来分钟，刘大枭看到有手电光照过来，他紧紧地握着手里的刀，等那人走进后门，猛地从门后边跳出来，用左手死死地勒住那家伙的脖子，右手持刀，向他的胸口连刺数刀；几乎同时，跛佬拖着瘸腿，从门后边利索地一步跳出来，用利刃似的半截啤酒瓶朝那人的脸上戳去。

那家伙来不及哼一声，便死在几个中国毒枭的手里。刘大枭把他的雨衣脱下来穿上，包住头，又取下他的AK47，在暴雨的声音掩护下，将子弹上膛。

三个人避开正面，从后门绕出去，贴着南墙慢慢接近门卫。走在最前面的刘大枭停下来，守卫室门开着，里边只有一个人，手里抱着AK47，坐在凳子上打瞌睡。刘大枭端着枪，不声不响地走过去，用枪托狠狠地砸向那人的脑袋，鲜血四处飞溅。

就在那个人倒下去的瞬间，他的手无意中触到了警报器，院子里顿时响起刺耳的警报声。

胡子迅速从他的身子底下抽出AK47，见墙上挂着军绿色的帆布子弹袋，取下来斜挎在肩上。跛佬眼疾手快，看到桌子上有两把钥匙串在一起，立即扔掉手里的半截啤酒瓶，抓起钥匙就去开大门边上的小门。

三个人刚冲出去，后院里就传来枪声。刘大枭和胡子漫无目的地还击，边打边向南边的山里狂奔。似乎有很多人追出来，身后的枪声很密集，好在雨太大，根本看不到前面逃跑的人在哪里，只能胡乱开枪。

大雨中，三个人且战且逃，在树林中左冲右突，有好几次，被子弹打下来的树枝就砸在刘大枭的头上。身后的枪声追着他们跑了十来分钟，渐渐稀疏下来。"我的脚啊！我的脚全烂了！"跛佬哀号着，他拖着瘸腿，在逃跑中丢了右脚的鞋子，只能忍着剧疼，在枪林弹雨中夺路而逃。

在山上没命地跑了很久，身后的枪声已消失。跛佬近乎哭腔，他坐在雨中，抱着那只血肉模糊的右脚，龇牙咧嘴地叫喊着。刘大枭只好蹲下来，脱下雨衣，把上衣撕开一半，包住跛佬的脚。

"我们还没脱离危险，这里不能停。"胡子提醒道。

无奈，胡子搀扶着跛佬，艰难地翻过几座山。雨势减弱了很多，只有闪电不断地划过夜空，穿透茂密的树林。

"这是往哪里走？"跛佬实在走不动了，坐在石头上喘息，脚上缠着的衣服血迹斑斑。刘大枭把另外一半衣服也包在他的脚上。

"我们是在往南走，起码要离开谭胖子那地方三十公里才能安全。"刘大枭看着带有指南针的夜光表，"三点多了，趁着夜里，抓紧走，我就怕白天他们派人在湄公河西岸这一带找我们。"

天蒙蒙亮时，隐约可见前面的山脚下有房子。刘大枭和跛佬躲在树林里，让胡子过去看看。不一会儿，胡子回来了，带了几个大杧果、两件上衣和一双胶鞋，刘大枭用刺刀把其中一件上衣割开，给跛佬重新包了脚，再套上鞋子。

"好像是个果园的仓库，房子里有人睡觉。"胡子说。

吃了杧果，三人在树林里坐到天亮。山下的房子有人进出。这回看清楚了，就是果园工人住的地方，还堆着很多篮子，有一辆小货车停在院子里。

"不能再往南走了，要想办法找船。"刘大枭说，"湄公河在我们东边，估计有十几公里。"

到哪里找船？谭胖子的人会不会在湄公河边拦截？面对跛佬和胡子的疑问，刘大枭也不知道该如何回答。偷渡金三角是他的主意，没想到出了虎穴，又入狼窝。

跛佬右脚受伤，腿瘸得更厉害，只要是上坡，都是胡子搀扶着他。刘大枭也不催他，只要跛佬喊脚疼，马上就会停下来休息。

就这样走走停停，接近傍晚时，终于看到了湄公河。河岸地势较缓，只是根本没有路，只能在树林和灌木丛里行走。"有船！"胡子惊呼道。

一艘与他们来的时候差不多的小船在河面上向南航行。刘大枭也没有多想，从树林里跑出来，对着那艘船高喊了几声，船上无人回应。

"那是什么？"胡子指着不远处好像房子的东西惊叫道，"会不会是我们去谭胖子那里的码头？"

刘大枭警惕起来，他把枪端在手里，从树林里快速向那边跑过去，躲在山坡上灌木丛的背后，仔细查看。河边有两间用石棉瓦搭建的房子，明显不是下船时的那个码头。这时，有一辆红色的拖拉机从山里开出来，上面装满了篮子，还有几个人站在车厢里。

拖拉机停在房子旁边，包括司机在内，两男三女，他们把篮子全部卸下来，堆放在岸边。拖拉机掉头离开，留下一个女人，蹲在河边洗手。"估计是农场运水果的码头。"刘大枭说，"旁边还有个小艇，要是能开就好了。"

蹲在树林里反复观察，确认附近和房子里没有其他人，刘大枭和胡子端着枪走了过去。那女人有四十来岁，身材矮小，皮肤粗黑，见两个陌生人端着枪过来，吓得张大嘴巴，连连后退。"你是做什么的？"刘大枭用枪指着她问道。

女人不会说中文，怎么回答的，刘大枭听不懂。

胡子进入房子里搜查，里边杂乱地放着一些工具，墙上挂着几件工作服，有十来瓶矿泉水和半箱方便面。刘大枭让胡子看着那女人，他跳到小艇上查看，就是他在野牛河上常见的那种冲锋舟，还不如他当时藏匿在地道口的摩托艇先进。几乎没费什么事，他启动了发动机。

"把她绑起来。"刘大枭说，"放到船上，免得她喊人。"

那女人还想反抗。胡子用枪恐吓她，跛佬把她的双手从背后反绑，拉到船上，把矿泉水、方便面和工作服搬上船，又拿了两只编织袋。刘大枭驾驶小艇，飞速向北航行。

天黑下来，这让刘大枭放心了很多。两个多小时后，他们顺利地回到勐坡镇。但是，怎么处理那个女人呢？"扔到河里。"跛佬说。

"她就是个农民，杀她干吗？"看到那女人蜷缩在船舱里，胡子生了恻隐之心。他用手指着黑森森的湄公河东岸："对面是老挝，我看再转回头，往下游走两公里，把她放到河对面。等她回去，我们早就回到中国了。"

刘大枭采纳了胡子的建议，掉头往下游走，然后慢慢靠到东岸，把那个可怜的女人放到岸边，解开绑着的双手。

"这几年作恶太多，今天做一件仁慈的事，但愿善有善报。"或许是从金三角死里逃生后的良心发现，刘大枭自我安慰道。

从勐坡镇上岸后，晚上十点还不到。刘大枭不敢在这里停留，可他又担心跛佬的脚感染，在街上找到私人诊所，清洗后涂上药，又包起来。

胡子买了面包、两只旅行包和地图，把两支原本装在编织袋内的枪放到旅行包里。

看上去是暂时安全了，但刘大枭的心里仍然绷得紧紧的，他知道此处危险，不能停留。可是，出了小镇，转来转去，却找不到蛇头带着他们偷渡时走的路。糟糕的是，根本搞不清哪里是边界。走到一条小河边，对着地图，又看了河的对岸，刘大枭断定那就是边界。胡子下去试了试，最深处不过腰部。两人脱了衣服，抬着跛佬过河，又潜回中国。

好在是深夜，边境那一带荒山野岭，三个人提心吊胆地向北走了好远，找到一辆愿意到纳兰的出租车。为避免出租车司机怀疑，他在上车前就和胡子商量好，在车上故意东拉西扯，说的都是和东南亚红木生意相关的话。

到达纳兰已是凌晨三点。在老枪那天接他们的澜沧江大桥北侧不远处，从昆明偷来的五十铃面包车还在原地停着。跛佬找出工具，从旁边的车上拆下车牌装上去，驾驶面包车仓皇逃离纳兰。

第八章

围捕行动

专案组获得可靠情报，潜伏在越州的刘大枭，计划将存放在黔水冷库的三十吨冰毒运往越州。追捕小组略施小计，派出技术人员在运毒车底部秘密安装GPS，全程跟踪，在越州发起围捕行动。

皮特率领的专案组还停留在纳兰，老枪却迟迟没有现身。

纳兰市公安局缉毒部门动用了手中掌握的线人，四处寻找老枪的下落。通过线人，警方找到老枪曾经的情妇，这个纳西族女人说她和老枪断了关系，已经两年多不来往。

"傣骡子"岩温六和上线黄茂才都在纳兰市公安局的控制下。皮特分析，老枪一定要找黄茂才，拿到阿芳和阿妹写的收到钱的亲笔信，最后向刘大枭交差。

刑侦支队长夏建中感到费解。这样的小城，到处是警方的眼线，老枪想藏起来都不容易，何况是被公安部通缉的三个重量级毒枭。这么大的目标何以消失得无影无踪呢？

天还没亮，皮特突然被急促的电话铃声吵醒。

每天睡觉前，他的手机一定是放在伸手就能拿到的地方，而且铃声音量被调到最大，生怕误事。眼睛还没有睁开，本能地从床头柜上摸到手机的时候，他的脑子里下意识地想到：老枪出现了。

"你说什么？"皮特翻身坐起来，重复追问道，"你说什么？"

电话是黔水州公安局刑侦支队长宋伟成打来的。"我们发现一个冷库，存放的全是冰毒，堆得满满的，初步估计，最少也有二十吨，很可能和刘大枭那几个家伙有关。我们从半夜折腾到现在，你赶紧过来。"

皮特叫醒苏可和张晓波，拿上行李，来不及和纳兰这边的同行打招呼，便驱车直奔黔水。

"二十吨冰毒"，对皮特来说，这个消息实在太诱人。

上了高速公路，由于开的不是警车，没有警报器，皮特不断地催促张晓波："开快点！"不时又说："注意安全，不能太快！"

"你都把晓波弄晕头了。"苏可说，"不能超过一百二十，这边的高速公路标准低。"

张晓波很少说话，两眼紧盯着前方，大部分时间都保持在最高限速上行驶。

到服务区加油时，苏可说很饿。"能不饿嘛，都快两点了。"
开车的张晓波早就饿得肚子咕咕叫。皮特这才想起来，早上也没吃东西。

这是两条高速交会的枢纽，服务区很大，远远就看见有肯德基。刚好是周末，服务区人很多。皮特跑过去，前面排着三条长队，情急之下，他插到最前面。"对不起啦，警察执行紧急公务，插个队。"

"你是刑警吗？"正在排队的一个年轻男子冷不丁地问道，"南大碎尸案什么时候能破呀？"

"快了，有消息我会告诉你。"皮特的话把排队的很多人逗笑了。他拿起装着汉堡和烤鸡翅的袋子，一路小跑着，狼吞虎咽。他把手上的袋子交给苏可，换下张晓波，继续赶路。

赶到黔水时，已经是下午四点，宋伟成带着他们直接去了现场。

那地方是个大院子，面积足有三亩地，铁门锈迹斑斑，锁着。宋伟成让人在院墙里外搭了梯子。进入院内，值班室的门没有锁，墙上还贴着"黔水市肉联厂冷库进出库流程"。靠墙有一张铁架子床，上面放着木板，床头柜上放着开水瓶，好像昨天还有人住在这里，只是积满了灰尘。

在院子的北侧，是几间红色砖瓦平房，门锁着，从窗子可以看到，房间内是空的。院子西侧有一排平顶的房子，六个窗子，能进出货车的大铁门上挂着两把巨大的锁。最北侧的窗子被撬开。

"昨天夜里，有个小子盗窃，把巡逻的民警吓住了。"宋伟成说起通宵未眠处理的案子，仍然感到惊讶，"那家伙肩上扛着很沉的袋子，慌慌张张的。被带到派出所，发现袋子里装的是冰毒，二十公斤。"

"冰毒是从这里偷出去的吗？"皮特打量着眼前这个杂草丛生的院子，满脸疑惑地问道。

"对，就是在这里偷的。"宋伟成说，"接到派出所的电话后，我和禁毒支队的尚支队马上带人赶过来。从撬开的这扇窗子爬进去，真是开了眼界，让我半天没喘过气来，里边全是冰毒。"

"我记得那天现场取证的时候，保险柜里有一串钥匙。当时我还说，为什么把钥匙放在保险柜里。"看到里外都被锁着的大铁门，苏可灵机一动，提醒说，"如果是刘大枭那几个人的冰毒仓库，把钥匙拿来，看能不能打开这几把锁。"

苏可的话让宋伟成恍然大悟："对，赶紧去把那些钥匙拿来。"

当技术员把当时作为物证提取的钥匙拿来后，果然打开了大门和冷库的门锁。

"那就可以确认，这里存放的冰毒就是刘大枭团伙的。"皮特跟着技术人员进入冷库，里边还有个包着保温棉垫的小门，推开后，冷气扑面而来。冷库的窗子全部被密封，打开灯，见冷库中间整齐地堆放着编织袋，经过仔细清点，共有一千四百九十四袋。

"小偷拿出去的一袋子是二十公斤对吧？"皮特立即用手机计算冷库里冰毒的数量，"如果每个袋子重量相同，总共将近三十吨。"

"就算确定是他们的毒品仓库，还是要保护现场，"苏可说，"你们先退出去。请宋支队再安排两名技术人员，我们先提取证据，现场勘验，将来起诉要用的。"

现场留下四名警察负责警戒，宋伟成下令停在院子外的所有车辆和人员离开，锁上大门，以免打草惊蛇。趁着苏可和技术人员取证的时间，皮特决定去审讯闯了大祸的小偷。

小偷还被关在派出所。这个叫纳西的小毛贼，误打误撞地进入存放着三十吨冰毒的仓库，当他扛着一袋子冰毒从院墙翻出来的时候，满脑子都是发财的美梦。

皮特审讯过那么多嫌疑人，却从来没有像审讯纳西这样让人啼笑皆非，仿佛在看一场港版搞笑肥皂剧。

纳西本来就是个好逸恶劳之徒，没有职业，时常干点鸡鸣狗盗的事。事发前几天，他从黔水肉联厂冷库那里路过，见四下无人，便趴在大铁门的门缝往里看，院子里长满了杂草，好像很久没有人住过。

连续两天，纳西在冷库附近来回转悠，确认院子无人看守。当然，他并不知道那是冷库，只是想着到院子里也许能搞到破铜烂铁卖钱。夜半无人，他从院墙翻了进去，没找到他想象中的破铜烂铁，心有不甘。院子西边那栋平顶房，铁门紧锁，窗子封得严严实实。纳西用随身携带的工具撬开了窗子。

他爬进去，房子里很冷，堆满了袋子。用手电照着，袋子上写的是"食品添加剂"。他隐约记得，有时候在超市买包装好的食品，上面好像就有写食品添加剂。他打算先偷一袋子，如果能卖到钱，下次再来偷。

二十公斤的袋子，扛着有点吃力。他走了没多远，碰到两个巡逻的警察。

"你吸毒吗？"对于纳西的供述，皮特首先怀疑的是，他知道那里存放的是毒品吗？之所以产生这样的疑问，是为了确认纳西到底是刘大枭制毒团伙的成员，还是像他所说的就是单纯为了偷东西。

"我从来不吸毒，也不知道毒品什么样。"纳西双手被铐在椅子上，连连摇头。

"你以前知道那个院子是做什么的吗？"

"真不知道。就是前几天从那里路过，好像院子里没人，我就想进去偷点东西卖钱。"

张晓波拿出打印的刘大枭、跛佬和胡子的照片，让纳西辨认。

"我没见过这三个人，都不认识。"纳西说。

反复审讯，没有发现纳西与刘大枭团伙的关系。皮特与宋伟成分析之后，相信这就是一起寻常的盗窃案。

从冷库存放的毒品包装袋、手推车、铁门上，苏可和黔水州公安局的刑侦技术人员提取到大量的指纹，经过比对，与刘大枭、跛佬和胡子的指纹完全匹配。

"他们人跑了，三十吨冰毒放在黔水，我怀疑还有人在看着冷库。"在连夜召开的案情分析会上，州公安局局长田丰华说，"按照现在的市场价格，冷库里的冰毒至少值十个亿。守株待兔，把这个地方盯死，我就不相信他们会扔掉不要了。"

"尽管我们在发现新型化学合成冰毒之后，对它的危害性，特别是这种技术对公安机关打击毒品犯罪的挑战有充分的认识，但还是低估了刘大枭团伙的能力。"皮特说，"我们对刘大枭毒品犯罪团伙穷追不舍，几次围捕，他们疲于奔命，逃到黔水这地方，居然还能生产出二三十吨冰毒。"

田丰华也不禁摇头惊叹："食品厂的那些制毒设备，虽然看上去很现代化，像个小型制药厂，但毕竟规模有限，而且就那么几个人。这说明，新型化学合成冰毒技术的生产效率非常高，后果很可怕。"

"这三十吨冰毒，刘大枭一定会想办法运走，这是我们的机会。"皮特说，"他们在黔水应该还有人，必须盯紧，绝对不能给他机会。"

趁着这个机会，皮特通报了在纳兰那边发现的线索。"现在，到野牛城给刘大枭老婆和情妇送钱的'骡子'，还有上线，都在我们手里，就等着老枪露头。"

"纳兰那里应该是他们临时藏身的地方，不会久留。公安部的A级通缉令给他们造成的压力很大，想找到安全又能长期躲藏的地方很难。"田丰华提出初步设想，"冷库里的三十吨冰毒就像一大块肥肉，让猎物流口水，是挡不住的诱惑。怎么监控冷库呢？苏警官，还有我们的技术部门，你们先拿出技术方案，再来仔细研究。"

"现场勘验时拍了很多照片，请大家看看。"苏可从相机中取出储存卡，技术人员将它与投影仪连接，照片显示在荧幕上。她接着说："冷库的地理位置在黔水市城郊接合部，在冷库的西边是个玻璃厂，也就是存放毒品的平顶房背后，中间隔着一条路；在冷库北边大约两公里，是低缓的山地，山坡下住有十几户人，估计是个村子；东边是学校，距离冷库直线距离五六百米远；南边是从市区北侧穿过的省道。我们看这张照片，在学校的西墙边上，有移动公司的发射塔架，是非常好的利用条件，我建议在塔顶上安装至少两个高清红外摄像头，可以居高临下地监控冷库。"

"我认为苏警官提出的监控方案可行。"州公安局技术处主任接着说，"每个中小学的监控视频都跟公安局联网，正好可以通过旁边的学校线路，连接发射塔上的摄像头。唯一要做的是对摄像头进行伪装，不能让人看出来。"

皮特又问了几个与监控相关的技术问题。他说："事实证明，用技术手段监控比安排人每天盯梢更可靠。当然，用技术监控，最终还是要依靠人。"

当天夜间，技术人员携带红外摄像机，爬到发射塔顶部，模拟监控的视角拍摄视频，播放后证明监控没有死角，任何人进出冷库，不管是从大门还是翻墙进去，都逃不过监控镜头。

次日下午，三个高清红外摄像头安装完毕。三名技术员轮流值班，二十四小时坐在屏幕前，哪怕一只老鼠进入冷库，也休想逃过三个摄像头的视野。

这时，张晓波提出，他留在黔水，参加监控值班。

"你参加？这不现实。"宋伟成瞪大眼睛说，"对冷库的监控也许几天、几个月、几年，也有可能他们最后都没来运走毒品，你也不能长期待在这里，有我们来监控就够了。"

"那我就做长期准备，跟大毒枭耗下去。"张晓波的口气很坚决，"就等于野牛城公安系统派驻在黔水的联络员。田局长不是说，冷库是一块肥肉嘛，我就不相信刘大枭能有那种定力，闻着肉香不上钩。"

双方争执不下，最后，皮特和宋伟成商量，同意让张晓波暂时留在黔水一段时间，参加监控小组，和其他几名警察轮流值班。

开着偷来的面包车逃离纳兰时，作为这个犯罪团伙的老大，最紧要的是决定去哪里。正在被悬赏通缉，四处乱窜，说不定就撞在警察的枪口上。

嘴上不说，刘大枭心里明白他没有任何能去的地方。

胡子提供了几个去处，都在大西南。交通不便的大凉山深处一度让刘大枭动心。斟酌再三，他总感觉那是小地方，又是少数民族地区，他和跛佬都是东南沿海的人，在西南水土不服，怕是很难生活和藏身。

能公开说出来的只是一方面。而在刘大枭的心里，胡子对他虽然很尊敬，即使来到他的地盘上，也没有摆出地头蛇的架势，但是关键时刻，他对胡子的信任却要打个折扣。权衡再三，刘大枭决定把自己的命运交给跛佬，跟着他去越州。

"在普河出事后，我当时就说去找越州的朋友莫非。你说越州离普河只有三百多公里，不安全。"跛佬纵然消极，对刘大枭也很抵触，但是，生死攸关之际，他还是很卖力，"老莫很厉害，我和他打了十几年交道，对他比较了解，他在马来西亚、菲律宾那边都有关系网。这老兄很义气，小我两岁，比我有脑子。"

"现在和上次不同，我们是被通缉的逃犯，他敢收留我们吗？"此刻，刘大枭似乎不再像过去那样自负，他既怕被警察盯上，又恐被人出卖，显得忐忑不安。

跛佬大笑着说："想多了。你以为上了A级通缉令，就很有档次？那些人，哪一个都够死几回的，还怕我们这几个通缉犯不成。"

"不管怎么说，去投靠老莫，还是尽量低调，我自己都觉得以前太狂了。"刘大枭叹息道，"唉，我经常说，我这个人最大的毛病就是太自信。自信过头了就是病态，心理不健康。"

"不至于吧。"一直听着他们两个斗嘴的胡子说，"你指挥我们从金三角杀出来，也不是每个人都有的本事。"

"能从金三角活着回来，真是谢天谢地。就是不知道老枪最后会怎么样。"逃亡的途中，刘大枭突然想起老枪，倒不是良心发现。他在心里惦记着，逃往金三角之前，让老枪派人送给阿芳和阿妹的那两张银行卡，到底有没有送到。这件事他始终没有告诉跛佬和胡子。

"我看凶多吉少。"胡子说，"我们杀了谭胖子两个人，他绝对不会放过老枪，说不定阿来也活不成。"

"那就等于我们杀了老枪和阿来。要是……"跛佬话到嘴边，留下半句没有说出来。

"也不能怪我们。"刘大枭听出了跛佬的意思。他辩解说："阿来图钱，老枪呢，还不是想发财？假如我们和谭胖子搞成了，他们都跟着我赚大钱。后来的事，只能说是个意外，谁也没想到。"

这辆车上，应该抱怨的还有胡子。是刘大枭和跛佬的突然到来，连累他被通缉，四处逃命。但是从头到尾，他也没有说一句责怪谁的话，也不后悔。

现在，公安部的A级通缉令把这三个各怀心思的人牢牢地绑在一起，谁都无法单独脱身。

一路上，由于跛佬的脚受伤，刘大枭和胡子轮流开车。不开车的时候，刘大枭就躺在后座上，即使眯着眼睛打瞌睡，他的右手也放在包里。摸着枪，他觉得才有胆量。逃往越州的路上，他早就打定主意，遇上警察，躲不过去，那就拼个鱼死网破，横竖都是死。

第三天傍晚，三个人驾车到达距离越州四十多公里的地方。面包车拐进路边的小镇，跛佬下去偷了一副当地车牌，把面包车上的昆明车牌换掉。干这种事，对跛佬来说实在是探囊取物。当年，他的那辆丰田轿车，有十来个假车牌，每天出门都要更换不同的车牌。

跛佬不愧为江湖老手。他看到街上有手机店，马上去买一部摩托罗拉手机，又在路边商店买了五张手机卡。这也是刘大枭与跛佬不管如何争吵、如何对骂，却不会真正翻脸的原因。他根本离不开这个瘸腿男人，关键时候足够狠，粗中有细，可以说，没有跛佬，刘大枭顿时就会陷入走投无路的境地。

随着滚滚车流，胡子驾驶面包车进入越州市区。跛佬顺利地联系上了他的朋友莫非，他们约在越州市西北角云峰路的加油站见面。

"你们居然还敢跑到越州来。"见面的第一句话，莫非就把刘大枭在路上担心的事说穿了。他调侃说："我看到了通缉令，本来为跛佬捏一把汗。别看我这位老哥腿不利索，胆量可是够大。我叫人去搞几个菜，给你们接风。"

"我们这是冒死来投靠兄弟，感觉很像《水浒传》里落难的林冲。"刘大枭就算做个比喻，也不忘抬高自己，只是在语气上比以前谦虚了很多，"幸好我还会点小手艺，挣个吃饭的钱应该没问题。"

"你那可不是小手艺。我们虽然没见过面，但跛佬送来的货我早就见识了。我跟马来西亚的朋友说，那是极品。"莫非果然义气，像久别重逢的老朋友，对刘大枭尊敬有加，"不是说科技是第一生产力吗？你来了，就是生产力。"

"我看还是先来点实在的。"跛佬向来不喜欢这些话，他不耐烦地说，"你打算把我们三个藏在哪里？这可是大城市，不能麻痹大意。"

"吃完饭，我送你们去郊区的别墅，什么也别干，住几个月再说。"莫非似乎没觉得他们摊上了多大的事，轻描淡写地说，"每年不知道发多少个通缉令，过上一年半载，又有更牛的人物出来，警察就把你们忘到九霄云外了。"

喝着茶，谈得兴起，放在保温箱里的菜送来了。螃蟹、大虾、东星斑，每人一份佛跳墙，莫非又拿出两瓶上了年份的茅台酒。这是刘大枭过去喜欢的生活，没想到落魄至此，还能享受到这样的美味。

"欢迎各位大佬来越州，先干了这杯。"莫非像是招待远道而来的客人，与每个人碰杯。他说："我这里的情况大概是这样的，你们进来的时候应该看到了，这周围全是物流公司，我也有个物流公司，跟别的公司没什么区别，正常的物流业务我们都做。唯一的不同是，我们还做别人不做、做不了的业务。你也可以说，物流公司就是我们的马甲。"

别看刘大枭与莫非碰杯时那么高兴，"第三只眼"却在对他察言观色。毕竟，他们三个是正在被公安部A级通缉令悬赏缉拿的重要逃犯，贸然跑过来，对人家来说意味着巨大的风险。可是，从莫非的言谈举止来看，这个对他称兄道弟的本地人，似乎没有觉得他们的到来是个负担。他太客气了，刘大枭不由得想到逃出金三角的前夜，谭胖子也是和他把酒言欢，像是久别重逢的老朋友，结果一言不合就翻脸，做得很绝情。

想到这里，刘大枭心里不踏实，总觉得莫非的客气不真实。他也许像谭胖子一样，觊觎他手中的技术，何况他们此时如同丧家之犬，谁会无缘无故地相助呢？不过，他想好了，无论莫非用什么手段，都不能把技术拱手相让，这是他要死守的底线。

"用物流公司做马甲，这一招很高明。"刘大枭暗自佩服莫非设计的掩护策略，"物流网络本身可以延伸到全国各地，相比那些用'骡子'，还有跛佬以前更危险的亲自送货，这个要安全得多。"

"你别小看我亲自送货，"跛佬从鼻腔里发出不屑的声音，"我可是从来没有失手过。"

刘大枭忽然大笑起来。"我想到跛佬以前送货用的'黑科技'，其实是阴招。"他说的是跛佬用动物园的老虎尿浸泡普洱茶，放在行李箱内，专门用来对付警犬。

天南海北地侃到深夜，刘大枭绘声绘色、添油加醋地描述他们杀出金三角的冒险经历，那情景就是现实版的好莱坞警匪大片，让莫非惊叹不已。

住在莫非的别墅内，不能出门，窗帘也只能拉开一条缝。房间内放着很多黄色影碟，三个无聊的男人，每天看黄碟，直看得欲火焚身。

莫非几乎每天晚上都会过来陪他们吃饭。眼看就要过春节了，这天晚上，他带来一个女人。"让梅小姐过来，见见各位大佬。"

"我姓梅，大家习惯了叫我梅娘。"莫非也没有过多介绍，倒是女人落落大方，面对几个饥渴的男人赤裸裸的淫荡目光，自我介绍说。

梅娘三十刚出头的样子，算不上漂亮，却很丰满，皮肤白里透红，喜欢时不时甩一下乌黑亮泽的大波浪卷发，说话时，涂着血红色唇膏的厚嘴唇显得格外性感。那双眼睛，不经意地抛来一个眼神，足以让男人骨头酥软。

刘大枭不知道莫非把梅娘带来是什么意思，也搞不清楚他们之间的关系。"梅娘，有点像电影明星的名字。"刘大枭努力把持着自己，不想在女人面前低三下四。

"大哥真会说话。"梅娘冲着身边这个馋涎欲滴的男人莞尔一笑，"我可不是什么明星。"

送走梅娘后，莫非告诉刘大枭，这女人也是做毒品生意的，只是没有大老板做依靠，也不敢太冒险，偶尔从他这里拿点货，卖给可靠的渠道。

"她离过婚，现在是单身，我把她带过来，就是给你泡的。我把你吹得很高，她对你很崇拜。"莫非挑明了目的，"你把握着度，不该说的不能跟她说，尤其是通缉令的事，千万别让她知道。"

"嗨，就是靠她解决眼前的内需而已。"刘大枭说，"我不会在她身上投入感情的。"

从那以后，梅娘就经常来别墅吃饭，刘大枭使出他擅长的抬高自己身价的套路，再加上胡子和跛佬在旁边策应，很快就把梅娘哄上床了。渐渐地，他发现，梅娘与他的前两个女人完全不同——妻子阿芳很贤惠，性格内向，一切全听男人的；情人阿妹属于那种每个男人见了都想睡的小妖精，有时候黏糊得让人心烦。而梅娘则是另一种类型的女人——她热情似火，善解人意，不只是能满足男人的肉欲，里里外外还是一把好手，关键时刻能独当一面。这正是刘大枭最需要的女人。

就这样天昏地暗地过了两个月，还有几天就是春节。逃亡的路上，这是刘大枭度过的第二个春节。

梅娘说，过年要回老家江西看孩子。这让刘大枭有些伤感。他躺在床上，看着天花板发呆。当初让妻子阿芳和儿子虫仔搬到镇上新买的房子居住，那时候儿子只有三岁，过了这个年，他就八岁了，应该读小学二年级。

阿妹母子过得怎么样了呢？她和父母关系不好，女儿莫名其妙地生了个孩子，他不敢想象，阿妹母子在那样的家庭如何生活。她会买新房子吗？送她回野牛城生孩子的时候带了一百万元现金，偷渡金三角之前，让老枪送的银行卡，那上面的钱足够在野牛城买一套房子。

想着这些没头绪的事，刘大枭不禁有些茫然。不过，他不承认自己失败了，这不过是挫折。在黔水的仓库里，还藏着三十吨冰毒，就算不再生产，全部卖出去，也够他们几个人享用一辈子。

年三十晚上，莫非准备了丰盛的大餐，茅台和奔富红酒，顿时消解了刘大枭满腹的惆怅。

酒过三巡，正好梅娘不在场，莫非又把话题扯到了毒品上。"昨天去看了一个地方，是物流公司的仓库，位置很适合做毒品生产工厂，我想把它租下来。这段时间要货的客户很多，普河那边的公安最近动作很大，风声太紧，断货了。"

"我正想跟你说呢。"刘大枭对莫非的想法丝毫不感兴趣，他有自己的打算，"根本不用再租地方生产、买设备、买原料，兴师动众很麻烦。我们在黔水的仓库里还放着三十吨上等的货，你说能值多少钱？把它运过来，还用着急货源吗？"

"我们走了之后，仓库会不会被人发现？"跛佬问道。

"不会有问题。"胡子肯定地说，"没有人知道那里放着冰毒，可以说，到目前为止，就我们三个人知道。"

"有这么多现成的货？"莫非吃惊地说，"从黔水运到越州，一千多公里，路上怎么应付检查，这可不是容易的事。"

"你们几个都是高手，运货不是大问题。"刘大枭和盘托出他思考了很久的想法，"我们在黔水那里已经没有什么可以依托的人，最好把三十吨货全运出来。如果用你的物流车队运这么多货，我还是不放心。最好是搞一辆大型的油罐车改装，再聪明的警察也想不到有人用油罐车干这种买卖。"

见莫非似懂非懂，刘大枭画了一幅简易的草图，又对改装方案做了详细说明。"这是天衣无缝的计划，我敢说，没人能想得到。"莫非连声赞叹道。

刘大枭本来想明说，他是从金三角毒枭沙万那里学的。但他故意不说，又借着晕乎乎的酒劲，吹嘘他对付警察的理论："这个世界上之所以有犯罪，我认为有两个原因：首先是冲动，不顾后果，警察很容易就能破案；还有一种是高智商犯罪，把警察的破案手段研究透了才动手。俗话说'三十六计'，而我用的是'三十七计'，超出了警察的思维。"

只有跛佬和胡子心里明白，这并不是刘大枭的计谋，但谁也不愿意当着莫非的面揭穿他。

刘大枭说完他的方案后，却又犯难了。"就是不知道哪里能找到这么合适的油罐车来改装。我估计二手车市场能买到。"

"这还真是巧了，我小舅子就是做加油站生意的，在107国道和湖南有七八个加油站。"莫非说，"我们的物流大卡车最大的只能装二十六吨，他们的加油站也不一定有载重三十吨的油罐车。我明天就去找他，我相信他有办法，实在不行，就用我们的物流车，多跑几趟。"

此时，最让刘大枭忧虑的是，没有安全的渠道得到黔水那边的真实信息。存放冰毒的冷库是不是安全的？把一辆载重几十吨的油罐车开到那个院子里，会不会引起怀疑？想来想去，除了让胡子想办法派人秘密进入冷库查看，别无选择。

撤离黔水之前，皮特和苏可请张晓波吃饭。

皮特的内心里充满了歉疚。张晓波的孩子还小，他一个人留在黔水，守株待兔，很长时间见不到家人。

"那一次把你留在桥西镇，现在又要在黔水待很长时间。"皮特和张晓波碰杯，"不过，有当地公安局的同行，不会太孤单，就是很长时间见不到家人。"

平时不爱喝酒的张晓波，干了杯子里的酒。"亲眼看着刘大枭抱着AK47，近在咫尺，让他跑掉了，想起来就有点冒火。"

原来，张晓波的心里有个结。这其实也是很多刑警的真实内心，越是难度大的案子，越是狡猾的对手，就越能激发起斗志。这时候，你很难用"英勇""奉献"之类的廉价形容词来描述他们的心境。

皮特自己就是这样的人。在破案最紧张的时候，看什么都不顺眼，看到路边的水泥墩也想踹一脚。

好在张晓波是个能耐得住寂寞的人。他和当地公安局的三名警察排班，每人六个小时，每天盯着监视器的屏幕。不值班的时候，他就去逛街，找书店买书。过去想读的书，读个开头就放下了，这段时间，他索性让自己静下来，集中精力读书。

年三十那天，宋伟成请张晓波到他家吃年夜饭。当鞭炮声响起的时候，万家灯火的高原小城，勾起了张晓波的思乡情。"想孩子了吧？"见张晓波站在阳台上黯然神伤，宋伟成安慰他，"在外地办案过春节，我经历过两次，习惯了。"

两个多月过去了，高原上冬去春来，张晓波床头柜上的书也越堆越多，冷库那里依然不见任何动静。

这天晚上，又轮到张晓波值班。这是零点到六点的通宵夜班。交班时，前面的警察说，傍晚，从监控中发现有个男子顺着冷库的院子转了一圈走了。他翻看值班记录，只有这一条信息。其实，这两个多月，偶尔也有人在那里停留，或者扒着门缝往里边看看，无法判断有何用意。

深夜两点，张晓波半躺在椅子上，面前就是监控屏幕。他在看马尔克斯的《百年孤独》，时不时瞥一眼屏幕。夜间的红外线摄像头不像白天那么清晰，他生怕错过了什么，即使眼睛在书页上，余光也没有离开过屏幕。

有点困，总是打哈欠，他站起来，冲了一杯浓咖啡。还没来得及喝，就看到屏幕上有个物体在晃动，他把镜头拉近，看清了是个男子，正从门卫室一侧翻墙。张晓波伸手抓过内线电话，拨通指挥中心："一号监控目标发现有人！"

"一号监控目标"是临时设置的代号，已经标注在指挥中心的地图上。放下内线电话，张晓波又用手机打给刑侦支队长宋伟成："宋支队，院子里有人进去！"

不过五分钟时间，指挥中心调集州公安局和辖区派出所十几名全副武装的警察，把冷库围得水泄不通。两名身穿防弹衣、头戴钢盔的刑警从西侧爬上冷库房顶，手电筒照射下，可以看到有个男子蜷缩在院墙西北角。

张晓波和宋伟成随后也爬上去。宋伟成匍匐在房顶上向那人喊话："双手抱头，趴在地上！"男子并未试图反抗。三名刑警随即翻墙跳到院子里，把趴在地上的男子铐住双手。从他随身携带的帆布袋内搜出两把特大号的挂锁、钢管、钳子、螺丝刀、菜刀，没有证件。

面对审讯，男子承认想进去偷东西，却报了个假名。

张晓波眼睛盯着那两把挂锁问道："你进去偷东西，带着两把大锁干吗？"

男子不说话。张晓波似有所悟，他示意宋伟成从审讯室出来。"从他身上带的工具来看，我断定他不是到冷库去偷东西。我想到一种可能，他们没有冷库的钥匙，所以就买两把新锁，准备把原来的锁换掉，方便随时进出。"

"很有道理。"宋伟成说，"如果是这样，那就必须搞清楚，是他自己想随时进去拿毒品卖，还是有人在背后指挥。"

"你到底叫什么名字？"张晓波继续审讯他，"你以为隐瞒真实姓名，公安局就拿你没办法了吗？"

"听你的口音也是本地人，"宋伟成轻蔑地说，"那好办，我把你的照片登在报纸上，在电视上播放，发动群众来指认。"

犹豫了好久，男子忽然情绪失控似的号啕大哭。"我从来没去过那里，也不知道里边放的是什么东西。是我舅舅让我偷偷地进去，看锁和门窗有没有人动过，要是好好的，就把原来的锁撬开，换上我带去的锁。"

"你叫什么名字？"张晓波接着问。

"我叫赵元五。"

"你舅舅叫什么名字？"

"胡海兵。"

听到胡海兵的名字，张晓波和宋伟成不约而同地露出吃惊的表情。

原来，这家伙就是胡子之前带来给刘大枭打下手的小五，是他姐姐的孩子。

"你舅舅的事，你都知道吗？"

"我知道一点。我看到了通缉令，那两个人我也见过。"

"那两个人是谁？"

"我也不知道名字，我舅舅让我叫高个子刘叔，还有个跛子，我也叫跛叔。"

"你舅舅让你换锁，还说了什么？"

"其他的什么都没说。"

从赵元五的手机里找到两天前的通话记录。他证实，电话就是胡海兵打来的。

手机号码是越州的，主叫地点却是在距离越州几十公里外的青山市。

听到张晓波传来的消息后，皮特大喜过望，马上去找老六。

"他们又冒出来了，是好事。我就说嘛，几十吨冰毒放在那，不管是哪个毒枭，都舍不得。"老六不急不躁，给皮特泡了一杯茶，"不能再给他机会，先把外围查清楚，不能百分之百确定刘大枭团伙的藏身处，没有万无一失的把握，宁可放过，也不要贸然动手。"

"我打算兵分两路，让老赵带几个兄弟去越州，通过监控手机调查刘大枭的下落。"皮特马上拿出行动方案，"我和苏可到黔水，跟晓波会合，等他们偷运毒品时找机会下手。"

"重点是在黔水，那里有明确的目标。胡海兵的外甥很有用，你要把那家伙利用好，变成我们的卧底。"

随后，皮特和苏可带着两名技术人员，开着技术侦察车赶到黔水。

赵元五的工作已经被做通，他在得到保密、不被起诉、家人不受牵连的保证后，愿意充当卧底。胡海兵虽然是他的亲舅舅，但面对公安部的A级通缉令，赵元五知道他在劫难逃，这个时候只能通过立功赎罪的方式保自己。

照着胡海兵给赵元五打电话时的要求，冷库的大门和存放冰毒的平顶房都换了新锁，从外表上看，没有任何动过的痕迹。

那段时间，赵元五被控制在公安局。与上次的电话相隔十来天后，他再次接到陌生的电话，皮特示意接听。让这些刑警们啼笑皆非的是，赵元五接听电话时，劈头就说："拳打西门庆。"对方说："情迷潘金莲。"

"就这档次？"局长田丰华连连摇头。现场的警察们笑得前仰后合。

给赵元五打电话的正是他的舅舅胡子。他告诉舅舅，冷库院子里的草长得很深，大门上的锁都生锈了，明显没有人进去过，他已经换了两把新锁。

从赵元五口中得知，那两句话是事前约定的暗语，就像过去看到的老电影，两个陌生的间谍接头，先对暗语，对上了才是自己人。

而胡子和他外甥明明都是自己人，之所以要对暗语，也是刘大枭设计的反侦查手段——双方用暗语接头，如果是安全的，第一句话要说暗语；当一方处在不安全的环境下，或者被警察控制，又无法告诉对方时，故意不说暗语，就等于告诉对方"我现在不安全"。

"死到临头，还情迷潘金莲。"皮特调侃道，"说不定刘大枭还真的喜欢潘金莲呢。"

不过，给外甥赵元五打电话，胡海兵并没有使用上次那个号码，不仅换了新号码，而且还是专门开车跑到距离越州一百多公里的开元市打出的，也是为了防止手机被监控和定位。

"我估计这是他们搞的反侦查伎俩，几乎每个毒贩子都会用。"皮特讽刺地说，"可以断定，他们的藏身处既不在青山，也不在开元，在这两个地方打电话，和当时在黔水给阿妹打电话是相同的套路，疑兵之计而已。"

此后，再次陷入沉寂，给赵元五打电话的那两个手机号码再也没有出现过。通过技术侦查，两个号码都处在与任何设备无有效连接的状态。皮特和技术人员分析，这是刑事侦查中经常遇到的一次性使用的号码，用完就扔掉，目的是防止被警方定位后跟踪。

转眼就到了八月中旬，还是没有动静。不过，急性子的皮特这一次倒是很沉得住气，他和宋伟成分析，从胡海兵让赵元五去冷库查看和换锁的行为来看，他们一定会在某个时间过来运货。

这段时间，光是制定抓捕方案就开过几次会。宋伟成主张在黔水动手，当场抓获运送毒品的人员后，押着他们前往目的地，再进行围捕；皮特担心这样做的风险不可控。本来就如惊弓之鸟，又异常狡猾的刘大枭，为了偷运这三十吨冰毒，必然绞尽脑汁，设计了很多反侦查手段，倘若他嗅出危险气息，就会前功尽弃。因此，他设想的方案是，跟踪他们到目的地之后围捕，一网打尽。

考虑到从黔水到越州有一千三百多公里，长距离跟踪，稍有不慎就可能被发现，从野牛城出发前，皮特就与技术部门的同事紧急讨论，最后设计了一套看起来非常可靠的长途跟踪运毒车的方案。到了黔水，皮特让苏可在会上介绍监控方案。

"我们现在不知道他们什么时候、用什么方式把毒品运走。出发前，我们技术部门设计了一套初步方案，就是怎么通过技术手段跟踪他们。"苏可说，"目前，赵元五是唯一能利用的条件，假如他们运毒品的时候赵元五在场，那就比较好办。我带了两种设备，一个是具有GPS定位功能的手表，另一个是GPS定位仪。"苏可把手表和定位仪从包里拿出来，向其他人展示。她接着说："定位手表和普通手表看上去没有大的区别，让赵元五戴在手上，我们就能实时追踪他们。GPS定位仪安装到目标上有不小的难度。他们来运毒品，应该会用大货车，不管走高速还是国道，都要经过收费站，我们预先在收费站布置警力，同时安排几辆卡车和轿车，在进入收费站之前紧跟目标车，最好有几辆车把旁边的车道也占满，防止被他们随行的车发现。进入收费通道后，窗口工作人员故意延误三分钟左右，技术人员从我们的车后边钻进去，爬到目标车下方，把GPS定位仪固定在底盘的某个地方。这样，我们驾驶的技侦车就可以远远地跟在目标车后方，不用担心被他们发现。"

"这个技术跟踪方案很完美，大家认为有没有可操作性？"局长田丰华说，"不管什么方案，我们还必须有预案，万一失败了怎么办？"

"只要出现不可控制的意外，立即动手。"皮特的思路很清晰，无论如何也不能让他们逃脱。

"这是纸上的方案，是否可行，要实地检验。"宋伟成说，"这样吧，马上安排几辆车，按照这个操作方案，做个侦查演习。"

宋伟成真的组织了一次演习。他调集三辆卡车和五辆轿车，分别在国道和高速公路收费站入口处实地演练，结果，一名技侦人员在两分钟的时间内完成了GPS定位仪的安装。而黔水市只有这两个收费站出入口，要把毒品运出去，这是必经之地。

万事俱备，两地的刑侦人员就等着刘大枭的团伙进入编织好的大网。但是，赵元五的手机却没有动静，发射塔架上的摄像头也未发现有人靠近监控目标。

这天是周末，晚上十一点多，皮特的手机忽然响起来。"目标出现了，你赶快到公安局会合！"电话是宋伟成打来的。听得出来，他的语气充满了紧张和激动，皮特抓住苏可的手飞奔下楼。

这段时间，赵元五和张晓波一起，住在值班民警休息室。

接到胡子的电话，赵元五还是很紧张，毕竟是他的亲舅舅，过去跟着他跑了多年。定位手表早就戴在他手腕上，为的就是让他适应。"你别总是想手表的事，也不要看，别人看不出来。"关键时刻，苏可又给他指导，"你不用刻意做什么，像平常一样。我们知道你在哪里。"

"伙计，这是你立功赎罪的时候。"皮特拍了拍赵元五，用警告的语气说，"我们相信你，也给了你安全保证，你要是敢耍歪心眼，那就别怪我们对不起你。"

赵元五使劲地点头："我知道，我知道。就是有点紧张，怕我大舅看出来。"

在电话中，胡子让赵元五带上钥匙，在冷库那里等着。

局长田丰华开始紧急调兵遣将。按照事前确定的方案，在以冷库为中心的半径一公里之内，部署六十名便衣警察潜伏待命，几乎每个路口都有人暗中把守；被临时征用、在公安局待命的两辆集装箱式大货车，每辆车配备两名特警，由便衣民警驾驶，与技侦车和五辆轿车分散埋伏在从冷库出来后往出城方向的国道沿线。

皮特、田丰华、宋伟成集中在监控中心，眼睛死死地盯着屏幕；苏可和从野牛城来的两名技术人员守在技侦车上，他们和监控中心可以同时捕捉到赵元五的手表信号。不久，安装在发射塔架顶端的摄像头捕捉到目标，一红一白两辆油罐车来到冷库院子门口，赵元五从车上下来，用钥匙打开铁门，两辆车进入院子，铁门随后关上。

在监控中心的电子屏幕上，有一个移动的光点出现在地图上。"这个红点就是赵元五，他现在到了冷库。"一名技术人员说。

直到这个时候，皮特确信大鱼正式上钩了。他打通了老六的手机："老大，对不起，今晚你别睡了，刘大枭派来两辆油罐车运毒品，刚刚进入冷库院子。黔水这边，田局早就严阵以待，请你们连夜出发，先到越州，等待消息。"

"活久见！用油罐车装毒品，没听说过。"老六吃惊不已，无法想象这群亡命之徒到底怎么玩。不过，围捕刘大枭团伙的最后时刻，老六是肯定要参战的，谁也挡不住。

就在老六和赵黎明带着十名全副武装的刑警从野牛城出发后，越州、青山、开元三地公安局也接到上级转来的紧急通知，连夜部署警力应急。事实上，即使运毒车中途变更路线，跟踪他们的刑警也有十几人，足以应付那两辆油罐车上的人员。

从监控视频上可以看到，院子西侧的平顶房冷库门被打开，里边有若隐若现的灯光，五个人在不停地进进出出。拉近的高清红外镜头看得很清楚，冷库里的袋子被搬出来之后，从油罐车的两侧递给车底下的人。"我明白了，油罐车是从底下开口的，毒品装进去之后再封住。"眼前的景象让皮特异常震惊，"这绝对是顶级的犯罪，在好莱坞大片里都看不到的场景。"

"机关算尽，最后还是要死在警察的手上。"田丰华拿起对讲机说，"我再讲一遍，除了按计划执行特殊任务的人员，其他人不准擅自靠近目标，要防止惊动他们。"

田丰华坐镇监控中心指挥。皮特和宋伟成乘坐技侦车，那是一号车，他们两人负责现场指挥。现在，所有的人都已到位，苏可在技侦车上，张晓波带着技术人员和特警隐蔽在一辆大货车上。

八月底的高原之夜，凉风习习，月朗星稀，这座群山环抱的小城，一片静谧。

漫长的等待。一号指挥车停在居民区门口的树荫下，从冷库出来后出城方向的国道就在前方不远处。苏可和两名同事坐在屏幕前，屏息静气地紧盯着监控信号。

皮特和宋伟成下车，坐在树底下聊天。"来支烟？"宋伟成拿出黄果树烟递给皮特。

"烟是彻底戒了。"皮特摆摆手说，"我以前可是烟鬼、酒鬼，抽烟像烧火，还酗酒。后来跟小苏结婚之后，发誓把烟戒掉了，酒也喝得很少。"

"有人说，戒烟像戒毒一样难，"宋伟成自己点了一支烟，感慨道，"你这么大烟瘾，居然能戒掉。"

"感觉那时候就像个鬼，好像世界上每个人都欠我的。是这个案子和太太改变了我。通过自己的经历，我琢磨着，人活一辈子，不管怎么个活法，得有一个喜欢的职业，让人有点儿社会责任感；有一个爱的人，成为生命的一部分，风雨同舟。"

"老兄你说这些我很有同感。就说警察吧，我是科班出身，刚进公安部门的时候满腔热情，尤其是当刑警的人，与犯罪作斗争嘛，说起来多高尚啊。时间一长，热情就没了。我们这儿经济落后，待遇低，补贴也很少……唉，说起来都是难念的经。"

两人相视无语。皮特仰望着高原上清澈得如同明镜的夜空，月亮慢慢地沉到西南方的山顶上。从小区里出来一个踩着三轮车的妇女，车上放着几大篮子蔬菜。

皮特焦急地去看手表，凌晨三点五十分。

就在这时，对讲机里传来田丰华急促的声音："请注意，油罐车从冷库出来了，跟踪的人员做好准备。"

田丰华的话音刚落，宋伟成的手机就响了。是赵元五打来的。"报告宋警官，他们走了，没让我跟着，我还在这里，收拾东西锁门。"赵元五慌慌张张地说，"两个油罐车，红色的那个车，我看写着载重三十吨，里边还套着小油罐，从车底下打开，袋子全装在那里边，用电焊机封住，重新喷漆。白色的油罐车里装的是油，我看它给大车的夹层里加油。每个车上有两个人，我大舅在红车上。"

"车牌号记得吗？"宋伟成问道。

"哎呀，一紧张就忘了。我记得最后两个数字是16，车头是红色的，很醒目。小的油罐车没注意看。"

"二号车请注意，目标车是红色车头，载重三十吨的油罐车，车牌尾号16。它很快就会过来，你们要跟上去，开始不要离得太近，接近收费站时再紧跟它，我们就在你后边。"宋伟成通过对讲机下达命令，"其他配合的车辆，注意把握时机，夜间车少，不要全都跟上去。"

宋伟成说的"二号车"，就是用来掩护技术人员在油罐车底部安装GPS定位装置的东风牌大货车，车厢被帆布遮盖得严严实实，两名技术人员和六名身穿防弹衣、手持冲锋枪的特警就在车厢内。张晓波跟车负责指挥。

在朦胧的夜色中，可以看到，在指挥车隐藏的正前方国道上，一辆红色的加长油罐车由东向西行驶。"目标车已经过来了，正在向西走。"宋伟成通过对讲机说。二号车就停在油罐车将要经过的国道北侧停车场。

指挥车刚启动，对讲机传来张晓波的声音："我们看到了油罐车，正准备跟上去。"

"那辆白色的油罐车去哪了？"皮特感到奇怪，他担心白车紧跟在目标车后方，发现跟踪人员。

"沿途的侦查人员注意观察，"宋伟成呼叫道，"还有一辆白色的小型油罐车，从冷库出来后没有看到它往哪里去了，要防止它反跟踪。"

指挥车慢慢上了国道，能看到前方不远处张晓波乘坐的东风牌大货车。在他们的后方，也有车灯照过来，那是用来掩护的车辆。

不过七八公里路，就是出城的国道和高速公路收费站入口，二者紧挨着，无法判断运毒车走高速还是走国道。不用说，两个收费站事前都安排好了，站内有假扮工作人员的便衣警察值守。

红色的油罐车从国道右侧的岔道转向高速公路。跟在它后面大约三百米的东风牌大货车加速跟了上去，接着，指挥车也到了，排着队跟在后面。其他的掩护车辆也陆续跟上来。两条车道的收费站入口，被故意堵住一条。

见油罐车驶入收费通道，女收费员赶紧拿过一张卡，试了试，然后微笑着对油罐车的驾驶员说："抱歉，没有发票了，请稍等。"

就在这个时候，紧跟着的东风牌货车尾部帆布被拉开，一名技术员身手敏捷地从车厢下来，迅速钻进车底部，匍匐到前车下方，将火柴盒大小的GPS定位装置固定在油罐车的大梁上方，再转身返回，进入车厢，前后不到两分钟。

坐在指挥车上的皮特紧张得手心全是汗，生怕出了差错。苏可更是担心，因为这个监控方案最初就是她提出来的。

这时，指挥车按了三下短促的喇叭声，像是催促前车。其实是约定的信号，让收费员赶紧放行。

"抱歉，让您久等了。"女收费员将IC卡递给油罐车的驾驶员，满脸笑容地做了个手势，"一路顺风。"

紧随其后，其他的车辆也都陆续通过收费站，上了高速公路。指挥车首先加速超过油罐车。"这就是油罐车的信号，GPS运行正常。"苏可指着监控设施的屏幕说。

"报告田局，照计划执行，很顺利。"宋伟成用对讲机说，"我们已经上了高速，对目标车的信号跟踪正常。"

"你们要多加小心，防止对方反侦查。"田丰华说，"我们正在清理冷库，还剩下大概两吨冰毒没有拉走。"

在前方最近的路口，指挥车下了高速，等到被监控目标过去之后，再次进入高速公路，不远不近地跟着它，始终与前车保持一公里左右的距离。张晓波和六名特警换乘一辆面包车，在目标车前方大约一公里，随时准备应急。

途中，苏可和两名技术员轮流盯着屏幕，那个红色的信号，以九十公里上下的时速行驶，没有发现异常动向。

到达前方的服务区，油罐车也停在那里，苏可捧着康师傅方便面，走到油罐车旁边仔细观察，看不出GPS定位装置有任何破绽，判定它是安全的。

上午十点，老六打电话说，他已经到越州市公安局，正在讨论围捕方案。

整个白天，油罐车在不停地赶路，皮特和宋伟成丝毫不敢怠慢，随时注意目标信号的轨迹。

天黑下来，油罐车仍在行驶。

经过高速公路青山出口时，正好是晚上八点。油罐车继续沿着主路行驶，皮特和宋伟成轻舒一口气，青山的警报可以解除。

越州市公安局分管刑侦的副局长担任围捕行动总指挥。从这个时间开始，皮特不断地向现场指挥员通报油罐车经过的地点，直到"越州城区"的指示牌出现后，才确认油罐车的目的地就是越州。

四十多分钟后，油罐车从进入越州的西环路收费站出来，向市区驶去。这是越州市的西北角，道路狭窄，晚上九点多，仍然是熙熙攘攘的车流，车速缓慢。

"目标已经到了黄桉路，"皮特通过对讲机与前方指挥人员联系，指示油罐车的方向，"我们不敢跟得太紧。它从立交桥底下掉头，到了黄桉路对面，经过建材城……"

"我们已经发现红色的油罐车，在用摩托车和出租车对它交替跟踪。"前方指挥员说，"你们保持适当的距离，注意他们可能有人埋伏在附近，观察有没有尾巴。"

尽管目标车被紧紧地咬住，但是，不知道它的终点在哪里。另一边，老六和他从野牛城带来的特警，越州市公安局由四十名特警和武警组成的四个小组，也在向以油罐车为圆心的目标运动。

稍微让老六和皮特感到遗憾的是，他们不能亲自指挥这场围捕大毒枭的战役。作为最初案发地的野牛城，对刘大枭毒品犯罪团伙的追捕已经进入第四年，专案组的每个人都在摩拳擦掌。但这是在越州的行动，只能由当地公安局来指挥。

体型庞大的红色油罐车在市区西北角狭窄的道路上兜了两圈，或许是有意为之，观察有没有被跟踪。接近晚上十点，油罐车进入写着"环球物流"四个大字的院子，双扇大铁门随即被关上。

夜幕中，一家挨一家的物流公司，集装箱大货车川流不息，与每个寻常的夜晚并无不同。而警察们却悄悄地布下大网，将环球物流公司包围了。

皮特和宋伟成率领的侦查人员到达指挥部，与老六会合。按照事前制定的围捕方案，由越州市公安局刑警、特警和武警主攻，福东和黔水来的警察负责外围警戒。现场总指挥解释说，这是考虑到安全问题，因为外地警察不熟悉地形。

"我请求参战！"皮特情绪激动地说，"请总指挥体谅我们的心情，专案组追捕刘大枭犯罪团伙多年，收网的时候我们岂能袖手旁观！"

越州市公安局现场总指挥同意了皮特的要求，决定临时调整方案，将野牛城来的警察编入第一小组，从正门发起进攻。不过，老六、苏可和宋伟成只能留在指挥部，说什么也不让他们进入最危险的前方。

所有的参战人员到位后，现场道路被封锁，一辆重型推土机开过来，轰隆一声将"环球物流"的两扇铁门推倒，埋伏在大门两侧大客车上的武警和特警冲进院子，皮特、张晓波和野牛城的警察紧随其后。

震耳欲聋的枪声中，院子里的人四散奔逃，能听到人在慌乱地大声喊叫。

紧接着，里边开始有人还击，双方的枪声交织在一起，子弹穿透夜幕的火光，像流星似的一闪即逝。冲在最前方的武警，或沿着墙边，或借助停在院子里的集装箱货车的掩护，从不同的方向用火力压制对方。

"环球物流"有独立的院子，东侧是一栋三层的楼房，西侧和北侧都是钢架结构的敞篷式货仓，里边停着几辆集装箱货车。红色的油罐车就停在西北角的货仓内。

在密集的火力掩护下，皮特和张晓波跟随特警，以停在院子中间的两辆大货车做掩体，用冲锋枪向西侧的货仓猛烈扫射。从油罐车底下爬出来一个人，皮特眼疾手快，一梭子子弹扫过去，那人扑倒在地上。

楼房内有人不断向外开枪。"注意楼上危险！"皮特大喊着，指挥特警向楼房内开枪，玻璃被打碎后掉下来，砸在墙边武警的钢盔上。接着，特警向房间内连续发射催泪弹，烟雾弥漫，空气中散发着刺鼻的味道。

顺着墙边突击的武警已经进入楼内，房间内响起激烈的枪声，浓烟滚滚。混乱中，有人从一楼顶头的窗子翻出来，瘸着腿向东北角奔跑，边跑边开枪。

皮特和张晓波看得很清楚，那个瘸腿的正是跛佬。院子的东北角有一小段院墙，他显然想趁着混乱从那里翻墙逃走。

"跛佬跑了！"皮特飞身跃起，大喊一声，扑向跛佬，"掩护我！"见此情景，张晓波也紧跟着冲出去。

几年来，对跛佬的印象，除了认识他的人反复描述的"尖嘴猴腮""猴子""耗子""瘸腿"这些词，就是视频中播放的枪杀水哥时那个一瘸一拐的冷血杀手。此后，皮特对他只见指纹，不见其人；而张晓波在黔水与他正面枪战。追到这里，他们不可能再给跛佬逃出生天的机会。

跟随皮特的特警注意到最危险的楼上，集中向二楼射击，掩护皮特和张晓波。而对于皮特和张晓波这种训练有素的警察来说，他们当然知道枪战现场暗藏的危险，但是，面对要逃跑的公安部A级通缉犯跛佬，就算枪林弹雨，也会毫不犹豫地扑上去。

见有警察离开掩蔽物，在北侧货仓内并排停放的两辆集装箱货车底部，有隐藏的毒贩朝这边开枪，张晓波中弹后倒在地上，鲜血染红了防弹衣。

皮特没有看到张晓波中弹，和两名特警飞身上前，将跛佬死死地摁在地上。回过身来，皮特这才发现张晓波倒在地上，他用插在肩部的对讲机大喊："老六！老六！晓波受伤了！"

正在大门外的老六听到对讲机的呼叫声，和苏可不顾一切地冲进去，两名特警将张晓波抬到集装箱货车西侧。伤口在颈部，张晓波已经说不出话，苏可赶紧用绷带为他包扎，一旁的特警呈半扇形向外开枪，掩护老六和苏可。

枪声集中在楼房内。皮特让特警看着跛佬，他进了楼房。这一刻，他太想亲手抓住刘大枭。

楼房内很快被控制住，枪声戛然而止。有六人被打死，四人受伤后被生擒。皮特手里端着枪，瞪着血红的眼，把趴在地上的尸体翻过来逐一检查，其中一人是胡子。他又抓住受伤的四个人的头发辨认，还是没有发现刘大枭。

皮特转身出来，去审问跛佬。这个拖着一条瘸腿的凶残毒枭身受重伤，满脸是血。"刘大枭在哪里？"皮特用冲锋枪顶在他的脑袋上喝问。

"他……他不在……在别墅里……"跛佬喘着粗气，断断续续地说。

从跛佬身上搜出的手机和钱包就放在地上。就在这时，跛佬的手机响了。"接听，就说一切顺利。"跛佬的胸口和腿上有多处伤口，血流如注。他两手哆嗦着拿起手机，按下免提键，强打着精神说："拳打西门庆。"对方说："情迷潘金莲！"

"一切顺利，你在房间里等着，我们马上回来喝酒。"跛佬脸色煞白，胸口剧烈起伏，但和刘大枭通话，却很连贯。未等刘大枭说话，他便挂断了电话。跛佬自知生命将尽，稍稍停顿，声音微弱地说："那是刘大枭……设计的接头暗号，说明安全。我……死了，也不让他活，你们快去抓他……"

两辆警车响起凄厉的警报声，皮特和特警押着腿上受伤的莫非，直奔他的别墅，抓捕刘大枭和梅娘。

别墅里已是人去楼空，只有一张纸放在桌子上，上面写着：挥挥手说声再见，不带走一片毒品。皮特愤怒地踢飞了凳子，砸在落地穿衣镜上，哗啦一声，玻璃碎了一地。

从别墅内出来时，皮特立即给苏可打了电话："晓波怎么样了？"

电话那头传来苏可的哭声。皮特怔怔地站在那里，心里顿时像被掏空了似的。许久，他头靠在一棵树上，失声痛哭。

第九章

潜回野牛城

刘大枭和情妇逃往西北，将一座废弃的寺庙翻新后，扮作僧人，打算长期隐藏。

他的情妇被骗子医生诊断身患绝症，遂不辞而别，向警方投案。

便衣警察发现阿妹购买男性衣服，秘密提取她家的生活垃圾进行检测，发现刘大枭的DNA，证实他已经潜回野牛城，躲在阿妹家中。

接到跛佬的电话，两人对了暗语，刘大枭本来很兴奋。但是，跛佬只说了一句话便挂断电话，这不符合他的性格。要是在往常，这么大的事，一切顺利，跛佬一定是满口脏话。

把三十吨毒品运到越州，刘大枭是总指挥，全套方案也是他制定的，几个人反复推敲，都认为可行。莫非把油罐车改装好之后，最危险的押运只能交给胡子，因为那里过去是他的地盘。刘大枭嘴上说天衣无缝，内心里却充满警惕。"鸡蛋不能放在一个篮子里。"他给自己找了个冠冕堂皇的理由，然后躲在别墅里，遥控指挥。

"这下发大财了，"接到跛佬的电话，梅娘从背后搂住刘大枭说，"你要不要过去看看？"

刘大枭皱着眉头，没有说话。他想，事情办完了，胡子也该打个电话来。这一路，每隔两个小时，胡子总会给他打电话报平安，"拳打西门庆""情迷潘金莲"的暗语说了很多遍。

想到这，他马上打电话给胡子，传来的是电话暂时无法接通的提示音。他哪里会想到，胡子已经在枪战中被打死。刘大枭仍不死心，他又去打跛佬的电话。电话通了，却没人接——就在他们通完电话后，身受重伤的跛佬咽下最后一口气。

"出事啦！"刘大枭拉过梅娘，"那边肯定出了问题，赶快跑！"

梅娘还穿着睡衣，慌乱中，她也来不及换衣服，只好把几件衣服塞进包里。"别忘了车钥匙！"刘大枭收拾好东西，正要出门，又折回来，写张字条放在桌子上。他想，走了也该留点什么，能让警察感觉到被侮辱，那就正合他意。

莫非的别墅本来就在越州市区北部的城郊接合部。在皮特和越州市公安局的特警杀到后，梅娘驾驶她的宝马轿车，抢在警察设卡堵截之前逃之夭夭。

"我们要去哪里？"梅娘没头没脑地问道。这个本以为傍上大款的女人，还未来得及圆她的发财梦，便开始了逃难。她根本没有思想准备，现在才感到后怕，却已无退路。"警察会知道我和你在一起吗？"

"我想他们不可能知道吧？"刘大枭随口敷衍了一句。至于去哪里，他根本没有预定的目的地。

"你能确定跛佬他们出事了吗？不会搞错吧？"

面对梅娘的追问，刘大枭也有点不死心，希望这只是他神经过敏。他又去打跛佬的电话，还是无人接听；打胡子的电话，不通；又去打莫非的手机，刚拨号又挂断。他断定这不是误会，便把手机卡拿出来，扔到窗外。

"三十吨冰毒，要出事就是天大的事，死几回都够了。"刘大枭索性也不再含糊，但也不想让梅娘绝望，便信誓旦旦地说，"到这个时候，我们只能有难同当，过了这个坎，将来才能有福同享。"

"你把我害惨了！没办法，那就先到我朋友家躲几天再说吧。"梅娘说，"你放心，朋友一家人前年办的移民，房子没卖，我在帮着照看，那里很安全。"

"警察就那几天的热乎劲，我们找个安全的地方待上十天半个月，谁还记得这事。警察整天焦头烂额，忙不完的案子。"

"房子就在湘山，天不亮我们就能到。"

这对于表面上装作若无其事，内心却极度恐惧的刘大枭来说，像是打了强心针。他换下梅娘，开着她的宝马逃往湘山。

路上，刘大枭不断地安慰梅娘，试图让她定下心来，跟着他亡命天涯。

天刚蒙蒙亮，两人到了湘山。

当梅娘打开房间密码锁的瞬间，刘大枭顿时放松下来，感到浑身软弱无力。他很想知道头天晚上越州到底发生了什么，跛佬、胡子、莫非怎样了。直到这时，刘大枭才算彻底醒过来，他已经没有任何能联系的人。

总算有个落脚之处。两人疲惫不堪，倒头便睡。

378　　　　醒来时，已是中午。梅娘还在睡。他又渴又饿，拉开冰箱，是空的。只好到厨房接了一杯自来水喝。

　　刘大枭打开客厅的电视，中央电视台正在播放午间新闻。他在沙发上刚坐下，便又吃惊地站起来，电视台的新闻说："昨天夜间，警方在越州展开行动，成功破获一起新中国成立以来最大的毒品运输案，当场缴获冰毒二十七点六吨。根据警方今天上午召开的新闻发布会提供的消息，公安机关此前获得可靠情报，被公安部A级通缉令公开通缉的毒枭刘大枭制贩毒犯罪团伙，准备将藏匿在黔水市一个冷库内的三十吨冰毒运往越州，随后，福东市、黔水市和越州市三地警方联合，进行了精密布控和跟踪。昨天晚上十点多，运毒车到达越州'环球物流'公司院内，大批武警和特警将该公司包围，双方爆发激烈的枪战，福东市公安局一名警察英勇牺牲，通缉犯梁火仔（外号跛佬）、胡海兵（外号胡子）等七名毒贩被当场击毙，多人被捕。该犯罪集团核心人物刘大枭因未在现场而逃脱，警方正在全力追捕。"

　　看到这里，刘大枭当场跌坐在沙发上，对不知何时站在身边的梅娘浑然不觉。

　　紧接着，电视台又播放公安部的A级通缉令，两张照片，一张是刘大枭，另一张是梅娘，悬赏五十万元。"我上了通缉令，怎么办呀？"梅娘一把抓住他，大哭，"这辈子被你给毁了，你要赶快想个办法。"

　　电视上，通缉令仍在滚动播出，对梅娘这样的女人，无疑是身处地狱般的恐惧。她本能地想到，四岁的儿子是不是再也见不到了？她是江西人，两年前与丈夫离婚时，儿子还不到两岁，之前被她带在身边，去年才送回老家，让父母带着，她每个月都会回去一趟。

　　"你有两种选择。"刘大枭握着她的手说，"第一，你可以现在离开我，因为我是很大的目标，警察在到处抓我；第二，跟我走，不管生死。我很爱你，也会想尽办法保护你。"

　　"我成了通缉犯，还能去哪呀？"梅娘趴在他的怀里大哭，"儿子才四岁，要是没有妈，变成孤儿怎么办？"

"不要想得这么悲观。要成就大业，就要经历九死一生的磨难，这是自古以来的规律，想成为大毒枭也不例外。"刘大枭抚摸着梅娘的头发，安抚道，"通缉令不过是看着可怕而已。警察每年都要通缉很多毒贩，不过是例行公事而已。"

在度过最初几天的惶恐后，梅娘渐渐平静下来，乔装打扮后，趁着晚上的时间，到超市采购了很多食品。没有其他事可做，两人就把做爱当成娱乐和消遣。

此时的刘大枭已沦为孤家寡人，跛佬的死对他是致命的打击，他失去了所有的关系。如今，再次被通缉，他必须考虑如何躲过警察的追捕，长期生存下去。

夜深人静，他独自坐在客厅里抽烟，把几年来的经历反复梳理了很多遍，打算不再做毒品，至少几年内不去碰它，将来有机会再做计划。

"这房子很安全，我想再等两个月，没有人再记着我们的时候，就离开这里，往西北走。"刘大枭打定了主意，又问道，"你的宝马安全吗？"

"我想应该没事吧，这是用朋友的名字买的车，莫非倒是见过这辆车，不一定记得住车牌。"

"我还有几百万块钱，不做毒品，找个地方做生意，也能生活得很好。"

"要是被发现了怎么办？"

"被谁发现？你现在到大街上走一圈，看看有没有人能把你认出来？"

"我在越州还有房子，都不要了吗？"

"房子算什么，有了钱还可以买。从今天起，你就是我的老婆，生死相依。先低调几年，我们再想办法把身份洗白了，移民到国外去。"

听到这话，梅娘还是挺感动的。面对通缉令，能依靠的只有刘大枭。

在湘山躲藏了两个月，刘大枭带着梅娘再次踏上逃亡之路。他不敢走高速公路，只能走省道、国道，最担心省界检查站。每到省界，他都仔细查看地图，从小路绕道。路上也不敢住酒店，困了就在车上眯一会儿。

第一站，两人到了五台山，这是刘大枭梦寐以求的地方。他多次想来这里烧香拜佛，却未能如愿，没想到在逃亡的时候来到五台山。

刘大枭戴着耐克棒球帽，把夹克的领子翻起来，梅娘则戴一顶浅黄色的大檐渔夫帽，两人也只是把面部稍微做了遮盖，没有戴口罩，怕过度掩饰引起别人的注意。从红墙灰瓦的正门进去，很多人在香炉前烧香。刘大枭请了高香，递给梅娘一把，点燃后，举过头顶三拜，然后插在香炉内。

随着人流走进大殿，两人并排跪在垫子上，刘大枭双手合拢，在心里默默地求佛祖保佑阿芳母子和阿妹母子平安，然后向巨幅佛像三叩头。或许意识到自己作恶多端，身负多条人命，他没有为自己许愿和祈求。

心事重重，惶恐不安，刘大枭也不想在人多的场合过度暴露，怕鬼就有鬼，说不定就会被人认出来。两人随便转了转，便从大门出来。刘大枭见前方不远处有几个算命的摊位，他和梅娘走了过去。

这几年，他不断遭难，几次从警察的枪口下死里逃生，如今，只剩下一个女人跟在身边。他越来越怀疑，这难道是命中注定吗？

刘大枭选了年纪最大的那个算命先生，估计老先生有七十多岁，满头白发，仙风道骨，面目慈祥，是值得信赖的人。

"先生想算命吗？"老先生问。

刘大枭点点头，没有说话。算命先生拿过签筒，摇了几次。刘大枭抽出一支。

"这是一支下下签。"老先生接着把他的两只手拿过来，看了又看，又看他的面相，让刘大枭报了生辰八字，语气缓慢地说，"先生双亲不完整，看你的面相和手纹，应该是令尊不在人世。"

"对，我父亲不在了。"刘大枭面无表情地说。

"先生聪明过人，心有天高，无奈作恶太多，上天不佑，注定命中有大劫。"

刘大枭不停地吞咽口水，脸色煞白。原本是心有不甘，想找个高人求解自己的未来，没想到，遭此五雷轰顶般的打击。他极力克制着内心的震惊和惶惑，暗自佩服老先生的超人眼力。"请问大师，能有什么办法破解？"

"连做三场法事，水米不进，下跪三日，割腕献血祭天，求得上苍宽恕。"算命先生知无不言，毫不避讳，或许是从未遇到此等恶人。

只有刘大枭心里明白，老先生说的每句话都是真实的。只是，身负重罪，惶惶然如丧家之犬，无家可归，此生再无求得上苍宽恕的机会。

"大师，您看我能活多大年纪？"此刻，刘大枭已经把老先生视为神，他索性问了一般人最忌讳的问题。

老先生看着他，不说话。

"大师，直说无妨。"

老先生略一沉思，先伸出四个手指，再伸出三个手指。刘大枭本来想问："四十三岁？"但还是没有说出口。他从包里拿出两千元给了老先生，失魂落魄地站起来，向老先生深鞠一躬。

到旁边的商店买了两瓶水出来，梅娘看到他心情很沉重，便拉着他的手说："你还相信算命，自找烦恼。别听老头的，瞎说。"

刘大枭没说话，刚走了几步，无意中看到路边的电线杆上贴着广告：寺庙管理。这让他眼前一亮，他赶紧拿出地图，那地方在黄河边上，离这里有三四百公里。

"这是个好去处，我老家就有很多人在外边管理寺庙。"刘大枭来了精神，"寺庙是很特殊的地方，谁也不会怀疑我们的身份，警察都不会去那里查。"

梅娘也不知道怎么好，那实在是她陌生的领域，又是人生地不熟的西北。

当天深夜，两人赶到县城，用假身份证在私人小旅馆住下来。次日上午，他们到广告上注明的联系单位，表明有意做寺庙管理工作。办公室主任很客气，简单问了情况，带着他们到寺庙查看。

"很多年没人管，房子都破了。"办公室主任说，"平时还有人来烧香，要是能把它维修好，还是有很多香客的。"

刘大枭站在门口仔细打量，寺庙建在两座小山之间的坡地上，青砖灰瓦，院子尚在，没有大门，西南角的院墙倒塌了一段。进入院子，正面是大殿，"大雄宝殿"四个字依稀可见，房顶塌下来一大块，东西各有两间厢房，屋顶全部破损。

"做起来不容易，光是修房子都要几十万。"刘大枭心里其实已经定下来，他试探着想提出优惠条件，"县里能不能给解决一部分修理费？"

"我们这里经济很落后，也拿不出钱修房子。"办公室主任看上去也很实在，给出的条件比刘大枭想象的要好，当天就办好了手续。

十月底，西北的天已是寒气逼人，必须在大雪来临之前完成房屋的维修。办公室主任帮忙找来建筑公司，刘大枭整天催着，很快把寺庙修缮一新。

寺庙里没有电，刘大枭刚刚把冬天取暖的木炭、炉子、过冬的生活用品买回来，大雪就来了。漫山遍野，银装素裹，寺庙与山野浑然一体。"多美呀，像是人间仙境。"刘大枭和梅娘站在寺庙大门口，看着远处白茫茫的山峰，顿生感慨，"想起了读过的教科书上柳宗元的诗，'千山鸟飞绝，万径人踪灭'。"

"山谷里就我们两个人，我有点害怕。"梅娘对眼前的景色无动于衷，她仍然忧心忡忡。

"这里没有野兽，唯一的危险就是人。"他用手搂着梅娘说，"不过，寺庙是有神灵的地方，谁也不会来这地方找麻烦。"

在寂静的山谷里熬过漫长的冬天，冰雪消融，寺院里的大树吐出新芽，黄土高原上稀疏的植被渐渐醒来。

最初的恐惧渐渐消失，刘大枭慢慢安下心来，他又像野兽一样，疯狂地与梅娘做爱，这也成了他们唯一的娱乐。片刻的欢愉之后，刘大枭沉沉地睡去，梅娘却在想她的儿子。她无法想象，这样的日子何时是尽头，也不知道还有没有机会见到自己的儿子。她总是偷偷地哭泣，有时醒来发现枕头湿了一片。

这一阵子，梅娘的左胳膊有点疼痛，她也没太在意。那天晚上洗澡，她看到左侧腋下有个包，大小如成人的大拇指。她想到当初办公室主任介绍当地情况时说的话："山上没有电，生活也很艰苦，万一生病了，县城有三家医院比较好，人民医院和中医院都是公立的。博爱医院是私人投资的，从外边请了好多专家坐诊，技术也比较先进，但也比那两家公立医院贵很多。"

梅娘没有告诉刘大枭自己生病的事，就说去县城买卫生巾和内衣裤。想到自己是通缉犯，她犹豫了很久，害怕去公立医院被发现。再看博爱医院的外观，七层楼，整洁如新，楼顶上是红字的大牌子，楼下停着两辆救护车。她走了进去。

挂了专家号，接诊的是满头白发、戴着眼镜的老医生，温文尔雅。他似乎很尊重病人的隐私，让女性工作人员在场，检查梅娘腋下的肿物。接下来就是各种化验和仪器的检查，折腾了一下午。

老医生看了检查单，面色陡然严肃起来。"我告诉你实际病情，你要有心理准备，所有的病都是可以治疗的。"老医生取下眼镜，郑重地说，"你患的是淋巴性肿瘤，现在处在中期向晚期过渡阶段，如果及时治疗，不发生转移，治愈的可能性比较大。"

见梅娘愣在那里，半天没说话，老医生语气和蔼地安慰道："你不要心理负担太重，听说癌症就吓住了。现在的医疗技术很先进，有些进口药的效果非常好，你回去做个准备，尽快办理入院手续，越早越好。"

"大概需要多少钱？"梅娘问道。

"需要化疗，还要使用疗效好的进口药，"老医生说，"整个下来，治疗费用初步估算需要七十万到一百万元。你有医保吧？可以报销的。"

出了医院，梅娘再也控制不住自己的情绪，坐在车内痛哭。通缉令，癌症，让这个意外落入刘大枭死亡陷阱的女人濒临崩溃。

回到寺庙，天已经快黑了。她什么也没说，煮了点面条，吃完便早早地睡下了。见梅娘心事重重，面带愁容，刘大枭一再宽慰她，先在山上过两年苦日子，再离开这里。

在痛苦和绝望中纠结了三天，梅娘决定离开寺庙。

吃过早饭，她说寺庙太寂寞，想去县城买个收音机，便独自开车下山，未给刘大枭留下只言片语。

张晓波的意外牺牲对皮特的打击太大，他陷入深深的自责。当天枪战现场，发现跛佬从窗子里跳出来逃跑，他只有一个念头：抓住他！就算离开用来隐蔽的大货车，瞬间暴露于开阔地带可能带来巨大的危险，他也根本不会在乎。

追悼会上，面对张晓波的妻子和年幼的儿子，他跪在遗体前失声痛哭："好兄弟呀，我没有保护好你……"苏可也哭得两眼红肿，她和老六把皮特扶起来。

"我也有责任。"从殡仪馆出来，老六心情沉痛地自我检讨说，"野牛城公安系统最近四年没有牺牲过警察，没想到出了这个事。"

很长一段时间，皮特郁郁寡欢，有时候在家里看书，看着看着，就抱着书发呆，眼泪止不住地流淌。苏可心疼丈夫，总是想把他带出内心痛苦的旋涡。"打仗的时候，不是也有士兵牺牲嘛。"

"该面对枪口的时候我也不会怯懦。"皮特沉思许久，走到窗边，"本来是我自己冲过去抓跛佬，没看到晓波也跟着我。"

"那种时候，也说不上是错误。我们追了刘大枭和跛佬多年，看到跛佬跑出来，本能的反应就是冲过去抓住他。"苏可把很久没用过的拳击手套拿出来，"别伤心了，我陪你去活动一下。"

一年多没来过野牛城搏击俱乐部，皮特发现这里增加了几个新场馆，人也比以前多。当天正巧有个散打比赛，俱乐部总经理也在场，一看皮特来了，便不由分说地把他拉过去担任评委。苏可则坐在嘉宾席上观战。

比赛结束后，总经理安排了一场表演赛，由皮特对阵刚刚获得冠军的业余散打队选手。"公务繁忙，有很长时间都没来俱乐部，年纪也大了，胳膊腿僵硬。"皮特走到场地中央，谦虚地说，"后生可畏，请手下留情。"

对手是个二十刚出头的年轻小伙子，身体健硕。皮特没有急于出手，在场地来回大幅度跑动，闪转腾挪，算是热身。他感觉腿脚还是很利索，判断对方根本不是他的对手。看准机会，皮特飞身一个漂亮的反踢，趁着对方踉跄未稳的机会，以迅雷不及掩耳之势，又是一记扫堂腿，将对手扫倒，上去将他摁在地上，博得满堂喝彩。

皮特拉起小伙子，两人向大家鞠躬。"姜还是老的辣。"俱乐部总经理与皮特握手，"欢迎常来，指导年轻人。"

"你都不给人家一点面子。"回家的路上，苏可说。

"文无第一，武无第二。散打这玩意，要出手就必须第一。"皮特说，"等到哪天捉住刘大枭，不用枪，我要赤手空拳打断他一条狗腿。"

"他会给你这个机会吗？如果跑不掉，就是自杀，也不会让我们抓活的。"

"带着女人，东躲西藏，我想，他离完蛋不远了。"

刘大枭从越州的围捕中脱身后，越州市公安局对莫非的审讯结果显示，除了这次偷运毒品，他的关系网和刘大枭没有交叉。

就在"猎冰"专案组苦寻刘大枭的下落时，传来意想不到的好消息——梅娘向越州市公安局投案自首。

听到这个消息，老六惊愕不已。"这对狗男女，还不到半年就散伙了。这是把刘大枭逼上绝路，我料定他时日不多。你一个人去越州，坐最早的飞机，审讯梅娘，我马上组建抓捕小组，直接到他藏身的地方。"

到越州市公安局时已是晚上十点多。梅娘上午来投案，还没有被送去看守所。

显然，梅娘早就被审讯了好几轮。皮特看了全部审讯笔录，明知道问不出新东西，他却想从案件之外的角度，打开这个与大毒枭亡命天涯的女人的内心。

审讯室内，两名女警在看着梅娘。她仅仅戴着手铐，未戴脚镣，也没有固定在其他物体上。

"梅婷，还是叫你梅娘吧，这名字很有中国古代武侠文学的味道。"皮特带着调侃的语气说，"我是从刘大枭家乡来的警察。我看了越州市公安局的同行对你的审讯笔录，你说被他骗了，但又不否认真心喜欢他。我想知道，他被我们追捕，到处逃命，如丧家之犬，还能有什么独特的魅力吸引你？"

"既然来投案自首，我就没打算隐瞒什么。你们想知道的我都说。"梅娘倒是很坦诚，她似乎也很放松，一点也不像是被通缉后诚惶诚恐的人，何况又是个女人。她平静地说："莫非介绍我认识刘大枭，我知道他的动机，就是想给刘大枭找个情人。偏偏我第一眼就对他有好感。他的谈吐很有分寸，冷静沉稳，而且特别会讨女人开心。

皮特倒了一杯水递给她。"你决定跟着刘大枭的时候，对他之前的犯罪经历了解吗？"

"我只知道他是做毒品的，对他以前做的事不了解。莫非跟我说，这个人不得了，是个天才，认识他对我有好处。直到出事之后，我跟他逃到湘山我朋友的家里，看到电视的新闻和通缉令，才知道他是大毒枭。因为我也偶尔买卖毒品，量很少，都是从莫非那里拿货，卖给绝对可靠的熟人，一般都是吸毒的老板，娱乐圈的人。我就是为了赚点小钱。我承认有罪，但刘大枭的事和我没关系。"

"越州市公安局审讯你的时候，你说你得了癌症。刘大枭知道吗？"

"对，我得了淋巴癌，医生说接近晚期了。身患绝症，我一个女人，走投无路。想了三天，可能要花上百万医疗费，还要长期住院，没有家人照顾，寺庙又那么苦，基本上就是等死。我和他都是被通缉的人，要是知道我得了癌症，他不会花钱给我治疗、照顾我，还可能把我杀了。最后，我想通了，与其不明不白地死在那个山沟里，还不如回来看看父母孩子，然后投案自首，就算死了也有人收尸。"

"虽然你犯罪了，但是有重大立功表现，会减轻或者从轻处罚。生病的问题，你也要放宽心，我们会尽快送你去医院检查，给你治疗，这是基本的人道主义。"望着眼前这个不幸的女人，皮特忽然生出一丝怜悯。

像是解脱了，梅娘长舒一口气。沉思片刻，她低着头，用戴着手铐的双手撑着额头，低声啜泣。

在案情分析会上，皮特一反常态地说，西北那边已经没有太大的价值，梅娘离开寺庙十多天了，刘大枭不会那么蠢，坐在那里等警察上门去抓他。第二天上午，皮特又打电话给老六，不用再派抓捕小组到西北。

果然，越州市公安局的警察赶到后，寺庙里早已不见刘大枭的影子。

刚回到野牛城，皮特就看到越州市公安局发来的传真。经过医院检查，梅娘的病不是淋巴癌，而是简单的良性脂肪瘤，已在门诊手术切除。受伤的莫非出院后，他和梅娘等人员将被移送到福东市公安局。

"太戏剧化了，没想到，那些无良的医生也为打击犯罪做了点贡献。"老六捧腹大笑，他拿出中华烟递给皮特，"来一根，伙计，苏可知道也没事。"

"以管理寺庙的名义躲避追捕，不得不说，刘大枭的想法很奇特，警察还真的想不到他会躲在那种地方。"皮特说，"真是人算不如天算。单枪匹马，他还能去哪呢？"

几个月后的一天，皮特一个人去了城市花园居委会，主任徐大姐说，阿妹刚买了房子，平时和儿子住在新房子里，偶尔才会去父母家。听到这个消息，皮特本能的反应是：难道刘大枭又给阿妹送钱了？上次派人来送钱，半路上被抓，她怎么会有钱买房子呢？对阿妹和她父母的银行账号调查后，未发现可疑的存款。

正在调查时，皮特又得到新的消息：跟踪监视阿妹的便衣警察发现，阿妹在超市挑选男人的睡衣和拖鞋，又买了刮胡刀和香烟。这是很不寻常的信号。皮特想，她或许又有了新的男人，根本没往刘大枭身上想，这不太符合逻辑。

在阿妹对面的那栋楼，皮特带着两名刑警用望远镜连续观察了好几天，只看到阿妹有时候出现在阳台上，晾晒衣服，房间的窗帘从来没有打开过，也看不到其他的人。但是，阳台上晾晒的却有男人的衣服。

"可以确定，阿妹家里有男人住。"皮特反问道，"如果是刘大枭，他有这么大的胆子吗？"

"他为什么没有这么大的胆子？"老六却不这样看，"还是我过去常说的那句话，既不要高估了刘大枭的智商，也不要小看了他的狡猾。两次派人给他老婆送钱，他不光是胆大，还有自信，认为我们的脑子不如他。"

"是不是刘大枭，我们从技术上来确认并不难。"在苏可的眼里，这是很容易解决的问题。她和片警去阿妹的那栋楼检查后，马上有了思路，"阿妹家住在十二楼，一共六户，其中两户没有人住。在楼梯口放有垃圾桶，让另外三家人连续几天把垃圾全部带出去，这样，垃圾桶里就只剩下阿妹一家的垃圾，吃剩下的饭菜能提取到生物检材。”

“真聪明，这孩子脑子就是比我们好用得多。”老六对苏可的欣赏是从来不掩饰的。他说这话的时候，副局长赵黎明和刑侦支队长吴森林都在场，“这才是破案，用技术来找嫌疑人。”

按照苏可设计的方案，管片的民警上门，给阿妹家同楼层的另外三户都打了招呼。第二天晚上，便衣警察从垃圾桶提走一袋子垃圾，苏可从中找到两个苹果核和几个烟头。“这都是最好的检材，上面有唾液斑。”

从烟头和苹果核上提取的唾液斑，经DNA分型检验后，正是刘大枭留下的。当苏可把DNA检验报告放在众人面前时，老六猛地一拍桌子，激动地站起来：“刘大枭不可能还有活路吧？”

那天，天快黑的时候，梅娘还没有回来，手机也不通。早上开车出去的，正常情况下不会晚上还不回来。刘大枭感觉不对劲，他不敢再待在寺庙里。

西北的春天，夜间山里还很冷，他把钱和几件衣服装在包里，抱着两床被子，在山坳里找个背风的地方躲了一夜。

次日，还是不见梅娘回来。他预感到迫在眉睫的危险，来不及多想，背着包往北走。在山里走了一整天，连续翻过几座山，下山时天已经黑了。

顺着山脚下的公路走了不远，有个小镇，他在餐馆吃了一碗牛肉面。他从包里拿出地图，选择可以隐藏的地方，最后停在包阳市。他在路上就想好了台词——孩子被人贩子拐走，出来找孩子。正好有过路的长途货车司机在餐馆吃饭，听说他要去包阳寻找被拐的孩子，答应把他带过去。

到包阳后，刘大枭用假身份证租了一套房子，每隔几天，利用晚上的时间去超市采购食物，平时闭门不出。但是，与前几次逃跑后的自信相比，藏身包阳却让他寝食难安，越来越神经质，总觉得警察就在门外，以至于三更半夜突然坐起来，蹑手蹑脚地走到门后，把耳朵贴在门上，听外边是不是有人。

提心吊胆地躲了半年，孤独，恐惧，让刘大枭陷入无边的绝望中。他已接近精神崩溃的边缘，打定主意离开包阳。

走投无路，他又想起"最危险的地方就是最安全的地方"这句名言。警察绝对想不到他敢回野牛城。对，这就是逆向思维。想到这，他又得意起来，决定潜回野牛城。

几天后的一个深夜，刘大枭偷偷地摸到弟弟家里，躲了两天，让弟弟去找阿妹，才知道她带着孩子在新房子里居住。

过去，刘大枭总是在跛佬那些人面前吹嘘，他如何把警察算计到骨子里。但是，警察又是怎么算计他，他至死都不会知道。

讨论抓捕方案时，皮特简单明了地提出："阿妹住在东城花园七栋1203房间。根据我们对阿妹活动规律的掌握，最多隔一天她就会到超市买东西，利用这个机会，我们在楼下控制她，押着她上楼。打开门之后，趁刘大枭不备，在房间内抓捕。整个行动由老六担任总指挥，分成抓捕和警戒两个小组，赵局带领警戒小组埋伏在七栋楼下，我和森林带领抓捕小组上楼。"

"听着，必须是活口。"老六说，"我靠前指挥，跟着抓捕小组。我要亲眼看着这个狗东西是怎么被抓的。"

皮特保证说："放心，我一定抓个活口来见你。"

第二天下午三点多，阿妹提着袋子从超市回来，刚走到小区大门口，头戴钢盔、身穿防弹衣的皮特拦住她。"你是阿妹吧？"皮特单刀直入地问，"刘大枭在哪里？"

阿妹被吓得脸色都变了，没有回答。

"我们跟踪你好几年了。"皮特目光凌厉地盯着她说，"刘大枭就在家里。他是被公安部通缉的大毒枭，你涉嫌包庇罪、窝藏罪。为你的儿子着想，我希望你老老实实配合公安机关，争取从宽处理。"

"他在外边做的事我不知道。"

"那好，现在知道也不晚。他有没有枪？"

"没有。"

"你听着，像平常回家一样，把门打开，别要任何心眼，子弹是不长眼睛的。"

就在说话的工夫，赵黎明带着警戒小组从地下车库上到地面，将七号楼包围。

皮特和五名特警押着阿妹进入七号楼单元门，老六和苏可紧随其后。

从电梯里出来，特警们手举着枪，贴墙站在两侧。阿妹手哆嗦着打开房门，皮特猛地将她推开，冲进房间，用手枪指着刘大枭，一本正经地说："拳打西门庆！"

刘大枭穿着睡衣，和儿子坐在沙发上看电视。见此情景，他一愣神，随即抱过儿子，站起来。

"刘大枭，你还是人吗？居然用儿子挡子弹！"皮特愤怒地呵斥道。

面对黑洞洞的枪口，刘大枭抱着儿子不断向后退，一闪身进了厨房。他把儿子扔到厨房，抄起菜刀冲出来。"有种的来吧！"刘大枭狞笑着叫道。

"放下菜刀！"老六一声大喝，"死到临头，你还敢反抗！"

皮特把手枪递给旁边的特警，从他手里接过冲锋枪，取下弹夹，退出子弹，像一头暴怒的狮子冲过去。刘大枭双手挥舞着菜刀砍过来，皮特也不躲闪，手握枪管，抡起来狠狠地砸下去，正中刘大枭的右臂，菜刀掉在地上。

逃跑已无可能，连自杀的机会都没有。刘大枭困兽犹斗，转身抓过餐桌旁的椅子扔过来，皮特闪身躲过，顺势飞起一脚将刘大枭踢倒，撞到餐桌的角上，额头被划破，顿时满脸是血。

皮特猛扑上去，用冲锋枪枪管死死地压在刘大枭的脖子上。刘大枭像急欲跳墙的狗，拼了命地一骨碌翻起来，去捡地上的菜刀；皮特原地一个滚翻，使出扫堂腿；刘大枭踉跄几步，立足未稳，皮特用枪托照着他的腹部连砸几下，刘大枭口吐鲜血，倒在地上。

"别打死了，留个活口！"老六上来拉住皮特。

"他拒捕，打他是合法的！"皮特双目圆睁，几年来的怒火倾泻而出。

特警们一拥而上，将血肉模糊的刘大枭双手铐住，拖出去。

苏可赶紧跑进厨房，抱起被吓得哇哇大哭的孩子，交给蜷缩在走廊里的阿妹。

尾 声

正是阳光明媚、春风和煦的四月，烈士陵园的木棉花早已开尽，花瓣掉落一地，嫩绿的叶子挂上枝头。

到处是清明节扫墓留下的痕迹。一队系着红领巾的小学生来给烈士们扫墓，他们把那些干枯的花束和树叶收拾干净，又在每个墓碑前放上一支玫瑰。

皮特和苏可穿着警服，两人来到张晓波的墓前，将鲜花放在墓碑的正中间。皮特蹲在那儿，从包里拿出一瓶酒和两个杯子，杯子斟满酒，他先喝了一杯，再将另一杯酒轻轻地洒在墓碑上。他就这样，默默地连喝了六杯酒，代表这六年的追捕。

"好兄弟，刘大枭被我们抓住了，你安息吧，我会经常来看你。"皮特说着，已是泪流满面。苏可抚摸着墓碑上张晓波的遗像，泪水止不住地顺着面颊流下来。

湛蓝的天空飘浮着几片羽毛似的白云。不远处的草地上，一群鸽子落下来，"咕咕咕"地叫着。

两人伫立在张晓波的墓碑前，三鞠躬。

皮特拉着妻子的手，满脸悲伤地走出陵园。

2020年11月20日一稿
2021年12月5日二稿
2022年6月12日改定于广州